INK

INK

文學叢書

064

慢船去中國——范妮

陳丹燕◎著

目次

紅房子西餐館的家宴

一九八九年十二月底的傍晚，有一家人，八個，相跟著走向紅房子西餐館。

白天下了些雨，是上海冬天慣常下的那種不大不小的凍雨，這種雨一下起來，連綿不絕，可以十幾天都不停。而這一九八九年的冬天，凍雨一天又一天，耐心地將整個城市都澆透了，到處都是無盡的陰冷和潮濕。下午五點鐘，天就開始晦暗下來。到了傍晚，早早就黑了，滿天見不到一粒星星。在長樂路、陝西路交界的街角，紅房子西餐館的門前，盡是在路燈下匆匆往家趕的人和車，行人們大多臉上帶著點厭煩和抵觸的樣子，手裡握著皺巴巴的濕傘，往家裡走。

陝西路上的人行道也很窄，除了法國梧桐占了的位置，只有兩三個人可以擦肩而過。行人們爲了自己走得快，毫不在意自己撞到了別人的身體、拎包和別人牽在手裡的小孩。小孩子告訴媽媽自己被那個人撞了臉，媽媽挑釁似地，衝著那人的背影尖聲教育自己的孩子：「下次遇到這種人，就一腳踢過去！對這種人不要客氣。」而那個撞了孩子的人，仍然連頭都不回地走掉了。所以，當這家人停在紅房子西餐館門口的時候，人行道被他們擋住，於是，不停地有人粗魯地撞著他們，或者擦著他們的身體穿過去，衝亂他們的隊伍，有人嘴裡不耐煩地埋怨他們擋住了路。而他們沉默著，既不生氣，也不著急和退讓，還是按照自己原來的速度，各自魚貫而入。

因爲知道紅房子西餐館的門廊小，所以先進去的人就往底樓的店堂裡讓。但是，他們並不像當時沒有規矩的客人那樣，自己在店堂裡亂撞，而是等著跑堂的上來招呼。他們也不像有的集合好一起來吃館子的人，彼此大聲招呼，發出興奮的聲音。但是，他們中的一些人在進門的時候，還是像生客人那樣踉蹌了一下。這紅房子西餐館，是從太平洋戰爭以前的汽車間改造過來的，不是正規的房子，所以，一進門就有兩級往下走的台階，只有常來這裡的熟客人才知道一進門就得下樓梯，才不至於跌跌撞撞。他們還不能算是紅房子西餐館的熟客人。但他們還是很安靜地進了門，最後進去的，是個七十多歲的老人，白髮蒼蒼，長著一張像多年緊鎖的門那樣塵封的臉。他背過手去，把餐館兩扇對開的木門在自己身後輕輕帶上。

紅房子西餐館的門，雖然是那種歐洲小餐館式的鑲玻璃門，但還算厚實，一旦關上，站滿了人的門廊裡突然一靜。一股咖啡、番茄沙司、融化的奶酪和新鮮油炸食物的西餐館氣味便撲面而來。

那窄小溫暖的門廊裡，還保留著過聖誕節時的飾物。牆上貼著用紅絨紙剪出來的聖誕老人像，他又紅又胖的臉上，貼著用白色晴綸棉做的鬍子。他的頭上，有一行老派英文花體字寫的「聖誕快樂」。那時，有些初通英文的人在心裡懷疑過，爲什麼不說 Happy Christmas，而說 Merry Christmas。早年在上海教會學校讀書的人大多數都寫這樣的英文字，更早的時候，紅房子西餐館的菜單也是這樣的字體。

簡妮站在爸爸旁邊，望著牆上的字。對這樣的字體，她一點也不陌生。爸爸也寫這種字體的英文。簡妮七歲時，爸爸就開始教她英文了。爸爸說，從前人們說，學好數理化，走遍天下都不怕。對於簡妮來說，還要加上一個英文。學好了英文，將來回上海一定有用。他們用的是爺爺從上海給寄過來的《英文九百句》，這個課本帶著一張綠色的塑膠唱片，可以跟著唱片裡的人讀課文，學習悠揚的英國口音。那時，她家已經從沒有電的連部乾打壘土房子，搬到了團部中學的宿舍。與兵團的連部最大的不同，對簡妮來說，就是有電了，可以聽唱機了。此刻，簡妮的心裡浮出了唱片裡的聲音：

How do you do?
How do you do?
Glad to meet you.
Glad to meet you too.

meet 和 you 中間用了連音，第二句的開頭，用的是第三聲，像用聲音在欠身。常常，他們一家在簡妮不學英文的時候，也在唱機上放這張唱片，像聽音樂一樣。在簡妮的印象裡，春天常常颳著從戈壁上來的狂風，玻璃窗上飛沙走石，透過家裡的白色尼龍窗幔，能看到外面細長的白楊樹下，有人像駱駝那樣頂著風慢慢走過去，大多數人都穿著軍隊那樣的綠色制服，但他們不是軍人，而是建設兵團的人。爸爸向簡妮保證過，總有一天，簡妮也會像姊姊范妮那樣被他們設法送出新疆，永遠不回來。

那時，爸爸在所有的家具上都貼上寫著英文名稱的小紙片，他說，當年他和朗尼叔叔學英文的時候就是這樣做的，小時候，他和朗尼叔叔的英文老師原先是個在上海住的荷蘭人，後來，朗尼叔叔的老師是個留學英國的上海人。爸爸寫的花體字，就是跟那個荷蘭人學的。只是他寫得不如牆上的那麼花稍。

爸爸是阿克蘇的團部中學的英文老師，還兼做音樂和美術老師。他在中學裡算得上是個倜儻的人，但到了上海以後，他一下子就顯出了蒼老和局促，還有一股走南闖北的潑辣氣。如今，簡妮想像不出爸爸年輕的時候，將頭髮用吹風機吹出一個飛機頭，穿著有銅拷鈕的小包褲，那還是奶奶沒有失蹤以前從香港寄回來的褲子。在腋下夾著一張比利翁樂隊的舞曲唱片，在上海招搖過市，是什麼樣子。那時候，像爸爸這樣因為家庭成分問題，高中畢業後無法考上大學的孩子，喜歡將自己打扮成這種上海小阿飛的樣子，悄悄混在一起跳舞。爸爸和媽媽就是在這種所謂的「黑燈舞會」上認識的。爸爸曾經學過當時媽媽走路的樣子，她將手肘卡在身體的兩側，邁著妖嬈急促的小步子，像四十年代美國電影裡的女人那樣搖晃身體。爸爸學得那樣煞有介事，將媽媽和簡妮笑倒在新疆家裡自製的沙發上。那張沙發，是爸爸用兩口伙房燒漏了的大鐵鍋和舊海綿做成的。是當時整個阿克蘇地區最時髦的沙發。就是在這張沙發上，簡妮記住了「Sofa Chair」這個詞。

這紅房子西餐館對簡妮來說，雖然是第一次進來，可是真的也不陌生。不光是因為牆上的英文字，更多的，是因為爸爸媽媽的上海故事。小時候，上海的故事常常是簡妮睡前的主要故事之一。在父母嘴裡的上海故事裡，紅房子西餐館，藍棠皮鞋店，哈爾濱食品廠的鹹起司酥，夏天的紫雪糕，比利翁的舞曲，衡山路上兩邊的高大法國梧桐，都是如此地親切。爸爸和媽媽，常常一同擠在簡妮的小床上，輕輕地說著上海的瑣事，陪簡妮睡著。漫長的新疆的冬天，室內總有一點沒燒盡的煤散發著的淡淡毒氣，大雪壓裂了房頂的什麼地方，能聽到雪水滴落的聲音，令人昏昏欲睡。但這卻是簡妮在記憶裡甜蜜的時刻。那時，他們也說到過紅房子西餐館門口的那兩級突然向下的台階。所以，剛才簡妮在門廳那裡一腳踏空的時候，簡直就像跌回到自己夢裡的地方。只是她的臉上不動聲色，她不讓人看出自己的激動，她就像姊姊范妮一樣地正常。

在紅房子西餐館逼仄門廊的一端，是用玻璃隔開的糕點間，裡面擺著紅房子自家做的麵包、蛋糕和西式小點心，奶油和奶白蛋糕被切成小小的長方塊，上面裱著粉紅色的奶白做的玫瑰花。這些蛋糕和點心可以堂吃，也可以外賣。全上海只有在這個糕點間裡，能夠買到一次可以吃完的小塊奶油。那一小片奶油用厚錫紙漂亮地包著，讓人感到自己受到了體貼和照顧。透過糕點間的玻璃，可以看到長樂路陝西路口的燈光和車子。

陝西路和長樂路，都是有上百年歷史的老馬路，街邊的老房子，一種是融合了一點點巴洛克風格的石庫門，另一種就是磚木結構的洋房。這種房子乍一看和歐洲一百年左右的老房子一樣，但仔細看，就能看出中國工匠留下的影子。有的花園裡，還留著當年洋房主人種的丁香和紫藤，那兩樣都是歐洲人喜歡在自家花園裡種的植物，只是現在即使它們還開花，也都是又小又瘦的花朵了。這兩種房子，在當年租界時代都算不錯，現在當然都舊了，裡面都擠著住了不少人家，臥室、客廳、書房，都住了不同的人家。底樓的廚房變成了公用的，滿牆都是一條條的油污，連電燈繩都因爲油污的附著而變得疙疙瘩瘩的，空氣潮濕的時候，摸上去是黏答答的。當年修馬路時埋下的下水道系統，早已經用舊，而且失修，或者說當時法國人的設計就不好，四十年代時，這條街上就發過大水。現在還是用原來的下水道系統，雨水一大，街上就積水，黑色的污水裡散發出下水道和垃圾箱裡的腐臭。等水慢慢退去，牆腳上就留下一道道污水黑黑白白的痕跡。

當年，法國租界築路，只能一來一往，過兩輛車。現在人和車都多了，這兩條窄小的馬路上便堵滿了車子和行人。遇到紅燈，陝西路上向淮海路方向，或者向南京路方向往返的公共汽車尖叫著剎了車，停在路上，像一條條氣喘吁吁的刺毛蟲。昏暗的車廂燈下，能看到擁擠的車廂裡，車廂頂的拉手杆上，拉滿了乘車人的手，手和手之間只留下兩釐米的空隙，有時候連兩釐米都不到，不願意和別人碰在一起的手，大多數是年輕女人的手，躲來躲去地在橫杆上找一個安身之處。那樣黯淡的車廂燈下，所有人的臉上，都有一種因爲營養不足，日光不足，連信心也不足所呈現出來的菜色，那些化了妝的女子的臉，拔光了再紋過的醒目的黑眉毛，江南人薄薄的嘴唇，用冬天加了油的大紅唇膏密密地塗滿了，在又冷又累，疲勞而冷漠的臉上，像強做的歡顏。

在暮色裡沉入黑暗成群結隊的腳踏車，混雜在馬路的每一條縫隙裡迂迴蛇行，這些腳踏車並不按鈴，騎車的人已經懂得腳踏車鈴是不能讓任何人讓路的，所以他們全憑自己的機靈繞開人和車，往前走。有時幾乎就要撞到行人了，可他們會在碰到行人褲子前的一釐米處剎了車，將龍頭像蛇那樣一轉，逶迤前去。

范妮站在維尼叔叔旁邊，透過玻璃，望著外面的街道，這是她熟悉的街市。越過陳舊的街道和怨懟的人群，她看到了長樂村的尖頂。那裡的窗子，是上海老房子常常用的小方格子鋼窗，那裡的房頂，是用紅瓦鋪起來的尖頂，多少殘留了一點從前小康人家洋派的生活情調。那裡的梧桐樹是光禿禿的，在枝椏上吊著被雨水浸得黑透了的懸鈴，范妮叫它們「毛栗子」。維尼叔叔的朋友貝貝，從前就住在那裡的一個尖頂下面。他也是畫畫的，他的北房間裡也有這種松香水的氣味，他的窗前就能看到梧桐樹枝上的毛栗子。維尼叔叔那時常常將范妮帶到貝貝家裡玩，要是家裡來了他的畫圖朋友，范妮也總是擠在他們裡面湊熱鬧。

長樂村的房子，和長樂路上別的老房子差不多，外表看上去還有點洋氣，讓人想入非非，但是裡面已是破敗不堪，樓梯骯髒，堆滿了各家不捨得扔掉的雜物。走道上的玻璃破了，鋼窗也已經鏽死，關不嚴實了。公用廚房裡到處是油污，鄰居合用的廁所裡散發著複雜的氣味，又大又深的老式鑄鐵浴缸上，架著一條用舊了的洗衣板，當作洗臉時放臉盆的架子。而原來的洗臉池已經壞了，龍頭都已經鏽死了，池子裡積滿了灰塵和鏽漬。一樓的客廳住了一家人家，一樓的書房住了另一家人家。樓上更是這樣，間間原來的臥室，都住上了不同的人家。貝貝住在朝北的小間裡。

貝貝像是從石頭縫裡爆出來的一樣。他沒有父母，沒有兄弟姊妹，沒有工作，長得比一般人要高，細長的，像女孩子一樣秀麗。貝貝家也很特別，沒有床。他將原來給傭人住的小房間，硬布置成一間小客廳的樣子，勉強放下一張雙人沙發和一張單人沙發。晚上，貝貝就睡在雙人沙發上，將腳放在單人沙發上。他每天早上都將被褥收起來，放到一只木箱子裡。然後，在那只木箱上罩一塊繡了十字花的舊桌布，它就成了沙發前的茶几。他的二樓北間和其他的房間不一樣，不是用的鋼窗，而是普通的木頭窗，他不想看到普通的木頭窗，所以常年掛著白色的窗幔，把房間遮得很暗。在他的小房間裡看不到吃飯桌子，也看不到碗櫥和日常生活的零星用品，在油漆龜裂的門上，別人家掛洗臉毛巾和洗腳毛巾的地方，他倒掛著一枝自己用龍頭細布做的玫瑰花，花瓣的邊緣，像眞正的玫瑰花那樣捲曲著，聽說，是貝貝用粗鐵絲在煤氣上燒紅了，捲在布邊上做成的。貝貝的房間像是個女人的香閨。

貝貝家的木箱子上，供著一只銀製的高腳瓜子盤。那是貝貝家剩下的唯一一件東西，像狄更斯小說裡的大衛．克伯菲爾在脖子上掛著的那個銀鍊子。貝貝的生父是個商人，貝貝的母親卻是只得住在小公館裡的姨太太。解放時，他爸爸帶著大公館裡的眷屬逃到香港，沒有通知貝貝的媽媽。貝貝的媽媽不甘心，自己想盡辦法追到香港，從此將貝貝一個人留下。還是在貝貝家，范妮聽到維尼叔叔也講了一些奶奶的事，聽說奶奶也在香港等了一陣子，等家裡人設法申請出來，但爺爺沒有提出申請，後來朗尼又出事了，奶奶便絕了念頭，到美國去了。在家裡，維尼叔叔從來不當著爺爺的面講起奶奶，就是有時候不當心提到了，爺爺也從來不置一詞。在貝貝舒適而感傷的家裡，貝貝和維尼叔叔談論著自己的媽媽，她們總是穿漂亮旗袍，用時髦的美國化妝品，不耐煩孩子，他們談論她們，就像在談論仙女。范妮還是在那裡知道的，自己的奶奶喜歡在家裡開舞會，穿一雙金色鏤空的高跟鞋，還有美國帶回家的玻璃絲襪，後面有一條筋的。而貝貝的媽媽喜歡唱京戲，雖然是個姨太太，但她卻是滬江大學英文系的畢業生。

在貝貝還沒有發瘋以前，維尼叔叔常帶范妮去看他。他們把唱機的音量放在最小那一檔，偷偷地放著唯一的一張唱片，一九一〇年代在柏林流行的輕音樂。那支樂隊裡有一把多愁善感的小提琴，像蚊子一樣唱著。貝貝給維尼叔叔看他的抽象畫，他將瓶子畫得像方塊，高腳花瓶卻像尖刀。維尼叔叔說自己是個英國風格的水彩畫家，而貝貝說自己是個抽象派畫家，比康定斯基走得更遠，因爲他們只知道康定斯基是抽象派畫家，可看到的畫，是康定斯基把藍騎士畫成一個模糊的小人，抽象得不那麼厲害。貝貝覺得自己更抽象。維尼叔叔和貝貝一起擠著坐在沙發裡，腿貼著腿，含情脈脈。他們以爲范妮那麼小，不會懂得他們，可是范妮就是懂了，沒向誰打聽過，自己就懂得他們是怎麼回事了。而且，范妮後來還猜想到，維尼叔叔總帶著她，是將她當個幌子。只是維尼叔叔不曉得范妮已經懂得了。范妮從小就不教自明，懂得要將自己看到的一切都放到心裡，什麼也不說。

范妮猜想，貝貝和維尼叔叔的關係裡面，一定貝貝是更像女人那一方的。有一次，貝貝身上穿了一件自己用龍頭細布做的襯衫，爲了冒充是尼龍布的襯衫，他將縫紉機用的白線鬆鬆地在布上連了一遍，靠縫紉機線的硬度，讓本來柔軟的龍頭細布微微隆起，給人尼龍布的感覺。貝貝穿了他的傑作見維尼叔叔，站在自家的門背後，像個女孩子一樣含著笑，微微漲紅了臉。

范妮總是在貝貝家的北窗裡望著馬路對面的紅房子西餐館，紅色的牆就在門口的樹影後面。人們在那裡進進出出，那時，它是上海當時唯一沒有關門的，有名的西餐館。有一次，維尼叔叔和貝貝都流淚了，范妮看到了他們紅紅的眼睛。

後來，維尼叔叔突然不去貝貝家了，因爲貝貝住進了精神病醫院，他瘋了。那天，維尼叔叔的臉像張打濕了而且揉皺了的白報紙。發現貝貝發病，是因爲他自己突然跑到公安局去報告，說他和一些一起畫畫的人，組成了一個反革命叛國小集團，說好了，晚上要一起偷渡到香港去找父母。而且將小集團裡的人說得有名有姓的。開始，公安局的人如臨大敵，馬上將貝貝扣了下來。後來他們街道的警察說貝貝有狂想病史，他的媽媽根本就沒有到香港去，而是被送到大豐農場去改造的上海舞女，她不是什麼姨太太，他家也根本沒有海外關係。公安局將他送到龍華的精神病醫院去檢查，才知道他已經瘋得很重了。即使是這樣，公安局的人還是把維尼叔叔叫去好幾次，因爲奶奶的確在香港。貝貝提供的小集團名單裡，第一個就是維尼。從此以後，就是經過貝貝的樓下，維尼叔叔也絕不向上望一眼，連貝貝原來留在他那裡的畫，都讓他從畫框上割下來，剪碎，丟掉了。

范妮透過糕點間的玻璃窗，數了數對面小尖頂下的窗子，貝貝家的那一扇仍舊黑著，這證明貝貝還在瘋人院裡面，沒有回家，也沒有去世，所以他的房間還被保留著。小時候所見到的溫情而絕望的小房間，出現在范妮的心裡。

長樂路上有一輛白色的進口汽車，向錦江飯店方向慢慢開過去，小心翼翼的，不知所措地混在車流和人流裡，像一條在泥潭裡苟且偷生的海豚一樣。

維尼叔叔身上有種外國香皀的味道從他的領子口裡鑽出來，讓范妮聞到了，維尼叔叔總是讓伯公帶著到華僑商店去買小東西，自從伯公回到上海來住，用他的香港身分證可以進華僑商店買東西，維尼叔叔就只用麗仕香皀洗澡了。維尼叔叔的講究，對漂亮東西控制不住的喜歡之情，總是讓范妮想起貝貝，他們其實是一種人。

對於玻璃窗外面混亂的馬路，有小格子鋼窗的尖頂房子，關於貝貝的回憶，維尼叔叔身上的味道，以及國產咖啡在上海陰雨天裡面散發出來的悶人的香氣，范妮都是再熟悉不過的了。她站在暗處，對自己說，別不敢相信，這眞的是自己在上海的最後一晚了。

簽證出來以後，范妮一家傳著看她那本加上了美國簽證的咖啡面子的護照，心裡總是不夠確定似的。爸爸媽媽從新疆坐一天一夜馬車、三天三夜汽車、四天三夜火車回到上海，他們兩個人還渾身散發著火車上的臭味，第一件事情，就要范妮的護照看。手裡握著范妮的護照，爸爸的眼睛就紅了。媽媽一看爸爸的眼睛，就哭了：「我們家到底也有今天。」范妮站在邊上，心裡難過，可是說不出寬慰的話來。當時簡妮也站在旁邊，大瞪著兩眼，同樣是什麼都說不出來。他們把范妮的護照合上，交還給爺爺，看著爺爺拿去鎖在家裡放錢的抽屜裡，又看著爺爺把鑰匙收好。

那些日子，范妮到處去親戚家告別，由維尼叔叔出面，在家裡爲范妮開了告別舞會。

最早出國的人，好像是八〇年左右。他們去公安局申請出國用的私人護照，就像眞的要叛國一樣心虛。那些人好像做賊似的，偷偷地走掉，不敢聲張，怕在最後時刻被派出所攔下來。趕去與他們告別的人，也都一離開房間，就緊閉上嘴，不敢有一點點喧譁。維尼叔叔形容說，越獄也不過就是這副樣子。但他馬上遭到了爺爺的白眼。

一年又一年，范妮和維尼叔叔的朋友，家裡的親戚，親戚的朋友，朋友的親戚，一個一個地離開中國了，千奇百怪的理由，莫名其妙的海外親戚，那些本來被隱瞞得好好的海外親人像從石頭縫裡蹦出來的一樣，連家裡那些姨太太家的孩子，也當成同父異母的兄弟來擔保了。出國的名義也是五花八門，參加遠房親戚家的孩子的小學畢業典禮，居然也是申請護照的理由。那些實在找不到海外關係的，眞的急了眼，到希爾頓門口去搭識外國人，也眞的有人因此而找到了擔保，出了國。去的國家，也是奇出怪樣，美國、日本、歐洲都不算，還有阿根廷、巴西、新加坡，也有南非、埃及、馬爾他，甚至宏都拉斯和冰島，不知道他們怎麼會找去的。只要是離開中國就可以。那些人，都是當年誓死也不離開上海的，現在離開中國卻是義無反顧，將家裡的家具都處理了，房子也轉租給別人。一個個偷偷出國的人，最後形成了皇皇大軍，有一本私人護照，終於變成了令人羨慕的事。慢慢地，偷偷摸摸的告別，變成了一次次飯局，一次次家庭舞會，難得范妮去城隍廟買東西，看到做工好的中國鄉土產品，就隨手買來收著，到又有朋友出國時，可以拿去送行。能出國的人，越來越讓人羨慕，就是得到了外國的邀請信，有資格去申請護照的人，臉上都有了驕傲的樣子。那時候，電影院裡面放了一個描寫第二次世界大戰的電影，叫《勝利大逃亡》。馬上，上海人都覺得虹橋機場的國際出發門前，也可以拍一部上海版的《勝利大逃亡》。

然而，王家還是走不出去一個人，因爲找不到經濟擔保，找不到邀請信。這可眞的是奇怪的事，當初他們爲自己家的海外關係吃足了苦頭，現在海外關係吃香了，海外的親戚們倒一個個都縮手縮腳，連寄賀年卡時都不願意寫詳細地址，生怕會提什麼要求出來爲難他們。奶奶更是杳無音信，紐約熟人輾轉傳過來的消息說，奶奶並沒有死，就是不想再和家裡人聯繫了。王家眞的像是擱淺的大魚一樣，被擱在了上海。後來，每次送別人出國，家裡都不提那個「走」字。

這次，算是輪到范妮家揚眉吐氣了。而且是在六四以後，自費出國的消息頻頻吃緊的時候。打算出國的，人心惶惶，像當年國民黨撤退時那樣。范妮終於贏得了她想像中隆重的羨慕。從范妮得到美國語言學校的簽證以來，不是他們請大家吃飯、跳舞、告別，就是別人請范妮吃飯、跳舞、告別。這次，范妮在別人的臉上看到了被掩蓋在笑容裡的悻然，那是還沒有能夠得到外國簽證的人，席家的人，虞家的人，郭家的人，盛家的人，祖上和他們王家有生意上、親屬聯繫的人，當年都是有千軍萬馬在外國的家族，後來也和他們一樣被自己那複雜的海外關係折磨得死去活來的人，現在卻找不到任何一個海外關係，可以幫助他們離開上海。范妮發現，他們看她的樣子，像牢裡的人看著天上的鳥一樣。范妮於是猜想，大概從前自己看別人，也是一樣。真正到了發急的時候，就像英文課同學「美國罐頭」的姊姊那樣，找到一個爛水手，也要嫁到外國去。那種在渴望逃亡中煎熬的眼神，范妮實在太理解了。

簽證下來的日子裡，范妮時時在心裡勸自己相信，自己是真的就要到紐約去了，去祖上和洋人做生意發家的國家，去爺爺和伯公從前留學的地方，去現在伯婆仍舊住的地方，去傳說中奶奶隱名埋姓生活了三十多年的地方，如今，她是真的要去紐約，當一個真正的外國人。范妮每天都勸自己相信這一點，可是總是像做夢一樣，怎麼也不能相信。看了自己護照上的簽證，看了寫著自己名字，目的地是紐約JFK的飛機票，還有曼哈頓島上的語言學校入學通知書，還是不能真正相信。

如今，還有最後一晚上，終於是要離開這裡去美國了。自己也會像那些離開的人一樣，一去不回頭，毅然決然，音訊全無，連衣錦還鄉都不要了，只求自己在美國像嬰兒一樣重新開始。

「坐樓上還是樓下？樓上是有檯布的，豪華點。樓下麼，就實惠點，自家人來吃飯，將樓下的桌子併起來，也蠻好。」胖胖的女跑堂招呼著這家人，維尼叔叔常到紅房子西餐館吃大菜，跑堂的人都認識他，所以用自家人的語氣商量著說話。

維尼叔叔用手攬過范妮的肩膀，對女跑堂說：「今天是大日子，我家范妮明天就到美國去讀書了，家裡人最後聚聚。」

「告別宴會啊，」女跑堂看了看范妮，范妮對她突然笑了笑。范妮也可以算是個白淨的上海女孩子，頭小，高鼻子，帶著一點寧波相，但她一笑，臉上那種帶著點孤僻的清秀樣子就被她的笑打亂，她笑得很用力，一雙眼睛大睜著，帶著緊張，一點也沒有清秀女孩子應該有的甜。女跑堂也對范妮客氣地笑笑，她並不喜歡這樣就是不說話，也一副小姐相的女孩子，於是女跑堂收回眼光，說，「那麼，總歸要上樓去。」

女跑堂說著，自己就先上了樓梯。紅房子的樓梯又小又窄，是木頭的，踏上去吱吱嘎嘎地響。

高大的伯公一個人就把樓梯塞得滿滿的，雖然他已經衰老，但走路的樣子仍舊不肯示老。他的呼吸像老人那樣，是粗重的，帶著嗡嗡的不暢通的聲音，但他還是努力收著自己的肚子，腰背都是筆直的，保持著一生都常常運動，又諳風情的男人的樣子。他將一條眞絲的小方巾繫在灰色的襯衣領子裡，包著皮膚已經非常鬆弛的脖子，敞著黑色的派克大衣，他聲音洪亮地說：「這喜樂意的樓梯幾十年過去了，還是小得來，暗得來，到底缺少派頭。」

要是按伯公的建議，范妮的最後一餐，應該去希爾頓酒店的扒房，吃法國大廚子燒的正宗法國大菜。伯公是在一班在恩派亞公寓後面的網球場打網球的人那裡了解到的上海行情，那裡是上海最時髦、最摜派頭的地方，最適合伯公的脾氣，就像他當年要跟年輕的美國領事比汽車那樣。美國領事用的是政府的錢，而伯公用的是家產。但如今，家裡人心裡都明白，伯公是不會爲自己的建議花錢的，他就是建議而已。按說，他是王家的主要繼承人，從上海帶去的偌大家產，祖上與美國人多年生意上的代理關係，連同當時從上海船運到香港的新款雪佛萊房車，就是和美國領事鬥富用的，都是伯公在享受。就算五十年代時，王家在香港投機股市，受到重創，王家在香港從此一蹶不振，但還是瘦死的駱駝。王家的女人沒有一個進舞廳謀生的，王家下一代的孩子們照樣送到美國留學，伯公還是花天酒地了一輩子，還在香港養過一個過氣的上海歌星。第二次世界大戰以後，西方流行人造革的時候，他一時興起，就把他家裡椅子上的眞皮面子，全換成了人造革的。但他回上海來以後，張羅著買僑匯房，但也沒有買。說冬天沒有取暖太冷了，要買個大暖氣，但還是沒有買。他計畫得頭頭是道，但從不眞正花錢。在范妮出國的經濟擔保上，他讓已經離婚多年的愛麗絲伯婆出頭，總算動用了自己的面子。可是無論如何，他是家裡的恩人，也不能讓他出這個錢。所以，當時大家都轉過頭去看爺爺。爺爺垂著眼睛，當沒有聽見，接著跟維尼叔叔商量紅房子的事情，伯公的建議也就不了了之了。

爺爺再三問，是不是吃得到正宗的紅房子菜，像烙蛤蜊和牛尾湯，但大家都知道爺爺心裡想的，實際上是價錢。這一大家人到紅房子去吃一頓正餐，加上酒和汽水，也是一筆不小的開銷。多少年以來，這家裡的人，等於只有爺爺一個人有一份正常的工資，因爲在造船廠做工程師的關係，爺爺的工資不算低，但要養范妮，維尼叔叔和朗尼叔叔都吃在家裡，所以實際上，家裡一點也不比一戶都有正常工作的工人家庭寬裕，但還要請一個鐘點工人來洗衣服和清潔。爺爺名下的確有一小筆美金遺產，是當年分家時王家爲爺爺在香港存下的，被奶奶取走一半帶到了美國，剩下的就不多了。全家人都知道那是斷斷不能動的救命錢，等到下一代能送出國去，才能用的。

這家人心裡明白，但彼此從來不說破這捉襟見肘，從來不想要去希爾頓吃飯的念頭。路過那開在華山路上的那個金碧輝煌的門廳的時候，范妮連向裡面望一眼，都沒有。她不肯像一般的上海小市民那樣，在大酒店前面探頭探腦的。她心裡就不那麼喜歡希爾頓這樣的地方，雲鬢香衫又回來了，拉玻璃大門的僕歐穿得像法國將軍一樣，但她家的人，卻失去了這一切，連進去吃頓飯，都得下決心。其實，王家的人不願意下這樣的決心。要是伯公說他來請客，范妮想也許大家心裡會高興的，伯公請得起這頓希爾頓的法國大餐，他的港幣直接可以在希爾頓的帳檯上結帳，不用范妮家付高價的人民幣轉成外匯券。可他偏偏不說這個意思，別人也不願意硬要刮皮，王家留在上海的這一脈，敗是敗了，可自尊心還在。

伯公怎麼懂得范妮家這一脈困守在上海的人曲折的心思。可是，家裡也沒有一個人出頭對他解釋清楚，他們到底是不願意撕破那一點薄薄的體面。

「老先生曉得我們從前叫喜樂意啊？」女跑堂回轉頭來說，「儂是老吃客了！」

伯公大笑著說：「從前這裡是隨便墊墊飢的地方呀，現在倒這樣有名氣，眞想不到。」

「我們這裡，中央裡的人都特地來吃飯，生病了，只想吃我們這裡的東西，專門叫了軍用飛機來運我們一客蝦仁杯到北京。王先生曉得的。」女跑堂說，「就算是文化大革命，咖啡館和西餐館統統改成飯店、餛飩店，我們照樣開自己的店，就是北京來的紅衛兵，到這裡來吃的也交交關關，老早的大戶人家來吃的，也照樣是有的。還有老早的電影明星，老早的小開，什麼人都有的。也算懷舊吧。」

維尼叔叔在後面附和著說：「是的，這些年，在紅房子裡做的人，世面見得最大了。」

「那小姐你倒看一看，我是什麼人呢？」伯公偏過身體來，逗趣地說。

「甄盛，到了！」爺爺在後面提醒了自己的哥哥一聲，也打斷了他的話。

和樓下光禿禿的桌子相比，樓上的長桌子上鋪了白桌布，牆上掛了複製的西洋風景畫，還有用茶色玻璃做罩的壁燈。雖然桌布上斑斑駁駁的，有洗不乾淨的番茄沙司留下來的金黃色，西洋風景畫也複製得一點也不見風雅，比維尼叔叔畫的差多了。畫框是繁瑣的巴洛克式的，可花紋是用石膏翻出來的模子，黏在木條子上，再塗了金粉，范妮一看就知道那畫框禁不起摔，只要輕輕一摔，上面的石膏花紋就會裂開，是那種強要面子的蹩腳貨。可是到底這裡多少有點想要講究的態度，像個想讓人舒服吃飯的地方。

這家人的興致高了一點，各自將身上的厚外套脫了，紛紛落座。爺爺、伯公、范妮的爸爸媽媽，還有妹妹簡妮、維尼叔叔、朗尼叔叔，還有范妮，眞正自家人的晚宴。長條桌上，范妮坐在爺爺的右手邊，伯公坐在桌子的另外一端，本來應該是女主人坐的位置。雖然這不是規矩的坐法，但到底也有自己的道理，伯公總算是家裡的長輩，范妮是今天最重要的人。

范妮坐下後，將餐巾在腿上搭好，她記得維尼叔叔賣出了一幅小油畫給離任的美國領事以後，帶她到這裡來吃過一次公司大餐。當時他不想請朗尼叔叔，因爲他永遠是吃白食，不肯回請的。因爲不請朗尼，所以也不好請爺爺一起出來，他們只好兩個人去慶祝維尼叔叔第一次把畫賣出了五百美金，那是個天文數字了，還是綠鈔票。那一次，維尼叔叔教過她這個規矩。在家裡，范妮有時用刀叉吃炸豬排，但不用餐巾。

她偷眼看了一下爺爺，他也將餐巾搭在腿上了。

這時，她看到夾在爸爸媽媽中間坐著的妹妹簡妮，她拿著餐巾遲疑了一秒鐘，然後像爺爺那樣搭在自己的膝蓋上。簡妮只用了一分鐘，就從爺爺那裡學會了餐巾的放法。范妮最恨妹妹的機靈，那種像上海人一樣的機靈。對范妮來說，從小在新疆長大的妹妹與從小在上海長大的自己平起平坐，是不能容忍的，這簡直就意謂著范妮的失敗。

簡妮向范妮望了過來。她知道范妮會想要看她的笑話，笑話她是沒有進過紅房子西餐館的鄉下人，范妮一向將上海以外的人稱爲鄉下人，就是自己在新疆的親人也不例外，而且更加苛刻，好像他們都欠了她一樣。簡妮的眼睛很大，而且特別的黑白分明，有著像探照燈一樣的神情。當簡妮和范妮的眼睛對視的時候，簡妮把自己的眉毛往上挑了挑，簡妮要讓范妮明白，自己剛剛也看到了她偷眼觀察爺爺，她們兩個人其實一樣，都是從爺爺那裡學來的。

范妮最恨妹妹這種不甘心。

簡妮跟著爸爸媽媽學了一口地道的上海話，小時候吃的奶粉、念的兒歌、穿的皮鞋，都是千辛萬苦從上海帶去。即使是生活在新疆，爸爸媽媽也堅苦卓絕地將簡妮養成一個上海小孩。在大學裡，同學都以爲她是上海考生，她也從不說起家在新疆，而是和上海同學一樣，每個星期六回家去，把衣服帶回家來洗，說上海話。可是，范妮捉得出她的英文裡有不是上海人發音的微小的區別，發「ou」這個音時，簡妮的生硬。簡妮有時和伯公用英文說話，范妮聽著，什麼都不說，簡妮常常說出一些非常文雅的英文詞來，范妮聽不懂那些長詞。但她臉上帶著淺淺的笑，一個一個地捉著她發音裡的那個「ou」，心裡輕輕說：「到底不是上海人。」就像聽爸爸媽媽說話一樣，他們都是從小在上海的花園洋房裡長大的人，但是說著說著，就轉成了普通話，他們的普通話絕不是上海人的那種普通話，而是地道的新疆普通話。他們到底從二十歲到新疆，大半輩子都不得不說帶著兵團味道的普通話。爸爸媽媽的臉上看不出什麼，但他們的手，卻是和臉大不一樣的粗紅，指甲大大地包在手指尖上。范妮知道他們的手原來一定不是這樣的，因爲她和簡妮的手都是薄薄的、細長的那一種。爲了不要強調他們的手，爸爸媽媽從來不戴戒指。

范妮知道自己恨得莫名其妙，但她忍不住爲已經能看出來不是上海人了的父母和妹妹而感到恥辱，就像爲自己家的敗落感到恥辱一樣。她恨他們到底不像上海人，不像是這個家走出來的人，但是范妮也恨他們將自己硬占在上海人的位置上，想要和自己平起平坐。有人說，這是因爲范妮從來沒有跟著父母在新疆長大，沒有感情。但范妮覺得他們要不是自己的親人，自己倒不一定這麼恨他們。

簡妮和范妮隔著桌子對望，她們的長相裡都有一種硬，范妮是硬在笑的時候，簡妮是硬在看人的時候。

她們彼此都確定對方是在妒忌自己。

簡妮的功課比范妮好得多，她考上了爺爺當年學的電機專業，而且還是交大的優等生。因此簡妮覺得自己才給爸爸爭了光，給爺爺爭了光，給王家爭了光。而范妮的作派比簡妮洋氣，說起美國的事，像是說上海一樣熟悉，范妮覺得自己才代表了王家留在上海的一支，雖然窮了，可是沒有走樣。她們兩姊妹都覺得，自己才最像是從這個家裡走出來的人。

但是實際上，她們只知道自己家的祖上當過美國洋行的買辦，很有錢，後來，逃到香港去了。可他們對香港的那一套規矩一竅不通，又看不起那個小地方，自以爲從大上海來，不肯用心，就慢慢地敗了家。她們並不知道更多的，也無從知道，爺爺對自己家過去的事避而不談，外人的譴責，類似買辦是帝國主義幫凶，賣人口，販鴉片，都是他們幹的壞事，是壓在中國人民頭上的三座大山，她們不願意相信。父親和叔叔這一輩更多的回憶，是一個電機工程師家庭的，對大家族的歷史，也是道聽塗說，再加上了被剝奪以後的美化，所以，她們心裡明白有些說法是不可信的。簡妮和范妮，在種種籠罩她們生活的謎團中長大起來，將從前和自己的家有著萬千聯繫的美國，當成自己偉大的理想，在她們心裡，是要跳過一個時代，直接從美國回到自己家族從前的時光。這個願望，對於她們這一代來說，像飛蛾撲火一樣情不自禁。

在范妮得到簽證以後，爸爸正式向范妮提出來，等她到了美國以後，要幫簡妮寄美國學校的申請表過來，還要說服伯婆再爲簡妮做一次經濟擔保。簡妮回上海，考上交通大學，在新疆就算是上海支邊青年家庭的一次「勝利大逃亡」了，但她是王家人，她逃亡的目的地並不只是上海，也是美國。他們也把上海當成了簡妮的出國預備部。范妮心裡琢磨過，要不是自己早就不考大學，鐵了心要出國，也許爸爸媽媽都會以爲，還是先送樣樣出挑的簡妮出國更合適吧，也許連爺爺都會這麼想。因爲簡妮考上了他當年學的專業，拿出了一副做他接班人的樣子。倒將成長爲一個地道上海人的范妮擠到一邊。范妮有時心裡暗暗冷笑簡妮的愚蠢，她不知道爺爺心裡根本就不想讓他的下一代再當中國人了，更無所謂上海的電機工程師，這麼多年，爺爺從來不間斷地找機會送范妮走，就是想讓她當一個外國人。簡妮根本不知道，爺爺的傷心事就是當時自己沒能將一家人從上海帶走，弄得家破人亡，一生蹉跎。她只是想討好爺爺，讓爺爺接納自己是正宗王家人。范妮想著，看了一眼爺爺，他臉上照樣子是什麼表情也沒有，只是平靜地看著菜單。范妮一向明白，爺爺對自己有特別的疼愛，但她並不很知道他的心裡到底有什麼，他到底計畫和盤算著什麼。但范妮卻轉過眼睛去，很有靠山似地看著妹妹。妹妹雖然是家裡兩代人中的第一個大學生，終於爲王家在大陸重新爭回了受高等教育的機會，安慰了爺爺。但范妮出了國，這才是爺爺眞正的心願，范妮終於更勝一籌。

簡妮先移開眼睛，偃旗息鼓。她嘴角浮出一個笑，好像是在嘲笑自己沒本事，又像在譏笑范妮不自量力。

范妮笑了一下。因爲她知道，簡妮一定意識到，她簡妮的命運有一小部分掌握在范妮的手裡。范妮不光先用了家裡供人留學的錢，還得幫助她說服伯婆再做一次經濟擔保，準備一次稅單，財產證明。當時伯婆拖了快要一年才終於辦好，所以，這不是一件容易的事。不管簡妮心裡有千萬的不甘心，她覺得自己才是那個應該先去美國的人，但范妮到底是在簡妮還在上中學的時候就開始申請出國了，范妮到底先拿到了經濟擔保，范妮到底先下手爲強。范妮到底站在上風。而簡妮現在再不甘心，也只有求范妮幫忙的份。

八十年代的時候，在紅房子西餐館樓上當跑堂的，眞的是些見多識廣的人，他們見過上海來這裡吃西餐的各色高級人物。那時，它還算是上海最出名的西餐館，來這裡吃飯的人，都很莊嚴地對待這頓飯，就是比范妮家更有根柢的大戶人家，到了文化大革命以後，去一次紅房子西餐館，也多少有點隆重。好多年以來，到紅房子西餐館吃飯，一方面是吃一次正式的西餐，另一方面，是看無論如何也想要講究一點的客人。那是個可以從一個人吃相猜度這個人身世，遙想滄海桑田，多少享受到一點舊生活方式，而且可以甄別同類的地方，被上海咖啡廠出產的咖啡，或者是雲南咖啡廠出產的咖啡那種沉悶的香氣淡淡薰著，在這裡吃飯的人都有點想入非非。有的人喜歡把自己打扮成另外一種人，而有的人忍不住要露出自己的一點點本相，像阿拉伯女人難得也拉開面紗那樣。客人們大都是提著精神的，不止爲了一頓上海化的法國餐。

實際上，是這些客人使得店堂變得有趣，也有名。在二樓服務的跑堂，也漸漸磨練了從客人的做派上分辨不同社會地位的眼力。這也正是范妮一家都感到舒服的地方，他們還是樂意被人猜度自己家的從前，但自己一言不發。當時，希爾頓一樓「扒房」裡高級的法國餐館，拿不出大把外匯券的人，根本坐不進去。聽說是一坐下去，就是二百五十元，還要加百分之十五的服務費。只有在上海兩眼一抹黑，什麼也不懂的外國人和猖狂的暴發戶肯到裡面去吃飯。據說，在希爾頓酒店的扒房裡有整套不鏽鋼的西食具，每一道菜都用不同的刀叉。照理說，應該是從外到裡，一套一套用過去，但是沒有一個暴發戶會用，拿了吃魚的刀用力割牛肉，力氣用得連指甲都發白。而在紅房子，雖然只有一套食具，勺子還常常是鉛皮做的，但客人裡，常常能見到把一客炸豬排也吃得優優雅雅的人，一客豬排吃下來，刀叉在盤子上不會發出一點過分的聲音，嘴上、桌上都乾乾淨淨，吃完了，懂得將刀叉好好地順向一邊。那都是些不肯進扒房的人，除了經濟上的原因，還有自尊心的原因，以及小小的，但不屈不撓的虛榮心。

紅房子的店堂裡，總有一些慕名而來，沒有受到過怎麼吃西餐教育的人。他們到了紅房子西餐館的長條桌子上，多少有點心慌，生怕被人看出自己的洋盤。於是他們用眼睛飄著已經在吃的人，看他們哪個手拿刀，哪個手拿叉，湯快喝完的時候，是把勺子往向著自己的方向刮，還是往反方向刮。一邊在心裡溫習。

看到將一副刀叉拿得比榔頭還要重的人，跑堂的人就在客人點菜的時候一一告訴他們，要麼洋蔥湯，要麼牛尾湯，要麼鄉下濃湯，要麼奶油蘑菇湯，總之湯是要每個人自己吃一份的，不可以來一份洋蔥湯，一份牛尾湯，放在桌子中間，大家伸勺子過來喝；湯不喝完，後面的主菜是不可以上來的，所以不要把湯留著過後面的主菜吃，這樣後面的主菜就永遠也上不來；一個人要一份主菜就足夠了，不用一道一道地點；小麵包是奉送的；火燒冰淇淋倒是可以和飯後的咖啡一起來。他們大聲教導著，不管客人的臉已經漲得通紅，在上海，每個人都知道當「洋盤」是多少失面子的事情。但是他們並沒有捉弄人的心思，只是眞的想客人按照規矩吃西餐。看到客人像赫魯雪夫那樣把餐巾的一隻角塞在衣領裡，像小孩子的圍兜兜一樣用，卻不說什麼，他們認定那是「羅宋派頭」。

但是看到范妮家這一桌子的人，跑堂的人，就只握著點菜的小本子等在旁邊，不多嘴。果然，這家人將餐巾一一正確地鋪在自己的腿上，然後，一個接一個，在菜單上點出自己要吃的東西。報出來的，果然都是紅房子的看家菜：焗蛤蜊，紅酒雞，紅燴小牛肉，牛尾湯，還有火燒冰淇淋。這家人的態度，都多少帶著一點不肯讓人看成平常人，又不肯讓人看出來自己在意的當心，其實在心裡斤斤計較，但盡量面子上不露聲色。跑堂的只管望著他們，心裡明白得很。他們還是比較喜歡看到像范妮家這樣的人，他們身上風雨飄搖的痕跡，比一般的客人耐看。范妮這家人裡面，只有很少的孩子和女人，老的沒有看上去自己的女人，中的也沒有看上去自己的女人。除了范妮的爸爸，一邊照顧簡妮，一邊照顧愛蓮，那是他的老婆。范妮長得是很像爸爸，但是她對自己的爸爸淡淡的，倒是與娘娘腔的維尼叔叔很親近。范妮應該有二十五歲上下了，但是在這樣重要的家宴上卻沒有她自己的男友在座。而且，看她那冷清的樣子，就知道這個女孩不光是處女，而且很可能都沒有談過戀愛。這一點跑堂的可以想得通。這種吃足了新社會苦頭的人家的小孩，有些人，就是以出國爲自己的生活目的的，像那時候到鄉下去的知青也有人不回上海就不結婚一樣。這種人要是出去了，就不可能再回來，沒有男友才是一身輕鬆。到了那邊，找到有身分的男人結婚，就可以當一生一世的美國人。

伯公對跑堂的人吩咐說：「一人來一只用軍用飛機送到北京去的蝦仁杯，我伲要嘗嘗看到底好在什麼地方。」

伯公爲自己要的是烙蛤蜊，他說：「這道菜倒是保留下來了，不容易。原來喜樂意裡面的法國菜是烙蝸牛，並沒有烙蛤蜊的。那時候太平洋戰爭，日本人占領上海，法國的東西運不到上海來，那時候，我們家的汽車也不能開了，因爲汽油是戰時緊張物資，配給的。喜樂意裡的大師傅就用蛤蜊代替蝸牛，創造了一道喜樂意特色菜。說起來，上海人是眞聰明，懂得變通。我還是那時候吃過的。那時候到喜樂意吃飯，正好大師傅到店堂裡來謝客人，好像他是個山東人，是他介紹我們嘗嘗這個菜。到現在居然也有四十年了。」

爲了慶祝范妮出國，爺爺特地開了一瓶紅葡萄酒。

跑堂的胖女人取來了玻璃酒杯，分給桌上的人。酒開了瓶，倒在杯子裡，晃了又晃，可酒液一點也掛不住杯子沿，看上去實在不算什麼好酒，但那也是紅房子可以開出來的最好的酒了。張裕的紅葡萄酒，據說還是從前法國傳教士帶來的技術。爺爺舉了舉手裡的杯子，輕聲說：「祝賀范妮終於有機會到美國！」

大家碰了杯，都輕輕叫「cheers」。

爺爺又朝伯公舉了杯說：「甄盛，你和愛麗絲是范妮的恩人，大恩不言謝。」

大家都附和著爺爺的話，向伯公舉起杯來。范妮說：「伯公，我還是要說謝謝的。」像擎著一朵紅色的玫瑰花一樣，范妮向伯公舉起自己的酒杯。

伯公站起身來，說：「大家都不要客氣，這麼多年，你們吃苦良多，如今我能幫上忙，心裡眞的是高興和安慰。其實，爲范妮做經濟擔保對愛麗絲也沒有什麼爲難，她一個退休教授，又沒有逃稅的問題。」伯公特地與范妮碰了碰杯，「范妮，我爲你高興。」

大家喝了杯子裡的酒，臉都有點紅了。放下杯子，維尼叔叔輕輕吁出一口氣，說：「上帝保佑，總算成功哉。說起來，也像是電影一樣巧，范妮正是去住爹爹從前讀書住的那條街，也是命。」

伯公說：「我也去住過，我在麻省理工，學工商管理，是爹爹定規要我去學，要是我自己，就學baseball 專業，jazz 專業，我到現在還可以背得出三百多首當年的英文歌的唱詞，一點也不比現在在身歷聲裡做老歌曲的查利林差，只怕是有的歌我懂，他卻不懂。現在我需要睡覺的時間少了，醒著的時候，就把它們抄在一本本子上。范妮見過的。那一年，我畢業要回上海，甄展剛剛到紐約，我就去紐約看他。其實我最喜歡紐約，那裡才是花花世界。我不想在新英格蘭住，愛麗絲又吵著要讀書，不在我那裡。我眞的寂寞死了。我也記得那條路，在格林威治村裡面，一條小馬路，十字路口有一個石頭的噴泉，流水日夜不停，兩面都是紅房子，綠藤。離地鐵站不遠。」

爺爺說：「那是 Spring Street 站。那個地方方便極了。范妮將來到上城去，回家的時候也要在那裡下車。」

范妮點點頭，她腦子裡能想起來的，都是歐·亨利小說裡描繪的下城格林威治村，在爬滿了藤葉的老房子裡，住著一個窮畫家，病了，躺在床上望窗外的藤葉。現在她多知道了一點，那房子是紅磚的，大概從外面看，就像紅房子西餐館一樣。她租的房間附近的地鐵站，叫 Spring Street。可是，她還是不能相信，自己有一天能走到少年時代讀過的美國小說裡面去。

「聽上去，范妮像要走到歐·亨利的短篇小說裡去了一樣。」維尼叔叔也說。

「我也覺得這是假的一樣。」范妮說。

「因爲想得太久了，來了，反而不像是眞的了。」爸爸隔著桌子對范妮說，「我和媽媽在火車上，常常要拿出來你們拍來的電報看，也是心裡不敢相信。想想一九六〇年的時候，姆媽叫朗尼先辦出去，朗尼也是開始辦申請了，天天到魏先生家去補習英文，還不是突然出事情。」爸爸說著看看朗尼叔叔，他正坐在桌角，默默吃自己那份盛在高腳玻璃碗裡的蝦仁杯。他的手像農民那麼粗大，那麼結實，與吃蝦仁杯的小勺子一點也不般配。他的頭髮已經開始稀疏，用髮蠟梳起來以後，能看到一點頭皮了。

聽爸爸說到自己，朗尼叔叔探了探眼睛，可什麼也沒說，也不接腔。他的眼睛四周有深深的黑眼圈。他高中畢業時，因爲出身問題，所以雖然參加了高考，但還沒有發錄取通知單，校長就找出身有問題的高三學生開會，講「一顆紅心，兩種準備」的問題了。果然，第一批不錄取通知單裡，就有朗尼的。朗尼幫過的同學，倒都考上了大學。痛心的爺爺，這時決定先以送朗尼到香港治病的藉口，將朗尼送到香港去繼續高中。爺爺找到自己的朋友魏先生，他從前是《字林西報》的英文編輯，報紙關門以後，他被遣散回家，自己在家教授英文。爺爺送朗尼叔叔去魏先生家補英文，準備到香港就直接進英文高中上課。可是，突然，公安局到家裡來找朗尼叔叔問話，說他在魏先生那裡上課的時候，說了什麼反動言論。朗尼叔叔什麼也想不起來，可公安局的人在他面前，當場畫出一張當時的地形圖，魏先生家的小客廳裡，門在哪裡，沙發在哪裡，那天上課時候，誰靠窗坐，誰靠桌子坐，還有誰在場。這張一清二楚的地形圖把朗尼叔叔嚇呆了。很快，朗尼叔叔被判了兩年勞動教養，送到大豐農場勞動。到了大豐農場，朗尼才知道那一年整個上海都在清理社會上的英文補習班，去補習的人，都被認爲與社會主義思想格格不入的階級異己分子。朗尼在勞動教養結束後，仍被留在農場裡，不許將戶口遷回上海，就這樣，他在大豐農場一直待了二十五年，到一九八七年，才終於回到上海。朗尼叔叔十九歲離開上海，四十三歲回到上海，他從一個每天在頭髮上抹凡士林髮蠟，梳派克頭，到英文老師家去補課的少年，變成了一個滿臉晦氣的老光棍。

朗尼叔叔從來不和家裡的人湊趣，就是開口說話，也好像別人都欠了他一樣。維尼叔叔和范妮都知道他從來不怕敗大家的興，他就是有辦法直望著你，不接你的腔。所以他們都輕易不去和朗尼叔叔搭訕，開始他們不願意去刺激他，後來他們是不給他機會讓大家都不高興。要是不理朗尼叔叔，他也從不多事。而爸爸得意忘形。

「所以，你要想到，你的快樂是建築在我的痛苦上面啊。」朗尼叔叔慢慢地開了口。

爸爸還是不知道收聲，辯解說：「你怎麼這麼想，那你還是回到了上海，我眞的要留在新疆一輩子呢。我也沒說你的快樂是建築在我的痛苦上面。」

「我來給你畫一個地圖，要是這些年美國沒什麼變化，就可以方便找到。」爺爺突然放下叉，對范妮說。

他找出紙和筆，開始在紙上畫，曼哈頓像一條香蕉，下城像香蕉的一頭，一邊是東河，一邊是哈德遜河，爺爺在上面畫了一些曲線，當成河上的波浪。華爾街，南街碼頭，格林威治村，小義大利，唐人街，下東村，像香蕉上的黑色芝麻斑一樣。桌子上的人都湊過來看，爸爸和朗尼叔叔也都不說什麼了。

「You got it?」爺爺突然用英文輕輕問，他嚇了范妮一跳，爺爺本來從來不說英文的。然後，爺爺換了一張紙，畫了一條豎的街，「春街，」爺爺說，再畫了幾條橫著的小街，然後又畫了一條細細的豎著的街，「就是這裡，維爾芬街，我剛到紐約住的NYU學生宿舍，世上的事情就有這麼巧。也是你要去住的地方。」爺爺在小小的十字路口上畫了一個小圓圈，表示那裡就是伯公提到過的石頭噴泉，日夜都不停地噴著水，「夏天的晚上，紐約也有很熱的時候，開著窗子睡覺，老遠的，總是聽到那個噴泉在響，不習慣的時候，我一直以爲是下雨的聲音。」然後，爺爺畫了一個大大的圓，「這是華盛頓廣場，學生最喜歡去的地方。秋天的時候，有小販在那裡烤栗子賣，香氣傳得老遠。」

范妮又想起歐．亨利小說裡寫到的故事，他也寫到過紐約秋天賣烤栗子的小販。自己看過的那本歐．亨利的小說，是一本十分破舊的小說，不知道經過多少人手裡翻過，才傳到了范妮手裡，封面早已掉了，第一頁到第七頁也掉了，整個書都軟塌塌的，回潮的雨天裡，它散發著舊東西複雜的氣味。她是聞著那氣味，記住了紐約的秋天沿街會有小販烤栗子的。後來，范妮肯定又在別的美國小說裡讀到過這樣的細節，但是在傑克．倫敦的書裡，還是在馬克．吐溫的書裡，或者是在《珍妮的肖像》裡，她已經忘記了。有時這些書裡會出現一個橢圓形的滬江大學圖書館的藍色圖章，那一定是文化大革命燒書的時候，從大學圖書館流散出來的藏書。在寒冷的冬天，在墊高的枕頭上，有一本外國小說看，肚子上壓著一個鼓鼓的熱水袋，這是范妮一生中最好的時光。

「有兩個地鐵站可以下，一個叫 West 4，從那一站下，要穿過華盛頓廣場，我是喜歡過華盛頓廣場的，還有一站更近，叫 Spring Street，那時候很多藝術家在那裡開小店，手工做的女人戒指最漂亮。」爺爺在紙上標出來兩個地鐵站的位置，但是他沒有提起，他之所以知道春街上的手工戒指好，是因爲奶奶來看他的時候，在春街買了不少戒指的緣故。

「甄展，你其實一點也沒有變，」伯公說，「我那時要去紐約看你，去接姆媽帶過來的筍乾，你也是畫了這樣一張圖，給我寄過來，你記不記得。」

「你又沒有用我的地圖，雇了計程車來。」爺爺說，「你穿了一條白褲子，戴了一頂巴拿馬草帽，愛麗絲穿了藍色的蓬蓬裙。」爺爺說。

「伯公，你和伯婆的派頭眞好啊。」維尼叔叔對伯公笑，雖然伯婆早和伯公離婚了，她當年就留在美國，不肯回上海當少奶奶，但他們卻一直有聯繫，保持著洋派學生的風度。

伯公也笑：「我也就是好看，銀樣鑞槍頭。你爹爹才是學問好，他是在NYU都可以拿得到獎學金的好學生啊，一口文雅的英文，連我的美國同屋都說，電話裡一點聽不出來是個中國留學生。愛麗絲也是個歡喜讀書的人，她的心氣多少高啊，是美國名校的學生，就是宋家姊妹讀書的那個衛斯理女子學院，我們家那麼多孩子，她就是和甄展談得攏，連她都說甄展的英文好。」

一直靜靜聽著的簡妮插嘴說：「那爺爺可以教我英文，肯定比我們前進學校的老師還要好。」

爺爺搖搖頭說：「已經早就還給老師了，簡妮。我是什麼都還光了，專業也還給NYU的教授們了，就算現在我有機會回去見他們，我也沒有這個面孔。」

一向沉默寡言的爺爺突然說出這麼痛心的話來，讓一家人都不知道怎麼對付。大家僵在桌子上。最後，還是維尼叔叔滿臉堆著不知所措的笑，一雙手緊緊握著刀叉，輕聲說：「爹爹，今天是高興的日子啊。爹爹。」

范妮將自己的肩膀縮起來，並埋下眼睛，這樣讓她感到舒服一點。

而簡妮則瞪大了自己的眼睛，她眼睛裡全是要爲爺爺擔當什麼的勇敢，就像她考到了上海，告訴爺爺自己選擇的專業的時候一樣。

好在這時上主菜了。跑堂的將白色的大盤子重重頓在桌上。即使是紅房子，也已經不懂該將食物輕輕放在客人面前。一連三份焗蛤蜊使得滿桌都散發出加了奶酪的熟蒜茸微臭的香氣。別桌上的客人都朝范妮家的桌子上看。

伯公說，居然焗蛤蜊的樣子和味道都沒有什麼變化，就是味道淡了點，「大概我舌頭上的味蕾死得差不多了吧。」伯公說著，遠遠地拍了一下范妮的胳膊，「好好抓緊機會享受人生啊，人老了以後，什麼都不太有意思了。我最歡喜看那些在麥當勞裡工作的年輕人，動作快，聲音響，那就是美國，就是年輕啊。」

爸爸媽媽點的是葡國雞，那是他們在離開上海匆忙舉辦婚禮時，在紅房子西餐館吃過的菜。范妮和簡妮都不敢點雞，在西餐館裡吃雞，不可以用手，要用刀叉，一點一點與雞骨頭上的肉鬥爭，實在太累了。范妮點的也是焗蛤蜊，簡妮點的是炸豬排，在新疆的家裡，媽媽也常做炸豬排吃，家裡也特地備著刀叉，這是簡妮最會吃的西餐主菜，在用刀叉吃飯的時候，佐餐的就是爸爸媽媽的上海故事。說不光的霞飛路，小開家的家庭舞會，自己有一支吉他樂隊的，沙球和吉他，紅房子西餐館裡的法國大菜，〈Moon River〉，〈Around the World〉，那都是他們開家庭舞會時聽到的唱片，也是他們被發配到新疆的理由。簡妮從來不覺得自己不是個上海人，會對紅房子西餐館陌生，只是她今天不想出一點差錯，寧可保守。可爸爸媽媽居然可以用笨重的刀，把雞塊上的肉都剔乾淨，吃得有模有樣，一絲不亂。他們倆坐得筆挺的，手肘貼著自己的身體，掌刀的那隻手腕輕輕動著，雞塊上的肉就被老老實實地卸下來了。他們粗大的手和朗尼叔叔一樣，與他們文雅的吃相不般配。讓范妮不得不暗暗服氣的是，即使他們的手因爲長期的體力勞動變成了這樣，即使他們的口音裡有那個陌生的「ou」，他們吃起東西來，還是沒有走樣。甚至，比自己姊妹的樣子還要好。

朗尼叔叔點的是紅燴小牛肉，他用叉點了點范妮面前的黑胡椒瓶，說：「拿伊 pass 過來。」范妮就把那小玻璃瓶給朗尼叔叔遞了過去。在長桌子上的燈光下，范妮看到自己的手背是那麼細白。她垂下眼睛，並不看朗尼叔叔的臉，她認爲朗尼叔叔的聲音是生硬而且有敵意的。朗尼叔叔粗大的雙手像榔頭一樣，重重地吊在手腕上，那是大豐農場磚瓦廠的紀念品。他要的紅燴小牛肉其實一點也不合適他，他的牙齒因爲長期的牙周炎，已經壞了一大半，回上海以後裝了假牙，天天晚上，他要從嘴巴裡取出假牙來，放在水裡泡著，像爺爺一樣。但他還是堅持要不好嚼的牛肉，那種牛肉就是切得再小，他的牙齒也對付不了。老光棍的脾氣一定是彆扭的，不光難爲別人，也同樣難爲自己。那時，范妮這麼想。

維尼叔叔要的主菜也是焗蛤蜊，他細長的手指尖尖地伸過去，輕輕扶住坐在小凹檔裡的半個連殼蛤蜊，將淡黃色的蛤蜊肉從撒了大蒜茸的汁湯裡叉住，剝出來，再裹起一些蒜茸來，放進嘴裡。他的小指頭微微向上翹著，像女人一樣柔和。他也是瘦長高大的，脖子上有一顆淡咖啡色的痣，顯出白皙的皮膚。見范妮望著他，他體貼地勸道：「就是吃不下，也多少吃一點。范妮，你還不曉得什麼時候才回來上海呢。」

「維尼叔叔，你的吃相也好看。」范妮說。

維尼叔叔對著范妮笑，范妮知道維尼叔叔最喜歡別人說他好看，他天生就是個喜歡好看東西的人。就是維尼叔叔在里弄生產組裡繞銅絲線圈，只掙幾十塊錢工資的時候，他的畫圖朋友到家裡來玩，也一定要去大一點的菸紙店，買細長的阿爾巴尼亞香菸來招待朋友，因爲它有與中國香菸不同的樣子。在范妮小時候，上海的男人都剪一模一樣的平頂頭，或者留得略長，修成三七分。而維尼叔叔總是把自己的頭髮修成像甲蟲一樣，圓圓的蓋在頭上，他的幾個畫畫的朋友也是這樣，因爲他們猜想這就是披頭四樂隊的樣子。他們以爲，藍儂他們的披頭四樂隊風靡了中國以外的廣大世界，就是因爲他們把自己的頭髮剪成一隻甲蟲的樣子，蓋在頭上。那時貝貝也剪了一個和維尼叔叔一樣的頭，從沙發後面看上去，他們像是一對雙胞胎一樣。要到後來，上海電台重新開出身歷聲之友節目，介紹外國音樂，才明白過來，原來他們的頭髮和甲蟲並沒有聯繫，而他們的歌，用只聽過莫札特和比利翁的耳朵來聽，要花許多時間才能習慣，然後才能喜歡上像〈Hey, Jude〉、〈Imagine〉那樣比較溫情的歌，找到裡面單純的感傷。但對那些歌曲裡面的理想主義，卻始終陌生。

維尼叔叔還是喜歡更柔和浪漫的中產階級曲子，像那時和貝貝一起聽的，那把小提琴像海涅的愛情詩一樣多愁善感。有時候，范妮看到維尼叔叔開著錄音機畫畫，他總是畫一些想像裡的街道、房子和放了花瓶和水果的桌子，他拿著一枝油畫筆，跟著音樂獨自在畫架前面跳舞，那是他自己編出來的舞蹈，像土耳其的僧侶那樣歪著頭，他把兩條長長的胳膊合攏來，擁抱著一團多愁善感的音樂，在他房間中間的一小塊空地上轉來轉去。那時候，范妮總是覺得，維尼叔叔一定想起了貝貝。

范妮其實什麼也吃不下。她覺得自己像一只氣球一樣，在半空中飄飄搖搖。爺爺的地圖就放在面前，現在，自己的將來成了一張憑記憶畫出來的地圖。她自從上海有人出國的那一天開始，也有許多次想像自己大功告成的那一天，開舞會，告別，拿到飛機票，到紅房子吃飯，家裡的人終於可以自豪地宣布，王家也有人到美國去了。這些范妮都想到過，想像不出來的是，自己會高興成什麼樣子。現在，范妮感受到，自己的心裡，並沒有像想像不出來的那樣高興。這讓她感到惶惑。跑堂的胖女人過來送簡妮的豬排，范妮感到了她的目光從自己的臉上掃過，那胖女人有一雙聰明的眼睛，懂得察言觀色。范妮動牙齒嚼了嚼，將自己嘴裡含著的食物嚥下去，又住另一個切開一半的貝殼裡的蛤蜊，將它拉出來，再去裹一些蒜茸，放到嘴裡。她不要胖女人看出來，她為將要到美國去，連飯也吃不好了。「我也沒有這麼不中用的吧。」范妮在心裡對胖跑堂說。

一家人喝光了為范妮去美國而開的紅酒。

吃完飯出來，天又開始飄毛毛雨，路燈下的街道此刻濕漉漉的，下班的高峰過去以後，沒有什麼夜生活的上海街頭，幾乎沒有行人。伯公叫了三輛計程車送大家回家。爺爺拉了范妮一下，讓她和自己一起乘最後一輛計程車走。看著前面的兩輛計程車朝長樂路拐進去了，爺爺和范妮才把停在路邊等他們的計程車打發了。范妮將手插到爺爺的臂彎裡，那裡總是乾燥而溫暖的。爺爺常喜歡晚上散步，要范妮陪著去。范妮和爺爺一起去散步的時候，就這樣把手插在爺爺的臂彎裡，爺爺就把自己的胳膊夾一夾，像是握住范妮的手。

夜晚的毛毛雨，不是一滴滴下的，而是像霧那樣漫天飄拂。慢慢地，頭上和身上就濕了，用手一抹，滿手都是濕濕的水氣，頭髮慢慢也會耷拉下來，貼在頭上。爺爺和范妮向長樂路走去。

長樂路上大都是住宅，沿街面的，是多年失修的舊洋房。朝南的有一個花園。一眼望過去，一些燈光是從緊緊關著的木頭百葉窗裡透出來的，遠看，那些房子簡直就像是空關著的一樣。有的窗子開著百葉窗，裡面爬出來的燈光，照亮短短的窗檯，還有晾在窗沿下的衣服。蒲園是條大弄堂，裡面的洋房也帶著花園，能看到花園的圍牆裡伸出夾竹桃和冬青樹濕淋淋的枝條。這都是范妮從小熟悉的街景。這雨中的安靜，讓范妮心裡輕鬆了一點，像穿了一整天高跟鞋的腳，終於插到了已經穿歪了跟，所以跟腳極合的拖鞋裡。她真的想靜一靜，可今天，一向緘默的爺爺卻想說話。

「你現在到美國，二十小時的飛機就行了吧？」爺爺問，「比我們那時候要快得多了。我到紐約，正好在戰時，坐船。從上海到印度的加爾各答，然後換火車，從加爾各答到孟買，就像我們的上海這樣的大城市。從那裡上的是美國海軍的運貨船，我也不知道怎麼會上美國海軍的船，從印度到南非，才到紐約。路上要走五十多天。驚濤駭浪。船上沒幾張唱片，天天放〈You Are My Sunshine〉，離紐約近了，能聽到美國電台的廣播了，第一聽到的，就是美軍進攻歐洲大陸，羅斯福總統在電台裡帶領美國人民爲軍隊祈禱。那個國家，人人愛國，團結一心，處處都有自尊和尊嚴，清清爽爽。而我們上海，有錢人天天怕日本人和特務來敲他家竹槓，最後嚇得精神失常，自己跳樓自殺。」

范妮心裡雖然爲爺爺竟然有這麼好的記憶而吃驚，但她默默地聽著，什麼也沒表現出來。

爺爺又說：「伯公說，我的爹爹，因爲家裡是世代的天主教徒，爲天主堂做點事，所以幾代人的小時候，都會說些英文，所以也有機會到上海的洋行工作，後來成了上海數得著的代理商，錢多到國民黨要敲竹槓，日本人要敲竹槓，黑道要綁架，只好把自己的房子蓋到巡捕房的貼隔壁。要是沒有機會，我們家還不是寧波鄉下的一個鄉下人。一個人的一生，機會是最重要的。沒有機會，什麼都沒有。」

這是爺爺第一次對范妮說到曾祖父的發家史，還是借用伯公的話。爺爺從來對王家的家世不置一詞，范妮隱約聽到過，王家的發家，和美國洋行有很大的關係，那時的美國洋行做過兩件讓中國人痛恨的事情，一是販賣鴉片到中國，二是販賣勞工到美國。但范妮並不相信，因爲中學的歷史書上也是這麼說，趙丹演的電影裡也是這麼說，而她，從來就對宣傳反感。她從來不問，但她知道爺爺了解一些眞相。因爲有一次家裡的客人說，文化大革命的時候，電影演員上官雲珠對她的女兒說過，有些事情，還是不要知道的好，不說，是爲了保護她。爺爺聽了，表示過贊同。而別人也對范妮說過，爺爺是隻老狐狸。

范妮想，爺爺沒有說的是，他這樣一個NYU的高材生，專修船舶電機的工程師，因爲沒有機會，一輩子都沒能獨立負責設計過什麼。爺爺不說，她范妮也不能明說。這就是他說的棟梁變朽木。

「從前舊社會，美國洋行鼓動中國人到美國去，你曉得用的是什麼名頭？他們說，美國遍地是黃金。正好在美國西部發現了大量的金礦，全世界曉得消息的人，都湧到美國的西海岸去。所以，我們中國人將San Francisco叫做金山。我在美國讀書的時候，特地去那裡找過中國勞工的遺蹟，當時從美國東部到西部去挖金子，路上要走接近一年的時間。我去的時候，只要幾個小時的飛機。挖金礦的人裡面，就是中國勞工最能吃苦，挖到的金子也最多，讓其他的人妒忌。眞的也有不少人，發了財。我看到當時的中國雜貨店裡還有買鴉片的地方。」爺爺說。

「我曉得了。」范妮答應爺爺。但范妮想起來，歷史書上說，是中國的買辦夥同外國人將中國人販賣到外國去，他們一起騙中國工人說，外國遍地是黃金。其實，勞工到了美國，就去修鐵路了，好多人累死在美國西部的鐵路上。范妮疑神疑鬼地想，莫非王家的祖上還販賣過人口？

「你一定要打起精神來。」爺爺夾了夾范妮的手，「只要你一看到紐約的藍天，就會精神起來的。」爺爺搖了搖頭，「我一輩子再也沒有見到有比紐約還藍的天，太陽亮得你睜不開眼睛。」

長樂路上，路燈黃色的燈光在如霧的凍雨裡，像印象派的畫一樣迷迷濛濛。有人穿在黃色的塑膠雨衣裡騎車而過，像被大風颳下樓去的衣服一樣無聲而迅疾。失修的人行道上有一個個小水窪，在暗淡的路燈下亮閃閃的，要到天亮，才會看到那裡都是污濁的黑水。爺爺和范妮都知道，當踩到搖搖晃晃的石板，就輕輕抬腳，搖晃的石板下面已經積滿了雨水，重重踩過的話，石板會把下面的水都濺起來，弄得滿腳都是水。范妮拉著爺爺的胳膊，讓過一塊塊人行道上鬆動或者碎掉的石板，盡量不弄髒自己的鞋。

「我就是怕你從小見得多了，又和維尼親近，受他的影響太大，不懂得要抓住機會。維尼沒有機會受教育，所以目光短淺。你一定要記住，現在你等於是第二次投胎，范妮，就把從前的事全部都忘記。」爺爺說。

「好的。」范妮答應著說。

經過長樂路、淮海路、復興路，遠遠地看到自己家的弄堂了。弄堂口的小房子是一家浙江裁縫店，裁縫店的窗子上亮著黃色的燈光。范妮這次出國的一些衣服，就是自己拿了樣子，給浙江小裁縫做的。小裁縫的房間裡整天開著一只小收音機，他也需要有一搭沒一搭的音樂。裁縫店後面沒有路燈的弄堂，就是范妮長大的地方。這條弄堂裡有十二棟帶小花園的新式里弄房子，裡面有一棟，本來是范妮家的，那是當年曾祖父給爺爺結婚的房子。現在一樓住的是文化大革命中搬進來的人家，當時爺爺自動把一樓交給了房管所。留下了二樓。從前，一樓是家裡的客廳、餐廳和爺爺的書房，但范妮並沒有見過那時的房子，也沒有見過奶奶。

他們走回到自家的弄堂裡，經過自家的小花園。透過稀疏的竹籬笆，范妮看了看樓下人家的花園，那裡原來是用黑色鑄鐵欄杆攔起來的小花園，維尼叔叔告訴過范妮，當年大躍進，大煉鋼鐵的時候，里弄裡的人來動員爺爺把花園的小鐵門和鐵欄杆都拆了去煉鐵。范妮在維尼叔叔畫的房子上見到過這房子原來的樣子，維尼叔叔把這棟五十年都沒有維修過的舊房子畫成了一棟淡綠色的旖旎的房子，在黑色的花欄杆後面，是綠意蔥蘢的小花園，有奶奶種的法國種玫瑰。裡面還有一個石頭的小噴泉在流出一縷清水。那是維尼叔叔夢中的家。范妮朝小花園裡望了望，那個小石頭噴泉被淋濕了。那些玫瑰樹，也因為多年的不照顧，花一年比一年開得瘦小了。不開花的時候，樓下人家會將墊被搭在上面曬。從小到大，范妮太熟悉自己家小花園裡的樣子了，長了青苔的小石頭噴泉，像一隻凍得發抖的貓一樣，匍匐在冬天的夜雨裡。

「爺爺，那個噴泉是不是你裝的？」范妮突然問。

「是啊。是我從石匠那裡訂做的。」爺爺說。

到今天晚上，范妮才猜出來，從維爾芬街回家的爺爺，想在上海的家裡也能聽到日夜不停的流水聲。范妮又一次意識到，這家裡還有自己不知道的許多事情。

「那你爸爸的照片是不是真的被你都燒掉了？」范妮又問，她想起小時候聽到的抄家故事，某家的地板被翹開來以後，裡面都是特務委任狀、手槍、金條和密碼本。她想，自己明天就要遠走高飛了，爺爺也許會多說一點祕密，比如在自己家的什麼地方也有這麼一箱子從前的家底，買辦家不可告人的祕密，爺爺原來就像《海霞》電影裡的那個潛伏特務。

「是真的，全都燒掉了，連我在NYU的畢業證書都燒掉了。」爺爺說。

「那王家的祖上是不是也幫外國人販賣鴉片，和人口？那麼多錢到底是怎麼掙的？」范妮又問。

「我也不知道家裡的那麼多事情，我們家裡真的沒有家譜。伯公繼承家產，我只管讀書，」說著爺爺打了一個頓，像是被嗆著了一樣，「還有做夢。」這是爺爺當年應付造反派的話，范妮從來沒想到這會是句真話。

爺爺伸手摟著范妮的肩膀，他拍了拍她的後背，聲音突然變得喑啞，他說：「你現在可以永遠也不要管這些事，只管遠走高飛。」

回到家裡，范妮發現，爸爸媽媽又在范妮房間擺弄行李，爸爸已經換了舊毛衣，摩拳擦掌地站在房間中間，媽媽跟在爸爸後面，手裡拿著一捲固定行李用的細麻繩，他們二十多年來往於上海和新疆之間，每次都在上海帶足吃的用的，連同媽媽用的衛生紙，他們練出了一身裝箱子、綁行李的本事，能把行李綁得像磚頭一樣，又平整又結實。范妮記得，小時候他們在上海過完春節，要回新疆的時候，他們的行李重得根本搬不動，只能在地上滾。媽媽總是上火車前加固自己的褲襠，因爲火車上到處都是人，有一次她從火車座的靠背上跨著到廁所去，一不小心，就把自己的褲襠拉裂了。范妮看到他們那種在她的行李面前渾身是勁的樣子，心裡突然就煩了。她在心裡罵出一句：「討厭！」

爸爸媽媽在她的行李上別了白色的小布條，上面用黑筆寫了她在美國和中國的地址。爸爸媽媽一到和行李在一起的時候，就顯出一股風塵氣。連同范妮的行李，也顯出一股死命搶奪的風塵氣來。

范妮將自己的一張臉冷了下來。「吃相這樣難看。」她心裡罵。

媽媽迎上來說：「現在一定是萬無一失了，一共四件，爸爸又幫你稱過了，托運的兩件只超過兩公斤，說說好話應該沒有問題，多出來的，我們幫你放在另一個行李袋裡，裡面都是你暫時用不著的衣服，夏天的裙子什麼的。過磅的時候先一起放上去，要是要加錢，我們就先幫你帶回來，從海運寄過去好了。」

「好。」范妮說。但她心裡知道等他們走了以後，她會再開箱子裝上夏天的裙子，是按照《羅馬假期》裡奧黛麗身上大蓬蓬裙的樣子，特地用塔夫綢做的，范妮特地爲這裙子配了低跟的白皮鞋，她怎麼能不帶到紐約去！從美國領事館的簽證處出來，交了那九十塊錢的簽證費，留下了自己的護照，她想到的就是自己像奧黛麗演的那個公主一樣，穿著大蓬蓬裙，在紐約的大街上奔向葛雷哥萊·畢克。滿街滿身，都是明亮的陽光，鴿子在飛。她怎麼能因爲行李超重而留下它們！她知道要是自己現在說，爸爸媽媽一定會爲她做，但她就是不想說，不想讓他們知道她的心思。因爲他們根本就不懂她，他們也從來沒有和她一起成長過。簡妮越是和他們親，她就越是和他們親不起來。

「醬油和醬菜都包好了，肯定不會灑出來的，你背著的時候當心點。」爸爸吩咐。

「好。」范妮又說，但她心裡說，「不要再煩我啦。」

簡妮的床上，平放著范妮明天一早要換的衣服，都是新的，特地放到明天才穿上，怕雨天碰髒了。牛仔褲、白毛衣、黑色的呢大衣是新買了，據說是出口轉內銷的，長到了腳踝那裡。開司米圍巾上繡著小花，那是維尼叔叔送范妮的禮物，在華僑商店買的。棉毛衣、棉毛褲，還有新的內褲，都準備好了。因爲怕弄皺大衣，所以將衣服平攤在床上，看上去像一個空心人。簡妮已經直接從紅房子西餐館回學校宿舍去了，聽說是明天一早就有課。范妮看到簡妮在枕邊的牆上貼著的英文單詞表，妹妹才是眞正用功的人，范妮看著她的單詞表，一點點地出現自己不認識的詞，越來越文謅謅的詞，還有科學方面的詞，她的 vocabulary 以大大超過范妮的速度進步著，簡妮明亮的大眼睛裡總是有種「爲什麼我不可以」的倔強，讓范妮就是不能安心。

媽媽站在面前，她燙過的頭髮因爲缺乏保養，像細小的銅絲一樣在頭上炸著。范妮眞的想像不出，她就是那個當年離開上海的時候帶了七箱子草紙的悽惶嬌小姐。范妮知道她還想要說什麼，但范妮冷淡地垂下眼睛，媽媽就知趣地不說了。

爸爸看了媽媽一眼，終於說：「范妮，不要怪我嘮叨，妹妹的事你一定要放在心上。復旦大學的學生已經推遲一年畢業了，要加一年去部隊學軍，這個國家，不曉得還要出什麼花頭。外面都在傳，以後大學畢業生不能直接出國去，一定要爲國家服務多少年以後才行。我們不能讓簡妮毀在這裡。你一定要把妹妹也弄出去。」

「就怕我沒有那麼大的能量。」范妮心裡見不得爸爸媽媽從心裡和簡妮的親，甚至她認爲，簡妮不一定是明天有課，而是簡妮對她范妮其實不服氣，不肯低三下四來求自己，和爸爸媽媽串通好，自己讓開路，讓爸爸媽媽出面來壓自己的。范妮忍不住說了句，「她那麼能耐，十全十美的，說不定自己申請，還可以拿到美國的獎學金，像爺爺那時候一樣，眞正當上爺爺的接班人。我不過去讀個語言學校，是最低級的。還不自量力地搶在了人家高材生的前頭去美國，已經很過分了啊。我就怕沒這麼大的能耐吧。」范妮沒想到自己竟然說了這麼多。

爸爸沉著頭，聽她說完，也不理會范妮話裡的夾槍帶棒，誠懇地解釋說：「簡妮小，不像你離開父母長大的，更懂事，她就是這種爭強好勝的性格，你多理解她。要不是她這種性格，根本就不可能考上交大，你看他們那樣的新疆知青子女，大多數人連高中都讀不了。我知道簡妮心裡，還是尊重你這個姊姊，也羨慕你這個姊姊，能在上海長大，那麼洋氣。」

媽媽馬上接著說：「就是，她小時候也埋怨我們不送她到上海讀書。姊姊是上海人，她是新疆人，她一直想要當你，可是當不上。」

范妮知道父母是寬她的心，爲了幫簡妮，才說軟話，但是到底心裡舒服了一點。

「我知道了，我盡力去做就是了。」她說。

爸爸說：「我想要簡妮儘快就走，要是那時候朗尼能跟姆媽去香港，他也不會變成現在的樣子。我就是怕簡妮又走到朗尼的老路上去。現在的形勢也是很動盪的啊，不要以爲就太平了，這樣的國家，什麼事都可能發生！」

媽媽打斷爸爸的話：「你不要說得那麼嚇人呀，」她看看窗外，眼睛緊張地眨著，像生了結膜炎一樣，「別嚇人啊。」

爸爸強調說：「所以呀，爹爹說的不錯，我們家，逃出去一個算一個。」

范妮說：「我曉得了。大不了你讓簡妮先退學，在家裡等著。維尼叔叔當了這麼多年社會青年，也沒有人拿他怎麼樣。就是簡妮是個有志向的人，她不一定肯像我們這樣腐朽吧。」

爸爸沒有理會范妮話裡的話，說：「我已經打算讓簡妮病休一年了，找一個醫生開後門。現在國門還開著，我是無論如何也要讓簡妮也出去的。我們老了，無所謂。你們千萬再也不能過我們的日子。」爸爸說得激動起來，「范妮，我和媽媽原來也是時髦的上海人，現在被鍛鍊成這副樣子，吃的苦頭就不用再說了。我小時候，你爺爺和奶奶也是時髦的人，我們家是大家都羨慕的美國電影式的家庭，父母在家裡說英語的，年年聖誕客廳裡有大聖誕樹的，你看看爺爺現在的樣子！」

范妮垂著頭說：「我曉得了。」她不願意看到父母辛酸的樣子，「我盡量做就是了。」

爸爸媽媽吩咐了早一點休息以後，就出去了。

范妮心裡不舒服起來，她知道爸爸媽媽爲了讓她能獨自待一會，才去和爺爺擠一間屋，還找了一個理由，說是范妮這裡行李太多了，打地鋪不方便。也許是因爲讓范妮在上海最後好好睡一覺，才打發簡妮回學校去的。全家人都知道范妮煩簡妮回來和她合用房間，而且和妹妹不投契，她並不想這樣，但是就是控制不住。那種彆扭也許使得范妮越來越逃避父母，還有自己的妹妹。

范妮去洗了個澡，沒有暖氣的浴室，脫衣服和穿衣服的時候都冷得要命，站在浴缸裡，下水不是那麼通暢，范妮習慣了這些，這是因爲埋在牆裡四十多年的水管子都已經老化了，當時的熱水龍頭，龍頭上面有一小塊白色的瓷磚，瓷磚上面還燒了一個藍色的「H」，那也早就成了擺設。她聽著老舊的下水道裡「呼嚕呼嚕」下水的聲音，心想，這是最後一晚上，自己在家裡洗澡了，要是自己也像奶奶那樣的命運的話，這就是自己這輩子最後一次在這裡洗澡了。

洗了澡以後，范妮趕緊上了床，習慣地把熱水袋放到肚子上，熱著自己的身體。她也怕因此而感冒，到了美國生病，是多麼可怕的事情啊，她沒有錢付傳說裡昂貴的醫藥費。她的房間和維尼叔叔的房間只隔了一堵牆，她將耳朵完全貼在枕頭上的時候，就可以聽到維尼叔叔房間裡的音樂聲，大概是通過地板傳過來的。他在放音樂，一支英文老歌。維尼叔叔是個熱愛輕音樂的人，只要他在家，就不停地輕輕放著他中意的輕音樂。這也是范妮熟悉的。

范妮想，這也是自己最後一次聽維尼叔叔的音樂了。

I'd love to get you on a slow boat to China,
All to myself alone,
There is no verse to the song,
Cause I don't want to wait a moment too long.

范妮在枕頭上細細分辨著歌聲，那是 Sunny Rollins 唱的，〈在一條開往中國的慢船上〉。每次聽到這支歌，范妮心裡都奇怪，怎麼可能在美國的爵士樂裡，聽到關於中國的事情呢，中國和 Sunny Rollins 又有什麼關係？

I'd love to get you on a slow boat to China,
All to myself alone,
Get you and keep you in my arms ever more,
Leave all your loves weeping on the far away shore.

范妮聽了好多遍，才聽明白歌詞，通常她並不在意一定要把外國歌的歌詞都聽明白，曲子好聽，而且是支外國歌，能創造氣氛，就夠了。對這支歌不同，這支歌並沒有什麼好聽，而是因爲她好奇，爲什麼他們要到中國來呢，范妮覺得不可思議。但是在歌裡並沒有答案。

維尼叔叔好像跟著唱了起來。Cause I don't want to wait a moment too long. 維尼叔叔今晚的心情會是怎樣的呢？范妮突然想到。他是從小教范妮聽英文歌曲，說簡單的英文，教范妮吃西餐的人，他是借到了外國小說，一定會自己看完以後給范妮看的人，他常常對范妮說：「你將來一定要到外國去生活，你再也不要在這裡住下去了。」維尼叔叔才是一個天天嚮往生活到外國去的一個人。但是，他卻留在了上海，而她范妮則走了，去過他想要過的生活去了，去藍儂也住過的紐約了，今晚維尼叔叔的心情，應該有點失落吧。小時候，范妮就沒有什麼朋友，在家裡實在無聊的時候，也偷偷去翻過維尼叔叔房間的抽屜。在他的抽屜裡，小心地保留著一些好萊塢電影明星的畫片，還有外國的風光明信片。他和貝貝一樣，自己會造一個世界出來，爲了讓自己可以按照自己的方法活下去。

這時候，走廊裡突然有人說話的聲音，好像是來什麼客人了，先是維尼叔叔的聲音，後來爸爸的聲音也出來了，有個沙啞的女人聲音，找范妮。但維尼叔叔聲音很虛僞，想必是不受歡迎的不速之客。范妮從枕頭上抬起頭來聽。然後，她回憶起來，自己覺得熟悉，但是一時想不起來的沙啞而疲勞的聲音，是她中學時代的班主任的聲音。她和維尼叔叔管她叫「小業主」。

范妮驚奇於已經畢業多年，老師怎麼會知道自己出國，怎麼會想起來要到家裡來送行。這個老師當年並沒有難爲過范妮，比小學裡面的班主任好多了。范妮上小學時，遇到一個很講究家庭出身的紅色班主任，她看不慣范妮的清高，老是用家庭出身和改造世界觀這一套來刺激范妮，這其實是范妮動不動就逃學的直接原因。但是，這個班主任最喜歡到范妮家來做家訪，對范妮的家，在幸災樂禍的態度裡面，充滿了刺探和好奇。到了中學，已經是不講出身，人人都可以考大學的八十年代，新班主任想不通爲什麼范妮在學習上還是疲疲塌塌，照樣提不起精神，照樣動不動就逃學。到期末評語時，老師說她的思想意識太頹廢，要注意擺脫家庭影響，給自己創造一條新的生活道路。老師現身說法，談到她自己當年也是因爲出身不好，受到不公正的對待，是因爲自己的信念，經過艱苦的自學，終於成才的。看著老師那雄赳赳的天眞，而且把自己與范妮引爲同類，范妮臉上淡淡地笑著，不置可否。

班主任出身在一個小業主的家庭裡，范妮聽班上的同學裡面傳，班主任的父母原來是開小菸紙店的。范妮嘴裡不說，可是在心裡想，你是什麼出身，我是什麼出身，最好搞搞清楚。在范妮漸漸長大的過程中，小學老師在黑板上解釋壓迫人民的三座大山是誰時，她心裡那無處藏身的驚駭，這時已經從她心裡漸漸消失了。范妮在生活中體會到，人們無論如何，還是看高有錢有教養的人家，就算是曾經有錢的也行，買辦還是資本家，革命幹部還是知識分子，他們不管。就是小學老師給她的折磨，也更多的是出於妒忌，而不是眞的出於階級仇恨。人們眞正看不起的，還是那些住小弄堂裡破房子，父母都做體力活的野蠻小鬼，討厭他們不肯好好學習，討厭他們舉止不斯文。說到底，就是討厭他們沒有錢。

中學裡面的班主任以爲，范妮應該對她的關心和鼓勵感恩戴德，她簡直就是一個浪漫的人，但范妮卻十分厭煩她的熱乎勁。上中學時，范妮仍舊動不動就逃學，也有逃避這不自量力的班主任的原因。在范妮有限的閱歷裡，老師總是最勢利的人。可是世事就是這麼奇妙的，由於他們的勢利，他們實際上幫助范妮保持了對自己家庭出身的虛榮心，她並不以自己的出身爲恥，反而體會到一種破落世家的榮譽感。這種榮譽感光靠維尼叔叔，和一棟日益失修的老房子是不夠的。

老師如今好像是要來和范妮告別，她那總是因為用嗓子太多而沙啞的聲音說：「這個學生，我一直記得的，她當時不考大學，就是很堅定地要到美國去，也是一種信念在支援她吧，那時候我就覺得她是個有理想的青年。現在聽說是走成了，還是美國，我為她高興。」

「她還是這麼振振有辭啊。」范妮心想。

爸爸代替范妮說謝謝。

空洞的誇獎話說了不少，到老師感到已經鋪墊得足夠了以後，才支支吾吾地說，她的兒子也將要畢業了，急著出國，想託范妮給他在美國找一份經濟擔保，或者，就用范妮的保人。

爸爸十分誠懇地說，一定努力，一定努力。

范妮將自己的頭倒回到枕頭上，心裡叫了聲：「瘋掉了。」

爸爸和維尼叔叔都說范妮已經累了，睡下了，不肯讓老師進范妮的房間。維尼叔叔比爸爸堅決多了。維尼叔叔了解這個老師，當年她也愛到范妮家來家訪，要家裡人一起鼓勵范妮輕裝上陣，也愛了解范妮家的生活細節，和他們談談從前淮海路上的西餐館和夏天的冰淇淋。他們陪在邊上，唯唯諾諾，等老師走了以後，他們在一起嘲笑熱昏的老師。如今這個社會的體統已經蕩然無存，小業主的後代也想高攀他們，引以為同類。「范妮明天要飛二十幾個鐘頭，這些天又累了，一定要睡好才行的。」維尼叔叔對老師說。

老師磨蹭了一會，看這家人堅決不肯把范妮叫起來見一面，才告辭走了。聽動靜，好像老師還硬留下一份禮物給范妮，維尼叔叔堅決不肯要，還是爸爸收下了。等送走老師以後，他們倆在走廊裡說，哪天給老師送點水果去，算是還清人情。

范妮在枕上聽著走廊裡又靜下去，再一次深深地感受到，自己終於要遠走高飛了。

范妮突然想起自己應該把爸爸媽媽拿出來的裙子放回去，明天要是開箱子，就會驚動爸爸媽媽，她就是不想再讓他們亂翻自己的箱子，爲什麼一定要說明，自己一定要帶那條裙子去的原因呢，這不是簡妮那種帶字典之類堂而皇之的原因，也不是媽媽那種醬油榨菜之類理所當然的原因。雖然相對那些，裙子的理由不那麼說得出口，但是，爲什麼他們可以決定自己帶什麼，不帶什麼呢。范妮想著，從已經睡暖了的棉被裡爬出來。她拉開爸爸媽媽準備去碰運氣的行李袋，第一眼就看到自己的藍色裙子。「就曉得會得這樣。」范妮心裡冷笑了一聲。她把藍裙子和白皮鞋都拿出來，還有自己買的藍色織錦緞的日記本，這都是她非帶去不可的東西。她拖過一只箱子來，爸爸把它綁得那麼結實，不要說打開箱子，范妮連麻繩的扣子都解不開，她用力解，但剝痛了自己的指甲，綁箱子的麻繩卻紋絲不動。

范妮在冰涼的房間裡凍得直哆嗦，她鼓勵自己說：anyway，最後一次了。

時差

載著范妮的飛機波動著開始下降。長途飛行以後，面露倦容的空中小姐在窄小的甬道上巡視，一個一個地檢查著客人的安全帶。廣播裡傳來機長含混不清的通知聲：「女士們先生們，我們將在十五分鐘內降落在JFK International Airport。」范妮聽到他報出了一個華氏的溫度，前進夜校的老師曾在課堂上講過，美國人計算溫度用的是華氏，比中國的攝氏要高出許多來。范妮望著漸漸接近的大地，棕紅色的大樹，那也許是德萊塞小說裡面寫到過的橡樹，但是德萊塞的小說是不是寫的紐約，范妮已經記不得了。綠色的山坡，紅色瓦頂的房子，藍色閃亮的河流，也許它就是爺爺在地圖上畫過的哈德遜河，河流的中間有些白色的東西，那應該就是歐·亨利描寫過的河上冬天的冰。大地上黑色的公路，像鉛筆畫出來的那樣柔軟，上面跑著小小的汽車，紅色的，黃色的，藍色的，白色和黑色的，陽光把它們的車頂照得閃閃發光，就像美國電影裡看到的一模一樣。范妮感到了這塊在藍天和陽光下金燦燦的大地的溫暖。

「冬天的草還是綠的！」她聽到有人用中國話驚歎。

「你剛剛知道啊。」范妮心裡說。

范妮的耳朵一陣陣地發嗡，於是，她用力嚼嘴裡的口香糖。這也是在前進夜校上托福班的時候學來的經驗。前進夜校下課休息的時候，班上的同學三三兩兩，閒聊的都是出國經，從買什麼東西帶到美國最實用，怎麼申請容易得到簽證的學校，到美國領事館簽證官會問到的問題是什麼，那黃毛對上海人的心理是怎樣的。從到美國以後，怎麼投機取巧，多打工，少讀書，還能順利畢業。美國大學的什麼專業，將來留下來更容易，到台灣人半地下室出租的價錢，什麼樣的消息都有。那時候，美國領事館簽證處的前面，要通宵排隊才能得到面談的號碼，爲了保證簽證時的面色和精神狀態，大多數要去簽證的人，都是請別人幫自己去排通宵。這樣，在美國領事館門口就專門有一批人以此爲生，他們通宵排隊取號，再將簽證面談的號碼賣給準備簽證的人。連面談號碼的價錢，都能在前進夜校托福班上打聽到。前進夜校的托福班，眞的是全上海最好的英文夜校，也是個物以類聚的地方，連來教書的年輕教師，自己都在準備出國考試。每個班都有幾個出國迷，他們自己希望渺茫，但消息靈通，經驗豐富，他們來讀書的主要目的，好像更多的，是爲了散布所有關於出國的消息。

范妮就是在那裡聽到乘長途飛機去美國的經驗。飛機下降的時候，因爲氣壓的關係，耳朵會痛。這時要是嚼口香糖，可以幫助耳朵適應。到底爲什麼，范妮並不清楚，她猜想這是有關物理的知識，而她在中學裡最討厭的就是數學和物理，拿到的都是中等的分數。

范妮上中學時，同學裡面用功的人整天做題，心事重重地弓著背，像老頭子老太婆一樣。而范妮對學校的功課總是打不起精神來，她的一顆心早早地就散了。她早就開始學英文，那時，從短波裡可以聽到《澳大利亞之聲》，那裡有一檔教英文的節目，比《美國之音》裡的英文節目淺一點。她的本意是練練自己的聽力的，可是聽著聽著，就聽到《澳大利亞之聲》裡的音樂節目去了，她聽到了不少鄧麗君和劉文正的歌。常常她就著這些軟綿綿的歌曲做中學裡的功課。這些歌是維尼叔叔看不起的，他以爲那都是小市民口味，但范妮卻偷偷喜歡著。大家都知道范妮是要出去的人，出國和上上海的大學相比，當時在輿論上，出國還要更勝一籌。鐵心要出國的上海人，也有根本不讓自己的孩子上大學的。他們怕孩子的戶口遷到學校以後，到時候連護照都申請不了。所以，范妮閒在家裡學英文，面子上一點沒有過不去。

何況維尼叔叔這樣過了差不多一輩子。

范妮出國的這件事，總是一陣風一陣雨。在這個總是準備著要出國的過程裡，范妮度過了六年。

飛機顚簸著衝向跑道，像球那麼跳了跳，著陸了。

范妮站起來，從行李箱上取下自己裝滿了簡裝醬油和眞空包裝的榨菜以及照相機和膠捲的背包，它們是那麼重，「乒」地一下砸在范妮的肩上。那些東西都是聽說在美國要賣雙倍價錢的，所以范妮要從上海背過來。

連凡事大而化之的伯公，都不忍心看到范妮像窮家孩子出門那樣帶東西。他們當時帶筍乾去美國，是爲了想吃美國沒有的東西，可不是爲了省錢。伯公默默站在范妮房間門口，看范妮爸爸媽媽拿出新疆社會青年的潑辣，爲范妮綁行李，然後，黯然回到自己的房間裡。原來那是爺爺的房間，他來上海以後，爺爺讓給他住，自己去住吃飯間，有時，維尼叔叔也稱它爲客廳。原來范妮家還有個房間可以吃飯用，但到朗尼叔叔和伯公都回來住以後，一家人就只能在爺爺睡覺的房間裡吃飯了。伯公到底沒有像爺爺那樣，不得不生活在這種捉襟見肘的日子裡，所以他還不懂將一些感情不動聲色地埋在心裡。范妮想，在心裡承擔著因爲伯公的黯然而油然而生的不快，這也許就是全家都反感她爸爸媽媽不停地爲她收拾箱子，將本來就質量低劣的箱子捆得像難民似的原因。范妮就是這樣，才認定爸爸媽媽已經不能算是地道家裡人。

機艙裡也有一些像范妮一樣到紐約的上海人，也像范妮一樣背著沉重的新背包，還提一件塞滿東西的手提行李。東方人的臉，又累又緊張，再加上在機艙裡二十多個小時以後，皮膚缺水，都是黃渣渣的。在大多數乘客沉默著等待機艙開門時，只有中國人大聲說話，彼此留地址和電話，以便將來可以在美國多個朋友。范妮埋著頭，她一直不肯與她鄰座的中國人打招呼，她討厭他們不在乎讓別人看到自己的艱苦，他們大大咧咧，對人從不說對不起和謝謝，撞了人也從不說抱歉，他們大聲說話，不怕別人嫌棄，她在心裡暗暗地罵：「改不掉的鄉下人腔調。」坐在同一排的日本女孩隔著甬道問她：「What nationality you are?」范妮討厭她的日本口音英語，也討厭她的勢利相，於是她說：「It is not your business.」范妮直截了當的反感，把那個下巴尖尖的日本女孩嚇了一跳，嘩地轉過臉去，再也不理范妮。其實，范妮最討厭的是，她被這日本女孩提醒了自己的身分。在中國的時候，她並沒有機會強調自己是不是中國人，現在，她知道，自己最不喜歡在公共場所讓人特別指出是個中國人。她想起來，共產黨一直把買辦宣傳爲洋奴的事。

艙門開了，乘客們蠕動著向外面走去。在登機橋的小窗口上，范妮突然就見到紐約的藍天。它藍得像一塊在寶大祥布店的櫃檯上攤開的綢子一樣，像上海跳水池裡的深水區一樣。這就是爺爺說到的紐約的藍天了。然後，她看到了建築物上的美國國旗，許多星星，許多藍色的窄條子。JFK裡到處都是國旗，小孩子帽子的正中也是，范妮以爲這個時刻自己一定會像《人證》裡唱草帽歌的那個黑人一樣欣喜若狂，但是她卻沒有感到那樣的高興，她感到的是一種令她奇怪的害怕，就像上游泳課時，被老師逼著練習跳水，站在冰涼的池邊，緊閉著眼睛向前撲去的那種害怕。

一走到機場的移民局檢查大廳裡，范妮就聞到一股咖啡香。一點也不沉悶潮濕，像太陽光那樣又熱，又新鮮，又濃烈的咖啡香，這是范妮第一次在這麼大的地方聞到這樣濃的咖啡香，她一口一口地吸著帶著咖啡香的空氣，然後，她又分辨出咖啡香裡面的香水味道，那是與中國國產的香水所不同的清洌的香味，外國人身上的香水的味道。

范妮站在塡寫入境表的長桌子旁邊，握著筆，塡錯了自己的護照號碼，後來，又塡錯了維爾芬街的地址，她有點集中不了精力。在前進夜校上課的時候，有一天，托福課的老師帶來了一本從香港帶進來的黑封面的小書，叫《啓思錄》，裡面有許多讓人爲難的問題。他在上課上膩了的時候，讀幾個問題問同學，讓大家輕鬆一下。問題都很有趣，大家坐在座位上，你一言，我一語地回答。有一個問題是：「要是給你二十五萬美金，條件是，你永遠不得回到自己的家鄉，你願意嗎？」老師臉上帶著譏諷似的笑容，他剛剛讀完，教室裡便哄堂大笑。「美國罐頭」坐在范妮旁邊大聲說：「老師，給我們五萬美金就可以了。」好像他會和范妮一起到美國去一樣。那時他和范妮之間的感情開始有點曖昧，但他們之間什麼也沒有說。這時，另一個同學說：「老師，我只要五千美金。」在大家的哄笑聲中，從五千美金降到不要一分錢，最後的叫價是倒貼一千美金。那一期托福班還沒有結束，「美國罐頭」就離開中國去美國了，然後就是音訊全無。好在他和范妮從來就沒有說破過，所以范妮心裡有點惆悵，並沒有傷到心。「美國罐頭」也是到紐約來了，范妮握著筆，突然想到，也許他當時也站在這裡塡過一張入境卡，然後進入美國。今天，輪到了自己。他們倆沒有像當時想像的那樣會天各一方，而是到了同一個國家，而且還到了同一個城市。果然他們都爲了到美國倒貼了一千美金，那是買飛機票的錢。

過移民局檢查站時，范妮找了一條沒有那些同機的中國人站的隊伍去站著。可她剛站到隊尾，就被一個在大廳裡巡視的警察攔下，她說了什麼，范妮沒有聽清，范妮趕緊說：「Pardon?」而那個女警察卻不再說話，要過范妮的護照看了看，然後點著另外一條隊伍，示意范妮去那條隊伍。那就是和范妮同機的中國人站的隊伍。范妮疑惑地看了女警察一眼，她伸手點了點護照檢查通道上面的標示，范妮這才知道自己站到了美國公民入境通道上，而她不是，她得站到外國人通道上去。

檢查范妮護照的，是一個坐在玻璃後面，臉上沒有一點表情的黑人移民官，范妮對他勉強笑了笑，算是打招呼，但那個移民官直直地盯了她一眼，仍舊什麼表情也沒有。他翻開范妮的咖啡面子的護照，在電腦裡啪嗒啪嗒地找著什麼，然後又看了范妮一眼，這一次，范妮感到了他臉上的鄙夷。她想，她的中國護照，就是他可以像沒聽見一樣對待自己的Hello的原因吧。范妮卻不敢對他板著臉，她怕他不讓自己通過移民局檢查。也是在前進夜校的托福班上，她聽說過美國機場的移民官有權拒絕有合法簽證的人進入美國。她盡量拿出自己無辜的樣子，望著他。他的皮膚是黑色的，但他的樣子卻更像一個歐洲人，他那種防賊似的樣子，像一記耳光一樣打向范妮。

他突然將范妮填的入境卡遞了出來，對范妮說了句什麼，但范妮還是什麼也沒聽懂，她小心陪著笑，說：「Pardon?」

他又說了一遍，可范妮還是什麼也聽不懂，她曉得他說的是英語，可是，不是她學的那種英語。她轉下頭去看他手裡的筆點著的地方，發現自己還是把維爾芬街的地址寫錯了，寫到別的格子裡去了。那黑人移民官從自己桌子上拿出一張空白的表格給她，並示意她先讓到一邊去寫。

范妮回到剛剛想入非非的長桌子前，她小小心心地填好表，站回到外國人通道的隊伍裡。她發現自己原來一點也聽不懂美國式的英語，就像她家洗衣服的安徽小保母聽不懂上海話那樣。這次她學了乖，不再對移民官說 Hello，可將重新塡好的表格連同自己的護照交進視窗的時候，她感到自己的臉上不由自主又陪上了笑。那個移民官照樣一點也不理會她，仍舊是防賊那樣的神情，還有勉強藏入那神情裡的不歡迎。就像在上海開往鬧市區的公共汽車上，上海小市民對鄉下人的那種表情。

等范妮拿回敲了一個紅色圖章的護照，經過移民局的關口，到了行李大廳。行李轉檯上，已經有行李轉出來了，花花綠綠的行李帶來了到家的感覺。有人已經取了自己的行李，向海關的閘口走過去。當行李大廳的自動門在海關通道後面打開的時候，她聽到外面有人驚喜地尖聲大笑，那是親人相逢的聲音。通過海關後面的門，她看到到達大廳裡面花花綠綠的人，牆上慶祝新年的大紅蝴蝶結，還有大玻璃窗外的碧空。范妮才發現自己在發抖，從胃那裡發出的顫抖一直波及到全身，范妮不得不咬緊牙，並握緊自己冰涼的手來控制自己。她不願意失態，所以將緊握的拳頭插到衣袋裡，筆直地站在行李傳送帶旁。和她邊上一起等行李的旅客們相比，她簡直就像沙漠地帶的樹那麼筆直和僵硬。

海關通道後面的自動門因爲不斷有旅客出去，而不停地被打開，一股股熱咖啡的香味撲進來，那是像陽光一樣活生生的香味，安撫著默默發抖的范妮。

范妮在傳送帶上見到了各種各樣漂亮的箱子，那是有錢人的箱子，結實，輕，貼著假日酒店的標誌，有的箱子上貼著花花綠綠的貼紙，是經過了不同航空公司旅行的紀念標識。還有風塵僕僕的背囊，防雨面子的，頂上的帶子緊緊縛著捲成一個筒的地氈，那是做自助旅行的年輕人的行李，他們要的是另一種更自由的生活方式，在行李上就能覺察到，將他們的行李與漂亮箱子放在一起，就能顯出那漂亮箱子的乏味。可要是看到也是風塵僕僕，但像鄉下人那樣勞碌而拘謹的箱子，沉重，粗陋，難看地在拉鍊上吊著小銅鎖，攔腰綁著加固用的細麻繩，總能在這樣的箱子的什麼地方看到中文字。

就像范妮的箱子一樣。

遠遠地，范妮看到自己的箱子跟在一只通紅的小箱子後面，那小箱子上面，銀色的拉鍊像項鍊那樣閃閃發光，而自己的黑箱子，它像米店裡的大米包一樣向自己轉來了，帶著一副闖蕩江湖的潑辣。范妮的臉突然紅了，她恨不得能不要伸手去取自己的箱子。她看到一個金髮的年輕女孩，彎下腰的時候，鬈曲的長髮像窗紗一樣拂向前，她伸手取下了那只紅色箱子，喀嗒一聲就拉出了兩條亮晶晶的拉桿。而當自己被綁得像炸藥包一樣的箱子轉到面前的時候，范妮不得不伸手拿下它們。它們簡直比石頭還要重，箱子的把手一拎，就斷開了，像豬耳朵一樣耷拉著，她不得不拉住綁在上面的細麻繩，它們是結實的，可是勒腫了她的手指。她想到了上海街上那些提著大包小包簡陋行李的外地民工，他們和范妮其實是一樣的，行李不是爲一次旅行用的，而是自己的全部家當。范妮驚奇地意識到，對紐約來說，自己和到上海的外地民工一樣，是外來的窮人。並不是回家，而是來此地碰自己的運氣。

一定是因爲自己的箱子被綁得太奇怪了，海關的人遠遠地就看到了她，等她到了通道口，海關的人要她開箱檢查。將自己的箱子用盡全力搬到海關的長條桌子上的時候，范妮的臉紅得幾乎要流出血來。范妮想到了在前進夜校學到的《New Concept English》第三冊裡的課文，海關開箱子檢查，遇到了瓶子，就懷疑是偷帶的香水，范妮想起了一個男人讀課文的聲音：「Have you anything to declare?」當時上課的英文老師還特別告誡說：「準備出國的同學注意了，這是飛機場海關的標準用語，意思是：有什麼需要申報的嗎？如果沒有及時申報，被查出來，麻煩就大了。」這個老師總在上課中間提請「準備出國的同學」特別注意，他自己沒有出過國，可是他精通許多出國要遇到的事，他也是出國迷之一。

胖大的海關官員示意范妮打開箱子，他根本什麼都沒有問。

范妮知道自己解不開那些麻繩。

「It is very difficulty to open, Sir.」范妮窘迫地說，她恨不能說這箱子根本就不是她的。這時，胖官員沉著臉，用把鋒利的小刀插到箱子和麻繩的縫裡輕輕一挑，麻繩「蹦」地一跳，就斷了，范妮從錢包裡摸出小鎖的鑰匙來，打開鎖住兩條拉鍊的「永固」小鎖，胖官員拉開拉鍊，箱子裡的東西「噗」地一聲頂了起來。范妮看到裡面一堆白色內褲像蘑菇一樣地脹了起來，出國的人總是買許多條內褲帶到美國，在前進教室裡的美國傳奇中，美國的棉織品比中國的貴多了，而內褲是斷斷不能少的。

「這是什麼?」他從箱子裡翻出一包用塑膠袋層層包好的東西。那是爺爺給愛麗絲伯婆帶的浙江筍乾，還是專門到淮海路上的長春土特產店裡去買的。范妮看到他用手指捉住一角，好像拎著什麼髒東西似的樣子，突然就慌了神。她否認說：

「I do not know, it is just a gift I bring for other people.」剛說完，她馬上意識到自己把動詞的時態用錯了，於是，她更正說，「I brought it for other people.」

於是，爺爺爲伯婆準備的禮物也被尖刀劃開，海關的長桌子上立即散發出一股筍乾的清香，用它燒紅燒肉，或者燒蹄膀湯，豬肉裡會吃進這種香味，而筍會把豬肉裡的油全吸掉，這是家裡傳統的葷菜，冬天時紅燒一大鍋，大家都喜歡早上用它夾吐司麵包吃，伯公說他一輩子都愛吃它。在四十年代，爺爺奶奶、伯公伯婆都在紐約住的時候，他們就從中國帶來過。這是爺爺特地爲伯婆準備的禮物，他知道伯婆什麼都不會缺，除了從浙江來的筍乾。

它雖然是乾的，可也是植物，不可進入美國領土，那個胖官員將它扔進了長桌子下面的垃圾箱。「咚」的一聲，把范妮的眼淚震出來了。她慌張地想，眞的不能在這裡哭出來。所以她將自己的眼睛盡量睜大，使那些突如其來的眼淚有地方可以存住，不要流下來。

胖官員合上箱子軟耷耷的蓋子，警告范妮說：「不要帶你不知道內容的包裹，這對你不好。」

「是的。」范妮說。

出了海關灰色的玻璃門，范妮突然看到陽光燦爛的大廳，藍天像刀一樣從天上劈來。人們在各自的行李車邊上擁抱親吻，發出種種快樂的聲音。

她見到一個混血的男青年舉著她的名字，她的名字被寫成了英文：Fanny Wang。在那個混血青年的臉上，她看到了一張和爺爺長得十分相似的大嘴。他的頭髮鬈鬈的，上了定型的髮膠水，梳得紋絲不動。這是范妮見到的最乾淨的青年，甚至他的鞋邊都沒有一點浮塵。

范妮向他走去，朝他笑，這一笑，眼淚才掉下來，像搖了一下留著雨水的樹枝，本來存得好好的雨滴就都落下來了一樣。

他奇怪地看看她，問：「Are you Fanny Wang from Shanghai?」

「Yes.」范妮回答，這下她明白過來，原來他不會說中國話。

「Tony Wang.」他指著自己說。他笑起來，從面頰到嘴角，一路柔和地彎下來，很像費翔。

他是王家的小輩，算起來，也是范妮的嫡親堂弟。他家住在紐澤西，是伯婆請他將范妮接到格林威治村的房子裡去。他的車是一輛白色的雪佛萊，當他幫范妮把箱子搬到自己的車上，被那合不上蓋子的沉重箱子嚇了一跳。范妮暗自慶幸在海關檢查時，已經把麻繩都扔掉了，可以不用在美國堂弟面前出醜。他只以爲是航空公司把箱子壓壞了，問范妮要不要去航空公司的櫃檯登記，讓他們理賠。

「這是你的權利。」他站在車前說。

范妮只是搖頭。

他對范妮聳肩：「好吧，這也是你的權利。」

他們離開甘迺迪機場向曼哈頓下城去，范妮第一次看到了曼哈頓島上的高樓。新年就要來了，到處都有紅色的櫥窗。卡地亞的紐約總部大樓把整幢樓都紮上了紅色的蝴蝶結，像個巨大的禮物盒。這是范妮第一次看到這樣的房子，她根本不知道卡地亞是什麼意思。洛克菲勒中心廣場上的大聖誕樹上，閃著數不清的彩燈。通向聖誕樹的路邊，排著兩排銀色的天使。許多人站在那裡照相。時代廣場上的大蘋果也吊起來了，那是紐約新年的傳統節目，在新年的第一分鐘，它會碎下來，拿到大蘋果裡面掉下來東西的人，表示著會在新的一年裡有好運氣。范妮像看電影那樣，看著曼哈頓的街景從車窗外掠過。

「Nice, An?」他問。

「Yes.」范妮說，「A bit like a movie.」

穿著紐約式黑呢長大衣的人群聚集在第五大道高樓的溝壑裡過馬路，大多是穿著講究的紐約人，許多人手裡拿著大包小包的百貨公司的提袋，范妮以爲他們是在爲新年採購禮物，可托尼說大多數人是去店裡退掉自己不喜歡的聖誕禮物，換回錢來。「你知道聖誕節嗎？」他問。

范妮說：「我們在上海也過聖誕節。」

大概聽出來范妮語氣裡的介意，托尼馬上掉過頭來說抱歉，他說：「我不知道什麼中國的事情。」

「那你知道上海的事情嗎？」范妮問。

「Yes, I have heard about it. The old people always say Shanghai is a small New York.」他接著說了很多，但范妮又開始聽不懂了，開始是一個詞，後來不知道的詞堆積起來，就一點也聽不懂了。她有點慌神，可是她還是在臉上堆上笑來掩飾。因爲她實在不想再說一個 Pardon，連想都不願意想到這個詞。托尼看看她，他猜出來她的狀況，就不再說話了。范妮感到他是怕自己聽不懂受窘，才不說話了的。和自己的堂弟也搭不上話，讓范妮感到十分羞愧。

在擁擠的紐約市區裡，他們的車不停遇到紅燈和搶道的計程車，托尼只好不停地剎車，一下一下，身體往前衝，范妮開始暈車了。頭昏，舌頭下面開始一陣陣地出酸水，肚子也有點疼了，她實在怕自己會吐出來，她悄悄地掐右手上的合谷穴，聽說那個穴位對鎮定安神有效。車窗外，一片片樹林掠過，托尼告訴她，那是曼哈頓島上的中央公園，他最喜歡這個地方。范妮這次倒是每個詞都聽懂了，她趕緊表示出來。中央公園很長，邊上的老公寓門口站著黑制服筆挺的拉門人，比起上海的希爾頓酒店前面的拉門人來說，要專業得多。托尼說，這些公寓裡住著的，是真正的紐約富人。當年藍儂也住在這裡，並在這裡的街口被刺殺。

「是他的歌迷殺的，對吧。」范妮忍著一陣陣的噁心說。

「也有人說其實是被ＦＢＩ殺的。」托尼說。

終於到了維爾芬街，終於可以從車裡出來了，范妮幾乎是高興自己可以離開這個對自己小心翼翼的堂弟。她的房間是兩間一套的公寓裡的一間，另外一間是另一個紐約大學的男生住。他們一起合用廚房和浴室，以及電話。托尼帶來了鑰匙，一開門，門裡面的熱氣夾著濃烈的咖啡氣味撲面而來，范妮被這咖啡暖烘烘的氣味一熏，一個噁心打上來，帶上來一些酸水，裡面有可樂的味道，那還是飛機上喝的。她竭盡全力做出正常的樣子，向托尼道謝，並送托尼到門口，在他下樓梯的時候，候著，道著再見，聽著自己的聲音在陌生的高高天花板下面的樓梯上回響，像一個外國電影裡的場景。

等托尼一離開，范妮就三步兩步繞過行李，衝到廁所間去，大吐特吐，飛機上吃的義大利麵條，喝的可樂，還有酸鹹的話梅粒子，在飛機上二十多個小時吃下去的東西，好像全都翻江倒海地吐了出來，好像她的胃一離開上海就停止消化了，將後來在美國西北航空上吃的東西，暫時存在裡面而已。那些東西噴得馬桶邊上都是。

等范妮搜腸刮肚地吐乾淨了，軟軟地站在洗臉池子前漱口洗臉，她看到面前的鏡子裡有一張蠟黃的臉，顴骨上的雀斑都泛出來了，這是自己的臉啊，范妮簡直不能承認這一點，它像同飛機的那些中國人一樣蠟黃和疲憊，又寬大，實在像東亞病夫。范妮掉頭去看架子上的牙刷，它的柄像小棍子那麼粗，而牙刷卻像兒童用的那麼小，然後她看到旁邊還放著一些小鉤子、小鏡子，像是和牙刷一套的，那是同屋的美國人用的。托尼說他叫魯，魯．卡撒特，是愛爾蘭人的後代。卡撒特先生，范妮心裡想了想，在中學的英文課上，有個同學總是把先生和女士讀錯，但願自己不要讀錯。卡撒特先生倒是個考究的人呢，像牙醫一樣認眞地對待自己的牙齒。

洗臉池的龍頭是老式的樣子，像范妮家用的龍頭差不多，龍頭中間也嵌著一塊圓圓的白瓷馬賽克，上面燒著一個藍色的「H」和「C」，表示冷熱水龍頭。維尼叔叔總是說自己家的房子是連水龍頭都從美國進口的考究房子，范妮總是懷疑維尼叔叔誇大從前的事，但現在看來，他倒是對的。只是爺爺從來不提過去的事，維尼叔叔四歲的時候，上海就解放了，他是怎麼知道家裡的龍頭是從美國進口的呢？在上海的家裡，熱水龍頭從來沒有熱水流出來，倒是像張愛玲散文裡寫的那樣，要是不當心動了那個龍頭，龍頭後面的管子就會發出「赫赫」的聲音，像冬天發哮喘人那過敏的氣管。現在，范妮試著打開那個「H」，裡面馬上就流出了熱水。將熱水潑在臉上，范妮感到舒服起來。

她索性回房間去開箱子，找出衣服和毛巾來，洗了個熱水澡。從「H」裡出來的熱水，嘩嘩地從頭髮上到背脊上，然後再從屁股直到腿上，像被人撫摩著一樣，范妮在熱水下站著，從熱水的蒸氣裡看到街對面的紅磚房子，黑色的窗框，還有裡面窗檯上放著的一枝銅蠟燭台，像一根樹幹分出了七根樹枝一樣，那蠟燭台分出了七根蠟燭座，上面插著七枝白色細蠟燭。范妮揚起頭來，張大嘴，將熱水接到自己的嘴裡，再慢慢地吐出來。從裡到外，身體輕輕地蕩漾著，她知道自己這是眞的到了美國，到了能眞正用「H」裡的熱水，而不是只能聽壞掉的水管子裡「赫赫」聲音的地方。

洗完澡以後，范妮習慣要開窗，她將窗子往上提，和上海的窗子一樣，這裡也是用提的。她聽到了嘩嘩的聲音，往天上看，卻看到了滿眼的藍。她想起了什麼，於是將頭伸出去，果然她看到了遠遠的路口，有一個小街心花園，那裡有一個石頭的噴泉，在陽光下，那噴泉流出來的水，像銀子一樣閃著光。如下雨那樣的水聲，就像是爺爺形容的一樣，就是石頭噴泉的聲音。它長得和上海家中小花園裡一樣，只是看上去有與上海不同的年輕和婀娜的姿態。范妮伸長了脖子，望那熟悉而陌生的石頭噴泉，「這是紐約，這是格林威治村，這是維爾芬街，這是 Fanny Wang 。」她想。

到了半夜，范妮好像被渴醒過來，房間裡沒有拉上窗簾，滿地板都是窗外防火樓梯的黑影子。寂靜中，范妮聽到身邊有絲絲的聲音，然後，她發現那是她床邊的熱水汀在工作，房間裡又暖又乾。范妮看了看放在枕下的手錶，它還是上海的時間，按照十三個小時的時差，現在應該是上海的下午。范妮感到自己已經完全清醒過來，她想起爺爺告訴她的時差，上海和紐約差了十三小時，雖然人已經到了紐約，但身體裡的生物鐘還會按照上海的時間工作，晚上睡不著，白天想睡覺。人像生了肝炎一樣難過。范妮想，大概自己的時差已經來了。

於是，范妮決定起來整理行李。格林威治村的房租貴得要命，她租的是這套公寓裡的小間，一床，一桌子，一櫥，唯一剩下的一小塊空地上已經堆滿了行李。

在箱子裡被壓皺變形的衣服，像上海春節時小菜場裡冰凍的雞鴨。范妮想到，自己忘記應該帶一個電熨斗來。范妮當時沒有覺得時差有什麼不好，能在半夜裡精神抖擻，她覺得也很好。她將一段絲綢放出來，筍乾已經被扔到垃圾筒裡去了，她也不能空著手去見愛麗絲伯婆，於是她決定把這段從杭州買來的絲綢送給伯婆當見面禮。范妮還帶著一些中國人送人的小禮物，像龍虎牌萬金油、水仙牌風油精、繡花的眞絲手帕、安徽的彩色墨。要是需要送人禮物，就不必要在紐約買了。范妮將那些東西放進抽屜裡。把自己帶的一些零食放進另一個抽屜。那是些蘇州話梅、奶油楊梅、甘草楊桃片，這是普通上海女孩子都喜歡在嘴裡含一點的零食。帶來的醬油和榨菜在塑膠袋裡散發著油醬店鹹鹹的氣味，到了美國，范妮才感到那氣味是那麼衝鼻子，她不好意思將它們放到廚房間去，讓那個用五個頭，大概還有電池的牙刷的卡撒特先生看到她不遠萬里帶來的東西有這種味道。於是，她仍舊用塑膠紙包好了，放在自己房間的櫃子角落裡。

整理完自己的東西，范妮坐到寬寬的窗檯上，望下面靜靜的街道，對面有一棟房子的低樓，是家小店，在牆上釘了一塊長方的店幌子，白底子，上面畫了一個黑色的女人頭像，那女人戴著老式的小帽，上面還豎著根羽毛，很有風情的樣子，范妮猜不出那是什麼店。她想像裡，在紐約住了大半輩子的伯婆，就是這個樣子吧。而要是爺爺奶奶當時不回上海，自己也應該是開白色雪佛萊車的紐約女孩，從行李傳送帶上取的是一只紅色小箱子。

格林威治村的天空一點點紅了起來，白色的大鳥從哈德遜河上飛過來，站在維爾芬街上的石頭噴泉裡喝了水。范妮一直在窗檯上坐到天亮，她的新的一天就這樣開始了。

等范妮找到廚房，才看到廚房的冰箱上用吸鐵石黏著一張給自己的字條，是魯留下的，他過聖誕去了，告訴她一些注意事項。諸如，可以用冰箱中的一半地方，可以用電話，電話旁邊有一個計話器，用了電話以後，把上面的數字自己記在電話旁邊的小本子上，到帳單來了以後，可以各自付帳。

也許他是個細心的人，還告訴她如果要買東西的話，走出維爾芬街，向北兩個街口，就是百老匯大街，那裡有各種商店，最近的一家超級市場就很大。沿著百老匯大街往下走，就是中國城。看上去他知道范妮是個中國人，可是他一定不會知道范妮並不認爲自己喜歡去中國城。魯的字又小又草，把ing寫成一條直線，最後加一個彎鉤，在頭上加一個小點。一點也不像范妮看習慣的英文花體字，她站在冰箱門上看了半天才猜出來的，有的詞是眞的不認識，范妮還查了詞典。廚房裡很乾淨，冰箱裡幾乎是空的，只有一些酸奶和一盒奶油。牆上的櫃子裡放著咖啡和煮咖啡用的過濾紙，還有一些義大利麵條。

早上，范妮給伯婆打了電話。伯婆在電話裡的聲音很響，像那些耳朵不太好的老人一樣。「Call me Alice if you like.」當范妮叫她伯婆時，她這樣說。

范妮問什麼時候可以去拜訪她，伯婆說上午她已經有客人來拜訪，范妮也需要先安頓好自己，所以，她認爲下午 Tea Time 時見面更合適。范妮原以爲伯婆會馬上讓她過去，甚至想到，也許她們也會像電視裡報導的台灣老兵回家省親那樣抱著哭成一團，只是沒想到要等到 Tea Time。

范妮掛了電話，突然感到肚子餓了。她想吃上海的小餛飩，很薄的皮子，能看到裡面裹著指甲大小的一團肉米，湯很清，上面漂著黃色的蛋皮絲，老綠色的榨菜絲，還有深紫色的紫菜以及綠色的小蔥末。她想起來，自己從昨天下飛機到現在，還沒有吃過東西，要是自己不找，再也沒有人來催她吃飯。然而，這屋子裡，范妮連一粒米都沒有。

范妮拿了錢和鑰匙，下樓去。走了些彎路，問了些人，找到了魯說的那家超級市場，范妮見到不少學生模樣的人出入，她於是跟著他們往裡面走，像他們一樣在入口的地方隨手拿了一只塑膠籃子。有人在買煙肉的櫃檯前買小麵包，和幾片煙肉，賣肉的人會幫他們把煙肉夾到圓麵包裡，還在裡面放上一小段酸黃瓜，或者醃過的尖辣椒。范妮也跟過去買了一個，她以爲那樣的夾肉麵包叫 sandwich，其實他們叫它 hamburger。范妮又爲自己的錯誤漲紅了臉，她拿了 hamburger，趕快離開煙肉的櫃檯。這次她比較麻木了一點。

或者說，她來不及多想，她被這家百老匯大街上的超級市場鎮住了。她第一次看到那麼多花花綠綠的商品，喜氣洋洋，無窮無盡，都放在唾手可得的架子上。幾十種牌子的巧克力，幾十種牌子的乳酪，幾十種樣子的蛋糕，都是新鮮出爐的，幾十種牌子的日霜、晚霜和護手液，還有范妮不知道怎麼用的緊膚水、爽膚水、柔膚水，以及防曬霜、隔離霜、精華素、喚膚液、修復水，范妮不是那種上海弄堂裡對化妝品喋喋不休，孜孜以求的小市民女孩，也不是一年四季都用一筒雪花膏，只花心思在讀書上的清高的女孩，但她在那些化妝品的貨架前走過的時候，還是被它們嚇了一跳。然後，她發現有許多東西，她不知道是幹什麼用的。接著，她又發現原來可口可樂在美國，居然比在上海要便宜好幾倍。她是在這時開始留意貨架上面標著的價錢，剛看上去，那些東西都只有幾十塊錢，甚至只有幾塊錢，幾個 quarter，但要是按照美元和人民幣在黑市上一比八．九來算，這裡的東西除了可樂和洋雞蛋，眞的都貴。最貴的，竟然是范妮不得不買的大米。那種像針一樣兩頭尖的泰國米，要賣到九十九美分五百克，也就是八元人民幣一斤。像裝蛋糕粉一樣，它們被裝在考究的紙頭盒子裡，盒子口上還有一個用鋸齒線劃出來的小口子，很方便打開。大米居然是這個價錢，給了范妮很大的打擊。她已經聽說紐約的生活指數高，可是她不知道要高到這種程度。她不得不買米，這是她的主食，但她怎麼也買不下手，最後她拿了塑膠袋包的簡裝米，它們放在角落裡，看上去是落腳貨。范妮算了算，五斤裡面，可以便宜到一斤。范妮已經離開了，可是走了幾步，又回來，再拿了一包米。

到底要在這裡過日子，家裡的安徽小保母買米，都是一口袋一口袋的。

范妮看到了日本醬油，果然比她帶來的中國醬油要貴十倍以上，這讓范妮高興，好像拾到便宜一樣。因爲想到自己有醬油，她買了一塊肉，她想要做紅燒肉吃，因爲不想將肥肉扔掉，她特地挑了瘦肉多的剝皮小蹄膀。到結帳的時候，她才發現那塊肉貴得讓人不能置信。等回去煮了，她才發現那塊肉又白又硬，如同木頭，而且一點沒有豬肉的香味。范妮在上海並不下廚，所以她以爲需要用文火篤，但是過了兩個小時，那塊肉在沒有油花的醬油湯裡越縮越小，也越來越硬。范妮從垃圾袋裡找回那塊肉的包裝，拿了本詞典一項項查過來，這才發現那上面的 **Turkey**，並不是和土耳其有關的產地，而是「火雞」。她原來買的是一塊美國人聖誕節和感恩節吃的火雞腿，根本不是上海小菜場裡的熱氣剝皮小蹄膀。范妮發現自己從來沒有學過「火雞」的英文。

范妮努力將那燒不爛的火雞腿嚥下去，她不想將木渣一樣的火雞肉倒到馬桶裡沖了了事，大概不想浪費，也不想確認自己的失敗。火雞肉用中國醬油紅燒以後，嚼在嘴裡，像微微燒焦的老樹枝，用飯裹著，一口口地吞下去。范妮的心情漸漸開始惡劣起來。她把自己的公寓弄得到處都是中國醬油的氣味，在沒有混合足夠的脂肪和肉香，也沒有加進去足夠的糖和黃酒的時候，中國醬油會發出有點苦澀的焦臭，努力吃飯的范妮覺得自己快被熏暈了，一陣陣的噁心泛上來。她的胃裡還感到餓，可她吃下去的東西都堵在嗓子口，隨時可以張嘴吐出來。

她吃了些榨菜，才勉強把它們都趕下肚子裡去。她想起來媽媽說的話，榨菜是世界上最落胃的東西，只要有榨菜，人就可以活下去。這時，范妮不得不承認，媽媽是對的。

下午找到伯婆在華盛頓廣場邊上的家時，范妮覺得自己的頭還在一陣陣發暈，這時正是上海時間的下半夜，她在棕色磚牆的房子前走過，好像走在睡夢裡。也是前進夜校的同學說的，到了美國以後一定會有一個星期左右的時差，這時候，不可以按照你身體裡那個還在上海時間的生物時鐘去睡覺，一定要按照美國時間作息，這樣才能將那個身體裡面的生物時鐘調整過來，適應美國。范妮做得很努力，拚命地在熟睡和暈眩中掙扎著四處走動。

伯婆住的是一個乾淨的老公寓。范妮一推門進去，裡面一股熱氣帶著咖啡氣味撲來，還有加了芳香劑的清洗液的味道。美國室內的暖氣，高到許多人都只穿汗衫。范妮在電梯裡打了一個大大的噁心，她聞到自己胃裡存著的紅燒火雞味道。寡淡的火雞肉襯托出了中國醬油燒焦木頭般的難聞氣味。

伯婆正候在電梯口等著范妮。她是個小個子的老太太，她眉毛細得已經看不見了，用眉筆高高地挑上去，再彎彎地順下來，賢淑又有風情。樓道裡有點暗，范妮頭昏眼花，可她還是用力看著伯婆，看到她嘴唇上的大紅唇膏，范妮想起《良友》畫報裡的女人。「Alice 年輕的時候也能算得上是個美人。」伯公對范妮說過，「她教養好，又很摩登，一口好英文。」她身上穿著一件塔夫綢的長袍，像是從四十年代的好萊塢電影裡走下來的人一樣。

「我懊悔沒有關照你，可以從廣場拐過來就看見的那個 Playground 的門進來，那裡最好找。」伯婆的嗓音很柔和，但是也很硬朗。她直直地站在那裡，看不出曾經摔壞了股骨，不得不有九十天躺在床上，讓骨頭自己康復的經歷，許多老人因爲摔斷骨頭而失去活力，迅速死亡，但伯婆不但康復了，而且還保留著讓范妮驚奇的女人的講究和漂亮。接近伯婆的時候，范妮甚至聞到了伯婆身上淡淡的清香。

伯婆將范妮讓進門來。她走得很慢，范妮伸手去扶她，她願意表現出自己這個小輩可以照顧她的乖巧。但是伯婆擋開她的手，說：「我自己能走。」

范妮趕快收回手。

范妮告訴伯婆，美國海關將爺爺送給伯婆的浙江筍乾翻出來充公的事情。伯婆將自己的眉毛挑得高高的，說：「他們就是專挑一看就是新到美國的人翻東西。」

伯婆點給范妮看她客廳裡養著的綠色藤蔓。靠著窗檯的那堵牆上，吊著一些透明的塑膠繩子，上面爬滿了綠色的藤蔓。那些室內的藤蔓原來是到馬來西亞旅行，偷偷帶回紐約的。「就放在我的 coat 裡面。」她得意地說，那馬來西亞的藤蔓，如今已經養了十多年了。

「我很抱歉，沒有能把筍乾帶給你。」范妮再三表示抱歉，她小心地引導伯婆說上海話，她想，那麼多年，她生活在美國，說英文，大概鄉音會讓她變得有點多愁善感，像那種抱著親人痛哭流涕的老華僑那樣。「你想上海吧。」

「不，不是眞的想。」伯婆否認說，「就是想，也是想我年輕時代的那個上海，而不是現在的上海，我的上海已經消失了。現在上海對我來說，是一個比紐約還要陌生的地方。」伯婆隨著范妮，說起上海話來。就像伯公說的那樣，與爺爺說的口音有所不同。她的口音裡面有一些「er」。但是，伯婆很快就又轉回英文，伯婆說英文時的聲音和說上海話的時候不一樣，突然聲音就低了下去，不像她說上海話時那麼嫵媚。好像她說英文比說上海話要更自在和自如，也更莊重。她呈現出和《良友》畫報上的柔和的上海老式女人不同的硬朗。范妮的心裡有點失望，也有點羨慕。

伯婆家的客廳裡放滿了中國古老的家具，雞翅木椅子背上嵌著獸骨拼成的梅花，大青花瓶子裡插著枯了的紅玫瑰，在走廊上掛著山水的畫軸。范妮突然想起來小時候看到過的東西。很小的時候，在弄堂裡，上幼稚園回來，家家的大門都敞開著，從裡面搬出東西來燒和砸，每家的屋子裡，都搬出來那麼多東西，像山一樣堆著，被抄家的房子前，還有大堆的紅木家具堆著，等待大卡車來搬走。那些東西，就像伯婆格林威治村的家，好看得有一點悶人。范妮以為伯婆的家會像茜茜公主的宮殿，是巴洛克式的，但沒有想到會是一個有紅木家具的客廳。范妮其實從未看到過用中國的老式家具布置出來的客廳，在走進紐約的伯婆的客廳以前。

爺爺早在朗尼叔叔出事以後，就將家裡的整套紅木家具送到舊貨店裡去賣了，將奶奶的鋼琴送給了街道辦的幼稚園。那鋼琴是奶奶的陪嫁，是一個從奧地利來上海的猶太製琴匠用手工做的，琴的共鳴箱底，還有他的簽名。還是維尼叔叔後來帶范妮到那家街道幼稚園去，指給她自己家的琴。幼稚園的老師們都知道這件事，看到他們來了，都主動帶他們到放著鋼琴的屋子裡去，好像同情他們對鋼琴的感情。鋼琴蓋上，被人放過熱茶杯，有點燙壞了，老師用胖胖的手指撫摩著那個印記，很抱歉的樣子。爺爺甚至把家裡的一樓主動送給國家，由房產局作爲國家擁有的房屋，分配給了一戶教師住。在范妮的記憶裡，家裡從來都是漆了棕色油漆的普通家具，大衣櫥的鏡子也和別人家一樣是變形的，因爲質量低劣。然而，當弄堂裡抄家聲響成一片時，她家是弄堂裡最乾淨，也是最安靜的人家，即使是樓下的教師家，也有學校的紅衛兵來抄過家。那時候，家裡人提心吊膽，怕也被人抄家，爺爺逼著維尼叔叔將他存著的唱片統統送走，連英文詞典也送走。但是，家裡卻一次也沒有被人來抄過。說到底，爺爺是個埋頭畫圖紙的老助理工程師，從來沒被走資派重用過，平時就像塊鋪在路上的石子一樣與世無爭。過後，維尼叔叔一直心疼那些被燒掉、扔掉的東西，維尼叔叔認定它們再也找不回來，也再買不到了，就像那個舊社會一樣。但爺爺從來不置一詞。

「我歡喜在客廳裡用中國家具。在紐約把它們找齊了，眞的不容易。但是，你知道，我除了愛旅行以外的愛好是什麼？就是去找老式的中國家具。我喜歡它們的情調。」伯婆對范妮說，「將它們換一種摩登的風格擺放起來，最讓人舒服。這是我從維也納的青春藝術風格裡面學來的。你曉得我年輕的時候常常做什麼？我常常在家裡自己把家具擺來擺去，就我一個人，像苦力一樣工作。但我最享受擺出一個新風格的樂趣。」

范妮一點也沒有想到，伯婆是這樣的人。

沙發前的嵌骨茶几上，已經放好了幾個細瓷的小碟子，裡面放著奶油餅乾，切成四小塊的甜甜圈，黑色的巧克力餅乾，牛奶壺，糖缸，還有兩套茶杯。這是專門爲范妮準備的。「Make yourself comfortable.」伯婆吩咐說。

伯婆家的沙發到底老了，一坐下去，就軟軟地往下陷，像在夢裡從樓上墜下的感覺一樣。范妮努力維持著端正的背脊，不把自己的頭靠到軟墊上去。她也要自己和伯婆的風度相襯。

伯婆打量著范妮，突然微微笑了：「你的嘴讓我想起甄展。」

「眞的啊。」范妮對伯婆笑，「我家都是這樣的大嘴，像黃魚。」范妮一邊開自己的玩笑，一邊緊緊地掐自己的合谷穴，想讓自己的胃安定下來。

「甄展有沒有告訴你，你其實長得更像你奶奶。」伯婆說，「你的手指長得像。她的手指最漂亮，所以她總是不停地買好看的戒指，吸引人注意她的手指。她是個 city girl。」

這眞讓范妮吃驚，她張開自己的手看了看，她還一直以爲自己和簡妮的手都長得好，是因爲像媽媽，因爲爸爸和朗尼叔叔的手都像農民一樣粗大，維尼叔叔的手長得像爺爺一樣。原來自己像奶奶啊，她馬上想到了爺爺對自己的疼愛。

「我們家的照片全部被爺爺燒掉了，怕被人抄去。我從來沒有看到過奶奶的樣子。」范妮說。

「全都被你的爺爺燒掉了？」伯婆挑起她的眉毛，「他會做這樣的事情？范妮是最喜歡照相的人，你爺爺也是最喜歡玩照相機的人，你爺爺爲你奶奶照的相，還擺在百老匯大廈樓下的照相店櫥窗裡過，他把照片都燒掉了？」

「他怕別人來抄家。」范妮說。她想起爺爺，他從來都不說從前的事情，什麼都不說，要是有人問起，像饒舌的維尼叔叔，他就是有本事像什麼也沒聽見一樣，照樣什麼也不說。這也是爲了怕家裡的事情終於傳出去，惹來災禍吧。他也從不說奶奶的事。以至於家裡所有的事情都是維尼叔叔告訴范妮的，而范妮常常懷疑那些事情是瘋狂懷舊的維尼叔叔自己幻想出來的。

「我會爲你找來看，我這裡還有許多。」伯婆許諾說。

「你總曉得你的奶奶也叫范妮吧？」伯婆說。范妮想起爺爺的囑咐，要是見到奶奶，一定要告訴奶奶，自己的名字叫范妮。奶奶一九五五年離開上海去香港，范妮一九六四年出生。原來自己叫范妮是這個原因，甚至連爸爸媽媽都沒有告訴過自己。維尼叔叔會告訴自己的，但顯然維尼叔叔自己也不知道。

這家裡，到底還有多少事情是自己不知道的呢？范妮想。

「你見到過我奶奶嗎？他們說你是最後一個見到奶奶的人。」范妮問。

「我在看唐人街過年遊行的時候遇見她，還沒有說兩句話，人一擠，就散了。現在我才知道她是要避開我。」伯婆說。

「爲什麼她不想跟我們家聯繫呢，其實爺爺眞的一直很想她的，不過他什麼都沒有說。就是我也是剛剛知道自己叫范妮，是爲了紀念奶奶，維尼叔叔告訴我說，爺爺大概以爲，那時候奶奶叫他申請到香港去，他沒有申請，奶奶記恨他了。其實，當時上海的情況是，奶奶走了不久，申請到香港去，就越來越嚴了，好像你要叛國一樣。要是勉強去申請，不要說不能批准，把柄也被別人抓在手裡了。爺爺在造船廠這種要緊的部門工作，爺爺以爲共產黨會讓他參加設計。」范妮說。

「甄展是這樣的，他一直有菁英思想的，他恨國民黨的愚蠢，所以他有點粉紅色。那時候，這是大學生裡面最時髦的。」伯婆說，「他和你的奶奶眞的不一樣。你奶奶，你看到照片就知道了，是摩登人。但是，他們兩個人眞的相愛，他們兩個人只要在一起，就一直像鴿子一樣，不停地親嘴。」伯婆說著笑起來，搖著她滿頭整齊的白色鬈髮，「他們是維爾芬街上最性感的中國人。」

「什麼叫粉紅？」范妮問。

「就是傾向社會主義的人，又不是共產黨，那時候我們叫他們 pinker 。」伯婆說。

爺爺居然會愚蠢到傾向共產黨的地步？范妮被氣得笑了出來。她想起來朗尼叔叔臉上對爺爺永遠愛理不理的樣子，爸爸和爺爺之間的隔膜，還有從不說人不是的維尼叔叔對爺爺的遺憾，而爺爺的臉總是像塵封的門一樣。爺爺這就叫「一失足成千古恨」吧。

「難怪後來我們找奶奶，都是由維尼叔叔出面的。」范妮說，「爺爺不好意思自己再出面了吧。他的粉紅色，把我們一家人弄得家破人亡的。但是，」范妮又接著問，「她爲什麼不要我們了呢？」這是一個重要的問題，王家在上海已經問過了一百遍，一千遍。

在上海的家裡，雖然大家都不說什麼，可都在心裡想，奶奶是嫌他們要出去靠她，太麻煩。他們都有那種被拋棄的窮親戚的悻悻然，但是還是不能相信奶奶對自己的骨肉也會這樣。還有廣泛的猜測，奶奶在那裡有了新家，有了自己的男人了，這是可以理解的，那麼多年，一個人。但從親戚們那裡來的消息說，奶奶並沒有另外組織家庭，她一直是一個人。奶奶一直是王家的一個謎，一個至關重要的謎。

「我不是眞正曉得，但是我猜想，大概她過得不如意，就不想讓大家知道，更不願意你們在上海的人知道。好多上海人，老是把美國想得像天堂一樣。要是實際情況不像他們想的那麼好，大家就失望。托尼家就遇到過這樣的事，將親戚擔保出來了，親戚到他們家一看，沒有住在第五大道上，而是住在紐澤西的老房子裡面，就看不起他們了。將他們家的人眞正氣煞。你奶奶是最要面子的人。」伯婆說，「你們到處找她，嚇得她連跟我們親戚的聯繫都斷了。」

范妮看著伯婆，簡直不能夠相信她的話。這一切，僅僅因爲奶奶面子上過不去，也就是虛榮心？奶奶她知道上海的家裡人是怎樣渴望要逃出來的嗎？大家將她當成救命稻草。而她僅僅因爲她在美國混得不那麼好，就這樣一避了之？

「我相信范妮會這樣。她是這種小姐脾氣。」伯婆說。

范妮搖著頭：「那她也太自私了。」

但伯婆說：「這是她的權利。她不願意自己的生活敞開給別人看到，這樣並不過分。」

「但是我們在上海吃了那麼多苦，」范妮說。

伯婆說：「這並不是范妮造成的，這是命運，她是沒有吃到你們的苦，這是她的幸運，你們是不幸的，但你的奶奶不能因爲住在紐約，就要爲你們在上海吃的苦承擔責任，對不對？她並沒有責任。」

這是范妮所沒有想到過的。但是，還是感到不能接受這樣冷酷的解釋。

「那你知道奶奶住在哪裡嗎？」范妮不甘心地問。

「不知道。好像是在唐人街裡住著，或者附近。她不願意多說。」伯婆說。

要是這樣的話，奶奶也太自私了。范妮想。

她們沉默下來。

伯婆家裡也有種香水和咖啡以及起司混合在一起的外國氣味，和著強烈的暖氣潛來，范妮的頭暈和噁心再一次席捲了她整個發軟的身體。范妮的英文在舌頭上打著滾，好像控制不了它的發音，時態的錯誤滾滾而來，讓范妮深深感到羞恥。她還是嘗試著說上海話，但伯婆卻說著說著就回到英語上去了。這短暫的沉默，讓范妮鬆了口氣。她的心裡突然感到有一點惘然：新生活是真的來到了范妮面前，但是，處處都是意外，這種意外，處處都在提醒著范妮努力想要假裝不知道的陌生感，那是對自己信心的打擊。

伯婆說：「托尼打電話來過。告訴我，將你送到了。托尼還問起，你是不是個 communist，他說中共現在不讓學生出國，能到美國來的，都是 communist 。」

范妮想起托尼總是欲言又止的樣子，還在過第五大道的時候跟她說什麼「這就是資本主義啊」，她恍然大悟，忍不住又好氣又好笑：「我是 communist？我連想都沒有想到這輩子還有人看我像一個 communist。我從小學一年級到中學畢業，所有的評語上都說要注意資產階級思想的腐蝕，刻苦改造世界觀。」

托尼簡直瘋了。

「他太不懂得看人了。」范妮搖著頭。

伯婆將手按了按范妮的胳膊，表示安慰，「他在美國長大，連中國話都不能說了。」但范妮感到伯婆也顯然是鬆了一口氣。這是她第一次碰范妮的身體，表示親熱和接受，范妮想，也許伯婆也怕自己真的是個國家派出來的 communist 吧，只是她借了托尼的問題來問自己。「太可笑了。」范妮怨恨地想。她忍不住說：「愛麗絲你也會這麼猜我嗎？」

伯婆聳起肩膀來：「我不知道。其實在我生活裡所見，左傾的都是菁英。但是左傾和中國共產黨之間的關係我不曉得。和我實際上沒有什麼關係。」伯婆好像並不關心這個在范妮看來很嚴重的誤會，她伸直她矮小精緻的身體，將手在膝蓋上輕拍一下：「Anyway, you are in New York city now. What is your plan then?」

范妮被問得一愣：「總要先讀書咯。」其實，她還眞的還沒有來得及想，自己眞的到了美國以後，會怎樣，要怎樣。到美國，就是她的目標。要是不讀書才可以到美國，她就不讀書，要是非得讀書才能到美國，那她就讀書。像童話故事寫到最後一句，總是「於是公主和王子結婚了，在他們的宮殿裡度過幸福的一生。」一樣，它們也沒有說結婚以後的事情，范妮也沒有想到美國以後的事情。范妮意識到伯婆是對的，她現在已經在紐約了，新生活已經開始了，用不著老是糾纏在過去的是非裡。她說，「我總是先讀書再說嘛。拿的就是學生簽證。」

「我也進過三個月的 Language college，其實我當時的程度用不著去，在中西學的英文已經夠用，我還演過莎士比亞的戲呢，在中西的時候。我只是在家裡煩悶了，一天也不想多待下去。又沒找到短期大學。然後我還是去大學讀書的，我讀兒童心理學，讀 master，再讀 doctor。」伯婆告訴范妮。

范妮心裡算了算，需要好多年才能讀完這些書。她有點怕讀那麼多年書，準備那麼多次考試。她不敢告訴伯婆，自己是個怕考試、怕不停地學自己不會的東西的人。或者說，自己根本就是一個不想讀書的人。

「要好好讀書，才有可能成為眞正的美國人，走到美國的生活中去。」伯婆看著范妮說。范妮隱約覺得這話像是個警告。這個已經有幾十年沒有生活在上海的伯婆，她知道什麼，她以為范妮是什麼，是盲流嗎？是郵寄新娘嗎？還是來發動美國革命的 communist？她有點老羞成怒，可裝作什麼感覺也沒有的樣子。伯婆用外國人才用的那種頂眞的眼神盯著范妮看，接著說，「要眞正愛美國，才能在此地生活得快樂。人的一生，快樂最重要。不管生活在哪裡，都要快樂才好。」范妮對伯婆點頭，她心裡想，只怕自己是一生下來就熱愛美國的那種人，這才拚死到美國來。

范妮的臉上努力堆著笑，和伯婆喝茶，吃小點心，甜甜圈甜得辣喉嚨，加了牛奶的紅茶有一股牛奶的腥味，頭越來越重了，又噁心。

「我不想當王家的少奶奶，我想要自食其力，想自由，想隨時可以出發去世界各處旅行，你知道我去了多少國家？除了東非洲，東亞的朝鮮和日本，歐洲的冰島，我其他地方全都去過了。我去到了我所有想要去的地方。有時候我想，我的 style，大概不合適有丈夫和孩子。」伯婆告訴范妮說。

原來伯婆和伯公離婚以後，一直是一個人獨自生活。伯公說起過他和伯婆的事，伯婆到紐約去，開始只是去探親。伯婆從中西女塾一畢業，就結婚，像她那些家裡沒有供她們去美國留學的同學一樣，紛紛嫁入有錢的人家，當起少奶奶。伯婆家是個骨董商人，不如王家有錢，伯公又在美國名校讀商科，準備好要繼承王家越來越大的家業的，伯公本人風流洋派，算得上是椿十全十美的好姻緣。但是，到底不能白頭到老。

伯婆總結說：「我想，我是度過了自己滿意的一生。」

她說了這麼多老話，一定是范妮問了什麼，但范妮卻不怎麼能清楚地想起來。她睜不大眼睛，她覺得自己已經睡著了。她奮力回應著伯婆的話，她說：「爺爺說他自己是棟梁變朽木啊。」

伯婆答應要把奶奶的照片，還有爺爺年輕時代的照片，凡是和上海從前的事情有關的照片都找出來，給范妮看。

從伯婆家告辭出來，握著伯婆給的一本曼哈頓導遊書，范妮摸到了自己的家裡，胡亂脫了衣服，她在夢中把自己放到被子裡，她感到有西曬的陽光爬在自己的臉上，眼皮上一派通紅，然後，她什麼也不知道了。

等她再次醒來，又是半夜，是上次醒來的時間。范妮這次感到的是餓。

她起床，用開水泡飯吃。豆豉小魚醬一泡進米湯裡，就浮出一些金紅色的油花，很香。范妮這時開始後悔自己帶得少了。媽媽當時爲范妮買了兩瓶，而范妮覺得媽媽把她出國，當成她自己回新疆處理，很不耐煩。「已經到美國去了，爲什麼還要天天吃這種東西！」她那時對媽媽說。於是爸爸拿了一瓶出來，爸爸順著范妮說，美國什麼沒有啊。那時，范妮想過，到了美國，就要像一個眞正的美國人那樣開始生活，說英文，吃麵包和奶油，與一個金髮碧眼的人戀愛，每個禮拜天早上都去教堂做禮拜。范妮想起來伯婆的警告，要不是自己多心的話，伯婆也希望自己從此可以做一個眞正的美國人，她們的願望其實是一樣的。溫軟的米飯落到胃裡，范妮覺得自己的身體有了點力氣，頭也不那麼昏了。她看了看自己的手背，合谷穴的皮膚上有瘀血，是自己掐出來的。

想起來在回來的路上，她看到了滿街的咖啡館、小店、畫廊，還有一家牆全用大玻璃做起來的透明的商店，裡面滿目奇異的水果，范妮從來沒有在上海的商店裡見到過，它們的顏色比做夢還要漂亮。那是一家無污染的水果店。格林威治村的街上，空氣那麼自由，有人在街上彈著把吉他賣唱，是范妮熟悉的歌，只是不曉得名字，范妮甚至還站下來聽了一會。外面很冷，范妮用羽絨衣的帽子暖著頭，在歌聲中，她也能聽到自己的呼吸聲，像熟睡時一樣的細長與安穩。雖然是站著，但身體已經眞的睡著了。那陽光明亮的格林威治村，卻像夢裡一樣飄忽而隔離。有時差的身體，像一個誤入陽間的鬼魂。

寂靜昏黑的深夜裡，范妮聽到了格林威治村西面，哈德遜河上的短汽笛聲。她獨自坐在陌生廚房的桌子前，空空的冰箱在啓動時發出很響的聲音，魯的留條還在冰箱門上，用一隻塑膠的唐老鴨吸鐵石吸著。魯的童年時代大概是看滑稽的唐老鴨長大的，而范妮是在高中時才看到它的，每個星期天下午六點半，中央電視台播《米老鼠和唐老鴨》，爺爺、朗尼叔叔、范妮、維尼叔叔，統統圍在電視機前看。弄堂裡家家的窗戶裡都傳來唐老鴨的「啊——呃」聲，在范妮還不曉得這個聲音，是英文裡面表示對不好的事情的語氣詞時，已經和千萬在電視機前看唐老鴨的人一起學會了唐老鴨式的啊——呃。

范妮吃飽，身體也完全醒了，舒服了。她將桌子上的碗筷小菜都收拾起來，她突然想，自己在紐約的深夜裡睡不著，白天想睡得要吐，在這格林威治村的老公寓裡吃著上海泡飯，聞到咖啡味道也要吐，別人說話聽不懂，將三明治與漢堡搞錯都不算，連自己的身體居然也這樣與紐約格格不入。

范妮躺回到自己的床上去，即使是睡不著，她也一直躺著。她翻開伯婆給她的曼哈頓導覽書看，希望自己能看疲了眼睛睡著。她滿心都是不服氣，不服氣自己是個紐約的外人。

那本關於曼哈頓的書裡，有不少生詞，但范妮還是顛顛簸簸地讀懂了一個大概，范妮原來的美國知識也幫上了忙。這個從印地安土著手裡廉價買來的岩石小島，現在是摩天大樓林立的地方，是寸土寸金的世界中心。從格林威治村漸漸往上走，華爾街是世界金融中心，中央公園是世界上最大的都市公園，百老匯是戲劇中心，第五大道是世界上最貴的商業街，全世界最有名的名牌都在那裡開店，那裡的大店減價時，英國女王都開了專機來買鞋子，百老匯大道上的劇院裡夜夜笙歌，領位員都穿著黑色禮服，那裡最好的座位要半年以前預定，音樂區的邊上就是世界鑽石中心，全世界百分之八十五的鑽石和鑽石交易是在這裡完成的，在那裡幾個街區的首飾店裡，可以看到全世界款式最全的鑽石製品。再往上走，中央公園邊上，是世界四大藝術博物館之一的大都會藝術博物館，在那裡可以看到米開朗基羅、達文西、拉菲爾、梵谷、塞尚、貝尼尼、透納、畢卡索、羅丹、莫內的作品，范妮的心跟著那些名字撲通撲通地跳，從前，維尼叔叔偷偷將他們破舊的畫冊帶回家來，偷偷地看，又當夜就還回去的情形范妮還歷歷在目，瘦高的維尼叔叔穿著黑色的粗呢短大衣，將書包背在大衣裡，將畫冊藏在書包裡，像一隻烏鴉一樣，騎著一輛舊藍鈴車，無聲地經過弄堂那盞暗黃色的路燈。等他還了畫冊回家來，總是一臉沮喪，像剛被搶過一樣。維尼叔叔說過，要是他有一天有了自由，他要將全世界的博物館全都一一看過，世界四大博物館，一個也不漏。現在，看大都會藝術博物館的自由來到了范妮的面前，書上說，只要坐上從世界貿易中心底下出發的地鐵，就直接可以到大都會藝術博物館下，只要一個 token，就可以站在博物館的大門口了。

范妮的眼睛瘦了，她閉上眼睛準備睡覺，但她的腦子清醒極了，這正是上海的下午四點鐘，太陽光浮白地照在灰色的牆上，像影子一樣，冬天的梧桐樹幹上，黃得舊舊的。那樣的情形，回想起來，除了感傷以外，還有一點陰鬱的浪漫。冰涼的室內，就是手裡握著的一杯熱茶是暖的。那時候在上海，是這樣的盼望著美國啊，像一個流浪的人盼著回家。在伯婆那裡，證實了維尼叔叔的說法，爺爺當年留在上海，沒有回應奶奶，帶著全家申請去香港探親，藉以逃離大陸，是因為當時妒忌壓制爺爺的那個造船廠總工程師跟著國民黨逃亡台灣，爺爺以為自己終於可以有用武之地了，不肯輕易放棄。這是命運。奶奶消失，這也是命運。「怎麼不好的命都攤到我們家裡呢。」范妮忿忿地想，托尼就可以連句上海話都不會說，他對范妮的客氣，其實是對窮親戚加上 communist 的敬而遠之。

第二天的上午，范妮真的按照伯婆給的旅行書上的線路，去了大都會藝術博物館。門廳裡熙熙攘攘的，到處都能看到興奮的參觀者。

范妮將展廳一個一個地看過來，一一回憶起維尼叔叔漏夜送還的那些畫冊上的世界名畫，許多的裸體女人，健壯到肥胖。許多的耶穌，在許多的十字架上流著血。范妮開始的時候還努力辨認畫家的名字，回憶他們翻譯成中文以後，大概會是誰，但很快，范妮就放棄了，她的心裡一直很緊張，怕時間不夠用，怕自己漏掉了好看的、著名的東西。那是在上海看借來的畫冊時的心情，匆匆的，含含糊糊的，總像是沒有看懂。維尼叔叔有些總是在晚上悄無聲息地走進家裡來的朋友，他們都是學畫的人，那些畫冊就在他們中間傳來傳去。有時還有一個斯文的中年人，也一起來，香菸抽得很凶。他像個老師一樣，給他們講世界美術史。中世紀，文藝復興時代，印象派，他管那些畫冊上的畫叫 masterpieces。維尼叔叔讓范妮在一邊聽，其實范妮也聽不久，就睡著了。她的頭髮裡總是沾滿了一角三分錢的阿爾巴尼亞香菸乾燥的臭味。在大都會博物館，范妮依稀回憶起被翻得像布一樣軟的畫冊。看到拉菲爾甜蜜的聖母和聖子像，找到了梵谷畫的法國鄉下捲曲的松樹，還有法國印象派畫的色彩繽紛的客廳、海濱、街道和咖啡館。她一時以爲，自己是走進了那些維尼叔叔借來的畫冊裡。那些畫冊是維尼叔叔的命根子，他後來和那個斯文的中年人蕭先生絕交，因爲維尼叔叔實在不捨得把一本畫冊如期還給他，於是，維尼叔叔謊稱，將畫冊放在腳踏車的書包架上，在路上丟了。其實，那是絕對不可能發生的。維尼叔叔是個不會吹牛的人。

在那裡，范妮看到了一個爲抽象派畫家辦的特展，廣告上說，那裡有特地從全世界各地著名的博物館裡借來展覽的抽象派傑作。她看到了康定斯基、克利，在那些顏色鮮豔，但是卻看不出來到底在畫什麼的畫前面慢慢地走過，范妮想起了貝貝的臉，他像女孩子那樣的清秀的臉，像是莫迪里亞尼畫裡的臉，在她的上海記憶裡浮現出來，范妮第一次爲自己童年時代的一個熟人感到痛心，她的眼淚突然湧了出來，感到自己是在爲這個長年住在瘋人院裡的人看這個從世界各地的大博物館來的最好的抽象派畫展，原來沒有一個花瓶像貝貝畫的那樣，那是上海一九七〇年誕生在貝貝想像裡面的抽象派畫。

范妮看到一幅白底子，上面畫著兩道藍色直線的畫，一個學生參觀小組站在那裡，她正要繞過去，突然聽到帶隊的老師說，這是美國抽象派作品的傑作。范妮於是停下腳來，回過身去，在展廳中間的沙發凳子上坐了下來。她眺望著那兩條像用尺畫出來的藍色直線，那是美國畫家一九六八年畫的，一九七〇年的時候，貝貝的臉瘦得發青，細長的手指上老是有洗不乾淨的顏色，聽說他畫畫從來不用調色板，怕浪費顏料。但他還是畫了那麼多花瓶和方方的像盒子一樣的玫瑰花。後來，被維尼叔叔都剪碎了，扔掉了。他還是做夢都沒有想到過，畫兩條直線，藍色的，才是抽象派。

一個孩子在那張畫前面起鬨，范妮聽不清楚他說的英文，可是聽懂了他的意思，他是說，這樣的畫他也可以畫出來。老師隨口就給了他一個 great，但范妮卻討厭那個不知天高地厚的孩子，討厭老師這樣鼓勵他，她想自己是妒忌了。

范妮一直不停地走著看著，實在走不動了，就找一張展廳中間的沙發凳子坐下，面對畫坐著，這樣可以歇歇腳，而不歇眼睛。這是她第一次看到西洋油畫的原畫，走得很近的話，還可以看到畫家在顏料上留下的筆鋒，還有刮刀的痕跡。這些痕跡表示著它們的眞實性。范妮想起了維尼叔叔房間裡永遠散不去的松香水氣味，那是維尼叔叔畫布上散發出來的。范妮又想，自己也是在爲維尼叔叔看這個博物館的。參觀的人們像水一樣地在她面前流過，那隊來參觀的孩子又來了，有點腸肥腦滿的。她想，自己大概可以算得上是整個博物館裡面最應該受到歡迎的那個人，她是經過了千山萬水那樣無盡的痛苦，才到達這裡的。

到了下午的時候，她累得實在想吐，於是就找了個廁所進去，關上門，在裡面吐掉一直不停從胃裡翻上來的早餐，一片吐司麵包，一片煙火腿肉，悉數從胃裡吐出來，好像它已經停止工作了，吃進去的東西動都不動，只是多了一股酸味。范妮吐了以後，人也清醒了些，她走出去，洗了洗臉，接著看畫。

她其實是累極了，不光是身體累，而且是腦子累，她像一個快要餓死的人，突然有一桌酒席可以偷吃那樣，只管一個一個展廳看過去，一層層樓看過去，停不下來。

直到她離開美國十九世紀油畫大廳，來到外面的走廊上，她才基本上把大都會的展廳走了一圈，她的腦子裡塞滿了看到的東西，但是它們已經全都混在一起了。站在走廊上透氣，她這才發現天已經暗下來了，窗外中央公園那黑色的樹林，像花邊一樣圍著深藍色的天空。大廳裡有咖啡的香味，還有加了奶油的麵粉被烘烤的香味，還有音樂，巴洛克風格的音樂，范妮望下去，發現博物館的大廳裡放著一些桌子，燭光搖曳，坐在那裡的人都穿著黑色的禮服，女人們露著整條後背，即使是隔著這麼遠，她也能看到她們脖子上那閃光的，一定是鑽石項鍊。范妮想起來，伯婆的書上寫到過，大都會博物館會定期舉行優雅的音樂正餐，那是紐約最令人賞心悅目的文化活動之一。Everyone is dressed up.書上這樣描寫。大都會博物館的晚上，那麼香甜，那麼優雅，范妮靠著欄杆，像望畫一樣望著樓下正在享受的人們。

范妮這時漸漸體會到，自己的心裡除了又滿又累，還有奇怪而固執的失落。這種失落像大水一樣，靜靜地，但不可阻擋地從不顯眼的地方湮來，角角落落全都不放過，范妮連鴕鳥都當不成，更不用說退路，眞教她不知所措。

「Wow, super!」兩個金髮的遊客從范妮身邊探頭望下去，讚歎說。

范妮生氣自己爲什麼不能像他們那樣高興和簡單。

范妮縮回頭，走了。

那一晚正好是大都會博物館延長關門時間，許多人別著在博物館買票時發給的小圓章，離開博物館，到外面吃點東西，憑那枚小圓章還可以回到博物館再接著參觀。博物館外面的台階上站滿了出來透氣的人，小販們在那裡賣熱狗和烤栗子。范妮也買了一個熱狗、一杯熱咖啡，站在台階上吃，她一點也不習慣吃熱狗裡面的芥末醬，靠咖啡將它們沖下喉嚨去。她還是捨不得離開，她怕自己是因爲一下子看到那麼多好東西，被嚇住了，才有這種惡劣的感傷心情，她不願意自己糟蹋了看 masterpieces 的機會，她知道這機會來得太不容易，所以，范妮的肩膀都累得塌下來了，還是不能拿著手裡的熱狗就走。

范妮四周的人都興高采烈的，有一對男女緊靠在一起，在路燈下研究大都會博物館的導覽圖，他們手裡還有書，兩個人對照著書，那個女孩長著一張像拉菲爾畫出來的古典的臉，她總是激動地叫：「It is here, it is just gorgeous.」她看到她夢想看到的東西，怎麼就可以高興得這樣正常呢。見到范妮看他們，他們朝范妮笑笑，解釋說，看到這麼多 masterpieces ，眞的像夢一樣。范妮說：「我也是。」

范妮想，大概她也眞的應該再回去看，仔細地看一看。

范妮又回到二樓的展廳裡，那裡有一進一進又一進的展廳，掛著她在蕭先生的畫冊上認識的那些 masterpieces 。范妮看著波提切利的天使，拉菲爾的聖母，莫內的蘋果，她望著它們，心裡想，在金色大鏡框裡安置得妥妥帖帖的它們，實在是太完美了，完美得讓她喘不上氣來。在展廳裡范妮又遇到了那對男女，他們手挽著手，一起歡天喜地看著那些畫，讓范妮爲自己難過。

那天晚上，也許是太累了，范妮半夜裡沒有醒，當她睜開眼睛，看到天已經放亮的時候，爲自己終於開始過了時差而輕鬆了一點。可是，第二天晚上，她又在後半夜的時候醒來了。室內的暖氣那麼熱，那麼乾，她的心裡那麼著急，那麼吃驚，范妮覺得自己像是根木頭一樣，就要被烘焦了。她越來越體會到，不可思議的是，自己其實不高興。

范妮的學校要到一月二日開學，所以，范妮還是整天在曼哈頓遊蕩。好幾次，她沿著第五大道一直走，走到大都會博物館的門前，她看到那賣熱狗的小攤販，看到在領口上別著寫著一個「M」的小圓徽章的人們，站在石頭柱子前透氣，看到門廳裡金色的燈光，但她再也沒有進去過。范妮總是一拐，再走幾步，到八十七街的中央公園門口，進公園去。在偌大的中央公園裡，她每次都會發現上一次沒有到過的地方，每次都再也找不到上次見到過的地方。有一次，她看到一塊地上爲紀念藍儂，用彩色的馬賽克嵌出來的圓圓的圖案。圖案的中央嵌著〈Imagine〉，范妮不記得它的曲調，但是依稀能想起藍儂清朗的聲音，維尼叔叔，甚至爺爺都不那麼喜歡藍儂的歌，認爲它的 taste 還不夠合他們的理想。還有一次，她見到一些綠色的小湖，它們隱藏在灌木叢中，就像《珍妮的肖像》那個電影裡所拍攝的那樣，湖面上結了冰，像綠玻璃似的。在電影裡，那個窮畫家黃昏時路過公園，在樹林裡遇到了一個小姑娘，她是個鬼魂，帶著過去的事情，在冬天無人的公園裡顯形。他們在公園裡散步，在小湖上滑冰，在心裡漸漸長出了愛情。范妮在中央公園裡走來走去時，總是回想起電影裡的情形，黑白的老電影，沙沙地響著，閃爍著，中央公園裡的樹林成了黑色的。在路上走著，也常能聽到孩子的喧鬧聲，遠遠的，從動物園，或者放著安徒生銅像的講故事區傳來，安徒生銅像前面，是個綠色的水池，書上說，春夏的時候，紐約的男孩常在那裡舉行船模比賽。范妮有時希望自己也能遇到一個過去的鬼魂，像《珍妮的肖像》裡寫的一樣。也許，那是一個金髮碧眼的年輕男人，像葛雷哥萊．畢克那樣的。

中央公園裡也可以遇到一些小咖啡館，范妮每次都想走進去喝點東西，有時因爲覺得在湖邊，情調好，有時因爲在外面的時間太長，感覺太冷，頭髮碰到臉上，像冰一樣涼。有時就是爲了想到自己到了美國，還從來沒有走到咖啡館裡去坐一坐，范妮喜歡咖啡館裡的樣子，從外面的窗子望進去，總覺得那是個安適的地方，就像自己理想中的美國。可范妮還是心虛，她鼓足了勇氣闖進去過，屋子裡充滿了新鮮的咖啡香，陽光照了滿地，她站在門廳裡，先看到衣架上掛著些外套，有一件衣服，露出裡子，內袋上封著一個巴掌大的商標，是范妮從來沒有見到過的外國牌子，一小塊繡滿了外國字的暗綠的緞子，被燙得服服帖帖的。店堂裡面坐著的，沒有一個黑頭髮的東方人，吧檯裡面忙著的，也不是東方人。范妮突然覺得不自在，好像闖進了別人家一樣，店堂裡的人都多看她一眼，也好像奇怪她怎麼會進來。范妮硬撐著沒有轉身跑掉，她對迎上來的酒保說，自己在等朋友，約在這裡，可那人好像沒來。說著范妮還再次向店堂裡的人望了望，他們在桌前輕鬆地坐著，像另一個世界的人，的確有桌子空著，桌上的細蠟也沒有被點燃，但范妮覺得那是別人的地方，然後范妮退了出去，裝成急匆匆地，要去找人。

這可眞是失敗的感覺。而且是每天每時，小小的，無所不在失敗的感覺。

到了下午，范妮終於找到了一個熱鬧的地方，小孩子在樹林裡的岩石上爬上爬下，不少人在長椅上曬太陽，看書，范妮也找了張長椅坐下來，拿出伯婆的書，有什麼東西握在手裡，看上去好像不那麼無聊了。倦意又上來了。這也是失敗感覺中的一種，對范妮來說，她簡直要哭了。

「你是日本人嗎？」突然身邊有人問她。范妮轉身看，她身邊的椅子上坐著一個小個子的中年男人，長著一個大鼻子。是他在跟她說話，特地說得又慢又清晰，像《美國之音》裡的 Special English。

「不是。」范妮說。

「那你是香港人嗎？」那人接著問。

「是的。」范妮說，「我的家裡人在香港。」

「當然了，你在紐約。」那人笑著說，「來紐約旅遊的?東方人喜歡冬天的時候來紐約買東西。日本人、香港人、台灣人。」

「是的。」范妮說，「但是我也不光是來旅遊，我也在考慮在紐約上學，我爺爺是NYU畢業的，他的哥哥是MIT畢業的，我奶奶是WC畢業的，我們家有到美國上學的傳統，現在輪到我了。」

那人挑起眉毛，做出驚歎的樣子：「那你家一定很有錢，那些都是最貴的學校。許多美國人都不敢上那麼貴的學校。但是那些的確都是好學校，會有大好前程。」

范妮笑笑。

「你的英文不錯，是在香港學的?」那人說。

「是的，但我在學校的成績不怎麼好，你知道，聽英文歌有意思，看電影也有意思，可是背生詞眞的困難。」范妮說。

「有錢人家的學生就是這樣的，因爲他們有太多新鮮事可以做，對不對。但你不像那些香港人一樣有口音，說明你的學校還眞的不錯。」那人說。范妮看看他，他就一點也沒懷疑這裡面有那麼多的謊話。

「你會在哪裡上學?」他問。

「NYU。所以我住在格林威治村，那裡離學校近。」范妮說。

「那也是個可愛的地方，更多自由自在的空氣，更年輕。我也喜歡去那地方的咖啡館和酒館。」

「我最喜歡那裡的首飾店，那裡的戒指眞好看，比香港的好看，我們那裡老是用金子做，趣味不夠好。」范妮說。

「當然，當然，格林威治村賣的戒指都是藝術品，都是藝術家用手工做的，當然漂亮。」

范妮微笑著與鄰座的人搭訕，心裡覺得自己像是坐在雲霄飛車上一樣，不曉得下一分鐘要發生什麼。這是她第一次在紐約，在公園裡，和人用英文說話。她一邊看著過往的人，有人騎著自行車過去了，有人牽著一條大白狗過去了，有人夾著一堆報紙過去了，有人端著一架照相機過去了，他是個從東方來的旅遊者，有一張寂寞的臉。他多看了范妮一眼，范妮想，也許他會把自己也當成個地道紐約人吧，正安然地坐在中央公園的太陽裡聊天。剛剛越來越濃的倦意，現在被這心裡十分緊張的聊天擊退了。

一九九〇年新年除夕的晚上，范妮按照中央公園裡陌生人的指點，在電視裡看到了時代廣場新年儀式的轉播。時代廣場上人山人海，大家都等著那只被燈光照得光怪陸離的大蘋果碎下來。范妮像那裡所有的人一樣，在最後一分鐘時，對那大蘋果許了一個新年願望：「我要當一個眞正的紐約人。」

等范妮再醒來的時候，意外地看到窗外的藍天，然後，她意識到自己夜裡沒有在中國時間醒來，這標識著，時差終於結束了，她的身體，終於像一個紐約人一樣地正常了。對范妮來說，這眞的是個豁然開朗的早上。她躺在床上，心情振奮地告誡自己說，anyway，anyhow，不管有一千種的不適應，意外，麻煩，我都要振奮精神，開始自己的新生活，我要當一個從裡到外，徹頭徹尾的紐約人。像伯婆說的那樣，把在上海的從前全都忘記掉。像伯婆一樣，等好多年過去以後，自己也擔保上海的親戚的孩子到紐約來讀書，自己也不想上海，也不愛說上海話，只說英文，讓那孩子也嚇一大跳。

Anyway，范妮學著伯婆的聲音，一定要做一個紐約人。

其實在這時，范妮心裡在上海培養起來的，對於紐約的信念正在乒乒有聲地碎裂倒場，但范妮努力把它想像成是她心中的紐約終於走近的腳步聲。她奮力鼓動起自己的情緒來歡迎它，來掩蓋住自己心裡對失落的恐慌。

Fanny Wang 的新生活

一個遠離家鄉去求學的留學生，在最初的日子，都會感到自己像在夢裡跑步一樣，飄飄忽忽的，完全力不從心。而嶄新的生活卻像地震那樣地突然到來，到處都在搖晃，不知道正在和將要發生什麼。對范妮來說也是這樣，一九九〇年的新年以後，范妮到布魯克林的語言學校註冊上學去了。藉著一篇〈An Important Person in Your Life〉的作文，范妮進了寫作四級班，范妮寫的是爺爺，說了爺爺的背景和他對自己的期望，感動了教寫作的大胖子女教師，她特地對范妮許諾說：「現在，你自由了，你會有十全十美的新生活的。」范妮心裡是爲了這話而感動的，但她感覺上並不喜歡教寫作課的老師，她覺得老師的表情裡有種女幹部相。教會話課的男老師也是個胖子，他欣賞她的口音，誇獎她是少有的口音純正的亞洲學生，她因此而進了會話的五級班，一上午的測試和分班，讓范妮的心裡樂開了花。下午回家的時候，范妮一路看著蘇荷區大小畫廊各式色彩繽紛的幌子迎風招展，時差時候的頭昏眼花和噁心已經不再出現了，身體漸漸有了力氣，范妮眞的感到自己像一隻鳥一樣，可以飛起來。

那天黃昏，范妮正在廚房裡吃她的大香蕉。從小時候起，她就喜歡吃這種在熱帶長大的，又長又粗的香蕉。那時上海的水果攤上僅有的進口水果，就是伊拉克蜜棗和厄瓜多爾香蕉。她喜歡吃這種香蕉，一條就可以頂得上一頓飯，卻不像廣州的芝麻香蕉那樣甜糯，在桌子上放到熟時，香氣重得使范妮頭昏。而且，在格林威治村的超級市場裡，這種香蕉是最便宜的水果，比黃瓜和胡蘿蔔還要便宜。范妮知道，爺爺繼承的所剩無幾的美元遺產只夠她用一個學期，以後，她就應該像所有大陸來的留學生一樣，找地方去打工，自己養活自己，自己支付學費。她得盡量節約用錢。按照她的經濟情況，她也應該找一個課後的工作，像大多數同學那樣，去餐館和麥當勞店打工，開始掙錢。

范妮用手將香蕉掰成一小塊一小塊的，放到嘴裡，用上腭將它壓碎，她最喜歡的，就是香蕉在嘴裡的這種甜軟。她決定今天先好好地高興一天，明天再開始想打工的事情。

就在這時候，她聽到有人用鑰匙開門，然後，她看到一個穿藍色風雨衣的人，長長的金髮，戴著一副細邊的圓眼鏡，輕手輕腳地站在走廊上，看著自己。他的腳下躺著一個鼓鼓囊囊的登山背包，紫色的隔潮墊子像蝸牛那樣捲著。范妮想起來，她小時候在上海音樂廳看過的羅馬尼亞電影《奇布里安·波隆貝斯庫》，那個浪漫的音樂家也有這樣的一頭長長的金髮，個子也是一樣地細長。上海音樂廳的椅子舊了，裡面的彈簧會冷不丁暴跳起來，隔著罩布猛彈一下。下雨天，腳穿在黑色的橡膠雨鞋裡，很悶。那個演員太好看，范妮去看了七遍，而維尼叔叔說，他長得還是有點東歐人的鄉氣，不如法國人和德國人好看。當時范妮不喜歡維尼叔叔詆毀自己心愛的形象，范妮此刻看著那個人，覺得維尼叔叔竟然真的是對的。

要不是魯先伸出手來說哈囉，范妮以為自己是在夢裡。

哈囉。范妮囁嚅著，站起來與魯握手。她聞到了他身上留著室外寒冷而清新的氣味，她第一次這麼近地看著一個金髮青年，看到他的眼睛在廚房溫暖的黃燈裡變得很藍，那藍眼睛正望著自己，她的臉，從面頰、額頭、眼皮，一團團轟轟烈烈地紅了起來。范妮感到自己的臉皮上，血管蹦蹦地跳著。爲了掩飾自己的臉紅，范妮馬上說：「謝謝你，卡撒特先生，我見到你的留條了。」說著，她指了指冰箱門上的那張留條，將魯的眼睛引去看冰箱。

「不客氣。」魯的嗓音溫和輕柔，讓范妮想起藍儂的聲音，想起照片上，藍儂也戴這樣的眼鏡。但是魯並不去看冰箱，仍舊直直地看著范妮。

范妮臉上的皮膚蹦蹦地跳著，她的心也在怦怦地跳著，手心裡都是汗，她怕自己太失態，想趕快離開廚房回自己房間去，可是她不捨得走。

魯說：「你可以叫我魯，而不是卡撒特先生嗎？可以嗎？」

范妮說：「好的。」這是表示親熱的意思嗎？范妮猜想著，老師說過，彼此親近的外國人互相叫名字，而第一次見面，一定要叫某某先生、某某小姐。

「謝謝。」魯離開廚房，將自己放在走廊裡的行李搬到他的房間裡去，他馬上打開了他的唱機，范妮聽到了音樂，是她不熟悉的。

范妮也趕快離開廚房，回到自己房間裡。她在大窗檯上坐下來，把臉貼在玻璃上冰著。是看上這個人了嗎？范妮懷疑而慌亂地想，居然可以就這樣愛上一個人嗎？除了他有一頭長長的金髮，自己對這個人一無所知。她感到自己的耳朵像兔子那樣直直地豎了起來，在仔細分辨著魯房間裡輕輕的音樂。她聽到魯走來走去，「吱」地一聲，好像拉開了抽屜。范妮心裡突然感到高興起來，到美國來以後，那空蕩蕩的感覺，現在突然沒有了，這公寓變得親切和歡快。

范妮想起了「美國罐頭」，她在前進夜校學英文時的同學，班上的著名出國迷。因爲他總是說美國罐頭有什麼好，怎麼好吃，他的姊夫是國際海員，只要船一停上海，他姊夫就給他家送帶來的美國罐頭，所以班上的同學給他的綽號就叫「美國罐頭」。他和范妮同桌，一起上《康橋證書英語》，後來又一起上托福班和托福強化班。范妮在被魯激起的慌亂中想起他，因爲他是唯一和范妮最接近的男人了。在他去紐約以前，每次下夜課後，總是他把范妮送回家，自己再回家。他家住在安順路上的弄堂裡，並不順路，其實這是爲了很自然地在一起散步。他們兩個人的關係有點說不清楚，比一般朋友肯定要深，也有默契，但他們從來都不想進一步發展這種關係，成爲情人，這一點，他們最有共識。所以，在他們這種有所迴避，又知己的關係裡，一起散步說話，需要一個合適的藉口。

他自行車的鏈條，在散步的路上咯拉拉地響著。他們都喜歡夜晚的上海馬路，喜歡看夜色裡顯得不那麼破舊的老洋房，喜歡聞到荒蕪的院落在夜霧下散發出雜草香氣，喜歡猜想那些房子裡過去的人與事，那都是在他們出生前就發生並且湮滅了的往事。他們喜歡把玩那種沒落。這時候，他們心心相印，彼此憐惜，在心裡愛護地撫摩著對方感傷的身體，只是他們都不願意承認這種心心相印也可以是愛情。他們都是鐵心要出國的人，他家是普通職員出身，並沒有什麼海外關係。但他的姊姊就鐵心要出國，一直等到三十多歲，才千方百計嫁了做國際海員的香港人，被帶到美國去了。他就等著姊姊落下腳以後，也申請到美國。范妮也是一定要到美國去的人，但是他們都不知道機會什麼時候才能來。誰會先走，用什麼方式走，但他們知道，一定會天各一方。所以，他們從來不談感情。就像美國罐頭的姊姊做的那樣。當時在前進夜校裡，像他們這樣關係的同學，還有好幾對，相處的方式，也都是差不多的理智。既彼此有一點感情上的安慰，又沒有牽掛，不會被拖累，到時候，可以拍拍屁股就離開。

美國罐頭比范妮先到美國，到紐約投奔他姊姊。他離開以後，像大多數離開上海的人一樣，再沒有與朋友聯繫，也沒有與范妮聯繫過。從前，她心裡還對他的沉默冷笑過，她以爲，他怕她這種還留在國內的人要麻煩他們，就像他有時忍不住要猜想沉默幾個月也沒有消息的姊姊，是想把他甩了一樣。現在，范妮知道了，大概是因爲自顧不暇的原因。到現在，她也只給家裡打了一個報平安的電話，不願意坐下來寫信，因爲還不知道到底要說什麼。當年，他的姊姊是只要誰能夠將自己帶出中國，就跟那人結婚的人，她那麼美麗風流，二話不說，就嫁給來相親的瘦小的香港水手，連對方的性情怎樣都不知道。她在國外的日子，只怕比范妮現在的狀況，要難言幾倍。美國罐頭也是不歡喜讀書的人，連讀英文都沒有心思，他也不是那種能到唐人街上苦幹謀生的人，他就是那種想入非非的上海青年，有一雙細長的、單薄的雙手。其實，范妮心裡很明白，不能把自己的一生託付到這樣的雙手裡，他們在一起，只是寂寞等待時的夥伴。當時，維尼叔叔都很相信范妮的理智，沒有緊張過她和美國罐頭之間會眞的有什麼感情上的糾葛。

范妮連初戀都沒有過，她並不知道到底什麼是愛情，她應該怎麼做。她非常笨拙，但是即使是這樣，她還是感到了，她的心像長出了兩隻手，兩隻手都緊緊抓住魯的衣袖，怎麼也不肯鬆開。她被自己心裡的念頭嚇住，覺得自己也像美國罐頭的姊姊那樣不矜持。

有咖啡的香味從門縫裡鑽進來，還有咖啡機呼嚕呼嚕的響聲，那是魯回到廚房裡煮咖啡來了，他還希望自己仍舊留在廚房裡等他嗎？他還希望和自己一起喝杯熱的咖啡嗎？范妮的心又咚咚地跳起來。

其實，范妮並沒有猜錯，魯的確以爲范妮會在廚房繼續看電視，他將新買的咖啡從行李袋裡找出來，想要邀請她喝從奧地利帶回來的咖啡。但范妮已經不在廚房裡了，而且她的房間裡靜得一點聲音也沒有，也沒有想要邀請他去她房間的任何跡象。

魯感到有一點意外，他以爲他們還可以在一起待整個晚上。魯到冰箱裡取自己的牛奶，看到范妮將自己的東西規矩地放在另外一層裡，就像那些小心溫順的東方女孩子一樣。他看出來，范妮被自己鎮住了，剛剛她的臉紅得要破了一樣。他沒有想到的是，范妮又突然冷靜下來，回到自己的屋子裡去了。他開始是爲自己的魅力而驕傲和疑惑的，現在則有點懷疑了。上大學以後，他有過幾個女朋友，可從來沒有令一個剛見面的女孩爲自己臉紅。魯一向認爲自己就是一個普通的美國青年，沒什麼魅力。所以看到范妮通紅的臉和閃閃發光，顯然是動情了的眼睛，魯心裡的吃驚大過驕傲。

他聽說過，大多數來西方的日本女孩子特別想要一個金髮男朋友，東方女人愛金髮男人，像《蝴蝶夫人》的故事裡說的一樣。但他沒有遇見過這樣的東方女孩，他大學班上的東方女孩，都是ABC，作風跟美國女孩一樣，根本沒有傳說中的東方風情。聖誕節假期，去奧地利的因斯布魯克滑雪前，他知道一個上海女孩要來和他合租公寓，也想到過奇遇。他的心，爲了她的臉紅而輕輕浮動了一下。他知道自己動了心，但不像范妮那樣驚慌失措。

魯清楚自己，自己僅僅是個優柔寡斷的尋常男孩，在康州長滿橡樹的中產階級小鎮上長大。高中的時候，借父親的黑色福特車送女孩晚會後回家，在父親的汽車裡，他第一次親了女孩的嘴，他小心地不把自己的口水弄得到處都是。後來，到紐約上大學，他學的是經濟，像許多從康州小鎮上中產階級家庭出來的孩子一樣，十分自然地選擇經濟這種實用的專業，但他自己並不喜歡。到了大學裡，他才漸漸開始思考自己將來想要怎樣的生活，但是，並沒有答案。他只知道自己不願意再過小鎮上那乏味的生活，不想再重複自己父親的一生。他喜歡歐洲，如果找到了便宜的飛機票，他就到歐洲去旅行，找一個青年會的小旅店住著，白天在咖啡館裡看書，聽歐洲的音樂，晚上去那些窄小的街道上散步。他希望在那裡找到不同尋常的經歷，比如愛上一個外國人。有一年，他和一個西班牙女孩子有過短暫的愛情，但那個女孩子很快就離開他，連等他假期結束，自然地分手都不願意，因爲她覺得他是個乏味的人。這個直截了當的分手理由，讓魯感到自己幾乎被整個將來所拋棄。他認爲自己不是一個乏味的人，只是他的西班牙語不夠好，使得整個談話變得乏味了。見到范妮的這一年，是魯應該寫經濟系的畢業論文的一年，但魯考慮得更多的是，換到文學系去，讀西班牙文學，也許當一個畢業以後找不到工作的文學士。但是，他也無法眞正地鼓起勇氣來這麼做。

魯坐在廚房裡，聽著咖啡機呼嚕呼嚕地滴下奧地利的咖啡，滿室濃香。這一次，他也和一個從維也納來滑雪的奧地利女孩子有過短暫的交往，他們同住在一個青年旅店裡，這次是他突然中斷和那個紅髮的，有匈牙利血統的女孩的交往的，因爲她身上有著說德語的人的刻板，他覺得太乏味了。魯聞著奧地利的咖啡的濃香，想起了那個女孩子有點發綠的惱怒的眼睛，像被踩了一腳的貓。

他知道自己眞的對乏味這個詞太敏感了。

范妮去的會話班上，有一些同學也是同一個寫作班上的，因爲大家的程度都差不多。照理說，這些人應該是最熟悉的，班級裡常常辦晚會，大家在一起吃吃喝喝，也都臉熟了，見面打招呼。不久，背景和氣味相投的同學就形成了三三兩兩的小圈子，像當時在前進夜校的情形差不多。功課不錯，作派時髦，人也相對漂亮的同學圈子，總是班上的核心。從前，范妮和美國罐頭都是這圈子裡的人，他們常常在下課以後一起去衡山路上的小咖啡館坐坐，在說話的時候夾著一些英文詞，感覺十分優越。但現在，范妮發現，新班級的圈子，是由幾個說法文的人組成的。兩個從法國來的男孩，穿著海軍藍的雞心領羊毛衫，很精緻的樣子。一個瑞士女孩，她卻是從瑞士的法語區來的。他們老是在一起說法語。會話課的老師規定大家在學校裡都得說英語，他們從來都不理會他，仍舊說他們的法文。他們的驕傲在班上很受注目，范妮看出來他們不願意與東方人打交道，班上另一個中國女孩倪鷹，曾試著參加他們的談話，可他們就是不接她的話茬。還有，班上的日本同學請大家到她家去開會話課的晚會，他們去了，吃了日本同學做的壽司，喝了清酒，但並沒有認眞和日本同學說什麼。所以，范妮從來不主動和他們說什麼，但是心裡卻悻悻然。范妮的口音眞的比那幾個說法文的人好，可他們並不在乎，他們的英語結結巴巴的，總是將tr分開來，發成兩個音。但是，他們從容自在地靠在椅背上，遇到說不出的詞，便撮起拇指和中指，響亮地打一個榧子，說一個法國詞，或者說句「How to say this in those stupid English」，好像是英語刁難了他們，一點沒有范妮在犯了英文錯誤時的自慚形穢。要是有人提醒了他們，他們就像拿破崙那樣用手獎賞似地點一下那個幫忙的人，說：「Super!」

他們優越的態度讓范妮生氣，或者說嫉妒。

班上的同學來自世界各地，大多數同學圈子，還是因爲母語的關係，或者是相同的國家背景。班上有兩個從莫斯科來的女孩子，還有四五個從南斯拉夫來的男孩，他們常常下課和晚會的時候聚在一起說話。可他們從來沒有到齊過，不是這個不來，就是那個不來，他們都長著濃密的眉毛，眉心幾乎連在了一起，所以范妮幾乎分不清他們誰是誰。她也沒有什麼興趣和他們說話。

但，范妮也沒有興趣和東方背景的同學在一起。她不喜歡那個日本同學，不喜歡她對洋人甘拜下風的謙恭。這個同學是個中年女子，永遠一絲不苟地穿洋裝、裙子和淺口的義大利皮鞋。她丈夫被公司派到紐約工作，他們全家跟著過來，她在孩子上學以後到學校來補習英文。她說的英文裡有很多日本口音，輕易聽不懂。她自己也知道自己的口音糟糕，所以一開口，就拿眼睛小心翼翼地觀察別人的反應，生怕別人笑話。范妮從她的身上看出來東方人的自卑，所以特別告誡自己要理直氣壯地說英文，展示自己被老師誇獎過的好口音，不讓人將自己看輕。還有一個，是從湖北來的中國女孩子，叫倪鷹。她已經大學畢業了，只是沒有考托福，所以大學沒有錄取，就先來讀語言學校了。聽說范妮從上海來，她長長地「噢」了一聲，好像很有意味似的。范妮介意那個拖得挺長的「噢」，像是從小在班級裡，出身紅色的同學將她打到另冊裡的聲音，也不喜歡倪鷹穿的外套，覺得她的外套土氣，所以她從不跟倪鷹多話。

坐在范妮前面的，是從捷克來的女孩子蓮娜。第一次做課堂練習的時候，范妮就和她搭檔，編一個故事講給大家聽，范妮會編，蓮娜的辭彙量比范妮大，范妮把故事情節說出來，蓮娜就把句子裡太簡單的詞換成一個好聽的，所以那次她們得了第一。於是，范妮和蓮娜熟了。蓮娜在她的家鄉布拉格認識了一個從紐約去那裡過夏天的男孩，因爲他在街上問蓮娜路。後來，他們愛上了。男孩先回的美國，冬天的時候，蓮娜也來到美國與她的男朋友會合。她的男朋友在曼哈頓島上上大學，蓮娜先進語言學校，也準備接著在美國上大學。范妮聽蓮娜說的英文，有時帶著點美國口音，范妮猜想，這是因爲她有個朝夕相處的美國男朋友的關係，要是她也有這樣一個男友，也許他們住在一起，睡在一張床上，那她也會很快進步。比起來，她們算是有時在一起說說話的同學，到學校的咖啡室裡去喝點什麼的時候，她們也會有時結伴去。范妮看出來，蓮娜也不願意和從東歐來的人混在一起，像自己不願意和東方人混在一起一樣，所以她們在一起。

學校裡，會話課上得最多，每天都有。范妮每天都得和會話課的老師見面。那中年男老師狹長的臉上有一隻瘦瘦的尖鼻子，但是身體卻胖得連正著進門都危險，當他站起來，到黑板上寫字的時候，范妮看到他褲袋裡做襯的白布，都被他的大肚子撐得翻了出來，他說的英文很清晰，連s和z的不同都能清楚地聽出來，不愧是教會話的老師。他曾經誇獎過范妮，但范妮漸漸開始躲著他，一是因爲他在堂上糾正學生會話中的錯誤一點不留情面，對范妮也是這樣，甚至有一次說，你怎麼和測試的時候判若兩人，好像范妮騙了他一樣。一是因爲他對班上學生的態度。他最喜歡的學生，是法國人，他們在教室裡大說法語，他並不討厭，還和他們在一起說兩句，因爲他自己讀書時的第一外語，也是法語。前進夜校的英文老師多少總寵著范妮一點，因爲她是有鐵定的希望出國的學生，也許也因爲她的出身。范妮不習慣現在老師的態度。

老師最不喜歡的學生，是從莫斯科來的女孩子，其實他更不喜歡的，是那兩個人中嫁給了美國人的娜佳。娜佳是從莫斯科來的郵寄新娘。范妮聽到傳言說，娜佳這樣的人，學會了英文，有了謀生的手段，就會離婚，她們目前的美國丈夫只是她們的護照和機票。范妮想起了美國罐頭的姊姊，她也是辦了美國移民以後，就和那個香港海員離了婚。老師常在班上代表所有美國男人，給娜佳冷臉看。范妮從來不說美國罐頭姊姊的事情，當班上的同學議論娜佳事情的時候，范妮假裝純潔地問：「眞有這樣的事？我以前從來沒有聽說過。」但心裡卻說，「不這麼做，又絕不能在家鄉待下去，還能怎樣！」

老師其實也看不起東方人，不管是日本的，還是中國的，他說她們的世界觀一概是他受不了的多愁善感，就是日本女人主動邀請班上的同學到她家裡去開晚會，回應老師教學上的建議。日本人家有一棟房子在長島，老師說比他的房子好多了，可是，當大家在日本人家坐定，開始按照老師的要求，談各自家鄉的食物和生活的時候，范妮還是看到，當她們三個人說到自己家鄉的時候，老師臉上呈現出一種從身體深處升起的不以爲然。老師的這個表情刺傷了范妮的自尊心。她自己討厭東方人，是洋氣。而別人不喜歡東方人，而且把她也劃進東方人的圈子裡，就是對她的侮辱了。范妮再也不能像在飛機上搶白日本女孩那樣對付自己的口語老師，一個正宗紐約人，只好暗地裡生悶氣。

倪鷹老是說不好「rain, run, railway」這些詞，老師大聲糾正她的發音時，她的圓臉漸漸地變得紅了，她笨拙地搬弄著自己的嘴唇和舌頭，努力矯正自己，可是還是發不好那些音。老師說，一定是她在自己的語言裡不用這種發音，就叫范妮讀，范妮差點被嚇得不會讀了，好在老師沒有覺得范妮有什麼問題，於是他就讓范妮幫倪鷹學會說雨、跑、鐵路。倪鷹是班上最小氣的同學，老用一只用舊了的可樂塑膠瓶裝白水，帶到教室裡喝。全班同學到日本人家去開會話課的晚會，每個同學多少都帶了點小食來，放在一起吃，娜佳不想花錢買東西，就請假不參加，而倪鷹就敢空著手去了，到時候說一聲「哎呀，忘記了」，其實誰都看得出她是不想花錢。范妮一點也不喜歡她。范妮覺得她那樣的小氣，那種發音奇怪的英文，還有不知所措的舌頭，都丟了自己的臉面。范妮生氣地領著她讀 rain, run, railway ， rain, run, railway ，恨不得伸手去撥好她的舌頭。老師那種東方人天生有發音缺陷的說法，讓范妮很不開心。她老是覺得，就是倪鷹那些該死的 rain, run, railway ，將自己也連累了。所以，范妮總是強調自己是上海人，而倪鷹是湖南人，來自不同的地方。要是在歐洲的版圖上，等於一個是英國人，另一個是葡萄牙人那麼不同。倪鷹聽范妮這麼說完，在自己的座位上，一字一頓地丟出一句話說：「那范妮一定是英國人，而且是維多利亞貴族，我一定是葡萄牙人，而且是鄉下種葡萄的那種苦命人。」范妮這才知道，自己算是將倪鷹得罪了，但是范妮想要撇清自己和土氣的倪鷹之間關係的願望太強了，她並不在意倪鷹的不快，甚至，她認爲那是倪鷹對自己的妒忌。

范妮一直以爲到了紐約，她的學校裡面差不多會飛滿了天使，而她，像夏天的巧克力一樣融化在新生活中。但現在卻是像夾生飯一樣，看著一切都好，可吃起來，不是滋味。她有時想起在小學時候她獨往獨來，心懷怨懟的情形。這讓范妮又驚又痛，她從來沒想到自己在美國的學校裡，不是在陌生的超市，不是在咖啡館，也不是在海關，居然還會有這種格格不入。

范妮的驚痛，很快就蔓延到了學業上。從上小學的時候開始，她就知道自己的戶口在新疆，將來要是想要國家給一個工作，一定要回新疆才能有。她也知道，自己是絕不會回到那當年爸爸媽媽被迫去的陌生地方。她甚至從來都沒有去過新疆的家，從生下來就一直住在上海。但是，要一輩子住在上海的話，就意謂著一輩子沒有工作，像維尼叔叔一樣。生活一開始就對范妮緊緊關上了門，個人的努力無濟於事。所以，她從來不認眞上學。遇到下雨天、颱風天、太冷的天、太熱的天，她都不去上學，遇到學校春遊，或者到工廠去學工，她也以身體不好的名義請假。到了范妮上中學的時候，中國恢復考大學了，但是，戶口的限制仍舊存在，范妮必須回新疆去參加考試，作爲新疆的考生，就是考到上海來上大學，畢業後也必須回到新疆工作。爸爸媽媽說，讀那樣的大學，等於給范妮判無期徒刑，不如不讀，還可以苟且偷生當個上海人。於是，范妮也從來沒有像班上準備考大學的同學那樣，認眞讀過一天書。班主任老師讓她振作精神，在范妮看來，是很小兒科的話，簡直就不値一駁。她一直有充分理由游離在生活之外，藉此來掩蓋她對自己將來的茫然和被遺棄的失落。她從來沒有建設性地夢想過什麼，在她的學校生活中，從來沒有過可以實現的夢想。她的夢想，總是帶著破罐子破摔的氣息，就像小孩子要不到自己想要的玩具，索性要天上的月亮。到現在，她到了紐約，進了布魯克林的語言學校，現在的班上，一屋子的外國學生，個個都像螞蟻搬家那樣，一點一滴地從背誦介詞固定搭配開始，擠進美國社會，而且在那裡站穩腳跟。那種樣子，就像范妮中學時代的同學們一題一題地積累著，準備考大學的時候。而這，正是范妮最不習慣的地方。范妮其實並不習慣，也沒有刻苦學習的那種樂天的精神，願意爲將來先付出自己的努力。

所以，剛開始讀書的時候，大家都以爲范妮的英文很好，因爲她的發音好，語調好。漸漸才發現范妮的英文就是一個花架子，認眞讀書起來，她的單詞量小，語法錯誤多，介詞的固定搭配幾乎不會。而且面皮極薄，只要遇見一個讀錯被糾正的單詞，接下來就一敗塗地，連老師的問題都聽不懂了。英文課一天天地繼續，蓮娜的英文越來越好，湖南人倪鷹的英文仍舊沒有好口音，乍一聽，像是說中文一樣的語調，可是，她的辭彙一天天地多起來，上語法課的時候，她從來不錯，連介詞固定搭配也不出錯。只有范妮還停留在原處。她做不到把英文當成實用的工具來學習和掌握。她只能夠把玩英文，欣賞英文。

范妮喜歡它的聲音，它的語調，喜歡課文裡的故事，還有老師在解釋課文時講的那些事情。她把玩的，是透過英文傳達出來的西方世界的氣息，她認為，那是她失落的世界。當時在前進夜校的時候，她也常常和「美國罐頭」一起背托福生詞和介詞搭配，她尤其喜歡背介詞搭配，因為中文裡面沒有這樣的介詞搭配。這種在學中文裡面沒有的東西的感覺，才是范妮所喜歡的。常常，他們到國際飯店樓上的咖啡館裡去準備考試，那是他們最喜歡的地方。那裡的咖啡杯子和吃香蕉船用的玻璃盤子都還是從前用剩下來的老貨，能看到洋派的四十年代的痕跡。背書背得累了，他們就開始說國外的情況和出國的消息，或者不說話，聽安靜的國際飯店二樓咖啡館裡播放的輕音樂。那時上海電台中午的「身歷聲之友」裡，總是播放一些老歌的改編曲，像〈星塵〉、〈煙霧彌漫了你的眼睛〉、〈月河〉，在溫柔的輕音樂裡，范妮的心裡泛起了它們的歌詞，有時，她就輕輕地跟著它們唱出英文的歌詞來，范妮的英文在歌曲裡從容精到，不漏過一個d、th、s，和z。那時候，真的還沒有什麼人能夠唱英文的歌詞，除了四十年代上學的老先生、老太太們。美國罐頭坐在桌子對面，他總是有點疲憊的瘦長臉上，微笑地望著她，讚歎地說：「范妮范妮，你不去美國，誰還有資格去啊。」

到現在，要將英文當成一個工具來掌握，背單詞、片語，和介詞固定搭配，甚至動詞特殊過去形態，這都是范妮不耐煩的。語法課、會話課、寫作課、閱讀課，課課都出錯。單詞越來越深，要是沒有及時查詞典，憑著讀音的規律猜著讀，連單詞都讀錯，被老師當堂糾正，像倪鷹從前那樣。那些錯誤總是在提醒她，她是個用詞粗糙的，錯誤不斷的外國人，而她的錯誤，是因爲她另有一個強大的，完全不同於英語世界的母語系統，和倪鷹、娜佳和日本女人一樣。

范妮感到，自己心中的英文世界也在崩塌之中。在前進夜校，去上課，等於去與志同道合的朋友一起溫習自己的夢想。而現在，到布魯克林的學校裡去，對范妮來說，是去變成一張鼓，接受時時刻刻的打擊。禁受它，要有像牛皮一樣的堅韌神經才行。范妮天天往返在格林威治和布魯克林之間，像紐約成千上萬的外國學生一樣，平靜而匆忙。但她的心裡，藏著懼怕，和焦慮。還有不甘心，有一次，她對蓮娜說了幾句，蓮娜認爲那其實是一種文化衝擊，會隨著時間和對生活的適應而消失。范妮嘴裡應著，其實心裡不相信自己對紐約還有文化衝擊。她還是堅持相信自己一直屬於美國。

那天，范妮被寫作老師叫到黑板上去造句，范妮寫的是爺爺的那種花體字，每個詞的第一個字母都頂著一條像藤蔓一樣的曲線，十分古典。在上海，見到范妮手寫的英文的人，都讚她的英文好，而對一個人英文好的稱讚，是對這個人最好的肯定。而老師卻點著黑板警告全班說，這是典型的印度英文。所謂印度英文，就是殖民地英文的意思，把英文詞套在當地語言的語法結構和生活習慣裡，用詞老舊，是不地道的、不文雅的英文。由於幾百年的殖民地傳統，印度人講的大多是那種被他們的文化混合過的英文，所以，在英語世界裡，把殖民地流行的變種英文，稱爲印度英文。「這樣的句子是典型的印度英文，」老師用她白胖的手點著范妮寫在黑板上的大字，「你們看，過時了的花體字，生硬的介詞，事實上，不能算它在語法上是錯的，但它們的組成是生硬的，沒有一個 native 的人會造出這樣的句子來。這是外國人的英文裡最頑固的錯誤，需要很長時間才能更正，有的人也許一輩子都不能更正。」

班上的兩個法國男孩接口說，在法語裡也有這樣的情況，大多數發生在那些法屬殖民地裡，他們就遇見過講奇怪法語的越南人。

「那你對英國英語和美國英語的不同怎麼解釋呢？」范妮頑抗。

「好問題。」老師讚了一句，但是打擊毫不留情，「那是因爲美國和歐洲的文化漸漸不同，而產生的不同的英語習慣和口音。」老師說，「與殖民地英文的情況不同的是，殖民地英文是沒有英語文化的，它們永遠不可能被英語世界承認。」

「但美國不也曾是英國殖民地嗎？」范妮又問。

「但我們文化上的根還是一樣的，像莎士比亞，像狄更斯，像英國文學的偉大傳統，都在美國文學裡得到發展，美國文學對英語的文學也有巨大的貢獻。但殖民地當地的文化不是我們的英語文化，它們並不能影響英語的世界。就像印度人使用的英語不可能在美國流行起來一樣。」

紐約長大的胖老師，根本不知道她說的話是怎樣像推土機一樣摧毀著范妮心裡正在崩塌的世界，還逼著范妮不得不正視事實。范妮對她的好感，在這一刻全都變成了老羞成怒的怨恨。從此，她和老師就疏遠了，而且在寫作課上再也不肯寫自己家的事情了，專挑些不痛不癢的事情來寫，拿出在中學裡寫周記抵擋老師的本事來，不讓老師再有機會同情她的遭遇，鼓舞她建設新生活的鬥志。

和上會話課的老師一樣，寫作課的女老師也感覺到班上的這個中國女生，在感情上比另一個還要抵觸。范妮和倪鷹比起來，有種在語言生中難得看到的自以爲是的清高，處處計較，渾身都敏感，一糾正她的錯誤，就像是在侮辱她那樣。這是老師對范妮生氣又不解的地方，只能說這個范妮太 stupid。而另一個中國女孩倪鷹，則是只管自己學好英文，無論將她看成什麼，她都不在乎，只要自己能真正掌握英文。除了讀音，倪鷹的進步神速，像從第三世界來的優等生常常表現出來的 tough。

紐約語言學校的老師們，都在與成千上萬的留學生的接觸中練就了觀察外國人的一副好眼力。他們看班上的學生，就能估計出他們的將來。老師們認爲，倪鷹那樣的青年，聰明、謙遜、努力，考托福常常能在語法部分和辭彙部分拿到高分，他們一定能進入美國的一流大學學習，大多數人還可以得到大學的獎學金。然後順利地拿到學位，在美國找到工作，留下來，成爲公民。但是，他們永遠說外國口音的英文，就是在美國，也只和中國人在一起，他們的身上永遠留著中國食物的油氣，他們是美國大熔爐裡永遠不會融化的那塊外國生鐵。而范妮就不怎麼容易估計。老師們不明白這個范妮爲什麼會在感情上牴觸老師，爲什麼沒有心思，也沒有心胸眞正學好英文，好像她根本就不想留在美國，也許她根本就是一個帶著其他目的來美國的中國共產黨。老師在報紙上看到過一種說法，從共產國家來美國的留學生裡，有一些潛伏的共產黨員，也許范妮就是其中的一個。老師總是在她身上感到一種奇怪的不安，好像她是來找另一些什麼的。

在這堂課上，范妮搞清楚了兩個不同的「殖民地」，一是 colony，美國從前當英國殖民地的時候，就是 colony，而上海從前租給外國人的時候，並不是 colony，而是 concession，土地的所有權還是中國人的。但老師說，不論在 colony，還是在 concession，在當地流行的，都是印度英語。這種特定的英語裡，有一種混亂和屈從的氣息，那是地道英語裡所沒有的。老師建議范妮去借印度作家所寫的小說來讀，印度作家在許多文學作品中，討論過這個問題。范妮的臉又憤怒地漲紅了，她覺得受了侮辱一樣。而老師調開眼睛，在心裡生氣地罵了句 stupid。

所謂印度英文的打擊，那是在周末的一堂課上發生的事。范妮和大家一起下了課，與蓮娜前後腳走出學校。她正和蓮娜說著到紐約去看大都會博物館，她們討論一個外國學生付多少錢的建議票價比較得體，這時范妮才知道，憑一張學生證，在紐約的許多博物館裡都可以得到優惠。范妮覺得自己眞的實在外行了，即使是和蓮娜說話，也常常只有說「眞的」的份，她突然恨死了自己那個不得不帶著升調的「really」。她多麼想自己可以教蓮娜一些紐約常識，自己可以以至少半個紐約人的口氣說話。蓮娜看上去過得不錯，她的英文好，吃的東西沒有什麼不習慣，樂呵呵的，紅頭髮像瀑布一樣長長地拖在身後，惹得到處都有人注意她。而范妮，每次照鏡子，都覺得自己的臉長得太寬、太大，帶著蒙古人種的蠢相。這是范妮到紐約以後的新發現，也許她總是看到別人狹長的臉，才驚覺到自己的顴骨。

正說著話，蓮娜突然停下腳步，朝什麼地方笑，她尖尖的下巴因爲笑意而向前嫵媚地伸去。和范妮匆匆道了周末愉快，蓮娜輕快地向前跑去，在街對面，黑色防火樓梯的複雜陰影下，一個高高的金髮的男孩子，向這邊張開兩條長長的大胳膊，蓮娜衝過去吊在他的脖子上。范妮猜想，那大概就是蓮娜在布拉格認識的男朋友，周末他們一定要在一起過的。蓮娜在馬路對面向那男孩說了什麼，他們一起轉過臉來向范妮笑，男孩還衝范妮揮了揮手。范妮發現他的樣子有幾分像魯，也是一樣溫和但挑剔的笑容，和一般鹵莽的美國人不同。還有他們的金髮、藍眼睛。范妮臉上笑著，隔著馬路向他們揮了揮手，裝作平平常常的樣子。

然後，范妮轉彎走向地鐵站，回到格林威治村。她覺得自己很想哭，但是哭不出來，在心裡悶了一大團東西，比那時候在上海聽到出國的消息時，堵得還要厲害。

回到格林威治的時候，天暗下來了。街對面 Starbucks 的大玻璃窗裡大放光明，桌桌都坐滿了年輕人，看樣子都是學生。語言學校已經開學了，大學也陸續開了學，學生們大都回到紐約來了，在周末放鬆下來了，個個臉上都喜洋洋的，舉著店裡白色的大杯子喝東西。范妮並不能像他們一樣大口大口地喝咖啡，她也試過，但胃裡好久都不舒服。她只能喝小小的一杯，而且要加許多糖和奶，爲了把咖啡當成牛奶裡的一種香料。她喝的是牛奶，而不是咖啡。常常，面前的咖啡涼了，牛奶裡的脂肪就浮在咖啡的表面上，像一枝放在桌子上的玫瑰花，是爲了看，爲了聞，爲了擺樣子，而不是爲了喝的。

路過那裡的范妮，此刻眞的很想在家裡見到魯，她想回到一個亮著燈的，可以很自然地走進去，能和一個美國人說英文的地方。

魯和范妮雖然住在一套公寓裡，可是，開學以後，他們都忙起來了，范妮去上課的時候，魯總是沒有起床，而范妮放學回家以後，魯則去了學校沒回來。晚上，范妮雖然總是在自己房間裡，支著耳朵聽魯的動靜，有時他回來了，光著腳在走廊裡走來走去，有時候，范妮也聽到他用他那結構複雜的牙刷刷牙，牙刷通了電，有嗡嗡的聲音。范妮眞想也出去和他說說話，可是，她怕讓魯看出來她渴望和他在一起，渴望和他說話，怕自己的臉又會紅。有時她想裝作出去找水喝，正好與魯遇見，可她看出來，魯是個誠實的人，他的眼睛總是直直地看著人，對這樣的魯，她撒不出謊來。所以，她總是牢牢地坐在作業和字典前面，就是在走廊裡遇見魯，她也總是埋頭讓過魯，很快地逃回自己的房間，把門關上，像孔雀將尾巴緊緊合上，拖在地上，變成一隻笨拙的大鳥。在美國罐頭身上，她學會了體面地避開一切敏感，其實美國罐頭自從他的姊姊到了美國以後，也努力避免與范妮的感情遊戲會超過半眞半假的限度，也許他怕范妮想搭他的順風車，就像更早的時候，范妮找到了伯婆做經濟擔保，事情好像明朗了，她也小心翼翼地拉開和美國罐頭的距離，怕美國罐頭要搭她的順風車一樣。因爲有過同樣的心思，所以范妮和美國罐頭，雖然什麼都沒有說破，但心裡都明白得很，也都心平氣和，能夠彼此理解。所以，他們之間的迴避，有時就像跳狐步舞一樣，你進我退，有章有法，從來不會踏痛對方。范妮很懂得如何迴避，但她在自己的生活經歷裡，從沒有機會學習怎樣去吸引一個自己喜歡的人，從沒有學習怎樣向一個男人表達自己的好感。

這個范妮心裡有萬般不如意的傍晚，終於遇到了如意的事：魯眞的在家。他正在廚房裡做晚飯，從他的房間裡傳來音樂，是一個女人唱著語言奇怪的歌。魯正在將一棵沙拉菜洗乾淨了，放在白色的塑膠籃裡濾水。

范妮站在廚房門口，心裡突然充滿了對魯的感激。

魯高興地招呼她坐下，說她用功得像一個要會考的中學生。

范妮說他吃生的蘑菇和沙拉菜，像動畫裡的兔子。

他們都高興可以相伴著，在廚房裡準備自己的晚餐。通常同屋的人，總是錯開使用廚房的時間，免得擠著對方。他們在溫暖明亮的廚房裡說著什麼，在心裡感受到對對方的興趣。他們其實都不知道應該怎麼繼續，對方看起來是那麼不同，從前的經驗幾乎完全用不上。共用廚房，讓他們覺得自然。范妮為自己做的是速食麵，在裡面放進去一個番茄、幾片青菜，和一個雞蛋，她覺得做別的東西都不夠文雅，油氣太盛了，沒有美感。

「眞好看。」魯看著范妮將麵條做好，說。

他們一人一邊，坐在廚房的桌子上。魯在桌上點了一根蠟燭。在燭光裡，魯的眼睛藍得讓范妮有點糊塗。他像一隻兔子那樣沙沙地吃著生沙拉菜，她小心地用筷子挑起麵條來，不敢發出一點點吸麵條的聲音。

「喜歡紐約嗎？」魯問。

「喜歡的。」范妮說，「可是更喜歡格林威治村，我喜歡老房子和老東西。」

魯看著范妮笑：「你說話的方式，好像已經很老的人。其實你才那麼年輕。」

當知道范妮的歲數時，魯吃了一驚。他也曾聽說過東方人會顯得年輕，但沒有想到會這樣年輕。他以爲范妮剛剛從十二年級畢業。他仔細地看著范妮的臉，在她東方人細膩的臉上，他找到的是十多歲的處女才有的警惕、懵懂和天眞。魯的心裡驚奇極了，他並不十分搞得清楚東方文化對女人的禁忌，他懷疑范妮也是被禁止戀愛，出門要蒙上臉的那一種。所以，這女孩才會選一個在美國女孩中早就過時了的，可笑的維多利亞時代的英國名字。所以，她看上去像風疹塊一樣敏感。

魯把范妮的臉看紅了。范妮伸手去擾亂魯的目光，滿心歡喜地說：「嘿，不要這樣望著我。」

魯眨眨眼睛：「我喜歡你。」

范妮裝作沒聽見，但一塊熟番茄將她噎住。她努力將番茄呑下去，「咕咚」一聲，范妮自己先嚇了一大跳。她看看魯，怕他看出自己的驚慌和過敏，她安慰自己，一個美國人說一聲「我喜歡你」，大概就像說一聲「早上好」一樣平常，要是自己大驚小怪，才沒有面子。但她看到魯還是那樣直直地看著她，好像等她說什麼。

「你說什麼？」范妮壯起膽子來，拿出跟美國罐頭在一起時常用的渾然不覺的活潑樣子來。這種假裝的渾然不覺，常常就是保護自己不被別人看穿心事的利器，在不想被美國罐頭拖累，或者看出來美國罐頭不想被自己拖累的時候，那些表達出來一定傷人，又傷己的時候，范妮最會用這種態度來抵擋。但這次，話一說出口，范妮心裡就後悔了，她怕魯像美國罐頭那樣敏感，會退縮回去，她已經在從前的迴避中嘗到過孤獨的味道了，和魯隔開，就像整個世界都和她隔開了一樣。而今天晚上，蓮娜一定和她的金髮男友在纏綿著。范妮的心頭飛快地掠過這種猜想。但她收不回來自己說出去的話，又著急，只能望著魯，飛紅了臉。

「我說，我喜歡你。」幸好，魯又說。

范妮曉得不可以用對美國罐頭的態度來對魯，這是她一心要接近的人，但她以爲魯應該先抱住她，才說這樣的話的，又怕魯的話，不過是一般美國人的客氣，自己一莽撞，會丟臉，范妮心頭有千頭萬緒，但到頭來，還是不知道自己應該怎麼表示才是得體的。所以在慌亂中，她聳了聳肩膀，但馬上，她又想到聳肩膀常表示不以爲然，自己又做錯了。所以，她又補充說：「OK。」

她笨拙的態度逗得魯忍不住笑了起來。他說：「你看上去像是個十年級的女生。」

在緊張的氣氛中，他們各自將自己的晚餐吃完。魯馬上宣布說，要請范妮喝他從歐洲滑雪帶回來的咖啡，他怕范妮又會逃跑。而范妮也體察到了魯的意思，心裡十分受用。

土耳其式的咖啡又黑又香，廚房裡充滿了它的苦香。一時，范妮想起了在紅房子西餐館裡的咖啡味道，好像那已經是隔世的事。

魯回他房間換唱片，還是那個女人唱的怨曲，拖得長長的聲音，一唱三歎。魯說那是他在葡萄牙旅行的時候買的方佗，眞的是一種怨曲，從阿拉伯小調演變來的，他最喜歡那種聽不懂內容的幽怨的歌聲：「在我感覺很好的時候，我就聽方佗。」魯說。

溫暖的廚房裡，燭光閃爍，魯細長的影子投在牆上和冰箱上，在冰箱的門上，還留著魯給范妮留的字條，是范妮不捨得將它丟掉。

「那麼說，你現在感覺很好。」范妮聞著從奧地利來的咖啡，她想起在上海的新光電影院裡看過的好萊塢電影《翠堤春曉》，就是寫史特勞斯的故事，就是發生在奧地利。在范妮看來，那就是電影裡才會出現的地方，是音樂裡才會出現的地方，而不是眞的地方。現在，那裡來的咖啡就放在她面前，散發出那麼眞實的芳香。這讓范妮感到恍惚。她想到，自己是這樣由衷地喜歡著西洋，熱愛著英文，千山萬水，千辛萬苦地來投奔這裡，以為終於走到了，但卻是越來越遠。連原來堅信自己擁有的，現在也變成不是自己的了。范妮心裡覺得奇怪，為什麼她喝到了奧地利的咖啡，像那個電影裡面的人一樣，可突然就傷了心。

「哈囉，」魯將手放在范妮眼前搖了搖，叫醒她。「哈囉。」他輕輕說。

范妮舉起杯子說：「這咖啡眞香。」她奇怪地聽到自己的聲音又乾又澀，好像要哭了一樣。她看看魯，魯的眼睛在燭光裡藍得像兩滴海水一樣，正看著自己。

「你好嗎？」魯問。范妮想要說好，可是，她卻聽到自己哽咽了一聲：「我太失望了。」范妮把杯子往眼睛上擋了擋，想要掩飾自己的失態，但眼淚嘩地湧了出來，范妮只覺得自己的臉立刻腫了起來。范妮是個很少流淚的人，雖然她有許多時候是不快活的，但通常可以默不作聲地留在心裡，她感到流露自己的悲傷，是一件羞恥和無能的事情。而且，她發現自己哭了以後，臉就腫得很難看，所以她尤其不肯當著人哭。

魯怔了怔，將自己的手放在范妮的頭髮上，輕輕地摸著。

他和她，都沒有想到會出現這樣的情形，突然，因為范妮哭了，他們就成了要一起分擔什麼的知己。

魯望著范妮的頭髮，它們在燭光裡並不是傳說中漆黑的顏色，而是深棕色的。它們不像他的金髮女朋友的頭髮那樣柔軟和細，而是粗壯有力的。手摸在上面，有一種奇異的感受，好像不是眞的頭髮。到上中學以前，魯都不知道世界上有一個地方叫中國，在那個他長大的康州小鎮上，長黑頭髮的人，只有黑人和義大利人。要到高中的時候，偶爾才知道哈特福德公墓裡面，有一個中國人的墓，被中國人重修了，是因爲這個中國人是到美國來留學的第一個中國留學生，他將美國的技術帶回中國去，爲中國的現代工業做過許多事。那時候，他還是個懵懂的少年，對小鎮以外的世界幾乎一無所知，過假期的時候，父母只是帶他們小孩到哈特福德去看親戚，這就是他們全家的旅行。他從來沒有想到過會摸到一個上海女孩的黑頭髮。

范妮能感受到魯手指在自己髮上的探索，她一動也不敢動，就怕會驚動魯，而將他的安撫收回。她希望魯能一直這樣輕輕地摸下去，不要停止。她知道自己從中學時代，就暗自渴望這種來自男人的愛撫，但是，他得是個她確認合適的男人。終於，魯是這樣的男人，他來到了她的身邊，伸出了他的手。范妮心裡浮起了「終於」這兩個字。但是，她不知道自己應該怎麼回應魯的安慰，適當地表達自己的態度。

范妮盤算著這些，竟將剛才突如其來的悲傷壓了下去。可是她又多心，怕魯會以爲她用哭當手段，來拉近他們之間的關係。所以，她想，自己一定得說點什麼，一定得抬起頭來，一定得躲開魯溫柔的手。

「我以爲我到了一個新的地方，就可以當一個新人，可是我的血是老的，裡面的東西太多了，還是當不來一個新人。」范妮抬起頭來說。

魯從范妮的頭上移開自己的手，但是他轉而握住范妮放在桌上的手，很認眞地看著范妮。

「我在上海的家裡人不能明白我的悲傷，他們覺得我想得太多，不必要。我應該好好學習，在這裡住下來，開始新生活。但是我不能不想。」范妮說。

「我可以理解。有時候，別人不覺得是個問題，但是對這個人來說，眞的是天大的問題。自己的問題，只有自己最知道。」魯說。

「你能理解這種心裡的壓力嗎?」范妮問。

「每個人都有自己能體會到的壓力。並不難理解。」魯說。他對范妮微笑了一下，在范妮看來，那是一個拉菲爾畫的天使那樣的微笑，它們在狹長面頰的笑顏裡留下甜蜜的陰影。終於，終於有一個金髮的英雄來救自己了，范妮淚眼婆娑地想。

「事情總是可以找到一個方法來解決。我最喜歡的一個作家，是個西班牙人，他是個老頭子，他說，人生就是不斷的遇到問題，然後，解決問題的過程。我想，如果連問題都沒有，那才是眞正可怕的人生。」魯說。

「我感到很孤獨。」范妮對魯說。

「世界上所有的人都會感到孤獨的。你看過《芬妮與亞歷山大》嗎?柏格曼的電影。我不是眞的喜歡他。在那個電影裡，那個小男孩在路上對一個老人說，他太孤獨了。那老人說，這世界上有誰是不孤獨的呢。」魯說。

范妮依稀想起來，在上海做瑞典電影周的時候，她在延安路上的電影院裡看過這個電影，是黑白片，那個淺色頭髮的小男孩騎著一輛前輪大、後輪小的腳踏車，路上全是大樹安詳的碎影。他的孤獨和她的孤獨，怎麼會是同一種呢，魯還是不懂。

范妮看了看魯，哭過的眼睛，看所有的東西都是朦朦朧朧的，魯的眼睛藍得好像要流出海水來一樣。范妮忍不住伸手去摸魯的手，她看著自己的手指和魯的手指在桌子上纏繞在一起，他手上的皮膚和她手上的皮膚是一樣的顏色，並分不出哪一個是白種人的手，哪一個是黃種人的手。范妮抽出手來，隔著桌子去摸魯的眼睛，魯將自己的臉向范妮伸過來，閉上眼睛，他的眼睛和眉毛之間，范妮摸到了一個深深的凹陷，在那裡，裝著一對藍色的眼睛。魯張開眼睛時，范妮驚奇地想，這怎麼會是一

廣　告　回　信
台灣北區郵政管理局登記證
北台字第15949號

235-62
台北縣中和市中正路800號13樓之3

印刻出版有限公司　收

讀者服務部

姓名：＿＿＿＿＿＿＿＿　性別：□男　□女

郵遞區號：＿＿＿＿＿＿

地址：＿＿＿＿＿＿＿＿＿＿＿＿＿＿＿＿

電話：（日）＿＿＿＿＿＿＿＿（夜）＿＿＿＿＿＿＿＿

傳真：＿＿＿＿＿＿＿＿

e-mail：＿＿＿＿＿＿＿＿＿＿＿＿＿＿＿＿

INK

INK PUBLISHING

讀者服務卡

您買的書是：________________________________

生日：________年________月________日

學歷：□國中　□高中　□大專　□研究所（含以上）

職業：□軍　□公　□教育　□商　□農

□服務業　□自由業　□學生　□家管

□製造業　□銷售員　□資訊業　□大衆傳播

□醫藥業　□交通業　□貿易業　□其他________________

購買的日期：________年________月________日

購書地點：□書店　□書展　□書報攤　□郵購　□直銷　□贈閱　□其他

您從那裡得知本書：□書店　□報紙　□雜誌　□網路　□親友介紹

□DM傳單　□廣播　□電視　□其他

您對本書的評價：（請填代號 1.非常滿意 2.滿意 3.普通 4.不滿意 5.非常不滿意）

內容______　封面設計______　版面設計______

讀完本書後您覺得：

1.□非常喜歡　2.□喜歡　3.□普通　4.□不喜歡　5.□非常不喜歡

您對於本書建議：

感謝您的惠顧，為了提供更好的服務，請填妥各欄資料，將讀者服務卡直接寄回或傳真本社，我們將隨時提供最新的出版、活動等相關訊息。

讀者服務專線：（02）2228-1626　讀者傳真專線：（02）2228-1598

對眞的眼睛呢。

范妮說：「我和你不一樣。」范妮感到自己的眼睛突然一熱，眼淚又湧了出來。

魯站起來，將廚房的燈關上，將自己的椅子拖到范妮這邊來，他把范妮抱在自己懷裡，這樣和一個女孩開始戀愛，對魯是個意外。魯不知道范妮是因爲傷心，尋找安慰才遲疑著把頭靠到他的肩上，還是她眞的愛他，愛他的身體，愛和他纏綿。她靠在他的身上，像一個落水被救起的人靠在岸邊。這情形讓魯覺得不解。要是她愛他，他已經在這裡了，她還訴什麼苦呢，他又不是上帝，也不是神父。他輕輕地，像抱著自己生氣的姊妹一樣抱著范妮，聞著她身上和美國女孩不一樣的氣味，一股中國麵條的香料的氣味，她很溫順也很古怪，但她仍舊是與衆不同的。

關上了燈的廚房，只留下魯在吃晚餐的時候點燃的蠟燭光。咖啡機器早已靜了下來，方佗的唱片也已經唱完了最後一支。在魯的懷抱中，范妮透過自己的淚水，看著蠟燭上的火苗舔著溫暖的黑暗，火苗就那樣直直的，像一根柳葉那樣細長透明，在黑暗裡拂動，她覺得，自己有生以來第一次這樣安心。

對范妮來說，這個晚上一切終於明朗了，而對魯來說，這個晚上還是突然被打擾了，像一個沒有打出來的嗝。

那天夜裡，他們在臨睡前，一起出去散了步。范妮聽了伯婆對紐約治安的攻擊，還有對她的警告，從來不敢在晚上出去。這是她第一次在晚上出去。他們走到樓道裡的時候，范妮聞到一股濃烈的甜味，好像有糖融化了一樣。魯說，那是猶太人在做糖糕，他們的糖糕甜得死人。魯已經在這裡住了幾年了，知道一樓住了一戶猶太人。

格林威治村的夜晚涼得像絲綢一樣。范妮感到自己臉上緊綳綳的，因爲眼淚都乾在臉上了。再次回到維爾芬街上，范妮感到恍然如隔世一般。她將自己的頭靠在魯的肩膀上，好像要用這來證明自己的感受是眞實的。她聽到爺爺的噴泉的響聲，明亮的月光下，噴泉從石頭上流下來的水，像銀子那樣閃著光。他們經過維爾芬街的石頭噴泉時，范妮停下來，告訴魯關於爺爺的事情，還有她家樓下花園裡的那個晴天被放著濕鞋子的噴泉。

「等一等，等一等，我不能很快地理解，」魯說，「你說你家的房子被別人住著，是共產了嗎？」

「是的。」范妮說。

「我理解了。」魯說，「所以，這裡就成了心裡的 Eden 。」

「什麼？」范妮聽不懂那個 Eden ，魯解釋了半天，范妮才明白是伊甸園的意思，魯安慰她說：「這是我們的宗教，小孩子在主日學校裡就學過了，你不知道是自然的。」

「我當然知道。上帝用了七天時間造出世界。」范妮分辯說。

「你也是基督徒嗎？」魯問。

范妮搖搖頭。在學校裡，有節課大家說自己文化裡的信仰。蓮娜好奇范妮的宗教信仰，因爲蓮娜是基督徒，到了美國也每個禮拜天早上，去華爾街附近的教堂做禮拜。蓮娜以爲范妮這種中國人的宗教，就是 confucianism ，要到中國的廟裡去做禮拜。范妮心裡想，那是小學的時候，被中國人老老小小罵得臭不可聞的孔老二，怎麼可能是中國人的宗教呢。她不知道「無神論者」的英文怎麼說，就還了句話，說自己並不信什麼，她的家庭也不信什麼。范妮看到，小組裡的人，甚至郵寄新娘娜佳，都拿看怪胎的眼光瞪著她。爲了她說，他們不信什麼。所以，魯再問她，她就小心地什麼也不多說了。她看著魯的臉，說：「我是 confucianism 。」

魯「啊」了一聲，表示理解。范妮猜他並不眞正知道什麼是 confucianism ，只是他曉得范妮有宗教信仰，哪怕是很奇怪的信仰，就不是怪胎。他說，自己小時候是教堂裡唱詩班的小童，但十八歲以後，他就再也沒有進過教堂。他對教堂疲倦了。范妮惆悵地想，自己是連信仰都沒有機會有，更談不上對信仰的疲倦。想著，她的眼淚又湧了上來，街燈刹那就像花一樣地開放變大。

范妮將自己的手插在魯的牛仔褲後袋裡，輕輕地用手臂環繞著魯。他們走過華盛頓廣場，走過春街，經過那家 Starbucks 的時候，范妮又停下來，告訴魯，她傍晚路過它的時候，心裡孤獨和委屈，還有中央公園裡的事情。

她想要說的那麼多，可是她的英文不夠用，常常說了主語，就找不到最合適的動詞，開始魯歪過頭來聽，當她說不出來的時候，就安靜地等著，後來，就漸漸幫她補充那些她說不清楚的詞。後來，魯在范妮抬頭看他的時候，就開始親吻她，范妮便什麼也不說了。這時，魯才覺得事情開始走向正軌，愛戀之情開始蕩漾在他們之間，一切對魯來說奇怪的悲傷的歷史開始向後退去。魯不明白的是，范妮只是愛上了他，爲什麼要在這時想到那麼多和愛情沒關係的往事。

范妮那麼緊張，那麼笨拙，讓魯眞正相信了，她眞的沒有談過戀愛。這在魯看來，是不可思議的。魯試圖教范妮如何回應他的吻，如何主動地親吻他，不要只是緊張地噘著冰涼的嘴唇。魯還是第一次遇見這樣的女孩，她二十六歲了，卻不懂得怎麼親吻一個男人。

而這時，范妮緊閉著自己的眼睛，不知道現在自己是珍妮姑娘，還是嘉麗妹妹，還是郝思佳，自己居然在格林威治村寒冷的星空下，與一個金髮青年熱烈地親吻。

她聽到旁邊有人經過的腳步聲，范妮心裡希望他們看見自己，就像她也總經過街上正在接吻的情人們。大多數在接吻的情人們總是美的，大多數經過他們的人，心裡總有一點淡淡的失落。范妮想要當一次在格林威治村的街上一點也不失落的人。

上課的時候，范妮忍不住想魯，但是奇怪的是，本來應該會更分心，結果卻是學會和記住的，都比往日要多了。這是范妮的初戀，雖然這時范妮已經二十六歲了。她看著老師的薄嘴唇，心裡想著魯的嘴唇在她唇上的感受，魯說她是個奇怪的人，從來不親吻他。這讓范妮不怎麼理解，她想，自己已經把嘴唇貼在魯的嘴唇上了，已經在親了，還要怎樣才叫接吻呢。她春情蕩漾地在書上空白的地方記下老師用作替換的單詞，老師叫人起來讀課文的時候，范妮讀的那一段幾乎沒有讀破什麼句子。范妮認爲，這　切都是因爲有了愛情。

中午和蓮娜一起去咖啡座喝熱咖啡，吃早上從家裡帶來的三明治。范妮幾次想告訴蓮娜，現在她想，要是再見到她的男朋友，自己一點也不會感傷了。但是怕自己顯得太急吼吼，所以范妮幾次都忍下了，沒有說。她想，也許有一個周末，也可以讓魯到學校來接自己，這樣，大家在校門口遇到，最自然。也許他們兩對可以一起去咖啡館坐坐，成了朋友，就像在咖啡館外面常見到的情人們那樣，兩對人，圍坐在桌子旁邊，談笑風生。范妮感到，自己心裡有無數美景噴薄而出，像萬花筒一樣。

蓮娜端詳著范妮說：「你今天看上去很漂亮，很新鮮。」

范妮閉著嘴笑，感到自己因爲親吻過而靈活起來的嘴唇，在面頰上像花在盛開時那樣，漸漸地拉長了。她幾乎就忍不住要告訴蓮娜，現在她也有一個美國男友，也是金髮碧眼的青年。但她還是沒有說，她喜盈盈地說：「有時候，我會突然覺得生活眞的很美好，今天我上學的時候，一出門，見到那麼藍的天，我的心突然就高興起來了。」

蓮娜是個快活的人，她笑著誇獎范妮說：「那太好了。」

「是啊，很好。」范妮點著頭。她看到倪鷹坐在走廊的窗下在用功，她從來不到咖啡座裡來，因爲坐到這裡來，先得買一塊錢咖啡，她捨不得。倪鷹握著個用舊了的可樂瓶子，在背書。范妮覺得倪鷹生活得太可憐了，簡直辜負了這裡的藍天麗日。

一放學，范妮就急急忙忙趕回家，魯在家。她走過去靠進魯的懷裡，魯身上有一股奧地利咖啡味道，比別的咖啡都要香，都要強烈。范妮伸手去摸魯的眼睛，她喜歡摸到他眼眶裡的那道柔軟的凹陷。

在魯的懷裡，范妮的心忽地輕盈起來。她希望魯和自己親熱，希望他將手放在自己的身上，像《馬丁．伊登》裡面描寫的那樣。范妮心裡情欲奔湧，但她硬壓著，不敢表現出來，怕讓魯笑話。其實，她也不知道該怎麼表現，才能不失女孩子的身分。

范妮將自己的臉彎下去，貼到魯的手背上。魯的手指摸到了她的嘴唇，她用嘴唇輕輕地夾它，它上面留著一股起司的氣味，那是有點臭的奶油味道。她感到自己的嘴唇終於像解凍了一樣靈活起來，像魚那樣開合著。

「你過得高興嗎？」魯咬住范妮的耳朵問。

范妮啞著嗓子說：「和你在一起，我才會高興。」

范妮的身體在魯的手掌下一陣陣發麻，她兩腮的汗毛直立起來。這是一個藍眼睛的人在撫摩和探索自己的身體。I warn you，她對自己說。但是，anyway, a dream comes to truth。但是，這個truth用在這裡對嗎？是那該死的印度英文嗎？范妮心裡三言兩語地想著。

當魯拉著她的手，走過走廊，走到他的房間裡。讓范妮吃驚的是，魯的房間裡幾乎沒有家具，甚至窗上都沒有裝窗簾，魯的被子，是一個拉開了拉練的綠布睡袋。他的藍色背囊，就靠在牆角。和電影裡面的美國房間比起來，魯的房間簡直太簡陋了。范妮向他放在屋角的床墊子走去的時候，看到魯的床前牆上貼著的一張發黃的海報，畫裡有一個光膀子的男人，歪著頭在打架子鼓，十分沉迷的樣子。那下面的小字，是西班牙文。范妮在心裡做了最後的掙扎：她眞的可以將自己的處女身給這樣一個人嗎？他們到底是相愛的人嗎？這個疑問無力地滑過范妮的心，像從高樓上扔下的紙團那樣忽忽悠悠的，很快就在肉體覺醒的風暴吹散。

二十六歲的范妮，仍舊是個眞正的處女，魯暗暗吃驚。

魯和范妮，在床上經歷了不同的過程。對范妮來說，幾乎是在風暴中度過的，什麼都來不及想，而且束手無策，她以爲魯會說什麼，但是，魯卻一句話都沒有說，只是用手輕輕撥拉她的身體，來告訴她，他希望她用什麼姿勢躺著。她也想說什麼，在有的時候，可是，她從來都沒有學過用在這時候的英文。對魯來說，范妮一直順從和沉默，竭力屛住呼吸，像一個四十二街的性商店裡可以買到的性交娃娃。她的身體光滑、精巧，這是魯所喜愛的。但是，它總是有點諦聽什麼似的僵硬。魯以爲自己還不夠讓范妮興奮，所以努力工作，但是，范妮的身體還是那樣沉默著，她閉著眼睛，一副聽天由命的樣子，讓魯感到沮喪起來。他簡直就不知道她到底要什麼，要怎樣才能跟他一起做愛。剛剛上大學的時候，魯看了一本印度的古書《愛經》，從此以爲東方人的性愛技術神奇無比，其實，在遇到范妮的時候，雖然范妮的姿態總是有些僵硬，第一個讓魯想到的，還是那本從前讀過的《愛經》。書裡展示東方人在性交時柔軟的豐富姿勢，讓魯十分嚮往。范妮不能掩飾的臉紅，更加刺激了魯的想像，當時是爲了接近范妮，也爲了抱歉自己的邪念，魯才匆匆打開行李去取咖啡的。而范妮與自己想像的太不一樣了。范妮的腿沒有像常春藤那樣纏繞到他的肩上，范妮的身體沒有像波浪那樣使他沉浮，甚至范妮從來沒有眞正地吻過他的身體，她嘴唇的功夫幾乎是零。她只是像水床的床墊那樣，體貼地承受著他的身體。所以，對魯來說，這是一次幾乎無趣的做愛。

范妮老是用手按著床單上的那一小塊發硬的血跡，好像見不得人似地躲著魯，還有點不高興。這樣的態度，讓魯覺得像是跟著五月花船來美國的英國傻女人。他一點也不明白范妮，是什麼讓她這樣，他並沒有強迫過她。在魯看來，做愛從來就是應該雙方都努力，才能建立起來的快樂。像范妮那樣，只曉得等著，像太平洋小島上英屬殖民地的國王一樣懶，所以他們不能在床上快樂。

他沒有說話，她也不說話。漸漸地，兩個人之間的空氣開始緊張起來，好像賭氣了一樣。因爲沉默，范妮漸漸感到了不快、懷疑，還有委屈。然而，無論如何，他們現在是有關係的了，要是魯和她結婚，她就是美國人了。要說委屈自己，總沒有美國罐頭的姊姊那樣委屈自己吧。魯到底是自己愛上的，是年輕的，好看的，不是那種四海飄蕩的爛水手。范妮想。這時，她突然十分想念美國罐頭，她這才體會到，世界上也許只有美國罐頭是最知己的男人。但是即使是今天他們都到了美國，再遇見，范妮想，他們還是不會結婚的，甚至也不會這樣躺在一起。美國罐頭從前開玩笑似地和維尼叔叔說過，范妮是那種油漆未乾的女孩，碰不得的。

因爲不可以相愛，所以她和美國罐頭連手都不碰一下，也從來不一起跳舞，他們之間有這樣的規矩。

只有外國人，像魯，才碰得了。而且可以在床上就冷落她，連話也不說。魯到底在想什麼，一點也猜不出。

伯婆知道了會怎麼想呢？她怎麼會看得起自己！范妮想。

維爾芬街上開過的汽車，打著大燈，車燈緩緩地掠過魯的長窗，照花了天花板。這時，他們才發現天色已經晚下來了。

「是不是因爲我和你來自不同的種族，所以你對我有興趣？」范妮輕輕說。

「我想是的。可，你能說，你不是這樣嗎？」魯問。

「我也不能這麼說。」范妮說。

魯將手伸過來，拍拍范妮的手：「但是這沒有什麼關係。這是人性。」

范妮握住魯的手，說：「你那天說，你喜歡我，是嗎？」

魯說：「是的，那天在廚房裡，你哭了。」

「這喜歡又是什麼意思？你從來沒有說過你愛我。」范妮仰面躺著，一動不動地握著魯的手，好像自言自語似地說，她不敢緊握魯的手，因爲她感到自己的手心裡開始出汗了，她的眼睛也開始重起來，眼淚就要奪眶而出。

「我不像普通美國人，一天說幾百次我愛你，可他們的心裡根本不愛。我不是這樣的人。」魯說，「要是說出來，就眞的要愛。所以要是不肯定的話，最好先不要說。我現在還不確定自己。」

魯的眼睛誠懇地看著范妮。

范妮點了點頭。

「我猜想你也是一個誠實的人，你也從來沒有說過你愛我。一個人沒有這麼快就能確定自己是不是愛上了另一個人吧，愛是很複雜的事。」魯說。

雖然范妮想，要是魯說了「我愛你」，自己也會說的。但范妮也對魯點頭，表示自己也是一樣認眞的人。范妮小心地眨著眼睛，將自己的眼淚慢慢回進去，像把眼藥水收進眼睛裡去那樣。

范妮對魯說：「我們是不那麼能夠很快了解彼此的，所以，我要是想到了什麼，會直接說出來給你，你也這樣好嗎？要不然，我們也許永遠都不能了解對方在想什麼。可以嗎？」

魯湊過來親了她嘴一下：「好。」

范妮想要回應他的嘴唇，可魯卻迅速地閃開，玩笑著說：「時間到了。」

范妮趕快收回了自己的嘴唇。

魯要起床洗澡，范妮說，她也想洗澡。魯便讓范妮先去洗。

范妮離開魯的房間時，幾乎像鬆了一口氣一樣地輕鬆起來。她握著自己扔在地上的衣服，快步走進廁所裡。從浴室的鏡子裡，范妮看見自己的身體，有些地方發著紅，那是做愛時留下來的紅潮。從此，她不再是處女了，范妮看著自己的身體，想著，那麼，她是魯的女朋友了？她的貞操給了這個金髮碧眼的人，像自己從前幻想的那樣，但是，范妮卻沒有幻想中終得其所的穩妥和幸福。一聲「我愛你」也沒有。

范妮在熱水下面久久沖著自己的身體，流過血的地方有點火辣辣的。可是，怎麼也沖不掉梗在心頭的患得患失。

從那個晚上以後，范妮和魯常常在一起做愛，但是他們從來不睡在一起，范妮等天晚了以後，就起床來洗澡。魯常常要求先洗，因爲他說范妮在浴室裡總是用好多時間，把浴室裡弄得全是蒸氣，像土耳其浴室一樣。而自己只要簡單沖一下就行了。范妮就讓魯先洗。在這時，范妮就將弄亂的床整理好，回到自己的房間去。其實，范妮在心裡是有點彆扭的，但好像魯覺得正常，所以，范妮也拿出不在乎的樣子來。

范妮曾做過中國菜和魯一起吃飯，魯並不喜歡吃中國餐，他怕中國菜裡的油膩，尤其怕味精。魯也爲范妮做過自己愛吃的義大利麵條，可范妮是一口一口直著脖子嚥下去的。魯有時吃范妮做的番茄蛋花湯，范妮怕魯覺得湯的味道不夠好，於是往裡面加了許多黑胡椒粉，辣得魯直哈氣。魯哈著氣，望著范妮說：「義大利人說，要是有人在菜裡放得辣，說明這個人掉到了愛情裡面。」在這樣的時候，范妮就望著他，臉上帶著點笑容，可什麼也不說，其實，她在清夜夢回，捫心自問，還眞的說不出，自己是不是愛上了魯。

漸漸地，他們兩個人最默契的，就是做愛了。在做愛的時候，他們還是什麼也不說，默默地做。范妮猜想，魯一定是嫌自己的英文裡沒有這種性愛的辭彙，也不願意事事手把手教，所以不說也罷了。其實，范妮是眞的沒有在床上的任何辭彙，連「保險套」怎麼說，她也不知道。魯曾經說過，可范妮記不住，後來魯就只用手勢了。有時候，范妮也想說點什麼，可是，她也覺得，在春心蕩漾的時候，她腦子裡一個英文詞也沒有，什麼都說不出來。

這種關係是奇怪的，他們不曉得自己是不是愛，但是還是常常做愛。但是，他們也不完全就是純粹的肉體關係。有時，魯會突然將范妮高高地抱起來，說：「這一分鐘裡，我眞的想爲你做什麼。我去給你買件衣服吧，你該穿 blue jeans，別穿得像我的外婆。」范妮那時總是不肯要魯的衣服，總是說：「你得先說你愛我。」魯的臉就紅了，就緊張起來，就說：「我就是怕不一會就不愛了呀。」見到魯這樣爲難，范妮便不再去逼他，也斷然不肯要魯爲她買衣服。但是，後來，魯遇到這種情況就說：「這一分鐘裡，我愛你。」范妮就說：「我也是。」於是，他們接了一個長長的吻。但魯馬上就會調侃說，那是好萊塢電影式做作的長吻。接下來，他們各自移開自己的身體，都學著遊戲裡面的機器人聲音，玩笑著說：「時間到了。」

范妮雖然臉上笑著，嘴裡說著，但心裡覺得，這是世界上最令人失望的遊戲。

魯常常在范妮覺得應該深情款款的時候，開類似的愚蠢而乏味的玩笑。boring 這個詞還是魯教給范妮的，魯告訴范妮說，自己有時候會很 boring，但自己不一定知道，所以，要是范妮感到 boring 的時候，就要告訴他，讓他停止。范妮從來沒有對魯說過，雖然有時她眞的覺得無聊，但她不認爲是魯 boring，而是懷疑魯在心裡其實不把她當回事，或者把她當成美國罐頭的姊姊那樣的中國人，才會這樣表現出肆無忌憚的無聊。她一點也沒有想到，魯竟然是一個對深情款款的愛情方式覺得 boring 的人，也一點不想演出英雄救美這樣的愛情故事。他的心裡常常焦慮，他想要眞正知道自己愛什麼，自己想如何生活。這對范妮來說，是太奢侈的問題。魯不想跟范妮說這些事，是因爲他已經感覺到范妮不會懂得他的迷茫。他也不願意成全范妮對初戀的夢想，他認爲它們將他引向可笑的境地。

每當范妮夢想的情形被魯開的乏味玩笑打破時，范妮就竭力掩蓋自己的不快，跟著他笑。她不想讓魯看出來她要求更多的感情。范妮從小就是一個善於掩飾的人，她的心思並不多，但可以藏得很深，特別是對自己的感情，精心地保護著，維持自己的自尊。有時，突然地，在衣冠不整的時候，范妮想起妹妹簡妮來，學校的報名表已經寄回去了，爸爸說簡妮已經在辦退學，用的是迂迴的戰術，先辦了病休，再爭取病退。好像簡妮就該來美國了。要是簡妮來美國，一定要與自己住在一起的，這樣的情形，怎麼和簡妮同住，范妮不敢想像。從范妮的心裡，是覺得簡妮其實看不起她。要是和魯的樣子讓簡妮看到，那不是更讓她看不起。在心裡，范妮不覺得魯是眞的愛自己的。

但范妮將這些難題高高擱起，不願意想下去。

有一個晚上，她和魯到一家咖啡館去，那是魯喜歡的咖啡館，有暗紅色的牆，放著舊舊的青春藝術風格的桌和椅子，十分歐洲風格，還有一個像紅房子西餐館那樣的玻璃門。這是范妮夢想裡的情形，雖然他們沒有手拉著手，也沒有像別人那樣隔著桌子也不停地接吻。咖啡館裡有個黑人進來賣玫瑰花，范妮眼巴巴地望著魯將走到他們桌邊的黑人打發走了，那黑人用他大大的眼睛遺憾地望了范妮一眼，甚至他都看出來了范妮的需要。而魯大大咧咧地對范妮說，他從來不給女孩子買玫瑰花，那是世界上最 boring 的事情之一。

范妮只好掉開眼睛，她不想把自己好好的一個晚上攪了。她假裝打量咖啡館和咖啡館裡的人。

這時，她看到了一張熟悉的臉，是倪鷹。她在店堂裡，正向一個坐著的人遞暗紅色的菜單。范妮吃驚地望著倪鷹，她想不到倪鷹也會到咖啡館裡來。然後，她發現倪鷹手裡還握著一個小本子，腰上圍著黑色的長圍裙，原來，她在這家咖啡館當女招待。

范妮隱約聽說過，倪鷹是班上打工最瘋狂的學生，沒有一天休息的。她除了準備學費以外，還開始在銀行開長期的戶頭，準備接她妹妹明年到美國來讀書。倪鷹也在作文裡寫到了她家的故事，她出身在鄉村教師的家，有個妹妹，妹妹和她差了一年，她們是小鎮上雙雙考上了全國重點大學的姊妹，相約在大學畢業以後到美國來。所以，她們還將是小鎮上雙雙到美國深造的姊妹，是父母的驕傲。

寫作老師說，倪鷹是典型有美國夢的人。她懂得，已經到了美國，就要捲起袖子大幹一場。會話老師仍舊討厭倪鷹的發音，但是佩服她的努力。相處得久了，班上的同學都看出來，美國老師的世界觀很有美國主流世界觀的特點，他們不理解的事物，統統被歧視。努力上進的人，能看出前途的人，統統能得到他們熱心的幫助。他們對人沒有壞心。范妮在心裡其實也爲自己與老師的隔閡而遺憾。

雖然倪鷹仍舊讀不準 rain, run, railway，范妮也發現她在好多單詞下面用鉛筆注音，但倪鷹的辭彙量很快就是全班最高的。

同學們也都在用功學習，準備補習好英文參加托福考試，九月順利地進入大學學習。像倪鷹和蓮娜，已經有了本科文憑的，還要參加GRE考試，爲了考碩士生。連那兩個法國人，都端正了態度學英文，爲了如期上曼哈頓島上的視覺藝術學校。只有從南斯拉夫來的人，明確是用語言學校的簽證當跳板，到美國來掙錢，而且逃避家鄉戰亂。所以，他們在班上最被人看不起，後來，索性他們都不來上學了。范妮也一個學分都沒有，得從大學一年級讀起，還沒有獎學金可以申請。范妮不知道自己該怎麼對付這樣的日子，它將是四年大學、兩年碩士，六年對范妮來說，是令人氣餒的漫長。但她不敢表現出自己的氣餒，怕自己像南斯拉夫人那樣被人看不起。她也不敢對伯婆說自己的害怕，伯婆身上的優越和聰明，讓范妮覺得自己渾身都是上海市井女孩的浮躁、平庸和投機。上海來的信裡，從來都只有兩個意思，一是好好學習，書中自有黃金屋。二是在美國扎下根來，為上海的家裡人開出一條勝利大逃亡之路，好像連家裡的老鼠都已經打好了行李，要飄洋過海來美國定居一樣。家裡的人都以為范妮是在天堂裡。范妮對將要到來的考試和未來，都不敢去想。

范妮那時在倪鷹的韌勁上看到了自己的懈怠，現在，又在倪鷹的黑圍裙上看到了自己沉湎於愛情而迴避的經濟問題。

實際上，她也必須掙錢。帶來的錢就要用光了，在上海時，說好適應一段時間就打工，掙出自己的生活費，還有學費。雖然，那時伯公也說過，可以先借錢給范妮付學費，讓范妮一定讀NYU，但是伯公的支票卻一直沒有寄來過。她和魯混在一起，一直不去找工。范妮從來不跟魯說這些自己在實際生活中遇到的問題，她說不出口。她怕魯會以為自己想利用他，會以為自己要用外國學生遇到的難題來煩他。她也怕魯會因為自己將要到來的經濟問題而嫌棄她，會以為自己和他做愛是另有目的的，像美國罐頭的姊姊那樣。還有，她也禁不住魯用那種誠實的樣子，兩粒藍眼睛筆直地，清澈地端詳著她，那時，她就不能說自己的內心就沒有一點利用魯的心思。

但同樣有美國男友的蓮娜，已經去了一家美國人家做管家，管清潔房子，做五天的晚餐，換來免費的吃住，還有五百塊錢現金。蓮娜用這辦法存錢，準備讀大學。她和男朋友周末見面。范妮有時不明白，在同樣的處境裡，為什麼蓮娜就沒有那麼多要躲躲閃閃的事。輪到自己，事情就越來越複雜。

范妮轉過眼睛去不看倪鷹，但倪鷹還是攪亂了范妮辛苦躲閃才建立起來的平衡。

倪鷹也看到了范妮。她看到范妮的手放在桌子上，和一個金髮青年的手握在一起，她披散著頭髮，襯衫的扣子解到第二個，像外國女孩子常做的那樣，而中國女孩通常只解開領口的第一粒。范妮的眼睛閃閃發光地說著什麼。倪鷹知道，她一定又在用她那語法錯誤百出，但聽上去動聽順耳的英文了。上海人說的英文聽上去沒有那麼多的口音，這一點，在上大學的時候倪鷹就知道了，聽說是因爲上海方言的原因。上海人說英文的時候，自動就變得洋氣起來。但范妮卻做得過了分，教人討厭，連美國老師都討厭她。

早先在學校，下課聊天的時候，會話老師忍不住對倪鷹說范妮：「我從來沒有見到過這麼頹廢的人，整天像夢遊一樣。」

那時倪鷹曾說：「她們上海女孩，會有她們生存的辦法，她們一定會過上好日子。」

老師聽出來倪鷹的意思，就問，范妮是不是會像娜佳一樣。

倪鷹說：「那是一定會比娜佳做得體面。」說著，倪鷹微笑地看了老師一眼，「她把 rain, run, railway 都能分得那麼清楚，是亞洲人裡最 smart 的一條舌頭。你還爲她擔什麼心。」老師被說得一句話也回不出來，從此再也不敢對倪鷹隨便發脾氣。

現在的情形，證明了倪鷹當時的說法。

倪鷹遙遙望著燭光裡滿臉嬌氣的范妮，在心裡響亮地冷笑了一聲。范妮眞不愧是上海女孩子，一肚子的聰明才智，都是用來釣金龜婿的。一臉的勢利刻薄，卻是用來對付自己的女同胞。倪鷹心裡還暗暗慶幸，那每晚來店裡賣玫瑰花的黑人已經走了，要不然范妮一定會有一打玫瑰花炫耀，她就是這種虛榮的人。而倪鷹就是不想讓她如魚得水。

倪鷹心裡又笑了一下，笑自己是不是妒忌這一向自以爲是，其實不務正業的上海同學。自己一向大氣，心思都在學習上，最不喜歡妒忌人，何況自己比范妮的前途不知道要遠大多少倍，不可能去妒忌一個專心嫁人的上海小女子。她想，自己並不妒忌，因爲他們根本不是一類人，她只是討厭范妮近乎於洋奴的作派，倪鷹特別討厭她看她男朋友的樣子，簡直像好萊塢愛情電影一樣肉麻。而且還不是正經洋人之間的肉麻，而是夾雜了在倪鷹看來崇洋媚外的買辦嘴臉的肉麻，她是這樣理解范妮臉上盛開的笑容裡藏著的自斂。

倪鷹討厭范妮小鳥依人的樣子，她看出來，范妮將她的金髮男友當成了拯救她的英雄，所以她的臉才這樣光芒四射。她討厭把洋人當成救美的英雄，這也一直是她刻苦學習的動力，她要靠自己的力量在美國生存和成功。像范妮覺得倪鷹說不好 rain, run, railway 是丟了自己的面子一樣，倪鷹也覺得范妮這種樣子丟了自己民族的尊嚴。

倪鷹眞的是個單純的湖北女孩子，她根本沒有猜到，范妮這一舉一動，是專門做給倪鷹看的。范妮早知道魯並不喜歡這樣。

范妮在離開咖啡館的時候，裝作突然認出同學的樣子，叫住本來想避開的倪鷹，歡快地說：「你找的工作不錯啊，我跟我男朋友說過，也想到咖啡館裡打工的，我也喜歡這家咖啡館的情調的。」她輕輕靠在魯的肩上，將頭向魯的方向嫵媚地傾斜著，因爲不敢去拉魯的手。魯最不喜歡像通常的情人那樣手拉手地走路，范妮怕他當場避開自己的手。她想要給倪鷹看到一對深情款款的紐約情人，有著無可挑剔的融洽。

倪鷹說：「用不著吧。你不是從買辦家出來的嗎?你家多有錢，哪裡用得著像我們一樣打工。」

連一句中國話也聽不懂的魯，都看出來她們話不投機。魯後來問范妮，「她不喜歡你家的買辦背景，是因爲共產黨的關係嗎？」

范妮說：「我也不清楚。我想是嫉妒吧。她一直像機器一樣工作和學習。」

過了不幾天，范妮的會話老師就知道范妮交了白人男友的事，會話老師是有名的快嘴，才過了幾節課，班上的同學都差不多知道了。那說法就和當時傳說娜佳的事一樣。范妮課間休息時，從娜佳那裡知道了班級裡的傳言。她掉過頭去看會話老師，他也正看著她，什麼也不說，在白灼燈下變成藍灰色的眼珠鄙夷而驕傲地瞪著，一副受了騙的氣憤。老師什麼都沒有說，所以范妮也無從解釋，她氣得當場就哭了。老師卻轉身和那兩個法國男孩聊起天來。

蓮娜過來勸范妮，蓮娜問：「他叫什麼？」

范妮說：「卡撒特，他家是從歐洲來的。」

「他英俊嗎？」蓮娜問。

「他金髮碧眼。」范妮說。

「他愛你嗎？」蓮娜問。

「是的。」范妮說。

「你愛他嗎？」蓮娜接著問。問得娜佳在旁邊笑了起來，問蓮娜是不是在練習主持婚禮。蓮娜並不理會，用圓圓的大眼睛瞪著范妮，溫柔而堅決地問，「你愛他嗎？」

「我當然愛他。」范妮說。

蓮娜點點頭，說：「那就行了，你又有什麼傷心的呢？你好運氣，上帝給了你一個禮物，一個金髮碧眼的愛人，在你最孤獨的時候來到你身邊。你還計較別的幹什麼呢？你也有，我也有，我們是世界上最幸運的女人。」

「是的。」范妮答應著。

「你應該笑。」蓮娜握了握范妮沾滿淚水的手指，最後說。

然後，她們看到娜佳眼尾微微向下傾斜的褐色眼睛裡充滿了眼淚。

范妮就這樣，在她的新生活裡沉浮。一天天飛快地過去，心情一天天地變得混亂。因爲她避而不見的眞相太多了，簡直就無法將餘下的部分連成一氣。有時她的發音也變得含混不清，特別是和魯在床上的時候。有一次說信用卡的時候，她把 card 說成了 car，惹得魯急得用手拍著床說：「d，d，還有一個d的音！你把卡片說成了街上跑的汽車了！」范妮覺得自己的自信心像從冰箱裡取出來的冰淇淋一樣，外表看上去方方正正的，但一勺子下去，就軟成了一攤汁。但范妮心裡明白，在這樣的時刻，她應該像菜刀一樣尖利、準確和結實才行。

那天她接到了伯婆的電話，說奶奶的照片找出來了，讓范妮過去看。她聽著伯婆硬朗的聲音，一時都沒有反應過來。什麼照片？范妮開始以爲自己應該給伯婆照片，但是被忘記了。然後，她想起來上次見面的時候，自己要求過伯婆要看奶奶的照片。然後，范妮想起了那時候的情形，時差帶來的噁心，像匕首一樣藍的天空，自己了解祕密的渴望。現在想起來，好像那是很上輩子的事。

她的心怦怦地跳起來，她有點不敢去見伯婆，這也是家裡不停地催范妮盯住伯婆給簡妮辦經濟擔保，但范妮一天天往後面拖的原因之一。要是伯婆問起她的學業，她不知道怎麼說。她想，魯的事情也是不能跟伯婆說的，在魯連「我愛你」都沒有說過之前。伯婆一定會覺得，王家的後代，變得太賤。

伯婆在電話裡繼續說，她有一個從前的學生，現在是NYU的英文教授，格林，他專門研究中國買辦歷史。在七十年代初，他已經爲中國的買辦歷史和教會學校寫過論文，還特別注意過王家的歷史，專門爲王家的歷史寫了一本書。所以，那天伯婆也會請格林教授來，介紹他們彼此認識。范妮想要知道什麼事，可以問這個專家。伯婆還說，要是范妮打算考NYU的話，格林教授也可以介紹些學校的情況給她。

范妮應著，一邊低頭查看自己的毛衣。那上面常常黏著魯鬈曲的金髮，她一般總是留著它們，現在她開始把它們摘掉。她知道伯婆是好意，想給范妮一個 favor，范妮想起來上次她提了那麼多問題給伯婆。可范妮覺得奇怪，居然現在自己一時想不起來想要問些什麼。

按照伯婆定好的時間，范妮放學後去了伯婆家。又是下午茶的時間，伯婆用的唇膏還是那種又油又紅的。伯婆這裡一點也沒有變，而自己的身心，卻已大不相同。

伯婆打量著她，范妮覺得自己緊張得夾緊了雙腿。然後，伯婆說：「范妮開始有點紐約女孩的樣子了。」

范妮控制住自己的多疑，跟著伯婆到衣帽間門上的穿衣鏡前，歡快地轉著身體說：「眞的？」她臉上帶著無辜的笑，是爲了給伯婆看的。

格林教授能說很斯文的普通話，他在台灣學了漢語。他告訴范妮，在范妮還是小孩子的時候，他就看到過奶奶范妮的相片了。那時，他正在研究上海的教會學校傳播的文化對中國人的影響，找到了在大學本科時的心理學教授愛麗絲，她是第一個被訪問者，在他後來寫作的著作裡，用了不少伯婆相冊裡面的相片，包括中西女中當時宿舍會客室的照片、畢業典禮的照片，還有當時爺爺奶奶和伯公留在紐約，沒有帶回上海的相片。後來，他做美國海外經濟發展史的研究，就研究的是美國洋行在中國的經濟行爲。因爲和王家的人漸漸相熟了，對王家的歷史有興趣，就又寫了王家作爲美國洋行的世襲買辦的家史。「王家的人有時和他開玩笑，就叫他司馬遷．格林。」伯婆笑嘻嘻地將手搭在格林教授的肩膀上，向范妮介紹說。

他親切地看著范妮，好像在歡迎范妮回家：「聽愛麗絲說，你從來沒看到過你的奶奶，也沒見到過她的照片？我眞不能相信。」格林教授對范妮說，「你奶奶是很喜歡照相的人，還有你的爺爺，他們在年輕的時候留下過許多照片，是因爲那時照相是種時髦。」

范妮看著格林，在范妮從沒有聽家裡人提起奶奶的時候，他卻早就在照片上見過奶奶了。在唯一留在上海的爺爺對自己的家世一字不提的七十年代，他已經爲自己世代爲美國洋行工作的買辦家族歷史寫過博士論文，而且出版了。爺爺一心想要毀滅王家的歷史，而格林教授則將王家的歷史當作有價值的歷史保留下來。這是范妮第一次聽到外人談到奶奶，而且是個高鼻子的外國人。他對自己一無所知的家世瞭如指掌。「要是讓維尼叔叔看到你，他肯定要說，眞的只有外國人才識貨。」范妮不由得想起了維尼叔叔，他的抽屜裡小心翼翼地收藏著幾張已經受了潮、發了黃的水彩紙，因爲它是地道英國貨。經歷了老師、法國同學，甚至魯，范妮終於見到了一個「識貨」的外國人，但心裡的高興，夾著些心酸。

伯婆取來了一個茶杯給范妮，說這是專門給范妮用的，就像家裡人總有自己固定的茶杯一樣。

范妮拿著自己的茶杯，走到上次坐過的沙發上坐下。彈簧已經鬆了的沙發，帶著范妮緩緩下陷。范妮心裡有點恍惚起來。

格林教授微笑地望著范妮，對伯婆說：「小范妮是不是很像范妮？我又回憶起范妮王的臉了，帶著四十年代的時髦。」

「她們是很像。」伯婆說，「現在小范妮也帶著一點紐約女孩的樣子了，和范妮到紐約以後的樣子也像。遺傳眞是個了不起的東西。就是根本不在一起生活，還是保留氣質上的相似之處，而且在境遇相同的時候，引導他們向相同的方向發展。」

范妮困惑地微笑著，面對他們。她上次已經知道自己和奶奶長得像，自己的名字是爲了懷念奶奶而起的，現在，又知道竟然自己在紐約的變化也和奶奶相像。她開玩笑地說：「不要連結局都像奶奶就好。」

格林教授馬上安慰她說：「不會，不會。」

看上去，他也清楚奶奶後來的事。

伯婆將已經放在了茶几上的照相冊打開，翻開蒙在面子上已經微微發黃了的白色薄紙，將它推到范妮面前：「喏，你的奶奶。」

照片上的奶奶，眞的有點和范妮像，都是一樣的尖下巴，聰明不饒人的長相，她穿著大花的短旗袍和圓領的西式短上衣，臉相比范妮時髦多了。

范妮想起來，有時候，爺爺看著她的照片，會說：「范妮眞的可惜了。」現在想起來，范妮突然感到，爺爺說的「可惜」，也許是因爲自己的氣質裡，沒能有奶奶這樣玲瓏剔透的摩登。范妮照相時總是有一種窘態和愁苦，不肯好好地笑。而奶奶總是把下巴微微抵著，在鏡頭前理所當然地像一個好萊塢明星那樣笑，把嘴唇用唇膏修得像嘉寶的唇形。

她在華盛頓廣場上的銅像前笑著，她在套頭毛衣外面戴了三串珠鍊，像大學生那樣的短裙，穿了一雙闊幫的矮跟皮鞋。格林教授說，那是當時在美國年輕女子中流行的打扮，許多瓦薩學院的女學生就這麼打扮。她在維爾芬街上的那個石頭噴泉前笑著，戴著一副墨鏡，她的頭髮剪短了以後，捲起來，伯婆說那是紐約當時最流行的髮式，使女人看上去非常俏麗。奶奶站在船上，後面是自由女神像。她的身後是湖和樹，還有第五大道上的高樓，范妮認出來，那是在中央公園。她穿著赫本在電影裡穿的那種高腰蓬蓬裙，將無袖的短衫束在裙子裡。都是在美國時的照片，都是春風得意。

范妮看著奶奶的相片，想到有一次自己一時興起，穿了上海背來的蓬蓬裙和白皮鞋給魯看，誰知道，魯無奈地挑著眉毛看她，臉上一絲笑也沒有，更不要說欣賞之情。魯說，范妮的打扮讓他想起了自己的外婆，他們穿著這樣的衣裙，跳那種傻得不能再傻的 swing。范妮突然想，奶奶是不是也會有一個金髮碧眼的情人呢？她會不會也經歷過那樣不確定的愛情風暴呢？她是不是也會在情人的床上把 card 和 car 讀錯呢？要是奶奶連這些都和自己相似，她是怎麼對付以後的生活的呢？也許她可以教教自己。

「你看，你們長得很像。」格林教授在旁邊說。

范妮正沉浸在自己的思緒裡，沒聽清格林教授說了些什麼。她疑惑地望著格林教授，如果他這麼了解自己的家世，也許他也能說出什麼能指點她，而不爲難她的體己話來？范妮想。別像伯婆那樣強人所難行不行。

格林教授又重複了一遍。

「我哪裡比得上她好看。」范妮委屈地回答。

格林教授看了范妮一眼，沒有說什麼。到後來，他才說，范妮和伯婆他們這一代人最不同的，是伯婆不像范妮那樣多的抱怨。伯婆摔斷了腿骨，獨自在家裡養傷，沒有一絲抱怨，反而說她得到了很好的休息，也藉這個機會看了不少書，後來再看到她，果然年輕了許多。他們總是在各種各樣的生活裡可以獲得有益的東西。格林教授認爲，這就是教會學校和非教會學校的教育背景帶來的差距。

「也比不上她好命。」范妮忍不住又說。她看著奶奶春意盎然的笑容，現在，她知道能這樣衝一個人笑，是因爲她眞的肯定那個人愛她，放縱她，讓她無憂無慮。

在照相本子裡，也有爺爺年輕時候的照片。他穿著白色的西裝，那種老派的三件套西裝。半個世紀以前的陽光照在爺爺的臉上，那時他的臉上有種安逸的樣子，他在華盛頓廣場拍過不少相片，在中央公園也拍過不少，坐在船上，船夫打扮成水手的樣子，脖子上繫了一條小方巾。

「看你爺爺多摩登。」伯婆用食指摸了一下爺爺的照片，對格林教授說，「你的書裡也用過這張照片吧，華盛頓廣場的那張。」

「最後沒有用，因爲擔心他在大陸，書公開出版了，會影響到他。我的同事在我之前用了留在大陸的作家的照片放在書裡，結果給那個作家帶來了很大的麻煩。從此以後，我們都盡量考慮到這一點。眞的可惜沒能用。」格林教授說，「最近我聽說，你的爺爺早就把他們從前的照片都燒掉了。我心裡慶幸自己沒有公開他燒掉的照片。」

「他那時害怕極了，別人家的照片都是被人燒掉的，只有我們家的是被爺爺自覺燒掉的。」范妮說。

「他其實是個不懂黨派的書生，十分理想主義。」伯婆說，「那時候，大知識分子都是英國派頭，講究不群不黨。」

范妮想起來，小時候在家裡看到的爺爺寫的思想小結，口口聲聲都是「聽毛主席話，跟共產黨走」，一點也看不出有什麼「不群不黨」。

靠了格林教授帶來的一張新舊上海路名對照表，范妮才知道原來王家在上海還有幾棟大房子，在現在的南京西路、湖南路、康平路和興國路上。也許維尼叔叔也畫過那些房子，他常常在路上畫好看的老房子，但維尼叔叔一定不知道自己畫的就是從前自己的家，要是知道，維尼叔叔是忍不住的。爺爺也常看維尼叔叔的畫，但是他從來沒有露過一點風聲，范妮回憶起爺爺的臉，在老房子幽暗的天光裡，他的臉就像一扇鏽死的門一樣。伯婆說，康平路上的老房子，是王家老宅。有大房子，還有一個大花園，花園裡有樹林和一個小湖，有一年夏天，她剛剛嫁到王家，伯公回國來過暑假，爺爺正打算去留學，大家玩得興起，雇人在花園裡挖了一條河。可是因爲是死水，水很快就髒了，嚇得他們趕快又找人塡起來。爲了再不要看到新翻過的土地，他們在上面種了個玫瑰園。「人家家裡的玫瑰園都是一塊的，只有王家花園裡的玫瑰園是一條的。」伯婆搖著頭笑。

「爺爺什麼也沒告訴過我們。」范妮說，「我們什麼也不知道。」

格林教授告訴范妮，她家的祖上和來中國傳教的美國天主教傳教士就有聯繫，所以她家的祖上才有機會在傳教士那裡學習英語。會了英語，才有機會進美國洋行，憑著自己的機靈，才能從一個跑街的當上了買辦。她出生在中國最早的天主教家庭裡。范妮說：「我走的時候爺爺告訴過我這件事。」可伯婆接著告訴范妮，王家的孩子都受過洗禮，都有教名，爺爺的教名是保羅，伯公的教名叫派屈克，他們從小上的主日學校，爺爺是好學生，在見證的時候，說起話來，頭頭是道，深得神父的喜歡。

范妮默默地聽著，心裡想，這個可以告訴魯，自己家有天主教傳統，和他家差不多。他不用像看怪物一樣看她那一眼，自己也不用拿孔教來搪塞。

格林教授這才發現原來范妮對自己家的歷史眞的是一無所知，王家的第一代和第二代靠與美國洋行買賣鴉片和人口起家與發展，她不知道。王家又靠第二次鴉片戰爭後，中國市場全面向洋行開放，中國的資本主義得到迅速發展，走進黃金時代的大好機會，一面做著世襲的買辦，擴大自己的勢力，一面開設了一家航運聯合公司，聯合公司有一家經營內河和遠洋運輸的客輪公司、一家船廠，還有一家在長江和沿海都有貨棧、倉庫和批發點的儲運公司。到那時，王家已經從單純的洋行買辦過渡到買辦資本家的歷史也不知道，甚至連她家在大戰爆發以前，已經成爲上海最有錢家族之一的顯赫地位也毫不知情。但她的神情裡面還是有種隱忍裡面的自命不凡，將她和普通人家的孩子區別開來。格林教授見到過不少這樣經歷曲折的富家子弟，他們和范妮一樣，對自己家的歷史幾乎無知，但頑強地表達著自己的不同尋常。那是歷史曲折地留在人們身上的痕跡。當范妮終於了解到自己家從前的富有，她的臉上漸漸出現了和他們一樣的難堪，那是種複雜的表情，有失望、遺憾，還有老羞成怒的那種怨憤，好像他們也擔著一份家道敗落的責任與不甘。很多人不願意多說過去的事，連自己的親戚都不願意見。

從格林教授到哈佛讀博士的時候起，他就開始研究中國的買辦歷史，因此結識了一些流散到海外的買辦家族的後代，他能體會到，一個在長輩們刻意隱瞞下成長的年輕一代，像范妮，她心裡複雜的感情。在他看來，這個范妮比她的長輩愛麗絲·裘教授更接近史料裡的中國買辦，他們對外國人的力量更加依賴，對自己和外國人的關係更加敏感，更加背棄自己的傳統。只是他還沒有了解，從維尼開始，到范妮，因爲時代的關係，他們將對外國人的依賴轉化爲膜拜，將對自己文化傳統的背棄轉化爲決絕。他們家族的上面幾代人，在格林教授的研究裡，都被定義爲「沒有文化差異的人」，他還沒有認識到，留在憎恨買辦階級，將他們視爲勞動人民頭上的三座大山之一的中國大陸，那些沒有文化差異的人的後代們，已經在壓力下，成長爲對所有的文化都過敏的人。格林教授知道東方人的內心常常是曲折而感傷的，特別是像范妮這樣一出生下來就被歧視的富家女孩子，他不想因爲范妮在終於了解了自己家史的震動中，得到太多的失落感，所以，格林教授努力鼓勵范妮高興起來。他問，在上海她聽到過什麼隻言片語的往事。

范妮想了想，說：「維尼叔叔說過，從前美國人來給太爺爺拜年，也要行中國大禮，是磕頭的。」維尼叔叔還說過，那才叫眞正的威風，連外國人都心甘情願地給太爺爺磕頭，他共產黨有過讓美國人心甘情願磕頭這一天嗎？

「眞的？」格林教授追問，「維尼叔叔看見的？聽說的？他多大年紀？」

維尼叔叔四歲的時候，上海解放。

「也許是想像的。」格林教授說，「interesting。」

伯婆和格林教授都說，從來沒有聽說過美國人因爲拜年而行中國大禮，對買辦磕頭的事。范妮心裡也懷疑是維尼叔叔想像出來的。他說的事實常常是想像，像貝貝對於抽象畫派。

「維尼可憐。」伯婆想了想，說。

「這就是我的同事所說的，上海西化的歷史在一九四九年以後被完全抹殺。」格林教授說，「在官方是清洗，在民間，是你爺爺的那種緘默。所以，歷史很快變成了虛無的東西，變成了傳言。這就是維尼那種對歷史的轉述。在這種情形下，是進一步抹殺歷史，還是歷史在這種情形下得到了雪藏，這是對上海研究中很重要的內容。」

這對范妮來說是太大的題目，她不知道。上海的記憶混雜在紐約的現實裡面，在她心裡沉渣泛起，說到維尼叔叔，維尼叔叔營造的世界、他的頹廢，在范妮的心裡就已經有了隔世的感覺，再追溯到爺爺奶奶這一代，像電影故事一樣，而格林教授說到的祖上的生活，簡直像口深井，那樣地舊，那樣地不可及，那樣地不著邊際。

「現在說到上海，對我來說，太隔世。」范妮想了想，這樣說。

范妮無法和格林教授討論歷史，她垂下頭去，接著翻看攤在膝蓋上的照相本，照相本上的薄塑料紙都變硬了。相冊裡出現了伯婆年輕時的照片，那是范妮更加陌生的臉和生活。她在中西女中的花園裡蹺著腳看書，她在舞台上演戲，她和穿黑長袍的姆姆站在一起，那是她的英文老師、格致老師和校長。那時候伯婆已經有了神情單純而堅定的眼神。一頁一頁，都是伯婆的照片。范妮開始感到奇怪，爲什麼爺爺奶奶的相冊裡會有這麼多伯婆的照片，後來才意識到，這根本就是伯婆的照相本子。有時，還能看到一些伯婆和爺爺奶奶在一起的照片，甚至是在上海照的相，那時的街道、樹、人、沙發，看上去都是簇新的。她甚至認出了一些上海的馬路，依稀還能讓她回憶起自己看到它們時的樣子。

她突然懷疑，這些往事對她到底有多少意義。她看著照片上的世界，聽著帶著英語腔的普通話告訴她的家史，那個世界全然是陌生的。比電影故事還要陌生。不甘心又怎樣，甘心又怎樣，事情已經「眼睛一眨，老母雞變鴨」。自己現在仍舊被在湖北鄉下長大的倪鷹和在下東區長大的會話老師看成是來紐約釣金龜婿的上海女孩。她那時對魯說過自己的家史，私心裡帶著點讓魯另眼相看的意思。可魯說，重要的是現在的生活，而不是過去有過什麼。她想，魯是對的。

甚至，伯婆都是對的，伯婆上次就說過，anyway，現在是在紐約了，可以從頭做人。

爺爺也說過，把上海的一切都忘記掉。

范妮將伯婆的相冊合了起來。

「生活變化得太快了，有時候思想會混亂啊。」格林教授看著走神的范妮，體貼地說。

范妮點點頭。

「奶奶爲什麼不和我們聯繫呢？」范妮不想辜負格林教授的好意和他的學問，於是問。

格林教授說：「李鴻章家、盛宣懷家、蘇州席家、招商局唐家，都有過這樣的女人，流散以後，就終身不跟家裡人再聯繫，不想見到家裡人，不回中國大陸。其實，張愛玲也有點這樣子。好多家庭，是爲了再次分配遺產，託大使館開死亡證明，才發現這個人原來還活著，遺產不要、不贈，就那麼拖著。表面上看，就是恩斷義絕。」

「實際上呢？」范妮問，她不能相信媽媽會對自己的孩子也撒手不管，死活自便，「爺爺是一句也不肯猜測奶奶的事，別人猜奶奶又嫁了人。」

「也不一定。我訪問過一個這樣的女人，她並沒有嫁人，她就住在唐人街裡。屋子裡什麼家具也沒有，對親人的消息很漠然。但她是大都會博物館的會員，常常去看林布蘭的畫，然後回家。我能接觸到她，是因爲我也是大都會的會員。但也是僅此一次而已。她從來不參加會員的預展酒會和小型餐會。」格林教授說。

范妮想起來自己在大都會參觀的傍晚，看到過的燭光搖曳，流淌著巴洛克音樂的大廳。范妮想，會不會那個女人就是奶奶呢？她希望她就是。

上海往事再次牽絲盤藤地回到范妮心裡的時候，范妮突然想，自己寧可像倪鷹那樣單純。范妮然後改了對象，倪鷹太土氣了，連 rain, run, railway 都說不好。她寧可像蓮娜那樣身世單純，在紐約獲得幸福的新生活。這時，范妮意識到，這就是所有的人對她的希望，也是她自己的。

你在地毯下面藏著什麼？

范妮的米吃光了。這次她終於決定去下城的唐人街買米。那裡的大米，比洋人的超級市場裡要便宜得多。雖然范妮盡量跟魯一樣吃小麵包，或者吐司，但是在心裡，范妮還是覺得米是她最重要的糧食，她不想在主食上花太多的錢。因爲范妮一看就是中國人，遇見范妮的人常常向她推薦下城的唐人街。倪鷹到紐約的第二天，就由原先大學裡先到美國來讀書的同學帶著，去唐人街買便宜的生活必需品。甚至連魯，都向她介紹過唐人街。大家以爲她是中國人，一定想去那地方。但范妮偏偏就不想去，要不是爲買便宜米，她對唐人街一點也沒興趣。事實上，她根本就不喜歡到有中國人的地方去。

她路過NYU數學系的大樓，然後轉到百老匯大街，沿著百老匯大道，向下城走去。街道似乎有點走下坡路的樣子，范妮突然想起來，在上海讀《New Concept English》時，老師說過，down the street，沿街而下，因爲英國的許多馬路都是坡路，所以介詞要用 down 或者 up。范妮是這樣記住這兩個介詞的。那時候，她還爲難老師說，要是在上海的話，就可以不必用這樣的介詞了，上海沒有那樣的馬路，在上海，就該用 beside 和 along。老師笑笑說：「也許可以吧。」說起來，上海的英文老師眞是和氣，要是放到現在的班上，胖老師又有一個現成的例子，可以批判「印度英文」。

范妮沿街而下。百老匯大道上漸漸荒涼起來。兩邊的房子越來越破舊，街邊商店裡的東西看上去越來越廉價，中國人的臉越來越多。他們的臉顯得那麼寬大，臉色那麼黃。最奇怪的是，街面上總是能看到一些無所事事的男人站成一排，兩眼空洞。一看就讓人想到偷渡客。范妮想起來，有一次在魯的房間裡，她出來上廁所，照了照鏡子，看到鏡子裡自己的臉突然顯得那麼寬大，因爲寬大而難看。范妮意識到，也許是因爲看多了洋人窄長的臉、白色的皮膚，所以再看東方人的臉，不習慣了。看自己的臉也一樣。可是，范妮還是嫌棄地望著他們的臉。

她向他們問路，忍不住用的英文，她原本的意思是要與他們劃清界線，但他們不理她。她只好用普通話再問，他們還是不理她，像沒有聽見一樣。「十三點。」范妮心裡暗罵一聲，走開了。

到了伊麗莎白大道上，黃澄澄的金店一家緊挨著一家。街上熱熱鬧鬧地擠滿了人，到處都是中國字的招牌，大紅大金，又俗氣，又熱鬧。街邊有中國式的小水果攤，現炸春捲的零食攤，還有賣汗衫、毛巾的小販，大叫「ten for two」。范妮因爲這裡的鬧和中國字，而心情惡劣起來。

街上炸春捲的香氣直撲到范妮的鼻子裡，她的胃愉快地蠕動起來，咕咕地響。她忍了忍，才沒有上去買一份吃，像在上海時那樣。除了油炸麵食的香氣，還有鮮魚店的腥氣，洗魚的水潑在地上，像上海的菜場地上一樣，到處都是濕漉漉的。范妮厭惡地跨過一個個人行道上的小水塘往前走，沿街，她看到餐館蒙著一層油氣的櫥窗裡，掛著紅紅的廣東叉燒、油汪汪的燒鵝，鐵皮蒸籠上放著上海素菜包，不由得想起廣東叉燒微甜的精肉，還有素菜包裡香菇的氣味，范妮覺得自己的口水多了。但馬上她控制住自己想要停下來，吃點中國食物的念頭。她走過去了，但鼻子裡還滿是炸春捲的香氣。范妮從小到大都喜歡吃春捲，還有小餛飩。她總是喜歡熟爛清爽的食物，像小餛飩的皮，和春捲芯裡的黃芽菜葉。

這時，范妮看到了堅尼街的牌子。伯婆說過，她最後一次見到奶奶，就是在堅尼街的路口上。她留意看了看四周的人，也許她也會在這裡偶然撞上奶奶？也許，奶奶也像格林教授遇到的那個老太太一樣，就住在這裡呢？在伯婆的相冊裡，有奶奶他們在唐人街的餐館裡吃中國菜的照片。還有一張照片，上面能看到芒街黑色的路牌，奶奶和爺爺站在街角上，爺爺手裡緊緊抓著白色的巴拿馬草帽。只有這張照片，看上去他們很緊張的樣子，都掛著臉，但他們的手握在一起。

范妮想，後來奶奶到底想避開什麼呢？

在堅尼街上，范妮找到一家大超級市場，裡面都是做中國飯要用的東西。剛到門口，一股中國食物的氣味就撲面而來。比起魯的超級市場來，中國食物的氣味不那麼清爽，但是給范妮爛熟的放鬆。范妮帶著興奮和厭惡混雜的心情走了進去，幸好在門口有和西式的超級市場一樣的推車，讓范妮覺得高興了一點。

她注意去看了看那家店裡醬油的價錢，果然比上海的要貴許多。因爲魯覺得中國醬油的氣味十分古怪，有一次，范妮想爲魯燒紅燒蹄膀，但一鍋加了老抽和糖的蹄膀還在燉著，魯回來了，一進門就皺起眉頭說，你做了什麼東西，氣味這麼怪。然後他關上火，建議范妮把蹄膀倒了，自己忙著開窗去味道。從那以後，范妮好久沒用醬油燒菜了。范妮家的菜，是地道的上海菜，喜歡濃油赤醬，范妮最喜歡用紅燒肉的汁拌飯吃。可是，和不怎麼喜歡中國食物的魯在一起，范妮越來越怕魯歧視自己燒的中國菜，范妮覺得那是對女人很大的侮辱。她無法改變魯，他不像美國罐頭那樣體貼和讚美，所以只能自己小心防範，不給魯機會，讓他表達對中國的輕視。魯是一個窄心眼的人，最多稱讚一下義大利的食物，和奧地利的咖啡，范妮覺得，他說起來是在移民國家長大的美國人，但遠不如自己那樣容易接受外來的事物。他的心裡有一種古怪的驕傲，只要他不認識的東西，都是不好的。

在這個大超級市場裡，范妮果然找到了便宜的大米。還是在上海賣得極貴的泰國大米。范妮發現這裡樣樣東西都便宜，和魯告訴她的那個超級市場裡的東西比起來，一模一樣的東西都便宜一半以上。看到這麼便宜的東西，讓范妮忍不住興奮起來。她盤算著，自己可以燒筍乾紅燒肉，可以燒蘑菇香菇炒三鮮，可以紅燒烤麩，還可以燒鹹肉蒸千張。這都是在上海的家裡常吃的家常菜。在冷藏櫃裡，范妮甚至看到了做好的蛋餃。雖然范妮在上海痛恨吃暖鍋裡的丸子和蛋餃，但此刻看到了，心裡還是感到親切。

她想起來，在上海每年過年的時候，爺爺都親手做一個暖鍋，那是家裡的傳統菜。暖鍋的最下面一層是粉絲，然後在上面鋪上肉丸、魚丸、凍豆腐，和黃芽菜，再上面一層，是蝦和白斬雞，還有蛤蜊。爸爸說小時候，過年到他的爺爺家吃年夜飯，就有這種暖鍋吃。蛤蜊殼打開的樣子，像是一只金元寶，有個好口彩。維尼叔叔說，他記得奶奶最喜歡吃暖鍋裡的綠豆粉絲。奶奶的吃相十分文雅，即使是吃粉絲，也聽不到一點她吃的聲音。也許是因爲維尼叔叔對奶奶的那種讚美，范妮從小也要求自己吃粉絲時，不發出一點聲音。

范妮沒有想到，在唐人街的超級市場裡，點點滴滴的，藏的都是形同隔世的往事。

從超級市場出來，范妮提著大包小包，一時不知道自己怎麼才能把它們拎回家。這時，她才發現那些樣子難看的帆布推車，原來是在唐人街買菜，可是又沒有車子的人最實用的運輸工具。拖著帆布推車的樣子是難看，可是要想回家，她也不得不在街邊的攤檔上買一個這樣的推車。

就在她買了推車，將自己的東西一一放進去，范妮突然在堅尼街的人流裡，看到了一張熟悉的臉。瘦長的，薄薄的雙眼皮，殷勤的，抒情的。那張臉，是美國罐頭的。像一片乾枯的樹葉那樣。他的頭髮明顯地薄了，軟軟地掛在頭皮上。他穿著皺巴巴的尼龍布風雨衣，手裡捲著一堆《世界日報》，正慢慢經過范妮面前。不知道爲什麼，他比在上海時矮了。范妮認出來，這件尼龍布的風雨衣，還是在華亭路買的，小販號稱這是出口到美國的最新式樣，當時他們看看，式樣是不錯。范妮猜想，一定是用洗衣機洗過了，華亭路的衣服樣子好，可就是質量差，洗一洗就走樣了，尤其不能用洗衣機絞。她奇怪地想，美國罐頭最注意自己的衣著，最當心自己的形象，他有著像貝貝那樣的精細。怎麼會在美國失風，而且還肯穿著這樣的衣服招搖過市。

這就是潦倒吧。范妮想。

然後，范妮想起來，那次老師在班上讓大家做選擇題的時候，問願不願意拿二十五萬美金去美國，條件是你永遠不可回自己故鄉，美國罐頭在自己身邊大聲說：「我們只要一千美金就可以了。」那時，班上的氣氛空前活躍，一個接一個把價位往下殺。有一個同學說，小時候自己不肯睡覺，哄他的保母嚇他說，再不睡覺就不要他了，把他一舉丟到外國大馬路上去，意思是遠得讓他再也回不了家。好像保母說的，還是當時在上海嚇孩子的流行的話，好幾個同學的小時候都這樣被嚇過，連老師都笑了，他也被這樣嚇過的。大家都說：「就讓他們馬上把我們統統扔到外國大馬路上去啊。」范妮心裡冷笑了一聲，眞的沒人想到，外國大馬路也可能是屬於骯髒的唐人街的呢。

她往後閃了一下，躲到吊在花車上賣的汗衫後面，怕他看到自己，也怕他同時看到自己的拖車，拖車裡面的大米和便宜的菜。但是美國罐頭沉沉地在堅尼街上走著，像包裹在厚毯子裡面的小孩那樣，帶著與四周隔絕的神情。這一點是范妮熟悉的。當時她以爲，美國罐頭到了美國就會卸下這種隔絕的神情，就會如魚得水。這時，范妮意識到，原來美國罐頭也沒有過上想像的生活，他們兩個人，半斤八兩。她握著帆布推車冰涼的拉桿，將自己的手指按到拉桿上爲手指做的凹陷裡。她的心怦怦地跳著，不知道自己是感傷，還是竊喜。或者既感傷又竊喜，還加上不甘心，說到底，美國罐頭出身不過是上海市民，不像范妮家這樣有淵源。也許這也是美國罐頭終於縮在唐人街裡，像最沒本事的新移民那樣認輸。而范妮只是到唐人街來買買菜。范妮在心裡計較。

等美國罐頭消失在人群裡，范妮才往回走。街口的小販在黑色的平底鍋裡煎著噴香的蔥油餅，散發著上海小街上安徽人做的蔥油餅一樣的香味。唐人街下午蔥油餅的香味，迷惑了范妮，難道自己會懷念上海有蔥油餅味道的街道嗎？

在唐人街上，常常能聽到幾句上海話，惹得范妮忍不住去看那說話的人。難道自己會想說上海話了嗎？

接著，范妮在街邊發現了一家上海餐館，招牌上寫著有喬家柵的點心。看看前面就要到百老匯大道了，唐人街就要結束，范妮決定進去吃一客上海點心。

在那裡，范妮點了一客蝦肉小餛飩。方桌子上，有一點油膩的感覺，讓范妮想起來上海的小點心店，藍邊的大碗裝著清湯，上面有綠色的蔥末子沉浮，小餛飩的皮在熱湯裡蕩漾著，柔若無骨，粉紅的肉餡小小的，像一分錢那麼大。在那些美國罐頭走了以後的晚上，前進夜校下課以後，范妮常常獨自到夜校對面的點心店裡，吃一碗小餛飩當夜消，然後才回家的。這也是范妮的心計，不想突然回家早了，讓維尼叔叔一下子就看出來，原先放學以後，自己常和美國罐頭蕩馬路。

小餛飩上來了，但卻是廣式的，皮子用了肉燕，芯子裡的蝦仁像石塊一樣沉甸甸的，湯裡全是味精的味道，喝下去辣著了嗓子，再不敢喝第二口。總之，完全不是范妮所期待的那種。范妮是硬著頭皮將那碗小餛飩吃下去的，在將要吃完的時候，她看到大廚子穿著骯髒的白衣服從廚房出來透氣，他和跑堂的閒聊，竟然說了一口越南話。那讓范妮想起來在上海看到過的越南電影，要不是看過那些電影，她還眞不知道他是什麼地方的人。

到了家，范妮的運氣不錯，魯不在家，她趕快把買的東西放好，將推車摺起來，放在自己的床底下，用床單遮著。然後，她大大地舒了一口氣。她在廚房桌前坐下，爲自己倒了一杯水，聞著魯的咖啡香，慶幸自己終於又回到了文明世界裡。她學著魯的樣子，自言自語說：「Oh, yes.」范妮覺得自己的全身都軟了。

她想，要是魯再晚一點回家，自己就做一次紅燒肉吃，此刻，她非常想念用紅燒肉的汁淘過的白飯的滋味。

范妮有點摸出了魯的規律，要是他黃昏時候不在家，就是他想完成論文，在經濟系畢業，有勇氣走上社會了。他會在大學裡用功。要是他在家，在廚房裡用本小說擋著眼睛，聽方佗，等著范妮，卻又常常不肯溫柔地對待她，就是他不想那麼快畢業，也不想寫經濟系的論文，他想要自己計畫自己的生活，他又陷在力不從心的惱怒裡了。范妮在這時候會忍耐魯的煩躁，她從來不知道自己對男人能有這麼好的脾氣。這麼低三下四的。范妮常想起來，魯對她說過的美國男孩給日本女孩起的綽號：黃色計程車。因爲她們對金髮碧眼的白種男人見一個愛一個，誰都可以上。她常常在這時想起來「黃色計程車」的說法，並感到被羞辱。有時，范妮乘魯不煩的時候，提起黃色計程車的說法來，多疑地觀察魯的臉，在他臉上檢查著輕慢她的表情，但是並沒有發現。魯是那種會把自己想到的事馬上說出來的人，范妮有時眞的喜歡他的誠實，可也有時會想，那是因爲他並沒有認爲她是很重要的，所以說話行事才沒有顧忌。在上海時，她自己就常常對美國罐頭故意說一些隨便的話，來拉開彼此的距離。

當回想起遇到美國罐頭的情形，范妮有點慶幸自己當初沒有眞的和他牽在一道。

紐約的春天突然就來了，陽光燦爛，有些人脫了羽絨外套後，直接就穿上了短袖。連原來總是讓范妮感到像刀那麼尖銳的藍天，也因爲春天的絮雲而變成了柔軟的碧藍，只是像很深的大海那樣。范妮想起了爺爺在落雨的夜裡反覆說的紐約藍天，在那時，范妮怎麼也想像不出來爺爺不能忘懷的藍天，原來是這樣子的。

正是下午上課的時候，教室裡開了窗，薰風陣陣，能聞到最早開的丁香的香氣。連老師都有點心不在焉。多留了時間給大家做托福聽力練習。因爲班上大多數同學是爲了在美國考大學，所以，老師有時也給大家一些托福題練習。在老師想偷懶的時候，他們就用全國考試中心的習題來打發學生，自己就可以休息一下。

范妮守著自己面前的練習紙開小差，她想，自己大概可以穿那條配白色平跟皮鞋的裙子了，像伯婆當年一樣。魯說的是沒錯，這是外婆時代的時髦，可這又怎麼樣。在爺爺的藍天下，穿像伯婆式的裙子，走在維爾芬街上的噴泉邊，就是她的理想。不會因爲魯而改變。范妮負氣地想。以前魯看到她在房間裡穿伯婆式長裙的時候，笑話過她的審美觀。那時，她嫋嫋走到魯面前，滿心期待著，魯會像葛雷哥萊·畢克望著赫本那樣，充滿愛情地望著自己。而魯的臉上什麼表情也沒有，冷冷地說：「這是我外婆時代的打扮，過時了。」魯根本不知道，他是怎樣傷害了范妮的感情，他只是看到自己情人突然一派復古風，而且復的是他最討厭的中產階級古風，心裡失望和煩悶。他這時候意識到了，自己希望遇見的，是小野洋子那樣古靈精怪的東方女孩，像小野洋子把藍儂迷死那樣地，把自己迷住。范妮那一身彆扭的裙子和皮鞋，打碎了他的幻想。他看到范妮的臉上輕輕一笑，抵制地說：「我就喜歡那時候的風格，這就是我的口味。」那種頑強，在魯看來，眞的是愚蠢。魯的行爲，在范妮看來，眞的是敗興。

滿教室裡，這個下午，只有倪鷹釘子一樣認眞地釘在托福練習紙前面，跟著錄音機裡面的提示做題。錄音機裡面的聲音，是托福考試中心錄音帶裡的穩重的男聲，和范妮當年在上海前進夜校的教室裡聽到的一樣：「There are three parts to this section, with special directions for each part.」接下來，就是聽力測驗部分。要考上美國大學，先得交托福的分數，而想要申請到獎學金，非得過五百八十分。

倪鷹現在已經是班上的尖子學生了，除了口音不好，穿得土氣，她的英文可以說是突飛猛進。范妮現在對倪鷹又恨又無奈，她恨倪鷹用外地人的直截了當將她的愛情歪曲醜化，恨倪鷹用土氣的英文戰勝了她的英文。但認眞起來，范妮不是倪鷹的對手，所以，范妮拿出小時候對付班上紅小兵的辦法，盡量不跟倪鷹打交道，裝著不知道倪鷹現在已經壓她一頭了。她聽說倪鷹偶爾認識了一個從麻省理工學院畢業的人，那人極欣賞倪鷹的用功、天才，和白手起家的志向，表示願意幫助倪鷹進他的母校。所以倪鷹現在再也不提要找中部的便宜大學讀書，她專心進麻省理工學院了，那是伯公當年的學校，只有富家子弟才讀得起的學校。

范妮在倪鷹的身後，深深地盯了一眼那個全神貫注的背影，心裡想，不過是癩蛤蟆想吃天鵝肉吧，那個美國人會喜歡這種鄉下人，眞是瞎子。范妮希望那只是倪鷹造的謠，給自己壯行色。但范妮心裡明白，倪鷹不是要造這種謠的人。

范妮發現蓮娜也很專心在做聽力，她用的是范妮教她的方法，用尺擱著，一行行地往下移，這樣可以避免出錯。托福的答題紙上，一行行密密麻麻的小空格，一不小心就會塡錯，而且，只要塡錯了一行，接下來所有的答案就全會塡錯。在上海時，老師就教大家用尺擋著做題。後來，爲了報答蓮娜的友善，范妮把這方法教給了蓮娜。范妮隱隱感到蓮娜最近突然用功了許多，而且也常常說要爭取上更好的學校，不管學費有多貴，都要爭取。

大家都緊張起來了，爲了九月能進大學的夏季班。然而，范妮的思想還是不能集中。

風和日麗之時，范妮突然有點同情簡妮了。家裡來的信裡，也總是提到簡妮在交大的處境，好像是越來越危險了。他們的畢業生不可以直接出國，必須先爲國家服務三年，就是上海學生，也有國家的指標，有一些學生得去外地，去山區的大工廠，去葛洲壩那樣的地方當工程師。對王家來說，這種去向等於當年爸爸被逼去新疆建設兵團，叔叔被送到大豐農場。范妮從家信裡看到滿紙的惶惶之色，心裡體會到，什麼叫做隔岸觀火，原來興趣、慶幸和厭煩是混合在一起的。她勸自己，不該再拖下去了，還是應該陪伯婆去公證，把簡妮的經濟擔保表格弄好，趕快寄給簡妮。

簡妮來了以後，一定會與自己一起住，這樣會不方便。還有潛在的，對那筆小小的讀書經費的爭奪。但大敵當前，這些還是應該要放到後面。來美國以後，范妮才了解到，當時自己在上海等伯婆的經濟擔保書，等得死去活來，其中的原因，就是因爲伯婆一個人出門並不方便，要等到有人陪她，才能辦齊那套材料。范妮望著倪鷹，突然想，要是簡妮來與倪鷹同學，才叫有得一拚。

那天傍晚，范妮放學回家，一進門就看到魯在走廊上晃悠。魯的臉上一派寫畢業論文時的寂寞和痛苦，還有蠢蠢欲動的樣子，那是因爲在明麗的春日不得不在室內做無聊的事，痛苦地克制著自己在太陽下走一走的欲望。

「你的臉色看上去很好啊。」魯說。

范妮衝他笑：「是呀，今天春天突然就來了。」見到魯在畢業壓力下百無聊賴的樣子，范妮在心裡悄悄地幸災樂禍。她想要讓魯也嘗嘗，什麼叫「病樹前頭萬木春」。於是，她將自己的手臂伸到鼻子前嗅了嗅，說：「滿身都是陽光的味道。」然後將自己的手臂伸到魯的臉前。

魯放下手裡的咖啡杯子，就抱住她。

他們去了魯的房間，他們做了愛。

落日是通紅的一大片，夕陽長長的，從魯房間的窗上一直拖到房間的門旁邊，范妮和魯裸著的身體，在迎著夕陽的那一面，被照成了金紅色的。魯望著她，又從心裡感到了自己對這個東方人精巧苗條的身體的愛，這樣的身體，像西方女人在少女時代那樣，有單薄和無辜的樣子，和羞怯的性感。范妮也學會了看魯的裸體，她也不再像剛開始時候那樣張皇失措了。他的小腹很平坦，長長的金髮浮在肩上，乍一看，像個讀十二年級的男生。魯一直努力保持自己的身體的清瘦，他不喜歡自己很快發展得像一般的美國男人那樣強壯。像少年那樣的清瘦，使得魯感到自己還像一個沒有逼近成年人的少年，還可以遠遠地離開社會。范妮和魯都喜歡看對方的身體，都在心裡忍不住讚歎那身體的奇妙。

魯再一次要求：「讓我照一張你的裸體照片吧，我會拍得很美的。等你老了以後，這些照片就是一個很好的紀念。」范妮再一次笑著搖頭拒絕：「No，我們中國人不做這個。」

現在，魯和范妮都承認，他們能夠在一起，眞的不能不說是異國風情的吸引，直到現在，各自身上的異國風情仍舊是吸引人的。這也是他們會常常做愛的原因，而不是因爲心裡的愛情。他們還不能肯定自己有沒有愛上對方，但卻也不是完全的黃色計程車的關係，他們的心裡其實也有對彼此的愛意，它混雜在對彼此身體和習慣以及背景的興趣裡，若隱若現。一次做愛以後，在融洽的氣氛中，范妮半眞半假地逼著魯對自己說好聽的話，也許，范妮的原意是想讓魯說「我愛你」，而不是他們通常說的「我喜歡你」。但魯卻誠懇地說出了對他們之間的感情，是不是純粹的愛情的懷疑。范妮久久看著魯坦然的眼睛，她開始同意魯的話，他們的身體雖然已經有了很好的關係，但他們的心還沒有。

范妮和魯的關係是複雜的，在范妮這一方面尤其複雜。是他們對彼此身體的愛，對床第之愛的貪戀，使他們對對方的心靈抱著興趣，努力克服著走向彼此心靈的困難。在魯那一方面，他確定自己愛范妮精巧的身體，他隨時願意和范妮做愛的身體，讓他肯定自己是眞的愛那個身體。但是他不確定自己也愛那個人的心，他感到自己不怎麼了解她的心。范妮從來不對魯說自己的困難，也不要求魯爲自己做任何事，甚至不要求魯教她英文，像別的有一個美國男友的外國女孩那樣，甚至魯有時出於好心，糾正范妮發音上的錯誤，都會讓范妮漲得滿臉血紅，滿眼含淚，一副無地自容的樣子。范妮古怪的強烈自尊心，她的驕傲，還有她時時讓魯感覺到的小心翼翼的掩蓋，讓魯總是不能輕鬆地和她相處。魯這樣單純斯文的康州男孩，不要說進入范妮的內心世界，連想像她的內心世界都做不到。他沒有想到連范妮自己，實際上都不能面對自己的曲折。他偶爾聽說，那些外國女孩子爲了在美國留下來，會利用美國男人的感情。魯暗自猜測范妮愛情的純潔，但他得不到證明。這樣，他就更不知道范妮到底掩蓋的是什麼，他一直警惕著，許多次，他都能看出來范妮眼巴巴地等著他說「我愛你」，特別是做愛以前，可是他就是不願意說。在他不肯定這個女孩的心裡有什麼的時候，他說不出口一個「愛」字。雖然美國人到處把「愛」字放在嘴上說，全世界都知道他們的電影有黃色鏡頭，動不動就離婚，但是眞正的那個「愛」字，還是鄭重其事。

他們的關係裡，遍布誤會和不解。有時，范妮很肯定地對魯說：「你是不會理解我的。」魯生氣她的放棄，居然連解釋都不願意解釋，魯不甘心自己就不能理解一個上海女孩的內心世界。但他其實也在心裡懷疑，也許范妮說的是對的，不過，遇到范妮這樣說，魯總是馬上反駁說：「要是兩個人眞的想要理解，就可以找到一條路去理解彼此。」魯不說像范妮那樣多愁善感的話，他也不喜歡聽這樣的話。在他反駁范妮的時，總能看到范妮的眼睛裡閃出希望，他知道，其實范妮正等著自己有這樣的決心，像好萊塢電影裡的白人英雄那樣去救她這個落難的東方美人。可是，魯最討厭這樣的被動。他討厭那些電影裡面像小雞似的中國女人，渾身鴉片味，穿著紅衫。魯不喜歡美國女孩的主動，覺得她們太強悍，可也不喜歡范妮的被動，他覺得她並不夠努力，也不夠誠實，只是等待。而魯知道自己根本不想當那可笑的白人英雄。所以，范妮和魯，從感情上來說，眞的很混亂也很複雜。

在范妮覺得魯並不愛自己的時候，魯也覺得范妮不愛自己。在這樣的時候，范妮總是藏起自己的感受，假裝什麼也沒有想，而魯則先沉下臉來，表示自己的不滿。

這些不滿和懷疑，就是靠著他們之間強烈的身體之愛克制住，不至於反目。他們的身體愛上了對方的，當它們緊緊貼在一起時，皮膚自己開始變得燙了，對方迷人的氣味讓人來不及理會心頭的疑問，他們的身體游離開他們的複雜的感受，深深地依戀。這是他們只要一有空，就會一起上床的原因，他們的身體熱烈地享用著對方的美好，身體的激情像煙花一樣騰空而起，在做愛的幾個小時裡照亮了所有黑暗的角落。

當身體的激情被滿足了以後，他們可能躺在一起，眞正敞開自己的心，說一些心裡話。也可能就馬上起來，各自去淋浴，出現那樣的情況，多數是因爲在他們兩個人心裡，對沒有心心相映的性交的恥辱和失落油然而生。爲了害怕自己心裡恥辱的感受傷害到對方，所以逃向合用的浴室，他們會獨自在浴室的淋浴下待上很長時間，熱水幫助他們平復心裡的不快。不光是范妮，後來，連洗澡飛快的魯，也把浴室弄得像土耳其浴室一樣霧漫漫的。他們到底是純潔而認眞的人，既不是范妮有時懷疑的，和自己玩玩嘗新鮮的美國男生，也不是魯有時候懷疑的，抱著種種新移民現實的目的來交換的中國女孩，或者抱著東方女孩的性幻想來換取奇遇的中國女孩，他們兩個人，其實都不肯忽視那在困難重重中若隱若現的愛情，不肯將他們的關係僅僅建立在身體親密的聯繫上。

做愛以後感到恥辱和失落，是最傷害感情的。在范妮和魯幾個月的交往裡，這樣的時候並不算少。每一次獨自在赫赫作響的熱水龍頭下沖著自己身體的時候，他們都想過要離開對方，退回到僅僅是同屋的關係去，可每一次都沒有導致他們關係的眞正破裂。過了不久，他們又會在一起。除了身體之愛的原因，其實還有感情上的原因，魯和范妮的孤獨，魯和范妮的異族夢想，以及魯對美國現實生活的排拒，范妮對美國現實生活的攀附，這牽絲盤藤的聯繫使得他們總是捨不得離開對方，但是也不知道會怎樣繼續下去。范妮喜歡跟魯討論他們倆的關係，因爲魯到底是個誠實的人，不會爲騙范妮的歡心，說違心的話。這讓范妮信他說的每一句話，好聽的和不好聽的。有一次魯說：「我不能說得完全肯定，但我可以說，你幾乎就是那類對我不合適的人。」那次，范妮平靜地說：「我認爲你也是這樣的。」有時，他們簡直好像是爲了證明那最後一小部分尚不肯定的不合適其實也是不合適而繼續在一起。

這次結束以後，他們在床上說了不少話，開始並沒有抱太大的希望，兩個人小心翼翼的，隨時準備起床去浴室，但這次卻越說越融洽。他們說到了小時候不同的往事，九歲的時候，魯和妹妹弟弟，放學以後總在屋後面的樹林裡玩，那一年的冬天，整個東部下大雪，他們將一隻受傷的松鼠帶回家裡的地下室裡養傷，但媽媽卻不肯在家裡養小動物，他們兄妹三人不得不連夜把松鼠送回到樹林裡去。那天晚上，他們三個孩子抱著裝松鼠的紙板箱，走向屋後的樹林，心裡第一次感受到對弱小生物的擔心。而范妮在五歲的時候，就親眼見到弄堂裡的人殺野貓，因爲野貓偷吃了放在後窗籃裡吊著的過夜小菜。那時，魚和肉都是重要的葷菜，家家都沒有冰箱，將晚上吃剩下來的菜放在吊籃裡，掛在通風的窗上過夜。弄堂裡的人將貓抓住，打死，切下牠的頭，放在後窗的窗檯上示眾，以嚇退別的野貓。到現在回憶起來，范妮還是嚇得打寒戰。魯感覺到范妮的顫抖，把范妮抱緊了，親她的臉，表示安慰。

「你看，我們就是這麼不一樣。」范妮總是把他們之間的距離挑得大一些說，等待魯來反駁她，給她不畏險阻的鼓勵。

「但是這些不同並不要緊。」這次，魯的回答很溫柔。他撫摸著范妮的肩膀、胳膊和手指，他細細地撫摩，讓范妮感到受到了珍愛。「我想，人和人的不同並不是致命的，因爲不同，我們才有對彼此的興趣，要是什麼都是一樣的，一定會很乏味。你知道南方的人嗎？密西西比河那邊的人，他們的生活很乏味，比我們康州的生活還要糟糕，從那裡出來讀大學的人，一聽到南方口音的人就趕快避開，他們再也不想見到一個和自己一模一樣的人了！」

「你不覺得我們常常有困難的時刻嗎？」范妮說，「你也不高興，我也不高興。不知道怎麼才能繼續下去。」

「我喜歡的一個西班牙作家說過，人生就是由一個個的困難組成的。」魯總是重複這句話，他說，「沒有困難，也就沒有人生了。」

「可我眞的是希望能過上十全十美的生活，我生活裡面已經遇到過足夠的困難了，再也不想要一丁點的困難。」范妮仰望著天花板，說，「不要一丁點不順利，不要一丁點麻煩。逃到美國來的人，都希望美國是我們的天堂。」范妮閉上嘴，在心裡繼續說，「在天堂裡，不要沒有錢，不要考不上，不要簽證的麻煩，不要和中國人混在一起。」但漸漸逼近的千種萬種的麻煩，漸漸像漲大水一樣地淹沒了范妮的心，「不要讀得太苦，不要過得太苦，不要受傷。」范妮繼續想著，「不要最後淪落到去當唐人街那樣的美籍華人。要是爸爸的話，他可能就什麼都不管也行，在窮地方久了，人也就賤了。」范妮想。

魯把范妮抱到自己胸前，緊緊地抱著她，他有時喜歡范妮言辭裡面的滄桑感。雖然范妮沒有說什麼，但魯還是能夠感受到范妮成長時不平常的經歷，這種經歷讓魯一方面感到麻煩，另一方面也感到興趣。而且，他也喜歡范妮那種典型的移民對美國的鍾愛之情，對美國的生活方式，他抱著些知識分子氣的批判精神，他不喜歡和對美國生活沾沾自喜的美國人相處，他討厭他們的自大和愚蠢，而范妮讓他在批判之餘又有了微妙的滿足感，讓他感到自己幸運但是不俗。

魯對范妮說：「我不是像你想的那麼自私，我能看出來你有心事。我的心裡也有壓力，因為我看到你和我在一起，不像好萊塢電影裡那麼快樂。你心裡其實一直夢想那樣的快樂，是不是？你雖然什麼也沒有說，也不抱怨，但我知道你要得其實很多。」魯說著用手指點了點范妮的心，點得范妮向後縮了縮身體，「我也不像你想像的那麼傻。我有眼睛。雖然我只是一個普通的美國男孩，不是超人，也不能給你十全十美的生活。」

范妮努力擺脫自己心裡的麻煩，吃吃地笑著，躲開魯的手指。她不知道該說什麼，才不會破壞這個融洽的時刻。自己的過去，將來，擔憂，嚮往，不是一時可以說清楚的，也不怎麼合適這良辰美景。所以，在她親吻魯的眼睛的時候，她決定什麼都不說了。許多次，在他們之間開始的討論，都是這樣知難而退地結束了。

「我要的多嗎？」范妮問自己。爺爺寫信來，針對范妮在美國並不快樂的說法，寫了極簡短的一句話，爺爺說：「你想一想美領館前有多少人排隊等待簽證，你也曾經是裡面的一員。」是的，那時候，只求自己能夠得到美國的簽證，從來沒有想過以後會怎麼辦，在上海的時候，簽證以後，就是天堂。而現在才知道，生活僅僅是剛剛開始。而父親的信裡則表達出不理解，父親要她「甩開膀子大幹快上」。范妮明白父親的意思就是要趕快成為美國人，趕快把簡妮辦到美國，再把他們全辦到美國來，范妮覺得父親把自己當成了一個梯子、一條繩子，而不是一個人。范妮在心裡抱怨父親，「他才是要得多的人。要是讓魯知道了，會嚇死。」范妮感到魯的睫毛在自己的嘴唇上，毛刺刺的。現在她已經學會怎樣親吻了，原來，是要像吃冰淇淋那樣的。

魯用食指在太陽穴那裡轉動著，表示他看出來范妮在浮想聯翩，這也是他們之間常用的手勢。范妮搖搖頭想要否認，但魯在她的嘴上親了一下，說：「沒有關係，有時候我喜歡在神祕地想著什麼的女人，我並不喜歡夢露那樣的無腦女人。」

范妮笑了笑，但她心裡說：「那是你並不知道我想的是沒有一點點浪漫的問題。」魯讓范妮爲自己慚愧。在美國罐頭那裡，范妮已經習慣了不染凡塵的風格，她不肯做別樣的女人。更不肯在魯的面前說出自己的眞相。也許，出生在六十年代處處捉襟見肘的王家，范妮從小就學會了這樣幕簾重重的處世姿態。

那是個難得如此融洽的傍晚，他們並肩躺著，看夜色一點點地侵入，漸漸灌滿了整個房間，路燈的黃色燈光在地板和天花板上勾畫出長窗的窗櫺，還有窗外防火鐵梯的影子。魯說，想去下城的小義大利吃披薩，他想念那上面融化了的熱起司長長的絲。

「我請你一起去吃晚餐。」魯對范妮說。

這是范妮第一次受到邀請去吃晚餐。范妮小心地按照蓮娜的風格打扮自己，她猜想蓮娜是魯喜歡的那種歐洲女孩子的風格，不是自己這種上海女孩子的赫本的風格。她裡面穿了低胸的短袖汗衫和牛仔褲，外面穿大衣。

魯將他的手搭在范妮肩上，經過維爾芬街上的石頭噴泉，經過范妮第一次去買東西的超級市場，在百老匯大道上，他們見到了拉著小推車從唐人街出來的中國人，范妮對魯解釋說，這裡根本不應該叫做中國城，應該叫做廣東城，或者福建城，上海就根本不是這個樣子的。上海人從來不蹲在路邊，從來不講話聲音這麼響，從來不這麼把赤金的首飾掛得滿臉滿身，從來不將小餛飩燒得像石頭一樣硬。范妮一直說到魯笑起來，魯笑著說：「嘿，范妮，你想你的上海了。你的上海才是天堂，哪裡是美國。」

「我說的都是眞的，魯。」范妮強調說。

義大利披薩餅店在百老匯大道向小義大利去的拐角上，古老的街面房子上，轟轟烈烈漆成了紅白綠的義大利國旗的顏色。明亮的大窗子上，能看到桌子上點燃的蠟燭光，還有裡面深紅色的牆。那是魯最喜歡的餐館，因爲它的文雅和適意。范妮卻在心裡爲自己的打扮遺憾，她希望自己是穿著那身長裙子和平跟皮鞋來吃一頓正式的晚餐的，像一個上海信念裡面眞正的淑女。她想，理想是實現了，但是卻不是用自己夢想的方式實現的，生活總是這樣。但是，無論如何，總算是實現了。

一推開餐館的門，一股熱氣夾著起司和番茄的氣味撲面而來，魯剛叫了聲好，范妮就打了一個大大的噁心。范妮眼睛裡全是眼淚，但是熱愛披薩的魯卻沒有發現。魯正努力地吸著空氣中焙烘著的麵餅和起司的香味，高興地環視著店堂裡暗紅色的牆，還有牆上掛著的義大利南方的水彩畫。他拍了拍正努力讓自己的胃鎭靜下來的范妮說：「你看，這就是我最喜歡的餐館，只要一走進來，我就覺得自己餓極了。」

范妮在餐館暗暗的燈影裡向魯微笑了一下，她不曉得自己爲什麼突然那麼想吐，在起司和熱咖啡以及番茄醬酸酸的氣味裡，她覺得透不過氣來。怕掃了魯和自己的興，她努力裝著一切正常的樣子。

「你喜歡嗎？」魯問。

「我喜歡。」范妮說。

「聽說披薩餅的做法還是從中國學來的，他們的馬可波羅到中國探險時候學來的。」魯說。

范妮又打了一個噁心，好在她的胃裡什麼也沒有，無法吐出任何東西。她是個很容易噁心的人，看到噁心的東西，隨時都可以打噁心，所以這時，范妮雖然奇怪自己怎麼對起司的味道突然這樣過敏，她猜想大概是自己餓過頭了。她說：「眞的？那一定是從中國的北方學去的，我們南方人不怎麼會做餅的。」范妮努力打起精神來，「而且我們中國人不吃起司，也不怎麼喝牛奶。」

「那你們吃什麼？」魯奇怪地問。沒有牛奶和起司，對魯來說眞的不可思議。

「我們吃米，喝豆漿。」范妮說，她想起了上海飲食店裡早上放了榨菜末子、蝦皮、蛋皮絲和紫菜的鹹豆漿，上面還有幾滴辣油。那是她最喜歡的食物，和小餛飩一樣喜歡。

「啊，像泰國人一樣。」魯說。

其實還是很不一樣，中國人的米飯，不像泰國人那樣放檸檬和椰子水煮成的汁去拌飯，而且米也不同，中國人吃的是柔軟的大米，而泰國人的米，像上海人吃的秈米那樣，一粒一粒都是分開的。范妮很想向魯解釋上海人和泰國人的不同，魯對中國的無知，簡直讓范妮不能相信，魯甚至不知道中國的國旗是紅色的，上面也有星星，並不像蘇聯國旗那樣。范妮因爲魯而特地在圖書館找到了康州的書，而魯連中國國旗長什麼樣子都不知道，甚至也不知道泰國米飯和中國米飯的不同，這讓范妮覺得不快。如果那是他們在一起生無名悶氣的時候，范妮也並不想解釋給魯聽那些中國的瑣事。但現在是一個好時候，他們手扣著手，像好萊塢電影裡一樣，范妮希望讓魯知道多一點與自己有關的事，至少他也該知道，范妮吃的是上海人柔軟潔白的浦東大米，紅燒茄子的汁拌在飯裡，那才是眞正地噴香。但掃興的是，她卻沒有力氣，身體軟軟的，像前些天時差最重的時候那樣，沒有一點力氣，還一陣陣地反著胃。范妮怕自己是病了。

這是第一次范妮和魯一起正式去餐館吃飯，上次去咖啡館不算。范妮其實心裡很看中這次晚餐，戀人去餐館吃飯，和戀人去咖啡館喝咖啡，在范妮心裡的重量是不同的。她認爲，戀人有了相當確定的關係，才會在一起吃飯，而不僅僅是喝喝咖啡。

當領位的男孩一出現，范妮就向他表示要靠窗的座位。剛到美國的時候，范妮站在餐館外面看裡面，那些燭光搖曳的桌上相對而坐的男女，他們身上有令范妮羨慕的安居樂業的沉穩。范妮喜歡的就是那種篤定，它比在 Starbucks 的明亮燈光下的那些浪漫的樣子還要讓范妮心動。

現在，自己終於也是坐在玻璃裡面、燭光下面的人了。陪自己吃飯的，終於是一個金髮碧眼的青年了。范妮努力想要享受這個時刻，在桌子下面，她用力掐著自己的合谷穴，想讓自己從突如其來的暈眩中清醒過來。

那家餐館裡輕輕播放著義大利曲子，魯坐在桌子對面衝范妮輕鬆地微笑著，他剛剛淋浴時洗濕的頭髮漸漸乾了，因爲淋濕而顏色變深的頭髮，在恢復它們原來的金色。

魯叫的是拿坡里海鮮披薩，范妮叫的是夏威夷水果披薩，但是范妮一吃下去，就又開始噁心了。她假裝到洗手間去方便，其實一進去，就吐了出來。那種嘔吐來得那麼強烈，她的身體控制不住強大的痙攣，一遍遍將胃裡的東西積壓出來，開始是吃下去的嚼碎了的披薩餅，後來是酸水，黃色的。吐過以後，好像是清爽多了。於是，范妮將臉洗乾淨，又回到桌子前。

魯見范妮停下手不吃，也不說什麼，問范妮有什麼不舒服，范妮卻說沒有什麼，其實，范妮也眞的不知道自己有什麼地方不舒服，她以爲自己聞不得燒熱的起司味道，但看見魯是那麼喜歡，她不想說自己的不喜歡，就說沒什麼，自己是想到學習上的事情了。自己正在想到底要考什麼大學。紐約的大學學費都太貴，照自己的心願，是想要學比較文學的，但是這種專業畢業出來，很難找到好工作。范妮裝作很精明實幹、雄心勃勃的樣子，好像什麼困惑都沒有。

魯最不想聽這種話，他聳聳左邊的肩膀，輕輕說：「是啊，困難的選擇。」然後，就沉默下來。

范妮立刻意識到，自己說了不該說的話，活生生地把氣氛弄壞了。但是心裡，也爲魯對困擾自己的問題一點也不願意關心而失望。她想，他們在一起，不是那種相濡以沫的關係，更不用說英雄救美，他們就是爲了快樂才在一起的。她其實早就意識到這一點了，只是不願意說穿。和美國罐頭的關係，其實也是這樣，怕在未知的將來裡面，會彼此拖累，才維持那種奇怪的關係的。范妮的心裡有點沮喪，也有點怨懟。這種關係，在范妮的心裡，離開愛情的標準，實在很遠。

她沉默地吃著自己盤子裡的食物。但她眞的吃不下去，於是，將手裡的刀叉橫到一邊，跑堂的小夥子立刻過來收去范妮的盤子。「味道好嗎？」小夥子殷勤地問范妮，但范妮沒有聽懂他的意思，她遲疑地望著他，不知所措。那小夥子說了句：「沒關係。」就離開了。

魯問，要是去吃中國菜，表示自己吃完了，不把刀叉橫放在盤子裡，該怎麼辦。范妮還眞的不知道，通常地，就是把筷子放在桌子上，但不曉得比較斯文的人家，是不是也把筷子橫在碗上。於是，范妮說：「我其實也不懂得很多中國人的規矩。」

魯奇怪地望著她說：「你不是中國人嗎？」

「好些規矩是要學了才會的，我們都沒有學。文化大革命的時候，大人也不敢教。」范妮說。她知道魯不明白多少文化大革命的事情，自己解釋起來，也太困難了。自己倒是了解喝咖啡的時候，要把小勺子放到碟子裡，不要留在杯子裡當洋盤，也了解吃西餐要左手拿叉，右手拿刀。她想了想，說：「我們家裡是把筷子放在調羹上的，調羹放在桌子上。」

「OK。」魯聳了聳肩膀，「沒關係，只是好奇，問問。」

在他們回家去的路上，兩個人默默地在溫暖的春夜裡走著，有點不歡而散的氣氛。

那天夜裡，范妮又起來吐了一次。她的醫療保險是學生買的便宜保險，要自己先付費。付到一定的額度，才可以由保險公司接著付。所以，范妮害怕自己會生病，這樣會有額外的支出。所以，她立刻就吃了些感冒藥和消炎藥。後來出了身大汗，感覺才好些了。

但到早晨，范妮剛將牙刷伸到嘴裡，就又吐了起來。這次，先吐出來的是昨晚沒有消化好的藥，後來吐了黃色的水，再後來，吐了一絲絲紅色的血水。

范妮是懷孕了。

這還是上精讀課的時候，蓮娜提醒她的。學期即將結束，精讀課就要結業考試了，大家就很緊張地準備總復習，倪鷹又被老師誇獎了一番，她現在簡直像詞典一樣無所不知。只是看著她瘦下去，本來厲害的漢族人小眼睛，現在大了起來。胖老師現在對倪鷹刮目相看，竟然說她應該上最好的學校。還說倪鷹是一個典型的美國夢女孩。而范妮抱怨自己頭昏得沒有辦法好好復習，不停地打著噁心。范妮到這時候，才發現自己連「嘔吐」這個詞的英文怎麼說都忘記了，就做了一個動作。蓮娜問：

「Vomit？」

范妮點點頭。

「是吃了什麼不合適的東西嗎？」蓮娜問。

「沒有。」范妮說，「突然來的不舒服，我和魯正在小義大利吃飯。」

「要是我是你，就先試試自己是不是懷孕。」蓮娜說。

范妮的臉刷地白了。她幾乎立刻就肯定了自己的狀況。甚至，她立刻就感到了自己小腹裡有一個異樣的小東西在跳動著，那一定就是那個孩子的心臟。范妮想。

蓮娜看了看她，翻開皮夾，找出藥房裡買來的試劑紙，遞給范妮。她叫范妮自己去廁所驗一驗小便。

范妮像做噩夢一樣，飄飄忽忽經過學生中心的咖啡吧，這一節沒課的學生正三三兩兩坐在那裡吃東西，準備功課，聞到那裡的咖啡氣味，范妮乾嘔了一下。

她問吧檯上的人要了一個紙杯，假意是喝水用的。走進女廁所，去試自己的小便。果然，按照試劑紙包裝上的提示，范妮看到試紙的顏色變深了，漸漸地，那顏色固定成懷孕的紅色。

范妮靠在廁所淡灰色的門上，捏著手裡變了顏色的小紙片，腦子裡面一片空白。她用手按了按小腹，裡面的東西還輕輕地跳動著，范妮被那跳動著的東西嚇了一跳，趕快拿開自己的手。這是一個眞的孩子。按說，他應該姓魯的姓，卡撒特。范妮靠在門上，細細地辨別著自己小腹裡的動靜，他將是一個眞正的混血兒，要是走在上海的馬路上，人人都回頭看，大家都說這樣的人漂亮得像洋娃娃，就像托尼，那個無知地將自己想像成共產黨員的紐澤西堂弟。

蓮娜在咖啡吧裡等范妮，老遠就向范妮招手。平時，她們常常到這裡來吃中飯，買杯咖啡，吃自己帶來的三明治。范妮看到倪鷹也在吧裡坐著，她好像在吃超級市場裡常常大減價賣的 muffin，那種英國人的糕點，甜得辣嗓子，又重，吃一個，就可以管一天。她桌子上放著一紙罐牛奶，是含脂肪最高的那一種。倪鷹開始爲自己加強營養，準備衝刺了。她實在是那種頭懸梁錐刺股的人，渾身上下的前途無量。

范妮繞開她的桌子走過去，來到蓮娜的桌子旁，蓮娜的咖啡杯子裡，冷了的剩咖啡上，浮著一層白白的奶沫。范妮這才意識到，自己一定在廁所裡站了很久。

蓮娜詢問地望著范妮，范妮點了點頭。

「也許試劑不一定準確。」蓮娜安慰范妮說，「我也虛驚過一場，差點就和他鬧翻了。好在後來不是。」

「我想不會錯，是眞的。」范妮按了按肚子，那東西在裡面輕輕地跳動著，就像是個小小的心臟。

蓮娜瞪大眼睛：「那你怎麼考大學？」

「我不知道。」范妮說。她是眞的不知道。

「魯也許不願意這麼早就有自己的孩子吧，他們美國人。」蓮娜說，「你是個外國人，自己都沒有穩定下來，怎麼照顧小孩子。」

「也許我就暫時不上大學了。」范妮突然說。

蓮娜再次瞪大她的眼睛，看著范妮：「你怎麼養活自己？你的學生簽證到期了怎麼辦？就算這孩子是生在美國的，也要到十六歲才能得到美國國籍。」見范妮突然醒過來似地，懷疑地看著她，蓮娜解釋說，「這是我聽我老鄉說的，她爲這事專門去問過律師。」

蓮娜看到范妮的臉又沉到恍惚之中，像落葉沉到了水裡那樣，一派隨波逐流。她心裡暗想：怕是沒有一個孤身求學的外國女孩能免俗。

「要是我，我會先上大學，找到好工作，站穩腳跟。」蓮娜說，「上次那一場虛驚的時候，我已經想過了。我眞的要什麼男人也不靠，靠自己的腦子，這是最靠得住的，也最有自尊。這裡是美國，大家公平競爭，要是努力，就可以活得有尊嚴。」蓮娜握住范妮冰涼潮濕的手，范妮的手讓蓮娜想到了蛇，但是蓮娜還是努力握著它，想要溫暖它，「你無法工作，帶著身孕，又不能上大學，還沒有親人，不是太難爲自己了嗎？」

范妮望著蓮娜那東歐人像向日葵一樣的大眼睛，那本來一團溫柔的褐色眼睛，現在也有了一種生鐵那樣的硬和涼。想必是蓮娜經歷的那場虛驚，一定也打碎過什麼，傷害過什麼吧，從此，蓮娜硬起感到恥辱的心，一往無前了。那種頭懸梁錐刺骨式的堅持，如今也出現在蓮娜的眼神裡。

范妮感到，自己被丟下了，丟在深淵裡。像少女時代的噩夢一樣，自己從必死無疑的高處墜下，飄飄忽忽，還沒有砸到地上，在夢裡，心裡帶著一點不相信，不相信自己眞的就眞的落到了這一步。

范妮輕聲說：「眞好像做夢一樣。」

范妮去了學生保險規定的醫院。醫院的大夫爲范妮開了轉診單，介紹范妮去婦產科專科醫生的診所。

范妮昏昏然地去驗了小便和血。

臉膛紅紅的高個子醫生對她說：「I have a good news for you.」醫生的藍眼睛甜蜜地看著范妮，是眞正發自內心地爲范妮高興。

范妮意識到，懷孕被證實了，懷上了自己和魯的孩子。看到范妮茫然的樣子，醫生微笑著說：「請相信吧，這是眞的。上帝給了你一個孩子。」

范妮笑了，說了Thanks，像那些盼著懷孕的年輕妻子通常做的那樣。

那紅臉膛的醫生親切地扶著范妮的手肘，將她引導回椅子邊，像照顧一個孕婦那樣殷勤地照顧她。當知道這是范妮第一次懷孕，他說，這是生活中十分甜蜜的時刻。

在夢裡，范妮常常在一團模糊中看到異常眞實的細節。這次，范妮看到的是美國醫生的白衣服，即使是春天，他已經穿短袖制服了，那制服被仔細地燙過。不像上海的醫生那樣，白大褂穿在身上，又軟又薄，像一張下雨天受了潮的白報紙。

范妮將左手收在衣袋裡，因爲手指上現在還沒有戒指。她想，要是在紐約生了一個孩子的話，自己的孩子就是天生的美國公民，拿的是和魯一樣深藍色的美國護照，在機場移民局的入境閘口，就可以排在美國公民的隊伍裡。自己就是美國公民的媽媽，魯就是自己孩子的爸爸，自己的家就是理所當然的美國家庭，吃薯條，喝可樂，受美國政府的保護。「I have a good news for you.」范妮學著診所裡的紅臉膛醫生說的話，對自己說。這樣的話，自己就再也沒有身分之苦了。也許老了的時候，也像伯婆那樣，讓從上海來的窮親戚的女孩羨慕不已。范妮想起了美國罐頭的姊姊，她嫁的是個又黑又老的海員，而自己嫁的是一個金髮碧眼的青年，她嫁的是一個剛剛認識的人，而自己嫁的是相愛的人。范妮想，自己是愛魯的，到了現在，都有孩子了，魯也一定說不出只喜歡而不愛的話了，他得和自己結婚。要是自己也有了美國綠卡，自己的學費就不用付外國學生的高額學費了，可以付本國學生的學費，還可以申請政府的無息貸款。這樣，自己照樣可以接受高等教育，可以自立。

范妮想起來美國罐頭當年說過的話：「范妮范妮，你不到美國去，還有誰到美國去啊。」當時聽上去，確鑿是一句恭維，可現在想起來，范妮的完美人生，好像眞的也可以在這裡出現。

范妮突然想到，要是自己結婚，可以讓父母和簡妮用來參加美國公民婚禮的條件申請簽證，這是簡妮來美國最快，最簡單的途徑。I have a good news for you. 這句話，簡直也可以對簡妮說。范妮跌了一跤，但簡妮拾了一只大皮夾子，而爸爸媽媽，則是名利雙收。

醫生說了一大堆的注意事項，又開了孕婦維生素給范妮。范妮端正地坐在椅子上，不斷地點頭應著，並且小心留下了醫生給她的孕婦維生素處方。她心裡吃驚地想，怎麼自己聽這個醫生說話，一點也沒有聽力方面和辭彙方面的問題，連最小的s都聽得一清二楚。

「我的丈夫是金髮的，眼睛也很藍，像你的眼睛一樣，我的孩子會是怎樣的呢？」范妮問。

「會很難說。但大多數亞歐混血兒的頭髮是深色的，大多數人都長得十分漂亮。」醫生說，「你希望是怎樣的孩子？」

范妮想了想：「希望他無論如何是藍眼睛吧，我喜歡藍眼睛的人。」

醫生笑了，說：「上帝會安排好的。」

醫生合上范妮的病史時，范妮對他解釋說，自己的丈夫不姓王，自己用的是娘家姓，有了孩子以後，要考慮姓丈夫的姓了，這樣，以後孩子不至於搞胡塗。

醫生點著頭說：「這樣是更好一些。」

從醫院出來，范妮的心情幾乎輕盈起來。

在回家的路上，范妮第一次發現街上的樹都綠了，黑色的樹幹上，鮮亮的綠色浮沉著，紐約的春天眞的來了。格林威治村紅磚房子上的常春藤一片一片地長出了發紅的新葉子，甚至路邊的荷蘭種的鬱金香都開了。路邊的咖啡座裡坐滿了人，還有一個青年在唱歌，彈著吉他。范妮雖然頭還昏著，時不時會噁心，但是她還是走進咖啡座去，找了個座位坐下，學著魯的樣子，要了一杯牛奶咖啡。服務生是個面容和善的女孩，范妮對她說：「多一點牛奶，少一點咖啡，我剛懷孕，醫生說不能喝太多咖啡。」那女孩答應著離開。

牛奶咖啡果然做得很淡，很燙，合范妮的胃口，還有兩塊黃油曲奇放在杯子邊上當小點心。學著魯的樣子，她也沒有往咖啡裡面放糖。范妮將身體軟軟地靠在椅子背上，頭髮上感覺到陽光的溫暖。這是她第一次一個人坐到咖啡座裡面，居然感覺十分自然，她就像是他們中的一分子一樣地自然。她抬起頭來，天上那溫柔的碧藍色，這是在上海看不到的。大都會博物館裡面，那些畫天堂的畫，盡是這樣的藍色。

在夢裡，下樓梯的時候，常常像飛，一跳，就是七八級，往下跳的時候，好像就要摔死了，但是，自己的腳總能像皮球一樣輕盈地點在地上，然後再接著往下跳。夢裡總是神奇的。范妮想。頭暈暈的，望著天，也像是在夢裡騰雲駕霧一般。

魯在斷定范妮不是開玩笑以後，說了「Shit」！不是「Congratulations」。他不小心把咖啡渣倒到垃圾袋外面，忘了關窗就出門了，或者哪天弄破了保險套，都說「Shit」。

魯的藍眼睛直直地看著范妮，裡面一點表情也沒有，就像藍色的玻璃球，一樣地冷，一樣地硬，一樣地警惕，玻璃因為自己的易碎，有種天然的警惕和自衛。范妮不敢相信魯的眼睛會變成這樣，她又以為自己只是在夢裡。

「你想要怎樣？」魯問。

范妮瞪著眼睛看他，想不出他怎麼可以問出這樣的話來。

「留下這個孩子是不恰當的。」魯顯然是怕范妮聽不清楚，而換了像老師在強調什麼的時候才用的咬文嚼字的口氣說話，「恰當，你聽得懂這個詞的，對嗎？因為，我們並不能夠保證，給這孩子穩定的生活，我們自己都還沒有穩定下來。」

「是的。」范妮緩過神來，說，「是這樣的，還沒有穩定。」

「我們的將來還很長，現在固定也太早了。」魯打量著范妮恍惚的臉色，又說。他吃不準是不是范妮真聽明白了他的意思，「你理解我說的話嗎？懂嗎？」他一字一頓地問。

「是的。」范妮微微地點了一下頭。

「我甚至並不知道自己這輩子想不想結婚，不是指跟你，是指跟任何人。結婚對我來說太複雜了，責任也太大了，太古典了，我沒有想好，沒有準備好生活在這樣一個軌道裡，養家，從銀行貸款買一棟房子，和汽車，然後花三十年還清貸款。」魯說，「現在我討厭這樣的生活方式。你是知道的，我從來就討厭這種生活方式。你聽懂我的話了嗎？」

魯看范妮一直垂著頭，一點反應也沒有，突然生起氣來：「你能不能看著我，讓我明白你在聽我說話，而不是在和一段木頭說話。這難道不是我們兩個人要共同面對的事情嗎？」

范妮抬起頭來，靜靜地看著魯。

「你聽懂我的話了嗎？」魯再一次問，他發現范妮的眼睛冰涼的，好像事不關己。

「你的意思是，你不想結婚。因爲不能結婚，所以不能給孩子穩定的生活，所以不能要這個孩子。」范妮平靜地說。

「是的。這是理智的想法。不光是爲我想，也是爲你想，你也有許多事要做，也不可能就這樣做一個媽媽。」魯說，「是不是？」

「是的。」范妮說。「這也是我想說的。你連愛不愛我，都不能眞正肯定，我怎麼可能和你結婚呢？」

范妮用悲傷和恍惚的樣子，說出來那麼平靜和理智的話，這讓魯很吃驚。他嘟囔著說：「我有的時候不懂婉轉，但我一定是誠實的，所以，要是我說話的方式傷害到你了，請你原諒我的直率，我不是故意的。」

「不，不不，你並沒有傷害到我。」范妮否認說，「你沒有。我們來自這麼不同的背景，要是不能誠實說話的話，我們之間是永遠不能互相理解眞正的想法的。」范妮轉開眼睛說，「我和你一樣，沒有準備要和任何人結婚。」

接下來，他們倆商量了怎麼去醫院做流產手術，美國有些地區，婦女不可以做流產手術，按照宗教的觀點，流產手術等於是殺嬰，但是在紐約可以做流產手術，只要是懷孕婦女本人的意願。魯問范妮要了她的醫療保險看，發現范妮的保險裡面並沒有包括流產的保險，所以她得自己付這筆手術費。

魯說：「我會付這筆手術費。雖然我們兩個人都有責任，但到底我不能爲你分擔痛苦，由我來分擔經濟上的支出，這樣比較公平。」

「再說吧。」范妮說。

魯站起來，去燒咖啡喝，他顯然鬆了一口氣。

范妮站起來，到浴室裡去吐。奧地利咖啡強烈的香味，竟然現在也聞不得了。她關上門，大大地張著嘴，努力不發出一點嘔吐的聲音，一陣陣的嘔吐，胃像破了一樣地疼，范妮吐出來了下午的那杯牛奶咖啡，它們現在變成了一些散發著牛奶腥氣的汁液，混合在咖啡的氣味裡，酸腐刺鼻。

范妮吐完，沖洗乾淨馬桶和地上濺出來的污漬，將浴室的窗戶打開，讓嘔吐的氣味散出去。她站在窗旁邊，等著那氣味散乾淨。這時，她又聽到了嚦嚦的水聲，好像下雨的聲音一樣。現在范妮知道那並不是下雨，而是維爾芬街上的石頭噴泉在流水。她又看到了鏡子前的架子上魯的電動牙刷，還有自己的牙刷，還是從上海帶來的牙刷，牙膏也是，那上面有十分親切的中國字：上海防酸牙膏。

直到浴室裡什麼氣味都沒有了，范妮才收拾好自己，走了出去。

魯正靠在浴室外面的過道上等她，他問：「你還好嗎？」

范妮微笑著說：「好呀，爲什麼不好。」

魯的房間裡放出方佗的歌聲，是自閉而抒情的聲音。廚房裡閃閃爍爍的，是魯點起來的蠟燭，空氣裡有燃燒了的蠟燭氣味。他過來伸出一隻手，輕輕拉平范妮肩上的衣服，他的眼睛藍得又像碧藍的天空了：「Vomit?」

范妮聳了聳她左邊的肩膀，什麼也沒有說。

「可以邀請你喝咖啡嗎？」魯說，「我們剛剛經過了艱難的時刻，對你是這樣，對我也是這樣。我心裡感到很抱歉。謝謝上帝，你和我想要的是一樣的，你眞的不是那種傳說裡訛詐美國傻男孩的外國女孩。」

范妮想起蓮娜。

「你以爲所有的外國女孩都想嫁給美國人嗎？這是一個公平的社會，只要努力，都可以有尊嚴地生活。」范妮學著魯的樣子，筆直地看著魯的眼睛說。

「所以，我爲誤解你而抱歉，你就原諒這個愚蠢的康州人吧。」魯說著，把背在後面的另一隻手拿出來，原來他的手裡握著一枝紅玫瑰，是那種長長的、茁壯的玫瑰。和在倪鷹的那家咖啡館裡看到的玫瑰一樣。魯曾經把那沿桌賣玫瑰的人打發走了，連問都沒有問范妮一聲。

魯學著迪士尼動畫片裡面柔軟的動作，把玫瑰舉到范妮的面前，「我剛剛跑到花店裡去買的，又跑回來，像個愚蠢的中學生。」他說。

那天在廚房的燭光下，他們決定，等范妮學期考試結束以後，五月放暑假時，去醫院做墮胎手術。范妮神色安詳，魯在整個談話的過程中，一直握著范妮放在桌上的手，並用拇指在范妮的手背上輕輕摸著。他們彼此溫柔、體貼，幾乎是難得地融洽，除了彼此之間總還是可以察覺到的小心翼翼。這種小心翼翼，在魯這方面，是不敢輕信這樣簡單就了結了這件事，而范妮，則是不肯讓自己一敗塗地。她在手指上轉著那枝紅玫瑰，好像很自在。那枝玫瑰是被刮去了刺的玫瑰，范妮想起來，在離開上海的家不遠的麗麗花店裡面，見到過老闆娘整理玫瑰花時，將枝條上的刺用剪刀刮去的情形。她將剪刀輕輕咬住玫瑰花的枝，刷地一拉，多餘的葉子和三角形的刺就都被刀鋒刷下來了。麗麗花店的玫瑰都很瘦小，彎彎曲曲的枝條，營養不良。但畢竟是玫瑰，還是賣得很貴。要是與老闆討價還價，老闆就張大他本來就有點凸出的眼睛來申辯道：「這可是玫瑰，不是月季花！」玫瑰是上海最隆重的花，那時美國罐頭就半開玩笑半認眞地說過，他只能送范妮雛菊，不可以送她玫瑰。范妮手裡轉著玫瑰，的確，這是她收到的第一朵玫瑰。

這樣的話題，其實用不著談很久，魯提議，范妮點頭，很快就說完了。

范妮從魯的拇指下抽出手來，握著那枝鬆鬆地包著膏朵的紅玫瑰，告辭去自己房間。

范妮的房間裡，灑了一屋子的月光。春天的月光，幾乎像陽光一樣明亮。她一眼看到桌上攤開的字典，還有沒有插回盒子裡去的聽力磁帶，它們還是前進夜校的老師幫忙錄好的。昨天晚上，她還在用功，以爲自己不舒服，不過是感冒了，就會好起來。現在看到它們，像看一個死人的東西一樣，心裡有奇怪的不舒服。范妮關上自己的房間門，站在門前，這漫長一天裡，她是第一次獨自面對自己。她這才知道，原來像掉進了萬丈深淵一樣，猛地，眼前一黑，什麼東西都看不見了。

然後，像在顯影液裡看著照相紙上顯現出照片裡的內容那樣，范妮漸漸看到了窗子、桌子、椅子、小床，還有自己的牛筋布箱子，桌子上的東西，托福答題紙，床邊的藍色繡花拖鞋。屬於范妮的小小世界又回來了，沒有消失，沒有爆炸，沒有崩潰，沒有改變。所有的東西，都還在原處等候。

范妮在椅子上坐下，把桌上的功課推到一邊，空出地方來，放下一直捏在手裡的玫瑰花。那是一枝茁壯的玫瑰，散發著玫瑰的香氣，它比麗麗花店的玫瑰新鮮多了，沒有一點死亡的鮮花開始腐爛的腥氣。范妮端正了一下身體，開始將花瓣一瓣瓣地撕下來。花瓣很結實地長在蒂上，有時候眞得花點力氣才行，大大的花萼朵，眼看著細下去了。范妮輕聲說：「玫瑰怎麼了，神氣點啥，我撕的就是玫瑰，月季花我還不高興撕呢。」

玫瑰花瓣落滿了騰出來的那一小塊空地方，花瓣彎彎的，仍舊十分優美。

范妮摸到一把小刀，是把削鉛筆的小刀，做托福練習時，要用2B的鉛筆，這把小刀專門用來削2B鉛芯的。范妮打開折疊小刀，按住花瓣，將它們一一切碎，開始，被切碎的花瓣散發出更加強烈的花香，玫瑰花的香氣到底不俗，醇和清秀，但隨著范妮一刀刀將它們越切越爛，切成了紅泥，花香漸漸變成一股爛菜皮的味道。玫瑰花瓣裡的汁液，浸到她的指甲裡，指甲縫成了暗紅色的，好像血一樣。范妮這才停下手來。

這時候，她才恢復了聽覺。她聽到從緊閉的門縫裡傳過來的方佗聲。魯從前說過，當他心情很好的時候，就喜歡獨自聽方佗，那是侵入歐洲的摩爾人留在葡萄牙的阿拉伯怨曲。這麼說，魯的心情不錯？范妮猜度著。她看了看，放過那一攤水淋淋的紅泥，用小刀專心切碎長長的花枝。綠色的枝條很結實，范妮得用手指緊緊抵住，才能切碎，不一會，她的手指就腫了起來。

那天晚上，范妮的夢裡放了整整一晚上上海的電影。上海在范妮心裡呈現出灰色的調子，陽光下浮塵撲撲的柏油路，陰天裡的水泥牆，褪色的門，夜晚路燈下的街道，像穿舊了的襯衣那麼柔軟和熨貼。小時候的事情突然出現了。街道上燒著火，自己穿著背帶褲，背帶太長了，總是往下掉。她和維尼叔叔是要去什麼地方，穿過火堆，見到有人在打人，那個人被打得像貓一樣叫，鼻子裡的血像蚯蚓一樣流出來，在柏油地上結成塊。維尼叔叔正抱著她，所以她看到維尼叔叔臉上怕極了，眼睛和鼻子兩邊都青了。他們回到了自己家。維尼叔叔砰地關上門，還下了斯波林鎖的保險，把平時晚上睡覺以前才用的插銷也插上了。家裡很安靜，彩條泡泡紗的窗簾被風揚起，餐桌上方端端正正貼著毛主席穿了青灰色制服的相片，像張護身符。維尼叔叔歎了聲：「好了！」他們倆一起跌坐在地板上。地板剛剛打過蠟，滑溜溜的，清涼的風從地板上掠過。范妮在半夢半醒中，又感受到童年時代逃回家裡，和維尼叔叔坐在地板上所感受到的舒服。范妮想，小時候只會說舒服，其實，那就是幸福呀。

按照打電話約好的時間，范妮去接伯婆到銀行，爲簡妮做經濟擔保的公證。范妮在此之前打了好幾個電話，催伯婆提前，范妮只解釋說，簡妮那邊催得緊，因爲上海的出國形勢越來越緊張。上海有的大學送人學生到軍營裡去受訓，推遲一年畢業。伯婆總算答應了。范妮找了個早孕反應不大的下午，去見伯婆。到伯婆家樓下，她爲保險起見，往嘴裡倒了幾滴鎮吐的風油精。看到伯婆，她早早就調整好自己的臉，如願地笑了出來。范妮知道自己笑起來很硬，所以特地將眼睛瞇了一點起來，好顯得柔軟一點。伯婆家還門窗緊閉著，范妮感到自己透不上氣來，像從前有時差的時候那樣不舒服，但她還是笑著，希望自己看上去像伯婆一樣興致勃勃。

伯婆已經打扮好了，在等范妮。她穿了件青果領的灰綠色春大衣，用白色的絲綢圍巾，穿了薄呢裙。她的白髮整齊地梳出一些波浪，伯婆這麼老了，頭髮雪白的，卻仍舊茂盛。伯婆仍舊是個漂亮體面的老太太，被人叫 madame 的。范妮想起來那些伯婆的舊照片，少女時代的伯婆坐在中西女中的草坪上，那時她的臉上就有種寧靜而活潑，文雅而自信的神情，那種神情使伯婆的臉讓人鍾愛，又不能輕薄。那就是人們說的「美人態」。伯婆居然一直把這種神態保持到老年，就是股骨上留著四個大釘子，也沒能改變她。她那美人態裡，簡直還有一種不可摧毀的英氣。范妮想，在美國幾十年，怎麼伯婆就沒有遇到過摧毀她的人和事呢！到了八十歲，格林教授還在誇她的美。

伯婆看到笑盈盈的范妮走近來，漸漸顯出了她的疲憊。她的臉蠟黃的，雖然她化了妝，但在眉眼之間還是泛出發青的底色。下頜上的血管青青地爬到面頰上，像透明的一樣。伯婆吃驚地問，是不是生病了。乍一看，都認不出來。范妮本來想搖頭說沒有，後來又改口說前幾天精讀課考試，熬夜了。又吃不好，大概累著了。

「還有就是想家。」范妮最後說了一句，「不過，沒什麼，很快就會適應的。」說著，她又笑了一下，「你就從來沒有想家嗎？一個人生活也不覺得孤獨嗎？你也是個千金小姐呢。」范妮問。

「爲什麼千金小姐就要特別想家？」伯婆問。

「嬌氣嘛。」范妮說。

「我就沒有眞正想過家，我享受自己的生活。」伯婆聳聳肩膀，不以爲然。她看到范妮打量著自己，好像不怎麼相信自己的樣子，就說，「我不怎麼多愁善感的。」

范妮點點頭說：「我也不怎麼多愁善感的，所以我說會好的，只是功課太忙了。我要考托福了，得好好用功一陣子，所以得幫簡妮把 I-134 先辦好。」

她們相跟著出了門。門道裡還有咖啡、暖氣、香水和洗潔精混在一起的老公寓的味道，范妮突然就打了一個大噁心，發出一聲痛苦的嘔吐聲。這聲音把伯婆和范妮都嚇了一跳。范妮張皇四顧，想找個地方吐，但窗上拉著白窗幔的門廳裡沒有地方可以吐。伯婆抓著自己春大衣的衣襟，默默地看著范妮，然後，她看懂了，對范妮說：「堅持住。這裡沒有可以嘔吐的地方。」然後，她拿出自己的鑰匙遞給范妮，讓她上去吐。

范妮緊閉著眼睛，死死地掐自己的合谷，硬是把到了嗓子眼的噁心又憋了回去。她知道自己要吐，也不過吐些黃水、綠水，因爲她根本就沒有吃東西，不讓自己吐得到處都是。

見伯婆遞過來鑰匙，范妮努力搖搖頭，表示自己可以忍過去。

等緩過來，范妮對伯婆說：「我晚上一沒有睡好，就會想吐，從小就是這樣的。」

「你真的這樣弱嗎？」伯婆懷疑地問。

「不是弱，是敏感。經過垃圾箱和油漆店，我也馬上就會吐的。」范妮說。

范妮和伯婆出了門。戶外新鮮空氣讓范妮舒服了一點。她將滿嘴分泌出來的酸水嚥下去，咧開嘴，笑了笑。「春天來了。」她對伯婆說。

「我頂喜歡紐約城的春天。」伯婆站在台階上看看天說，「這裡又有時髦，又有自然，一到春天，萬象更新，誰也不寂寞。」春風吹起了伯婆的頭髮，她燙得整整齊齊的白髮，有一點發紫，還是用了些染髮劑的。讓白髮微微地發紫，很好看。范妮在她的身邊聞到了她身上的香水味道。范妮朗聲說：「我也喜歡紐約的春天，我喜歡它的天空。」

「你真是甄展家的孩子，他和范妮也最喜歡紐約的天空，藍得太好。」伯婆看了看范妮，她的臉在陽光下蠟黃的，眼睛四周有些明顯的浮腫，但她的精神不錯。伯婆想，她大概真的學習太緊張了。但伯婆想像不出來，學英文怎麼會讓她這麼緊張。

從公寓的台階下去時，范妮伸手去扶她的胳膊，卻被她擋了回去，她說，我自己可以走，不需要人攙扶。范妮笑著收回手，說：「難怪你要和搶包的黑人打架。」伯婆也笑，她大聲說：「他看我護著我的 bag，不肯好好給他，想不通，罵我 stupid。我對他說，你好好的人不要做，偏要幹下流勾當，才是真正的 stupid。」

她們說著話，慢慢經過華盛頓廣場。伯婆的細步讓他們看上去好像是散步一樣。華盛頓廣場旁邊的樹林和椅子上，像從前一樣坐著曬太陽、看書和約會的學生，裡面總是可以看到黑頭髮的中國人，他們的樣子，總讓范妮看出心裡的寂寞和感傷。這次范妮走在伯婆身邊，沒有了從前可以冒充紐約人的得意，她覺得，也許別人看自己，以爲自己是陪老人說話的打工學生，而不是這精緻老太太的眞親戚。

到銀行以後，范妮看著伯婆在給簡妮的經濟擔保書上簽了字，又看著銀行的公證員在擔保書上也簽了字，蓋了章，還是個鋼印。手起章落，簡妮的救命稻草就有了。伯婆要求銀行給她再開一個存款證明，又在銀行複印了她的稅單，還是今年剛剛用過的稅單。這些東西和 I-134 表，用一個綠色的迴紋針夾在一起，和當年伯婆寄到范妮手裡的東西一樣，連那家銀行公證員的簽字都是一樣的。范妮想起了當時在自家那個塗了紅色改良漆的信箱裡，拿出貼著一張老鷹頭郵票的美國信，打開以後，看到裡面伯婆簽了字，附著銀行證明，手續齊全的經濟擔保書，那欣喜若狂的心情。范妮想，簡妮收到這張東西大概也會像自己當年一樣欣喜若狂吧，那時誰會想到，美國的藍天像匕首，食物像毒藥，藍眼睛是冰涼的玻璃珠。

范妮一邊小心地接過伯婆遞過來的表格，將它疊好，裝進信封裡，一邊想，現在，簡妮的悲劇入場券到手了。

他們也會到紅房子西餐館去吃最後一餐吧，一家人沿著窄小的木頭樓梯走上去，維尼叔叔很興奮，爺爺不動聲色，但是心裡也是高興的，也許還是最高興的。這種家宴，實際上也有點要顯給別人看的意思。就是像爺爺這樣謹愼的人，到這時候還是忍不住。他們是眞的以爲，王家終於時來運轉了。到簡妮可以走的時候更是這樣，王家終於又把一個孩子送回了美國。接下來，一定就是家裡的大人了，他們也會要來美國的，等孩子們站穩腳以後，最早出國的那些到期沒有回家的公派留學生們，在美國找到了工作，成家立業，不就是這樣，一個一個地將老人接到美國來了嘛。爸爸媽媽肯定等著這一天，沒準爺爺也暗暗等著這一天呢。范妮將信封收進自己的書包裡，心裡說：「簡妮，還是你來努力吧。你不是做出要繼承爺爺志向的樣子嗎？」

離開銀行，伯婆說要請范妮到中國城去吃上海菜，幫她改善伙食。伯婆喜歡要面子的人，從衛斯理畢業以後，衛斯理重視榮譽的風氣加固了伯婆本身就提著一口氣做人處世的驕傲。看著一直在強顏歡笑的范妮，她不像剛到紐約時那樣到處訴苦了，伯婆感到這女孩身上強烈的自尊心。她這才開始喜歡范妮，想藉一起吃飯來鼓勵范妮。

她們慢慢經過小義大利，那裡的街道上拉滿了綠白紅三色的義大利國旗，過節似的快活。范妮遠遠看到和魯吃飯的那家披薩餅店了，她看見紐約金紅的夕陽沉沉地照耀著靠窗的桌椅，白色的桌布等待著去晚餐的男女。范妮想起來，那天晚上，魯難得的好興致，說了他的心願，他也希望自己能在畢業以後不要馬上就工作，而是去世界各地漫遊幾年，沿途教英語掙路費，過眞正自由的日子。那天魯說過，唯一支援他將無聊的畢業論文寫完的動力，就是這個心願。那時候范妮正忙著吐，魯的話聽是聽了，可沒有往心裡去。現在回想起來，魯是從來都沒有把與自己的戀愛當成他人生的大事。

「我最討厭這些義大利人，冒充愛國。」范妮突然憤怒地對伯婆說。

「爲什麼！」伯婆叫起來，「大家都喜歡這裡的異國情調。」

「要是他們眞的那麼愛義大利，要天天升義大利旗，做啥不回義大利去，要在美國住著？要是當美國人，就該首先愛美國。」范妮說。

伯婆頓了頓，點點頭說：「你是對的。」

「就是。」范妮答道。

可能是發現自己失態了，范妮沉默下來。

路過金山市場門口的時候，伯婆點著那裡，告訴范妮，就是在這裡遇見奶奶的。奶奶穿著件Ports的黑呢大衣，但大衣領口卻露出綢衫的領子。

聽上去有點怪誕。

范妮突然問：「你說，會不會奶奶有什麼不想讓家裡人知道，也不願意解釋的事情，比如說和什麼外國人懷孕了，才乾脆誰也不見，誰也不理的？」

「親戚裡面也有人這麼猜想的，像你奶奶那樣要面子，又脆弱，又漂亮的人，落難時容易想到用這種辦法。那時，她其實也回不去找你們，大陸那麼亂，誰敢回上海去尋死啊。」伯婆說。

「有時候我想，奶奶也許根本不是像我們在上海的時候猜的那樣，拋棄我們，而是她沒有能力回來找我們，不敢見我們。」范妮說。

伯婆回頭看了看范妮，說：「Interesting!」

「要是我是奶奶的話，大概也會這樣的。」范妮開玩笑似地說。

「你有什麼事，要像你奶奶那樣逃掉？」伯婆問。

「沒有，我天天讀書，會出什麼事呢，又要考大學了。」范妮說。

伯婆說：「的確，你好好讀書才是正路，你不比你的奶奶，她當時有點像是流亡那樣的，讀書的心思早早就散了。你是正經要讀書才到美國來的，不要學那些非法移民的壞樣子，讓人看不起。你的生活才剛剛開始，要建立自己喜歡的生活，就得努力讀書上進。」

范妮純眞地望著伯婆點頭，像一個上進的女中學生。

唐人街還是一如既往的熱鬧，骯髒，混亂，范妮在這裡感到了一種奇怪的哀傷和頹唐，它隱現在那些雜亂之中，暗暗地觸動了她的心情。范妮不知道爲什麼能在這裡感到憂傷，只以爲是因爲自己的心情。唐人街的空氣裡一如既往地帶著鹹鹹的氣味，還有炸春捲的氣味，可那炸春捲的小販卻在招牌上寫炸雞蛋捲。范妮的胃又愉快而厭惡地叫了起來，而伯婆則高興地讚歎了一聲：「眞香！」芒街上據說有一些唐人街最早的店鋪，都是暗暗的、混亂的，范妮往裡面望了一眼就縮回頭，而伯婆告訴她，那些店鋪最好玩，像阿里巴巴的山洞。

在路過堅尼街的時候，她們看到一家街面上華人旅行社的大玻璃窗裡面，貼著飛機票大減價的紅紙。伯婆停下腳來，一邊看上面寫著的機票價錢，一邊叫便宜。伯婆滿臉放光，一項項仔細地看下來，興奮地驚呼著：「哎呀，去希臘才四百九十九塊！我那時還是在教師協會買的優惠票，還要六百塊呢。哎呀，去巴黎才三百九十九塊！」

范妮跟著她看，在那些價錢上面，貼著彩色的風光宣傳畫，雪白的希臘浮在藍色的愛琴海上，巴黎街頭咖啡館的籐椅翻在清晨濕漉漉的大理石桌子上。那些像天國一樣的地方，范妮在舊小說裡看到過對那些地方的描繪，在上海自己房間的窗前神遊它們。但從沒想到過，自己現在在美國，她也可以像伯婆一樣，買了飛機票就去。她無力想像自己能有這樣的生活。也許，這也是魯對她談起想要漫遊的時候，她一點也沒往心裡去的原因。范妮的想像力只是到美國為止，她沒有想要環遊世界的需要。她不知道魯在那時，看著她無動於衷的樣子，心裡想，這個女孩果然不是自己合適的伴侶。她只知道魯突然也不高興了，她以為，是因為自己怠慢他了。

這時，她突然看到一行小字，紐約到上海的飛機票，最便宜的，六百九十九塊美金。比去流產的手術費還要便宜。范妮的心怦怦地跳起來，也許可以回到上海去悄悄地做流產手術，正好又是暑假。自己的學生簽證是一年的，不存在回不了美國的危險。那張上海的宣傳海報，是外灘夜景。外灘的那一溜沿江排開的老房子，在燈影裡高高地站著，因為看不出它們的失修和衰老，所以還有很雄偉的樣子。范妮細細地望著那張照片，連眼淚都出來了。

伯婆在一邊看到，暗暗想，請范妮來吃上海館子，眞的是請對了時候。她回想了一下自己的青年時代，也遠離父母，遠離上海，可是除了有時候想念寧波廚子做的家鄉菜以外，好像不曾這樣哀傷過。「也許她語言過關以後，就會好的。」伯婆想。

她們來到了上海館子。餐館裡面掛著通紅的大燈籠，放著八仙桌和太師椅，一眼望過去，紅彤彤的，灶王爺像前面供著幾炷香，帶著唐人街上街鋪的俗氣。在這裡，就成了異國情調。這是唐人街上的老上海館子，難得是由上海人經營的。伯婆告訴范妮，最困難的時候，她在這裡當過女招待，沒有工資，只有小費收入，但可以免費吃飯，對伯婆來說，用大學教書的錢付房租，用小費零用，吃在上海館子裡，就可以生活了。

「你也需要打工嗎？」范妮吃驚地問。

「也需要。那時大陸解放了，我無法得到屬於我的那一份遺產，被凍結了。麥卡錫時代，我的大學因爲我是紅色中國的人，縮短我教書的時間。那是我比較困難的時間，但也並沒有眞正覺得困難和害怕，就是不能出國旅行。」伯婆說，「最好的，還不是小費，而是這樣我可以不要照顧自己吃，我的廚房可以很乾淨，還可以教大廚子做上海菜。我教會了大廚子的菜，後來還成了這家店裡的招牌菜呢。我喜歡這個工作。」

「眞的？」范妮問。

「是的。」伯婆說，「當時有一個國民黨駐聯合國的外交官，退休以後不想去台灣，他有錢得很，也是上海人。有人介紹我們認識，說我們都是獨身一個人在紐約，可以在一起生活。對我來說，可以有人養我，不需要到餐館做招待了。可是我並不怎麼想和他生活在一起，這個人很乏味，只懂得研究政治，而我最不喜歡政治這樣東西。來往了一陣，就算了。你知道，我寧可在餐館工作，補貼一點，也不高興和一個乏味的人生活在一起，和乏味的人在一起，我吃不下東西。」

范妮笑了笑，問：「那麼，有沒有你喜歡的人，人家不喜歡你，不要和你在一起呢。」

「要是我遇到一個我眞正喜歡的人，也會愛上他的，但是我沒有眞正遇到過這樣一個人。男人們喜歡的，也許不是我這樣的類型。」伯婆說，「要找到一個眞的談得來的人，眞的不容易。大多數男人，都比我要愚蠢，我們並不能談得愉快。」

范妮想，到底伯婆不肯回答自己失禮的問題，伯婆這種體面的女人，不能正面這樣的問題。她裝作沒發現伯婆的迴避，說：「上次遇見的那個格林教授，他就很喜歡你的。怎麼會沒有人喜歡你。伯公還在說你好話呢。」

伯婆微笑起來，搖著頭說：「他們都不算數。」

那麼誰才算數呢？也是一個金髮碧眼的人嗎？范妮想，但是她不敢問。伯婆這樣體面、獨立、好運氣的人，是怎麼忍受一對冰涼的藍眼睛的呢。

上海館子裡的人，都笑著和伯婆打招呼。

這裡的跑堂、老闆、大廚，都是清一色的上海人。他們很懂得圓通，見到上海人來了，菜式就按照上海口味做，而要是洋人來，他們就按照洋人對中國菜的見識，做咕咾肉、宮保雞丁、酸辣湯，從來不跟人囉唆到底是不是地道上海菜的問題。伯婆給范妮的菜單上，都是正宗的老式上海菜，油爆蝦、獅子頭、醬鴨、醃篤鮮。范妮問，有沒有小餛飩啊？正在誇伯婆漂亮的老闆娘說：「Sorry 啊，妹妹，獨缺上海小餛飩喏。」

聽說范妮是新近從上海出來的，她問：「衡山路上那些法國梧桐樹還在嗎？我有的時候做夢都夢見自己走在衡山路上，穿著連衫裙。」她家原來住在衡山路附近的諾曼第公寓。「美國哪裡有衡山路那麼好的法國梧桐，馬路上一棵樹也見不到。衡山路一到夏天，梧桐樹拿陽光全都遮住了，整條路都是綠色的，有多好看。」她有胖胖的圓臉，細眉毛和重眼皮的眼睛浮在臉上，有著上海人的清秀與精明，還有上海人說到自己家鄉時由衷的排他的熱愛，「說到底，紐約這地方，想像裡是好的，其實，還是鄉下地方。」

范妮告訴她，衡山路的樹都在老地方，夏天一打藥水，地上落滿了刺毛蟲。說得女老闆點著頭直笑，因為她小時候就是在這時候被刺毛蟲刺到。

「伯婆，你這麼多年不回上海，就不想上海嗎？」范妮問。

「不怎麼想。」伯婆說，「紐約才是我的家。」

「你年輕的時候，剛來的時候，也不覺得陌生，也不想家嗎？」范妮不相信地問。

「也不怎麼想。我從來就沒有覺得紐約有多少陌生，我們圖書館裡有《Life》和《New Yorker》，每期都可以看到新的，上海那時候到處都是美國貨，紐約的事情都曉得。」伯婆說，「所以，我也不像你們這樣不喜歡唐人街。我倒是喜歡逛唐人街上的小店鋪，喜歡看廣源盛裡的小東西。」

「你是老華僑呀。」女老闆說，「我們是勝利大逃亡出來的，兩樣的啊，我們是賤骨頭。」

女老闆轉身對范妮說：「你家老太太最有意思了，她比我們所有的年輕女人都要漂亮，你看出來了嗎？我最歡喜看愛麗絲了，她一來，我就想看她。」說著，她又望著伯婆笑，「連你吃飯也好看，規矩真的好，我們現在想做，也做不來，我們小時候過的也都是鄉下日子，沒見過什麼好東西。對哦？」見范妮點頭，女老闆也點頭，「我就是不可以盯住你看，像餓煞鬼一般。」

伯婆笑著拍了女老闆一下：「老太婆了，還有什麼好看不好看。」但范妮在一旁看著，伯婆的臉上，並沒有眞正覺得有什麼不妥。年輕人的讚美，她眞的是聽慣了。

女老闆對范妮說：「妹妹也漂亮。到底還有家傳的，一看就曉得是好人家出來的。」

范妮笑著搖頭。

領班過來沖涼茶。他一走近，范妮和他都愣住了，原來是美國罐頭。

「你們認識？」老闆娘看出苗頭來，問。

「我們是上海英文班上的同學。」美國罐頭說，「是老同學。」

范妮也點頭。

「什麼時候來的？」美國罐頭問范妮，他的聲音還是很溫和，沒有變化，讓范妮暗暗吃驚。

「聖誕節的時候。」范妮說。

美國罐頭看著范妮，范妮看出來他在衡量接著應該說什麼，他也一定估計范妮的處境。他從來就是這樣細心的人，懂得分寸。於是，就開口說：「我就要考托福了，很緊張。」范妮說著用手掌在面前扇了扇，她不知道怎麼才能將鼻梁上突然長出來的斑蓋上，不讓他看到。「你看，弄得我人不像人。」看著美國罐頭那單薄的身體，微微撐起來的肩膀，那是上海時髦男人的一種姿勢，范妮想起來在上海時，她一直認爲他到美國，無論做什麼，都不會去唐人街賣苦力。而恰恰就是落進了唐人街，而且還在餐館裡見到跑堂的他。而且還是在自己一臉棄婦樣子，加上一堆蝴蝶斑。

他想起來，在上海時她也常常做這個動作，她是個計較很多事情的女孩子，也計較很多氣味。他略略向後退了一步，他今天沒洗澡，不願意讓范妮聞出來。「哪裡，你還是很優雅。要我們老闆娘說人家漂亮，眞的要十分漂亮才夠格。」美國罐頭說。這也還是他的風格，哄著四周的人高興，不願意傷著別人。

遠遠地相對，他們都感到舒服些了。

「你看上去不錯，氣色比在上海的時候好多了，人也年輕了。」范妮溫和地說。

「眞的？」他摸摸自己的面頰，笑了，「大概因爲戒了菸。」

「你戒了菸？不容易啊。」范妮說。

「這裡的空氣太乾淨了，戒菸就容易多了。」美國罐頭說。

他們小心翼翼地說起了美國的空氣、藍天和四季，像在暗礁處處的河道裡終於找到了航道的小舢板，終於慢慢向前去。他們說到了紐約以後，才發現不用像在上海時那樣老是擦皮鞋，皮鞋穿一個星期都沒什麼浮塵，不用擦。紐約的自來水沒有漂白粉的氣味，泡茶很香。聽得老闆娘和伯婆都微笑起來，說他們就像最白的紙，一點點都能留下痕跡。

店堂裡的客人開始多起來，美國罐頭轉身招呼別的客人，他好像認識很多人，老闆娘也對他很滿意。他看上去斯文又精明，是當領班最合適的人。

美國罐頭親自照顧范妮這一桌，但他並不多話。

上海館子的紅地毯裡散發出食物的油鹽氣味，范妮跑到廁所裡，往嘴裡倒了幾滴風油精，但那油膩氣味還是刺激得她反胃。美國罐頭自己也知道，自己身上有那麼重的油膩氣，所以他向後退了點。范妮心裡突然充滿了兔死狐悲的同情。她在鏡子裡看到一個吐得慘白的臉，髒髒的，整個鼻梁都是突然長出來的褐色的斑點。范妮伸手用力拍打自己的臉，皮膚又痛又麻，但是，開始泛出了血色。等胃裡安靜下來一點，范妮才走出去，遠遠地，看到美國罐頭在店堂裡忙，像地道的跑堂一樣將盤子穩穩擱在胳膊上，她衝他笑笑。

吃完飯，美國罐頭送了兩份桂花紅豆沙和兩個 fortune cookie 來，范妮掰開自己的那一個，裡面的小紙片上寫著：「Do it in Paris.」

「什麼意思？」范妮問伯婆。

伯婆說，只是這裡華人餐館讓客人高興的餘興節目，自己猜到是什麼意思，就是什麼意思。「但是，」伯婆說，「有一年我到宏都拉斯去玩，就是因爲在這家館子裡分到一個 fortune cookie，裡面是鼓勵去旅行的話。要不然，我就錯過那麼好看的地方了。」

范妮小心地看著那張皺皺巴巴的小紙片，心想，也許這個巴黎，就是上海。

小紙片的背面，還寫了一些 lucky number，上面是12、18、32、25、22、26。伯婆說這是給買彩票的人投注用的。范妮問：「可以用在別的時候嗎？比如什麼時候應該旅行，什麼時候去考試會贏。」

「我想也可以的吧，這種都是餐後餘興節目，不用認眞的。」伯婆說。

離開餐館的時候，范妮和美國罐頭道了再見。

又是一個晚霞漫天的傍晚，范妮和魯相對著，坐在廚房的桌邊吃他們的晚餐。范妮吃的是加了荷包蛋和生菜的速食麵，魯吃他的火腿、吐司、奶酪和生菜沙拉，用橄欖油、牛奶和義大利紅醋調的沙拉。像剛開始認識的時候一樣，他們還是各吃各的東西，也許有時，彼此嘗一嘗對方盤子裡的東西。

魯在范妮的鼻梁上發現了一些陰影，她的妊娠斑都出來了。范妮一直拖著不肯去和醫生預約，但收著魯給她用來支付墮胎費用的支票。這讓魯心裡又開始懷疑范妮的動機，他把范妮的事情告訴了朋友，他們都警告說，中國女孩子絕對不那麼簡單，她們比美國女孩子 tough 一萬倍。魯聯想起范妮始終如一的小心掩蓋的神情。從前，她的那種掩蓋裡面還有魯可以理解的眼巴巴的盼望，魯以爲她因爲自尊，要掩蓋她對魯的愛情，還有希望魯能對她更親熱一點。現在，那種眼巴巴的神情幾乎沒有了，但是藏著什麼不說的表情還有。這神情眞讓魯發瘋。

好幾次，魯都想轉到范妮身後去，找到她到底藏著什麼東西。

魯知道不能強迫范妮去墮胎，那是她的權利。他能做的，就是常常給范妮臉色看，讓她明白自己的不信任和不快。所以，他們相處的時候，沉默的時間越來越多了。

因爲是春天，他們打開了廚房的窗子，在誰也不說話的時候，就聽到街口噴泉的流水聲。

范妮突然放下手裡的筷子，問：「你聽過一支四十年代的歌，叫〈The Last Time I Saw Paris〉嗎？」

魯搖搖頭。

范妮說：「我唱給你聽。」

說著，范妮就唱了起來，那支歌又老，又多愁善感，曲調又難聽，魯覺得范妮簡直瘋了，但他停下手來，靠向椅背，拉長了臉不說話。范妮突然做出這麼奇怪的事，他猜想那一定後面還有原因。這是范妮第一次爲魯唱歌，她的臉漲紅了，顯得鼻梁上的妊娠斑更深。她東方人孩子一樣光滑的臉，無論如何還是讓魯喜歡。

范妮唱完以後，直直地看著魯說：「我知道你不喜歡這支歌。」她也學會像魯那樣筆直地看著人說話了。看到魯搖頭說No，范妮點點頭，說，「但是我喜歡。」

范妮又問：「你聽明白歌詞嗎？」

「沒有仔細聽。」魯說。

「那我再告訴你。」范妮堅持說，「The last time I saw Paris, her heart was warm and gay; I heard the laughter of her heart in every street café. The last time I saw Paris, her trees were dressed for spring, and lovers walked beneath those trees, and birds found songs to sing. I dodged the same old taxicabs that I had dodged for years; the chorus of the squeaky horns was music to my ears. The last time I saw Paris, her heart was warm and gay; no matter how they changed her, I'll remember her that way.」范妮幾乎一口氣流利地背完這支歌，再強調說，「我最喜歡的是最後兩句，no matter how they changed her, I'll remember her that way.」

「So what?」魯問。

范妮說：「我的意思是說，我要回家去，墮胎的手術到上海去做。」

「決定了？」魯問。

「是的。」范妮說。

「爲什麼？」魯問。

「在上海，我可以得到照顧。我希望這時候和我家裡人在一起，而不是和你。」范妮說。

「是的，我理解。」魯說，「你可以把那筆錢用在上海做手術嗎？在上海可以兌換嗎？」

范妮點了點頭：「一個美元可以換九個中國錢，夠了。」

魯吹了一聲口哨：「Nice.」

「但飛機票在暑假可不便宜。」魯提醒范妮。

范妮說：「我知道。」

「要是你願意，也可以在紐約做這種手術，紐約做墮胎手術是合法的。」魯吃不準到底范妮想回家做什麼。另外，他也有點不安，不論如何，他總是不願意范妮的家裡人也知道要墮胎這件事，總是個傷害，不能算喜事。「我也可以幫助你，我有車，不常用，你知道的，開車對環境不好。可我也可以用車載你去醫院，接你回來。」魯說。

范妮嘩地抬起眼睛來，定定地看住此刻愚不可及的魯，然後一笑，說：「我不是要幫忙，而是想在暑假回家的時候把孩子拿掉，我想家，你知道嗎？」

范妮臉上笑著，笑著，眼睛裡漸漸蓄滿了眼淚，因爲怕自己的臉會變成一張哭臉，范妮始終保持著臉上的笑，她發現笑的時候和哭的時候，臉上的肌肉可以是一樣的。范妮還想說些什麼，但沒有說，因爲她怕會帶出哭腔來。

范妮的笑終於激怒了魯，他輕聲說：「奧地利有一句話，形容有人在心裡藏著什麼，讓別人感到不痛快，他們說，你在地毯下面藏著什麼？」

No Verse to the Song

將自己懷孕的消息告訴家裡，要回家處理這個孩子，又隻字不提孩子的父親，這對任何未婚女孩來說，都是最難堪的事。對范妮這樣曾經在中國千辛萬苦保身價的人來說，更是如此。何況，又是和一個美國人發生了這樣的事。范妮開始也覺得自己說不出口。但是，一旦回上海的念頭出現，就像燎原烈火，在范妮的心裡日夜熊熊燃燒起來。常常，她突然想起上海家裡自己的小床。夏天下雷雨時候，床上涼爽的寧波竹席，冬天被子裡的熱水袋，熱水在軟軟的橡膠袋裡沉悶的水聲。有一次，她還突然想起，貝貝被關起來的時候，自己和維尼叔叔正好到他家去。回家的一路上，維尼叔叔嚇得不停地眨眼。知道他們回了家，弄堂裡沒有警察，進了家門，家裡也沒有警察等著，維尼叔叔將保險「喀嗒」一聲別死，好像將貝貝的危險全都關在薄薄的門外。維尼叔叔閉上眼，靠著牆，吐出一口長氣。連那麼小的時候的事情都想起來了，連那麼小的事情都想起來了，范妮知道，自己是想逃到一個地方去解決自己的問題。她明白自己不可能二十四小時都保持得了體面。她需要有一個地方，可以崩潰一下。

除了上海，在這世界上再沒有第二個地方。

她繞開爺爺和維尼叔叔這兩個自己最親的人，選擇和自己最生疏、也最怕得罪自己的媽媽，到郵局寄了一個快遞給她，告訴她，自己有了孩子，要在暑假回家打胎，然後再回美國，其他什麼也沒說。她選擇了上飛機前一個星期才通知媽媽，因爲計算好美國郵局要用一個星期的時間，才能把那封快信遞到上海。而這時，她已經在飛機上了。這樣，家裡人就不可能打電話來美國討論什麼，省得他們七嘴八舌，特別是爸爸。也省得自己當魯的面向家裡人解釋。魯是個聰明人，即使他不懂中文，也會從她的表情裡發現那些她不想讓他看到的東西。她給媽媽的信，像一個通知那樣沒有感情，沒有說明，不可商量。她不敢這樣傷爺爺和維尼叔叔的心，但是對媽媽，她敢。因爲范妮覺得，媽媽爸爸沒有資格對自己說三道四，而媽媽比爸爸更明白這一點，也一直小心識相。范妮知道，媽媽會將自己的快信馬上交給爺爺他們。她將幫自己去重傷爺爺和維尼叔叔。

準備回家的那些天，范妮的情緒穩定了一些。就好像筋疲力盡的長跑者在快要到終點的時候，也能找到一點力量那樣。她參加了學校的考試，甚至對蓮娜都沒說自己要回上海打胎的事，甚至她騙蓮娜說，自己根本沒有懷孕，和她一樣，自己也是虛驚一場。倪鷹眞的在一個美國教授的幫助下申請了哈佛大學，竟然全班沒有一個人說她像娜佳那樣，反而都說，那是美國夢想 comes true 。范妮冷冷笑著，掩蓋著心裡沖天而起的悻然，她不願意人家說她妒忌倪鷹的好運氣，她也不肯妒忌倪鷹，她什麼也沒說。那些天，她心裡充滿了就要結束了的釋然，她盤算好，自己下個學期再回來的時候，去找一個新班級，甚至一個新學校，也許還要找一個新地方住，那時候，一切都可以再是新的，什麼危機都沒有。甚至，范妮想到了倪鷹當時提到過的美國中部那些便宜的學校，沒有華人的小城，說著紐約人看不起的中部口音的英文的地方，她想，索性回來以後遷到那樣的地方去，誰也不認識，活得像一個眞正的新人，不管那地方有多土氣，多讓人看不起。

上飛機時，范妮感到了一種終於逃離壓力的輕鬆。她用一小杯葡萄酒吃了半片暈海寧，酒精將藥效迅速揮發出來，於是，她很快就睡著了。整個長途的飛行中，她差不多都在睡覺。有時她好像快要醒來了，在淺淺的睡眠裡，她像一段樹幹那樣安靜，遠遠的，魯的臉，倪鷹的臉，伯婆的臉，爺爺的臉，維尼叔叔的臉，街頭的石頭噴泉，園子裡的石頭噴泉，前進夜校的書，會話老師被大肚子綳得露出了白布的褲子口袋，水龍頭上寫著藍色的H的瓷磚，倒掛在龜裂門上的塑膠花，像樹葉一樣在她眼睛裡面窸窣閃爍。她努力想起，還有一些生活裡致命的難題，它們那麼大，那麼高，使她一時都說不清到底是什麼，就像瞎子站在大象身邊的時候一樣，她想，最重要的難題，恐怕是孩子吧，自己肚子裡有個金髮碧眼的孩子。然後，范妮想起來，自己的難堪，自己的失敗，自己的被棄，自己的困境。但她在夢裡制止自己醒來。她緊閉著眼睛，漸漸再次睡著。那些臉，那些事，終於無力地飄落四散。留下范妮自己，像一段結實的木頭那樣簡單，隨便放在什麼地方，做成一塊搓衣板，或者一片雕花板，甚至一根踏腳板，作爲一塊木頭來說，都不會在乎。范妮想，原來隨波逐流，是這麼自由。她滿意地歎了口氣，她聞到了自己胃裡已經發酵了的酒味。

范妮的美夢最終被上海打斷。上海到了。

范妮不得不睜開眼睛的時候，正看見電視螢幕裡，黃褐色的中國地圖上，一個白色的小飛機正準準地壓在代表上海的小圓點上。乘務員在報上海的天氣，上海正在下雨。機艙裡的白灼燈，使得經過長途旅行的人的臉，都像縮水的老青菜那樣難看。有些著急的客人已經啪啦啪啦地開行李箱，將手提行李取下來了，范妮看到一件五花大綁的黑色手提箱從自己前面經過，那一定很重，托著它的那個男人被壓得連嘴都張開來了。

范妮突然有了一種被送回監獄的恐懼。她伸手捏了捏掛在脖子上的小袋袋，外國人長途旅行大都用這樣的袋袋裝護照和支票本子，套在脖子上，挂在自己的貼身衣服裡。范妮臨回上海時也買了一個。那裡面，放著范妮回紐約的返程機票，貼著有效學生簽證的護照。這些是她能夠回上海來處理孩子的前提保證。但范妮還是感到不安全，那種會被禁錮起來的驚慌抓住了范妮的心。

飛機已經停穩了。前艙的人，慢慢向前蠕動，他們就要離開美國飛機，踏上上海的土地。范妮不得不跟著人群離開。慢慢地，不情願地向前走著，范妮想起來，一個電影裡面，失控的火車不得不沿著廢棄的鐵軌，向波蘭奧斯維辛死亡營開去。火車上有一個當年從奧斯維辛死亡營裡逃生的老猶太人大聲地叫：「我不回去，我不回去。」然後，他就自殺了。後面有人粗魯地推搡著范妮，想要越過范妮，走到前面去。即使是紐約，范妮也沒有遇到過這樣自私地撥拉別人身體的人。此刻，她那些在上海街上被人亂撞，下雨天自己的傘被別人的傘不斷地碰歪的回憶蘇醒過來，然後，范妮記起來，那個外國電影叫《卡桑德拉大橋》，是在藍馨劇場看的。還有在下雨的時候，自己在床上，看光了所有的書、雜誌，沒有東西打發時間的無聊，好像要生病似地心灰意冷。後面那個人惱火地催促范妮快走，范妮用自己的手提行李擋在自己和那個人當中，就是不走，也不讓他搶先。「充軍去啊。」她低聲用上海話罵了句。哪曉得後面那個男人哇哇地用英文開始和范妮對罵起來。他的口音很奇怪，讓范妮聽不懂。范妮扭過頭去不理他，但也堅持用自己的手提行李擋在自己與他之間，不肯讓他先走，也不肯走快。

范妮懷著惡劣的心情走下飛機。

等行李的時候，范妮往海關通道外面的閘口看了一眼，那裡大門洞開。遠遠地，在青白色的燈光下，外面的欄杆後面站著些接飛機的人。在那堆人裡面，范妮一眼就看到了爺爺的臉，她嚇了一大跳。

在見過那些照片上爺爺年輕活潑的臉以後，她此刻吃驚地發現，爺爺現在的臉腫得走了形。他的皮膚像在嚴重過敏那樣，厚厚地翻起來，露出一個個粗大的毛孔。在伯婆的照相本裡，范妮見到過爺爺他們當年唱京戲的照片。他們在一起演過《四郎探母》和《岳飛》，爺爺把他的眼睛和眉毛高高地吊向鬢角，像鷹眼一樣有力與專心。那時候，王家的孩子個個喜歡京戲，春節的時候，在自己家裡搭台唱戲，爺爺唱小生，奶奶唱花旦，伯婆唱青衣，眾多范妮從來沒見過面的伯公們和姑婆們，他們個個臉上都畫著神采飛揚的吊眼角。伯公的眼睛仍舊是諧戲的，伯婆的眼睛仍舊是自信的，他們都沒有爺爺的眼睛變化大。范妮發現，自己竟然只記得爺爺在紐約舊照片上的眼睛了，其實，爺爺的眼睛總是藏在厚厚的眼皮下，像是藏在殼裡的烏龜頭。范妮記得自己小時候常常玩爺爺的眼皮，他的眼皮可以拉得很長，軟軟的，如果把眼皮全都拉開來，爺爺的眼睛像麻雀那樣驚慌地躲閃著。

范妮發現，在紐約時，自己竟然只記得爺爺舊照片上的臉了。再接受自己從小認識的爺爺，竟然會吃驚和痛苦。爺爺的臉在記憶裡閃著閃著，有了比較，范妮這才認識了爺爺在紐約時留下的照片，那上面的臉，滿面都是春風，比演岳飛時高高吊起眉毛來的戲裝還要得意。

范妮想起來，當她告訴伯婆，自己這是第一次知道爺爺還會唱京戲，因爲從來沒有聽到過爺爺唱什麼。「甄展不唱了嗎？」那時，伯婆吃驚地揚起她描得細細的眉毛，然後，黯然說，「好吧，It is life。」范妮那天才知道，爺爺從美國回上海以後，不肯去王家的航運公司，執意要去盛家辦的造船廠當工程師，想參加造中國自己的兵艦。

那時候，范妮是眞的想要爲爺爺爭氣。她以爲自己比簡妮要眞摯。范妮認爲簡妮要光宗耀祖，有順帶著在上海家裡建立她一席之地的用心。而范妮完全是爲了心疼爺爺。

爺爺從來沒要求過范妮做什麼，他從來沒要求過家裡任何人。他最不喜歡維尼叔叔那種懷舊，不喜歡維尼叔叔整天擺弄舊唱片，不喜歡維尼叔叔帶他的畫畫朋友回家來，但是他也沒制止過。爺爺看不起他。范妮用來養花的花瓶，是家裡劫後餘生的唯一一只高腳車花玻璃酒杯，細長的，聽說原先是用來喝香檳酒的杯子，上面雕著複雜的花紋，而且是眞正的捷克貨，是世界最好的車料玻璃杯。范妮記得，有一次，維尼叔叔曾試過，用他的水彩顏料調在水裡，做成香檳酒的淡黃色，倒到那只杯子裡，將它放到燈光下面看。那只杯子像淡黃色的寶石一樣閃著光。那杯子的漂亮，把維尼叔叔和范妮都鎮住了。維尼叔叔告訴過范妮，在徐家匯的天主教藏書樓，有一本外國人寫的書，說到過外國記者到王家做客的見聞。書上說，王家連女眷都能講一口流利的美國英語。王家的客廳豪華得像個巴洛克時代的貴族，比他的美國大班還要奢華。這種奇觀，讓那個前來參觀的外國記者嚇了一跳。貝貝也告訴過他們，在香港的英文報紙上，登過王家投機股市失敗的消息。維尼叔叔驕傲地說過，連我家投機失敗也上報紙，可以想到王家的地位了吧。爺爺在他們身後，只說了句：「你們眞的什麼都不懂。」然後就回他自己房間看書去了。范妮在伯婆那裡才知道，爺爺當年因爲了解到王家當買辦發家時，爲東印度公司代理過長江一帶的鴉片販賣。從此，他不願意在王家的公司裡工作，不願意住在王家老宅裡，不願意春節的時候參加祭祖。弄得家裡人都怕他會參加共產黨，所以，一聽說他要到美國留學，馬上就送他出國，把奶奶也送到紐約陪他。在上海的最後一夜，臨近家門的時候，他希望范妮忘了這裡的一切，遠走高飛。他站在多年沒有修理、又老又髒的門前，就像偷偷打開鳥籠，放飛小鳥的人。

那是范妮記事以來，爺爺第一次說出自己的希望。他從來沒說過，被困在上海的幾十年裡面，他是怎麼後悔的。

范妮想過，自己有一天，一定要將爺爺接回到紐約住，讓他也可以遠走高飛。

微微發胖的爺爺站在那裡，努力挺直他的背，像一個靶子一樣等待著子彈。但是他怎麼也不能像照片裡面的那樣直，反而看出來他的勉強。在朗尼叔叔從大豐農場回來，成了一個乖張的老光棍時，范妮看到過爺爺這種沉默的樣子。她知道爺爺心裡很傷心。後來，全家找奶奶，奶奶就是找不到，後來聽說奶奶知道家裡人在找她，成心避開的消息，爺爺也是這樣，坐在他房間裡的舊籐椅上，什麼也沒有說。就像一個靶子那樣等著打他的子彈。范妮知道這就是爺爺最傷心的樣子。他的心，已經被千刀萬剮過了。現在，輪到范妮來傷他的心：好不容易送到美國的下一代，什麼都沒幹成，先演了一齣《蝴蝶夫人》。

范妮這才意識到，自己沒臉見爺爺。

她慌忙轉身向自己剛剛下來的樓梯走去，她的心怦怦地跳著，她小腹裡也有什麼東西乒乒地跳著。那裡只有滾滾向下的電動扶梯，沒有上去的樓梯。顯然，進入了中國國境的旅客，已經不可能再要求從這裡出境了。還有些旅客陸續從樓上的入境大廳下來，望著他們菜色的臉，她覺得他們像新犯人那樣茫然。他們手裡拿著咖啡面子的中國私人護照，還沒來得及放好，像豬拿著一對翅膀。她討厭他們那無辜的樣子。范妮低下頭去，什麼也不看，恨不得眼前的一切，都還是在飛機上做的夢。

恨不得自己這一生都只是一個夢。范妮想。她想起來當時美國罐頭告訴她的一句話，好不容易做一世人，還做了一個不三不四的中國人。那時候她和他，一個笑嘻嘻地說，一個笑嘻嘻地聽，好像與他們自己全無關係。

范妮緊緊瞪著地面，那裡鋪著青色的方塊瓷磚，她想起紐約的地鐵裡黏滿了黑色口香糖渣的地面，她的腦子裡布滿了爺爺的臉，爺爺像靶子一樣任人掃射的神情，和那神情裡的憂戚。范妮突然感到對爺爺的厭煩。她討厭看到他臉上的滄海桑田，她討厭看到這種變化時心裡的憐惜，她討厭爺爺的百孔千瘡給她的壓力。

行李傳送帶轟地一響，轉動起來，范妮馬上就看到自己的紅色小行李箱被傳了出來，這是她特地到唐人街的便宜箱子店裡去買的新箱子。比洋人店裡同樣貨色的箱子要便宜多了，只是感覺不像在名牌店裡買東西那麼舒服。當那個精巧的小紅箱子轉到范妮面前的時候，她學著金髮女郎的樣子，穩穩站在高跟鞋上，探身取下它來，拉開它的拉桿，離開行李傳送帶。這時范妮心裡浮起了ＪＦＫ機場裡見過的那個金髮女郎的樣子，自己現在在別人眼睛裡，也是一樣的驕傲、精明，帶著外國派頭。

她朝海關走去，但沒有人想要檢查她的行李。一個瘦弱的海關人員衝她揮揮手，示意放行。於是，她不得不迎著閘口走去。紅色的箱子在她身邊發出比坦克還要響的聲音。她覺得自己像刀一樣地向爺爺飛過去，懷著滿心的不忍和滿心的厭惡。她看到爺爺身邊的媽媽，媽媽顯然是看到她了，她的眼睛和鼻子都又紅又腫。

她注意到，爺爺和媽媽，都是先看她的肚子，再看她的臉。

范妮永遠也不會忘記，爺爺在虹橋機場閘口慘澹的日光燈下，默默接過她手裡箱子時的樣子，就像聖母接過十字架上的耶穌。她沒有想到，反而是爺爺不敢正視自己，他把自己的眼睛完全藏在眼皮底下，已經將范妮遠遠看到的傷心完全掩蓋住了。范妮想起來，小時候，貝貝出事，公安局將維尼叔叔叫去問話的時候，爺爺就是這樣沉默地站在二樓昏暗的樓梯口，送維尼叔叔和警察下樓去的。范妮甚至還記得爺爺的手，她那時拉著爺爺的手，他的手掌很軟，像塊揉熟了的橡皮泥，逆來順受，任人方圓。范妮想起來，那時候，自己是很小的孩子，但也已經竭力想用自己的手包起爺爺的手。

一路上，爺爺只是護著范妮的紅箱子，像個搬運工。

媽媽也沒有說什麼，遞給范妮一包她喜歡吃的蘇州話梅。一點聲音也沒有，范妮只看到媽媽膝蓋上的褲子，一滴一滴，漸漸被眼淚打濕。

范妮默默捏著自己的護照和機票，扭過頭去看車窗外面的街道，行人，被打濕的雨傘，灰色的，到處都是灰色的，帶著上海雨天的無助與惆悵鋪天蓋地而來。她又感到那孩子的心在怦怦地跳動，大概他也知道自己的生命就要到頭了吧。「Go to hell.」范妮心裡對他說。

沉默地到了家，爺爺和媽媽一聲不響地和范妮相跟著上了樓。家裡的樓梯上還是充滿了年久失修的房子的灰塵氣味。范妮發現這裡的樓梯變窄了，變矮了，像是個廢棄的地方。這裡的門那麼薄和窄，像舞台上的假門。但門上還留著范妮小時候和維尼叔叔一起做的插花的三角紙袋，是用一張舊英文報紙做的，裡面學著貝貝當年在他家門上做的那樣，插一枝假玫瑰。范妮沒想到那玫瑰竟然看上去那麼醜。

媽媽跟在最後，輕輕合上二樓樓梯上的門。范妮聽到斯別林鎖的保險「喀噠」一聲，被放了下來。范妮覺得，大白天將保險都放下來，是因爲他們不想讓樓下的鄰居知道自己回上海。那家人他們平時不太來往，因爲到底在心裡討厭他們住在自己家的樓下，他們家不乾淨，樓下的廁所常常有臭味。如今，他們怕人家說，王家的女孩子被人家弄大了肚子，回到上海來打胎了，平時英文說說，海外關係一大把，好像了不起，但到底沒什麼花頭。

別人竟然都不在家，甚至永遠在家裡待著的朗尼叔叔也不在。爺爺這才說，伯公突然病重，住在醫院，朗尼叔叔和維尼叔叔都去醫院了，爸爸則去找外面的醫生，簡妮去上英文課。但范妮認爲他們是成心避開的。

「先洗洗，就休息吧。」爺爺吩咐說，他把范妮的箱子放進她的房間，也離開了。

范妮的房間還是原來的樣子。充做寫字檯的縫紉機放在窗前，上面放著紅雷牌收音機，有三道短波頻率。從前，在自己的房間裡安穩地做功課，看書，收音機裡的短波傳來美國之音的英文節目的聲音，是和托福聽力練習裡面相似的穩妥的男聲。那時候，伏在縫紉機上，兩個腳踩動沒有上皮帶的縫紉機踏板，范妮想像過許多次自己的將來，自己將要愛上什麼人，嫁給什麼人，那想像是模模糊糊的，像在沙沙的短波干擾裡傳過來的聲音一樣遙遠，但是充滿了空中樓閣的美。在上海雨季濕潤的空氣裡，將腿在裙子裡交疊在一起，少女時代，就是這樣的肌膚相親，也能讓人想入非非。范妮站在自己房間的門邊，望著裡面。地上的紅箱子讓她想起了 was 這個詞。她竟然想，要是告訴魯的話，千萬不要忘記所有的動詞都要變成過去式。

范妮打開箱子，將自己的衣服拿出來，這次她帶回來的都是在美國買的衣服。她買了一些便宜的衣服，在商標上都是 Made in USA 的，她最警惕不買中國出口的東西，雖然它們看上去也許比美國製造的還要合適。從衣服下面，范妮拿出一包東西來。

家裡鴉雀無聲，能聽到不遠的復興路上，公共汽車進站的剎車聲，像一個臨死的巨獸在喘息。那也是范妮從小聽慣了的市聲。小時候，范妮曾經十分害怕爺爺也會像別人那樣自殺。爺爺說過，他廠裡有一個工程師，因爲海外關係複雜，在林彪事件的時候，被廠裡關了幾天，他受不了，就在關他的辦公室裡上吊自殺了。爺爺說這些的時候，什麼別的評論也沒有，但是，范妮總是覺得爺爺的意思是自己也會像那個同事一樣。她總是在黃昏時聽著復興路上的剎車聲，在心裡盼望，那就是帶爺爺安全回家的那班車。范妮蹲在地上，握著那包東西，她這才發現，原來自己內心也想用自己的力量彌補爺爺被毀滅的生活。從小就是這樣。但自己竟沒有一次成功過。

范妮走出自己房間，媽媽和爺爺正在吃飯間默默坐著。看到范妮突然進來，媽媽驚慌地站了起來，眼睛裡又充滿了淚水，像兔子那樣驚慌地眨個不停。

范妮把給簡妮的經濟擔保遞給媽媽，把格林教授送給自己的關於王家歷史的研究文章遞給爺爺，那裡面夾著奶奶的照片。最後，她把魯的照片放到桌子上，向爺爺那邊推過去，說：「是他。」

爺爺看著魯的照片，「啊」了一聲。那是魯最好看的一張照片，戴著眼鏡，精神抖擻，像個年輕有爲的主流青年。就是頭髮有點長，幸好還不怪異。

「他怎麼沒有一起來？」爺爺問。

「本來是要一起來的，但是他要從經濟系畢業，論文要修改，時間來不及。他叫我問你們好，他說很抱歉出了這樣的事，他又走不開。」范妮說。

「那，你們以後準備怎麼辦？」爺爺問。

「等他畢業了，我也畢業了，再說。我自己也總要自立，不能只當家庭婦女吧。我也要建立自己的生活，要有自己的自尊。」范妮說，「我回去以後就要準備考大學了。在美國，受的教育越高，將來的生活也就越好。我還認識了一個哈佛大學的教授，在伯婆那裡認識的，他願意幫助我考到哈佛去。要是能上哈佛，將來眞的前途無量。我也不一定眞的和魯結婚。所以，我得輕裝上陣。」

范妮不知道自己怎麼能這麼說話，而且，還像倪鷹那樣高高地昂著頭，她心裡詫異著，但嘴裡仍舊滔滔不絕，「我們學校裡的老師都說，看到我，就想到 American dream comes true。因爲他們都知道我們家是 comprador，也知道我們後來被弄得走投無路。」

「伯婆知道嗎？」爺爺問。

「什麼？」范妮問。然後，她馬上意識到爺爺指的不是 American dream comes true，而是自己懷孕的事。

「我沒有告訴她，怕那個哈佛的教授要是知道，他會認爲我不夠用功。」范妮說，「而且，這種事也沒有必要到處講。」

「最好不要告訴她，她也是簡妮的保人呀。」媽媽說。

范妮轉臉看媽媽，她關節粗大的雙手，緊緊握著那個黃色的美國信封，帶著一個洋鐵皮的搭攀。拿著那裡面的材料，簡妮就可以去簽證了。這是范妮忍著孕期反應陪伯婆做完的。「是啊，」范妮說，「我就是怕連累了簡妮，才不告訴伯婆的，她連我回上海都不知道。」

媽媽接不上話，僵在那裡。

范妮的眼淚突然湧上來，一下子流了滿臉。開始，她爲自己突然失控嚇了一跳，她本來想表現得更像海外回來探親的人那樣不知魏晉，過兩天，還會因爲空氣污染而嗓子不舒服。一說起來，就說「要回去了。」但，她的眼淚像打破的熱水瓶一樣不停地，不停地流出來，所有的事，跟著眼淚湧出來，擠滿了她的心。范妮記得自己從來還不曾這樣當著家裡人哭過，王家的人不願意這麼感情衝動。媽媽和爺爺都不作聲，也不說話。媽媽仍舊緊緊捏著那個信封，爺爺垂著頭，將眼睛停在吃飯桌子的一角。范妮生氣他們那種尷尬的樣子，竟然不如魯，他什麼也不懂，也會過來輕輕抱住她；傷心他們不能體貼她的心事，擔心他們猜出來自己的破綻，不相信自己的故事；惱火他們沒有如自己想像的那樣溫情，范妮索性豁出來，嗚嗚地哭出了聲。把自己的悲傷放大。

她淚眼婆娑地望著爺爺，他的身上又呈現出靶子的樣子，而且是被擊中的靶子，在她的哽咽聲裡向後仰去。從小范妮就看著爺爺這種樣子長大。但范妮此刻心裡想，你並不比我更可憐啊！

范妮這一哭，意外地結束了本來艱難的時刻。王家的人從來都不那麼容易流露感情，尤其是自己的悲傷。當范妮哭出來的時候，爺爺和媽媽都吃驚和尷尬地一聲不吭，等著范妮自己平復下來。范妮其實心裡也緊張著，因爲她不知道自己漸漸收聲，是不是意味著自己前面的哭是虛張聲勢。她一面想，一面接著哭，不能專心於自己的傷心。這使她想到在魯面前哭的事，范妮總是在心裡懷疑自己的哭聲會讓別人覺得是心計。這時，媽媽去拿了濕毛巾來給范妮擦臉。爲了表示並不原諒媽媽，范妮擋開媽媽的毛巾，自己去洗澡了。洗了澡以後，范妮理所當然地回到自己房間裡去休息。

她將自己放平在床上，長長地歎了一口氣。終於結束了，她想。哭其實是個好東西，哭了以後，總是讓人感覺到，那讓你哭的問題變得小了。范妮閉上腫脹的眼睛，全身都放鬆下來。

這張小床讓她的身體回憶起上海小床的硬和舒服，她的背脊已經習慣了格林威治村小床的軟，現在躺上去，自己少女時代的許多身體上的感受，隨著小床的硬和棉花墊被的植物的氣味，而蘇醒過來。范妮感到自己的身體的鬆弛和柔軟，它現在像揉熟的麵糰一樣，不再像離開上海以前，像一隻凍雞，緊緊縮成一團，拉都拉不開。魯是那個改變了自己的男人。一個金髮的男人。范妮平躺在她度過了童年和青少年時代的小床上想。從某個角度上說，這不是實現了自己的理想了嘛，只是不曉得這理想竟然是個災難。令范妮感到吃驚的是，她竟然一發不可收拾地想到了魯的手，魯的身體，魯的嘴唇在自己嘴唇上劃過的感受，她緊閉上眼睛，感受著自己身體對魯的身體的渴望。有時，正在做愛，范妮會睜開眼睛看看近在咫尺的魯的臉。脫掉眼鏡以後，魯看上去像個盲人。她想念那張模糊的臉。范妮眞不知道，即使是在這種倒楣的時候，自己的身體竟然還是貪戀著魯的身體，貪戀著魯急促呼吸中從食道裡衝出來的奶酪氣味。「中邪了。」范妮嘟囔了一句。

范妮睡著了。

中途，范妮醒來過一下，那時，外面的天是黑的。范妮算了算時間，現在正是紐約的早晨，應該要起床的時候，難怪自己要醒來。她聽到門外有人輕輕說話，是維尼叔叔和爸爸，媽媽在跟他們說什麼，好像在討論簡妮的簽證問題。范妮閉著眼睛，她知道家裡人一定傳看魯過的照片，還有格林教授的那本論文，以及奶奶的照片。她放任地想，大家都已經知道她得向他們交代的事了。她認爲自己最難堪的時刻已經過去。剩下來的，只是技術性問題，找到一個醫院做手術，然後，悄悄回美國。這時，她有點同情媽媽，范妮知道自己利用了媽媽對自己的負疚，還有被發配去新疆的上海人的自卑，讓媽媽爲自己擔待了最難堪的時刻。

她聞到了清涼的雨水氣味，聽到了淅淅瀝瀝的雨聲。她想起來每年，上海人都對這時候的雨又愛又恨，恨它沒完沒了，愛它阻擋了北方已經轟轟烈烈的暑熱。大家都知道，等這雨季過去，上海就將陷入火爐。所以，這雨水的氣味裡總有一些令人惆悵的氣息。上海總是讓人又愛又恨的。范妮想。自己舊時的房間，讓她想起了從前在這小床上躺著的時光，隔壁維尼叔叔房間打開的窗裡會飄出來調顏料時的刺眼的氣味，維尼叔叔的錄音機裡放著舊歌曲，經歷了魯的方佗，格林威治村的CD店，范妮這才眞正確定那都是些戰前的老歌了，范妮想起來了那些歌詞：There is no verse to the song, cause I don't want to wait a moment too long. 那是有些刺耳的老歌，Sunny Rollins的，現在在美國的歌手裡面，好像聽不到這樣刺耳的，讓人不安的，而且一定會攪得人心裡難過的聲音了。

從這支歌開始，許多歌詞浮現在范妮的記憶之中。

魯說過，夏天他會回他康州的家裡去看看父母，然後要去西班牙旅行，去看他的歐洲。他說，他會把西班牙的電話留在他們公寓的答錄機裡，要是有什麼需要，范妮回紐約以後可以找到他。范妮知道，魯實際上的意思，是希望范妮做完手術回到紐約以後，讓自己知道一下，好讓自己安心。魯到底怕范妮會把孩子留下來，日後要挾他。魯和自己的關係，在將要離開紐約的時候，好像又恢復到從前，只是他們不再做愛，也迴避墮胎的事。小心翼翼維持著客氣和體貼。這還算是愛情嗎？在老歌詞裡面，范妮盤算著他們的關係。然後，她又睡了過去。

等范妮再次醒來，已經是第二天的上午。上海雨天的天色晦暗，可以一整天都像黃昏一樣。但范妮幾乎立刻就認出了現在上海的時間。她看了看自己的手錶，並不用調整時間，因爲在夏令時，紐約和上海正好差了十二個小時。現在是紐約的晚上，是她上床睡覺的時間。她不得不承認，自己這幾個月以來，第一次這樣安心地睡了一大覺，睡得渾身軟軟的，幾乎握不起拳來。在紐約時，她總是醒得早，醒得徹底，像被鬼趕著一樣。即使是睡著了，也好像還有一隻耳朵徹夜醒著，能聽到各種聲音。

維尼叔叔正在等她。說要帶她去醫院見一見伯公，醫生說伯公過不了今天晚上，讓家屬去送終。家裡人差不多都去了，他留下來等她。

「那你怎麼不來叫醒我。」范妮說。

維尼叔叔沒有說話，伸手幫范妮整理了一下她的頭髮，又用手指擦了擦她臉上新長出來的斑點。懷孕以後，范妮的臉頰上像陰影一樣長出了不少青青的斑點，像擦到臉上的灰塵。開始發現的時候，范妮也像維尼叔叔這樣用手擦，以爲可以擦掉它們。實際上，它們是擦不掉的。當維尼叔叔意識到那些斑點是范妮的妊娠斑，他的心裡，掠過了沒有控制住的厭惡。他昨天聽說范妮突然對爺爺和媽媽大哭的事，當時，他也眼睛一熱，他能體會到從小不流露什麼感情的范妮心裡的委屈。他知道自己必須安慰和鼓勵范妮，但不知道說什麼。在他心裡，范妮的事像一塊打到鏡子上的石頭，擊碎了他對美國的整個夢想。他那天甚至不想聽什麼音樂，連它們都突然變得陌生了。但是他必須聽些什麼，找了好久，許多伴隨他幾十年的音樂和曲子支離破碎地掠過，它們居然變得不足以安撫自己。他感到那種像被情人拋棄似的怨懟。對范妮，他恨她辜負王家的一片苦心，到美國才這麼點時間，眼睛一眨，就已經從美國落荒而逃，而且身敗名裂。維尼叔叔想起范妮在上海的時候，從來對男孩子小心翼翼，不肯在感情上有瓜葛，就像那些去了外地的上海知青一樣。現在終於還是浪費了。

而且還要回上海來丟臉：「哪怕自己在美國處理掉，也體面一點吶。」維尼叔叔心裡想。

范妮聞到了維尼叔叔指甲裡的松香水氣味，還有麗仕香皂清新刺鼻的氣味。

范妮將自己的臉閃開。她心裡從踏上美國國土的那一刻就積攢起來的委屈和失望，幾乎要噴薄而出。但是，她惱怒地制止自己想要傾吐的意願，將千頭萬緒緊緊團起來，像團一張不想讓別人看到的廢紙。她感到維尼叔叔沉默裡的異樣，他是說不出他應該說的話。雖然范妮的心往下沉了一下，但她並不見怪，她能猜到維尼叔叔是這樣的人，她心裡笑自己把上海想得太溫情了。

她用力撐起水腫的眼皮，因爲哭過，也因爲睡得太沉，范妮的眼皮腫得像桃子。她撐不開自己的眼睛，索性瞇起眼睛來，微笑著對維尼叔叔說：「我本來想給你買韋伯樂隊的CD回來，但是我根本找不到。美國人現在不聽這種音樂了。好多人連樂隊的名字都沒聽說過，人家說那是二十年代的音樂，第一次世界大戰以後的。」在維尼叔叔高興的時候，他常常和著韋伯樂隊的小提琴獨自在房間裡轉圈，跳他自己那種華爾滋。這是他少年時代起最喜歡的音樂。也是他和貝貝都鍾情的音樂。范妮知道韋伯的音樂是維尼叔叔的軟肋，那是他夢寐以求的。只要有人出國，他就讓人家爲他帶韋伯樂隊的唱片回來，但，從來沒有一個人爲他帶回來過。

維尼叔叔高高地揚起眉毛，驚奇地看著范妮，他沒想到范妮會提到韋伯樂隊。她在浮腫的笑容裡頑強地看著他，讓他不能小看。「到底是王家的人啊。」維尼叔叔心酸地想，「到底還是要體面的人。」維尼叔叔知道范妮看穿了自己的心思，他有點慌亂，爲自己的勢利感到抱歉，但他並不認爲自己錯了。

維尼叔叔定了定神，跟上范妮的話頭說：「我以爲美國人在咖啡館裡，夜總會裡，都應該演奏這種音樂的。從前的美國電影裡不是都這樣的嘛。」

「沒有了。」范妮說，「他們現在很多地方都聽方佗。」

「什麼方佗？」維尼叔叔問，他努力集中精力，順著范妮的話題。

「一種從歐洲傳過來的阿拉伯怨曲，也算好聽。」范妮說。

「這麼說，美國人也變了。」維尼叔叔說。

「大概是我們在開始的時候就想像錯了。」范妮說。

「眞的啊。」維尼叔叔應著，范妮也努力點頭。他們都高興找到了這樣一個音樂的話題，將自己心裡的東西粗粗掩蓋了過去。

媽媽爲范妮準備了生的小餛飩，維尼叔叔去廚房幫她下了一碗，在湯底還放了蔥末、蛋絲和榨菜末。爸爸媽媽已經住進了伯公的房間，簡妮也住進了爸爸媽媽的房間，他們爲范妮空出自己的房間來。范妮路過他們房間的時候，看到伯公的房間已經被爸爸媽媽重新布置過了，簡妮的小床放在最靠窗的地方，爸爸媽媽的大床靠在門邊，那房間的每一寸地方都被精心利用起來，渾然一體。范妮想起傳說中自己在新疆的家，他們在桌上鋪著媽媽用白色棉線編織的桌布，他們在家裡放九百句的唱片當音樂聽，他們的口音裡都有種范妮怎麼也學不像的聲音。她心裡「別」地跳了一下，她想起自己家裡的人對自己統一的隱忍的態度，他們寧可擠在一起也不和自己來商量，他們的房間裡其實根本就沒有她的位置。

范妮突然覺得，自己是個被拋棄的人。她看起來拒絕這個，拒絕那個，其實，她才是那個被拒絕的。

站在那間屋門口，范妮的心像冬天穿皮鞋的雙腳一樣又濕又冰。

范妮吃完小餛飩，抬起頭來，維尼叔叔忍不住伸手摸了一下范妮的頭，說：「小姑娘眞的長大了。硬扎了。」

范妮笑了笑，說：「你剛剛曉得我很靈啊。」

維尼叔叔說：「我從你小，就曉得了。」

「那時候我還沒有長大呢，你講話矛盾。」范妮說。

「我告訴你，我聽到一句最有道理的話，說，富人落難不走樣，窮人變富不像樣。」維尼叔叔說，「這個意思就是說，富人才是眞正要體面的人，這是一種靠錢堆起來的自尊心。」

范妮的心動了一下，她想起伯婆說奶奶的那些話。

范妮跟維尼叔叔去醫院。在路上，維尼叔叔開始告訴范妮伯公的事。原來，伯公早就有糖尿病了，但是他從不忌口，讓家裡人都不曉得。等到伯公突然渾身浮腫，急診住進醫院，他們大家才知道，伯公的腎臟功能已經一塌糊塗，他原來是帶著一堆病歷卡回上海來等死的。伯公算是境外人士，要住外賓病房。維尼叔叔拿到伯公的信用卡，爲他付醫院的帳單，這才知道，伯公已經把王家所有的錢都打在信用卡裡了。而那些錢僅僅夠幾個月的醫院費用，維尼叔叔像一個老太太那樣驚駭地搖著頭，扁著嘴：「你想得到嗎？王家的家產，當年號稱上海首富，連國民黨的市長都要來敲竹槓。現在敗到了剩下不禁用幾百塊紅紙頭，還不是美金這種綠紙頭。你想得到吧。我從中國銀行出來，連話也不會講了。這就叫破產啊。」

難怪伯公應允的資助從來沒有眞正實現過。范妮想，難怪他那麼小氣。原來以爲伯公是一輩子的大少爺脾氣，不懂得體貼，其實卻是怕捉襟見肘。

「我那天心裡很不舒服。按理說，伯公就是億萬富翁，也與我們沒有關係。但是我看到帳單上打出來那麼點錢，曉得王家這算徹底完蛋了，沒有東山再起的那一天了，心裡還是像被人斷了後路一樣難過。」維尼叔叔說。

范妮沒有說話。維尼叔叔說得對，她的心裡也像被人斷了後路一樣，空落落的。她想起照片上伯公穿著白色三件套西裝，將一雙手深深地插進褲子口袋裡，將式樣寬大的褲子撐起來，自由自在，無所用心的樣子。在紐約的時候，范妮心裡還有點妒忌和不平，多少有點不願意看到自己家長輩的好日子從來沒有輪到過自己。而現在，范妮倒覺得那些老照片給她心裡的安慰，總算王家還有過好日子。

范妮看了一眼車外面的街道，久雨裡的街道，到處都是濕的，樹葉綠得像新鮮餅乾上汪出來的油那樣，深春的樹葉襯得舊房子和舊街也是一派嗒然若喪。范妮認出來街角上那棟舊房子的大門，沾滿塵土的，油漆斑駁的，竟然是格林威治村的老房子一樣的式樣。

「伯公解釋什麼嗎？」范妮問。

「他說自己也是時代的犧牲者。」維尼叔叔說。

「他？」范妮想到了爺爺。要是伯公在香港股市裡慘敗，將王家的家產散盡，就叫做時代的犧牲者，那爺爺是什麼？維尼叔叔他們是什麼？范妮自己和簡妮又是什麼？

「大伯知道大限要到了，那天特別把我們都叫去。跟我們對不起，說自己沒本事，把祖宗的家產全都糟蹋沒了。爹爹說，不用和他說對不起，我們上海這一脈人，從來就和那些家產沒有干係。」維尼叔叔告訴范妮說。

范妮想了想爺爺的話，那裡面還有種不肯就範的倔強。爺爺這一輩子都不肯和賣過鴉片的家庭有關係，縱使後來被共產黨當作三座大山打翻在地，又踏上一隻腳，講明了永世不得翻身，他心裡還是不肯和王家有干係。「爺爺眞是清高。」她說。

「爹爹一點不明白，他是不能跟王家脫掉干係的，他脫不掉，我們子子孫孫也都脫不掉。而且，我也從來沒有想脫掉這種干係，這是我們的出處，按照美國人的說法，是我們的根。爹爹這一輩子都在牛角尖裡轉不出來，他一輩子就做了一件事，就是要把我們的根自己拔光，拔到我們不曉得自己是誰爲止。」維尼叔叔說。

「我帶回來一本書，上面有王家的歷史，還有奶奶和伯婆的照片。你看到沒有？」范妮問，「那裡面說，容閎這種老美國留學生，不喜歡當買辦，因爲買辦不夠高尙。」范妮說。

「他只給我們看了奶奶的照片。他現在防著我。就怕我知道得多了又出去說。」維尼叔叔抱怨說，「人家歷史研究所的人曉得伯公回來了，來問點王家當時的情況，說是研究上海買辦史要用。也問到我們家的情況。我的意思是要說的，王家的歷史到底也是上海歷史的一部分，現在家產是敗光了，歷史要是再不說，王家就徹底沒有了。我總是盡量把我知道的說出去。人家要問爹爹，可他連見都不見，還怪我出去亂講。」

「格林教授的書上說，中國近代的民族工業，像輪船、電報、造船、銀行，都是在洋人手下做過買辦的人興辦的，他們等跟外國人賺足了錢，學到了本事，就另立門戶，與從前的洋人老闆競爭。連毛澤東少年時代最喜歡的著作，都是買辦寫的。連孫中山都仰仗買辦的支援，在一個買辦的家裡開大會。」范妮搬出格林教授書上的話說。

「那個歷史研究所的人也這麼說過。」維尼叔叔拍了一下巴掌。「我們家的輪船公司在甬江上將英國人的輪船公司擠跑，也算有功吧。就算從前幫賣過鴉片，也扯平了。最好爺爺多看看這些書，醒醒腦。」

來到伯公的病房，一聞到醫院裡的那種藥水氣味，范妮肚子裡就砰乒跳了一下。到底是花了大錢住的外賓病房，范妮在藍色的詢問檯上，看到了一小盆粉紅色的康乃馨。詢問檯裡的護士小姐看著維尼叔叔和范妮，笑著打招呼：「你家的人從美國回來了？」

維尼叔叔說：「是啊，趕回來的。」他說著用手扶了扶范妮的肩膀。

范妮對那護士小姐笑了笑，算是招呼過了。她一時不曉得自己應該說英文，還是說上海話。她不曉得維尼叔叔是怎麼介紹自己的，也許他會說自己是伯公的美國親人呢。所以她想，最好什麼也不說。

護士小姐笑著看了范妮一眼，說：「上星期就聽說你要回來了。正好趕上再見一面。」

「我伯公身體底子那麼好，不一定就在今天吧。」維尼叔叔說，「情況很不好了嗎？」

「醫生把病危通知開出來了，總是比較嚴重了。」小護士說。

范妮和維尼叔叔向走廊深處走去，他們都沒說什麼，默契地避開剛剛護士提起的事。范妮知道家裡人常常炫耀，她從不去戳穿。早先有外人問起奶奶下落的時候，維尼叔叔喜歡說奶奶正在設法讓他們過去，朗尼叔叔喜歡說奶奶已經死了好多年了，都不肯說奶奶其實已經將他們拋棄。自己家裡人相處的時候，大家都避開這個話題，保持體面。

范妮說：「你知道奶奶的英文名字也叫范妮嗎？」

「眞的？」維尼叔叔並不知道，吃驚地看著范妮。

范妮說：「她的英文名字就叫范妮。她的樣子比我好看多了。」范妮想了想說，「大概她也比我聰明多了。」

維尼叔叔看了她一眼，他感到范妮的話裡有話，但他已經沒有時間再問，他們已經來到了伯公的病房門口。

伯公仰面躺在床上的一大堆五顏六色的電線裡，已經昏迷了。但他爬著電線的赤裸著的上身，皮膚還是白白的，帶著光澤。心電圖螢幕裡，有一個小綠點飛快地上下滑動著掠過去，那是他的心跳。范妮嚇了一跳，一向體面的伯公突然這樣攤開在床上，接著，她看到散亂的被子下，伯公充滿脂肪，或者是水腫的大肚子下，是零亂的下體，一條橡皮管從那裡通出來，裡面是黃色的液體。范妮猜那是小便。這帶著髒亂局促和不堪入目的景象，充滿了生命正在離開的狼藉。一路說著自己的家世，范妮和維尼叔叔突然看到這樣的情形，沒落的痛苦再次浮上他們的心頭。

爺爺和朗尼叔叔守在床邊。過了半年時間，范妮再一次看到朗尼叔叔，他晦氣重重的臉像個鐵錨，將范妮拖回到所有他的不幸裡。爺爺仰著臉，望著伯公的心電圖螢幕，雖然他的臉上還是看不出什麼感情，但是范妮卻感到他比朗尼叔叔要有生機。開始，他們都沒有注意到范妮和維尼叔叔站在門口，他們沉浸在自己的思想裡。

范妮在伯公身上散發出來的酸腐的死氣裡，聞到了殘留的男用香水氣味。聞過了魯的爽膚水，范妮才分辨出伯公用的香水的華麗和稠重，還有裡面的放縱。范妮想起了伯婆的香水氣味，同樣也是老式的華麗的氣味，但她身上的香水就不會讓人想起聲色犬馬，而是貴重。范妮突然想，也許這就是伯婆最後要留在美國，而伯公必須要回到上海來的原因。范妮伏下身體，仔細看了看伯公，與照片上年輕時代堂皇的臉相比，他瀕死的臉，居然並沒多大改變。

范妮一家人都沒在病房裡。爺爺告訴范妮，簡妮今天送簽證，他讓爸爸媽媽陪簡妮一起去領事館了。爸爸昨大晚上就在簽證處的門口爲簡妮排隊了，估計他們上午就能知道結果，簡妮一出來，他們就一起來醫院。這時，范妮才知道爸爸媽媽一知道范妮拿到了爲簡妮做的經濟擔保，就開始幫她準備簽證的事了。

范妮「哼」了一聲。

維尼叔叔看看她，體己地說：「他們的心情也是可以理解的，總是逃出去一個，算一個吧。」醫生警告說，伯公大概活不過今天，所以爺爺把家裡的人都叫到病房裡來，等著給伯公送終。但是，他從早上開始就一直平穩地睡著，看不出有什麼痛苦。醫生說在昏迷中去世，是糖尿病併發症病人最好的結束。維尼叔叔已經算過伯公卡裡剩下來的錢，要是伯公今天過世的話，他還能剩下幾百塊錢，用做葬禮：「這就是王家大少爺的全部遺產。」維尼叔叔說。

爺爺沒有理會維尼叔叔表達出來的複雜感情，只是說：「這不是很圓滿嘛。」

范妮看了一眼爺爺，她不相信爺爺心裡也像他臉上那樣波瀾不興，家裡永遠是這樣，好像解放的時候剛剛四歲的維尼叔叔才是白頭宮女，對從前的事情喋喋不休。而爺爺與這一切毫不相干。范妮想，維尼叔叔說的對，他是不可能不相干的。范妮想，爺爺不至於蠢到真的相信可以不相干。在她把格林教授的書給爺爺的時候，心裡帶著一點交代的意思，范妮希望書裡對買辦對中國近代工業和教育的貢獻的資料，可以給爺爺安慰，到底買辦也用不義之財做過好事。在范妮認爲，這與簡妮的經濟擔保同樣重要。爺爺是連夜看了，但是他還保持原來的冷漠。范妮有一點意外。

她看了看朗尼叔叔，看了看爺爺，再看看伯公，她說：「要是伯公也算時代的犧牲者，那我們是什麼？」

「我想想，他其實也能算個犧牲者。要不是國民黨被共產黨弄得走投無路，家裡在上海好好的，何苦到香港那種小地方去。要是不去香港，王家的威勢至少可以撐到一九四九年。」維尼叔叔說。

「那又怎樣？」朗尼叔叔慢慢地問出一句來。這句話像落髮堵住下水道那樣又軟又密地堵住了這個話頭。於是，誰也不說話了。

伯公在中間的白床上仰面大睡，看上去只是肆無忌憚地睡著了。等著爲一個人送終，也可以是一件無聊的事。誰也不知道臨終的一刻到底什麼時候來。圍著他沉默，心裡免不了要想和伯公聯繫在一起的那些在是非裡糾纏不休的家史，那些事對誰都不愉快，即使是有攀附之嫌的維尼叔叔。王家的人，在自己心裡不快的時候，也像爺爺一樣保持沉默。所以，病房靜了下來。伯公腳上的靜脈吊著輸液管，不時能聽到氣泡在輸液瓶裡浮上水面爆出來的輕響。

這時，爸爸媽媽帶著簡妮進來了。他們什麼也沒說，默默坐下。爸爸微微聳著鼻子，有一種準備拚命的樣子，大家立刻明白過來，簡妮被拒簽了。

范妮不知道心裡是輕鬆，還是緊張。她想到一家人的希望又都壓回到自己身上了，又想到簡妮不用和自己合住，於是，和魯的格局可以保持原來的樣子。即使是這樣的自私，范妮還是感受到了簡妮心裡的悲憤，想到自己屢遭拒簽的過去，范妮憐憫地望了一眼自己的妹妹，她發現簡妮在她去美國的半年裡，長得漂亮了，青春期的兒童胖已經退潮，即使是遭受了重大的打擊，她臉上還是有股勇往直前的英氣。然而，就是那股並不溫順的英氣，讓范妮心裡又重現出往日的不舒服。她體會到，自己也沒有臉見簡妮，要是簡妮出國去，也許比倪鷹要厲害多了，而自己，一共做的事，不過就是談了一場極不成功的戀愛，將自己的生活弄得亂七八糟。范妮想，也許自己昨天藉著時差的理由大睡，裡面有一個原因，就是不想面對簡妮。

簡妮默默地看了一眼范妮，這是她們姊妹這次的第一個照面。她冷冷地看了姊姊一眼。要不是范妮已經先用過伯婆的經濟擔保，她簡妮這次一定會簽出來，憑她自己托福六三八分的好成績。簡妮覺得自己是活活被這個只知道在美國與洋人談戀愛，生孩子的姊姊給耽誤了。她早就知道這個姊姊根本就不是讀書的料，但就因爲她在上海長大，就事事要占先，好像美國是她的一樣。

但是，不管怎麼樣，范妮離美國越來越近，要是她將那孩子生在美國，她自己也很可能就要成爲美國公民了。她簡妮更加要靠她，靠她擔保，靠她親屬移民。靠這個不務正業的姊姊。

簡妮簡直覺得自己要被慪死了。

但簡妮是不動聲色的。隔著伯公起伏的白色被套，她朝范妮笑了笑。

正是這個笑，將簡妮爭強好勝的挑戰全都從范妮的回憶裡喚醒。范妮心裡的負疚，立刻轉化成惱怒。「活該。」范妮也冷冷地看著簡妮，看到她的嘴唇因爲缺水而皺成白白的一片，看著她的臉由於氣憤而微微腫脹著，「活該。」范妮心裡說，「你以爲你能考六百分就什麼都得讓著你，那是美國人不要你，六千分也沒有用。人家不稀罕你。」范妮將自己下巴微微抬起來一點，那是她鄙視人的姿勢，它像匕首一樣飛向簡妮的自尊心。

「你才是沒人要的。想要嫁個美國人，可就是懷了人家的孩子，人家也不要你。」而簡妮嘴角上的微笑簡直就是針對范妮痛處的鹽，潔白的，灼人的輕輕撒向范妮。

「美國人不要你。」范妮的眼睛說。

「美國人不要你才是眞的，要不然你回來幹什麼。」簡妮的眼睛說。范妮感到簡妮直指自己的小腹，那裡「別」地跳了一下。

她們姊妹各自坐在病危伯公病床的兩側，默默地對視，誰也不肯先移開眼睛。她們心裡認爲，誰先移開眼睛，就表示誰心虛了。她們從來沒有撕開臉過，但用眼睛打架已經不是一天兩天的事了。每次都是這樣，誰也不肯先移開眼睛。那時，她們的眼睛都微微向上翻著，露出更多的眼白，而且一動不動。

「又是移民傾向？」爺爺問。那曾是范妮被拒簽時的老理由。他的眼睛從厚厚的眼皮裡張開來，像在樹上突然被驚飛的麻雀那樣急促地閃爍著。

爸爸點點頭。

簡妮突然說：「那台灣人就是沒看錯，我是有移民傾向。我就是要到美國去，上他們的學校，掙他們的錢，做他們的人。誰也擋不住我。」

「她跟那台灣人當場就這麼說了。」媽媽說。

「要死！」維尼叔叔驚歎。

「我總有一天會到美國去的，你們都看著好了。」簡妮的聲音哆嗦了一下，她的眼淚一下子湧了出來。

范妮的眼淚也一下子湧了出來。

這時，伯公的肚子一挺，突然開始打起呼來，那聲音嚇了大家一跳，都停下嘴來。聽上去，像他平時睡著的呼嚕一樣，又深，又響亮。從春天到夏天，家裡人都開著自己的房間門睡覺，家裡人都聽慣了伯公的鼾聲。現在，它們只是慢了一點。爺爺懷疑伯公的病情有了變化，但是維尼叔叔堅信不是。維尼叔叔說，伯公一輩子吃喝玩樂，身體一定很好，他是又緩過來了。這時，朗尼叔叔開口說，他在勞改的地方，見死人見得多了，伯公這樣子，是已經開始死了。「你們放心吧。」他刻薄地安慰大家。

「有什麼不放心的，大不了把簡妮的學費墊上。」維尼叔叔賭氣地說，「只怕哈尼不答應。」

「只怕這王家的人心比天高，命比紙薄。」朗尼叔叔又慢騰騰地添上一句，「爛死在上海就算是運道好的了。」

爺爺打鈴，叫來醫生。醫生一看，就說，伯公已經開始進入彌留狀態了。這呼嚕是瀕死呼吸。爺爺伸手握住伯公的手，他們的手都是修長的，很相像。能看出來遺傳上挺講究。其實，爺爺和伯公是同父異母的兄弟，范妮猜想，這是因爲曾爺爺的手是修長的。在曾爺爺那一代，王家成爲巨富，鴉片生意和人口生意，給他們家帶來了巨大的財產，在曾爺爺的時代，王家有船隊，有銀行，有杜邦公司在華總代理的身分，還保留著在法利洋行的世襲買辦地位。曾爺爺的汽車經過外灘到洋行上班，警察會攔下別的車，先讓他的車拐進洋行。他是王家第一個留美生，而且考上的，還是鴉片戰爭後庚子賠款的官費。范妮想，那時候，王家的遺傳應該就很好了，足以造就一雙修長的手。眼看著伯公的呼吸慢下來，好像在做深呼吸。他甘美地打著長長的呼嚕，直到心電圖上的那個小綠點不再波動，變成一條綠色的直線。

「他已經走了。」醫生直起身體來，宣布說。

醫生離開屍體，去辦公室開死亡通知書。在經過家屬身邊的時候，他看到他們的臉都默默的，沒有人像通常的家屬那樣爆發出號啕大哭。醫生心想，到底不是普通人家，懂得克制，也很冷漠。醫生認爲，他們那嗒然若失的沉默和他的信用卡裡沒有遺產有關，在外賓病房當住院醫生，他見得多了。

爺爺和維尼叔叔爲伯公換上自己家的衣服，伯公的白色塔夫綢襯衣是送到洗衣店裡燙好的。突然，病房裡出現了一種奇怪的聲音，像艱澀的笑聲。大家面面相覷，不知道是什麼。從來沒見過死人的范妮和簡妮，以爲故事裡的炸屍出現了，嚇得緊緊抓住爸爸。然後，大家看到扶著伯公屍體的維尼叔叔漲紅了臉，帶著哭腔急叫：「爹爹，爹爹。」屋裡的人這才明白過來，那古怪的聲音是爺爺發出來的。爺爺從來沒在家裡人面前大聲說過話，所以他的哭嚎聲誰也不認識。只見爺爺一隻手抓住伯公的胳膊，另一隻手抓著襯衣，他就停在這種奇怪的姿勢裡，仰著頭，斷斷續續地發出那樣的聲音。然後，王家的人才明白過來，那是爺爺的乾嚎。這麼多年以來，兩代人，都沒有見過爺爺失態，沒見到過爺爺哭，誰也不知道怎麼辦，大家只是望著爺爺，看他的背、肩膀和腿索索地抖著，眼看著就站不住了。

范妮嗚咽了一聲，走過去抱著爺爺的肩膀，她摸到滿手冷汗。她這一抱，爺爺的衣服便緊緊貼在身上，很快就濕透了。范妮哭著，想將伯公的衣服從爺爺手掌裡拉出來，幫伯公穿上。可爺爺的手緊抓著伯公的襯衣不肯放，范妮哭著勸：「讓我來幫你啊，我是范妮啊。」她伸手去拉爺爺的手，爺爺緊張地轉過頭來，不認識似地看著范妮，斷然說：「你不是范妮。」這時簡妮也哭著過來了，她幫著姊姊拉開爺爺。這時候，爸爸媽媽也上來拉開了爺爺。

伯公的襯衣落在范妮的手裡，范妮去拉伯公的胳膊。沒想到，伯公的身體像死魚那樣又濕又涼，范妮正哭著，沒有防備，被嚇到了，她「哇」地一聲，胃裡的東西直接衝了出來。

「姊啊。」范妮聽到簡妮叫了一聲，然後，簡妮拉起自己的裙子，兜住了范妮吐出來的穢物。范妮卻連忙掩住口，再也不肯往簡妮身上吐，直憋得滿眼是淚。

這是個沮喪的中午。一家人好容易送走了伯公，相跟著回到家。他們匆匆吃了些湯麵。吃飯桌上只有呼嚕呼嚕吸麵條的聲音，誰也不抬頭，誰也不說話，誰也不願意見到誰的臉。只有一貫沉默的朗尼叔叔，這時顯得自若，他用一貫惡毒的眼睛打量著家裡人，把玩他們臉上沮喪的神情。一家人吃完麵以後，爺爺照例去洗中午的碗，鐘點工要下午才來工作。媽媽要洗，爺爺只是朝她擺擺手，表示不必。

一家人在桌邊就散了。范妮看了爸爸媽媽一眼，看到他們滿臉的疲憊和心不在焉。范妮照例不先跟他們說話，她保持著自己一向冷漠的態度。但這次，他們也沒有眞正跟她說什麼，范妮站在桌邊等了一會，她想爸爸至少要嘮叨一下，她準備爸爸叫住她，要談一談。但爸爸吊著他的長臉，沉浸在他自己的心事裡。是啊，他大女兒要打胎，小女兒剛被拒簽。日子不好過。范妮想。見維尼叔叔一頭鑽進自己的房間裡，不一會，便有音樂從他房間的門縫裡流洩出來了。范妮也將椅子靠進桌子裡去，回到自己房間。

范妮躺在床上，她等著爸爸媽媽推門進來。她以爲他們是爲了照顧她的面子，避開還沒有戀愛過的妹妹，才沒有把她叫到他們房間裡。簡妮叫了她姊姊，這是她第一次自動叫范妮「姊姊」。范妮在醫院吐了簡妮一身，但簡妮仍舊緊緊扶著范妮索索發抖的身體，一步也沒離開。維尼叔叔把伯公最好看的一套衣服帶來了，他們一起打扮了一具儀表堂堂的屍體，讓它與伯公的身分相配。范妮躺在床上，哭過的眼睛還腫著，臉上緊繃繃的。她等待著，可並沒有人來推她的門。范妮聽見爺爺從底樓的廚房走上來，關上二樓的腰門。然後，他走進自己的房間，關上了門。

范妮等了又等，然後爬起來，打開門走出去。在二樓走廊上，她看到爸爸媽媽房間的門已經關上了，裡面鴉雀無聲。過道上的房門都關著，爺爺的房間也沒有聲音，朗尼叔叔的房間裡更是靜的，他走路都不出聲的，兩個手貼在腿上，讓人一看他，就想起他的勞改生活來。維尼叔叔房間裡有音樂聲，那像不服帖的頭髮一樣又細又翹的小提琴聲，被調到極輕，悶孜孜的，不甘心似的。這聲音，和文化大革命時聽到的一樣，這時，心裡被翻飛起來的鬱悶也是一樣了。那張韋伯樂隊的唱片，是當年太平洋戰爭時期，在上海的美軍電台留下來的。

搭在竹竿上的衣服一動不動。范妮認出來那上面還有伯公的汗衫，還是件法國名牌。衣服還沒有乾，但已經成了遺物。她也看到了自己從飛機上穿回來的米色長褲，它長長地吊在十字衣架上，帶著無辜又放任的樣子。要不是這兩件衣服，范妮會以爲自己回到過去那處處都是驚恐和絕望的日子。

范妮沒有想到，現在的絕望，比過去國門緊鎖時代的絕望，竟然更深。

范妮站在過道上，聽著，等著。走廊上那些關著的門，奶油色的油漆斑駁，像緊閉著的蚌殼，越是想要打開它，它就越是緊緊地合起來。爺爺的，爸爸媽媽的，維尼叔叔的，朗尼叔叔的，都是這樣。她開始怕家裡人說她回上海打胎的事，現在她發現，大家都沒有要和她討論的意思。甚至自己的爸爸媽媽也沒有想要和她談，他們帶著簡妮睡午覺去了。范妮退回到自己房間裡，將自己的門也合上。

「好吧，隨便。」范妮低聲說。她睡回到床上。從前的小床，還是像穿舊的鞋子那樣令她感到舒服。天還是下著雨，很涼爽，到處都是潮濕的，席子散發出竹子爽朗的香味。在這張小床上，她躺著讀完了《櫻桃園》、《海鷗》、《嘉麗妹妹》、《貝姨》、《歐也妮·葛朗台》、《少年維特的煩惱》，一定還有更多的小說，用繁體字排的舊書，許多都是解放前出版的。范妮記得那些書裡都有蝕刻畫做的插圖。她躺在床上，看書裡的悲歡離合，想像著屠格涅夫式的愛情，應和著巴爾扎克式沒落的悲哀。這是她的空中樓閣。即使是在雨中，她也總是開一點窗，雨聲滴滴答答地響著，她記憶裡充滿了上海的寧靜和凋敗，復興路上開過的公車嘰嘎作響地經過街口，傍晚的時候，看門的老伯在弄堂裡搖鈴，提醒各家門窗關緊，火燭小心。但是在范妮更小的時候，傍晚的鈴常常會下午突然大作，那是招呼弄堂裡的人出來參加批鬥會，或者另外什麼可怕的事。范妮躺在小床上，懷念著過去。甚至是那些膽戰心驚的過去，那些絕望的，像被人埋起來似的過去，那種不用面對現實的自由，還是讓范妮懷念。

令她羞恥的，是她漸漸又陷入了和魯在床上的回想中。她的身體回憶著被撫摩的感覺，腮邊的汗毛豎起來了，帶著渴望。范妮覺得自己在心裡，可以體會日本女孩子對金髮男子的渴望，只是不敢認同。范妮猜想，如果魯以後要她，她還是會跟他。要是回到紐約了，魯在答錄機裡留了在西班牙的電話號碼，她大概也會給他打個電話。即使經歷了這麼多不堪回首的事，她還是認他做自己的男朋友。她吃驚地想，不知道自己這麼賤。但是，那些回憶不可抗拒地激動了她的身體，她緊緊地閉上眼睛。

范妮感到自己的身體突然搖晃起來，不可控制的，紐約的景物也都搖晃起來。她驚慌地睜開眼睛，看到的是有一塊洇水，然後發黴了的屋角，她想，要找大樓管理員來了，怎麼房間會突然漏水了，而且位置和上海家裡房間漏水的位置一模一樣。然後，她聽到有人叫她的名字，然後她看到爸爸和維尼叔叔的臉，因爲他們伏著身體，他們臉上的皮膚都向下墜著，顯得很老。范妮奇怪地想，怎麼爸爸和維尼叔叔能到紐約來，簡妮剛剛因爲移民傾向被拒簽。

「范妮，不要白天睡覺，你晚上要睡不著了。」維尼叔叔對她說。

范妮醒了醒神，意識到，自己是在上海。

是爸爸將自己搖醒的。

爸爸說：「我要和你談談打胎的事。」他停了停，接著說，「家裡的情況你也都看到了，除了在美國扎下根來，沒有別的路好走。美國領事館的人，認爲伯婆一個退休教授，沒有經濟能力擔保兩個外國留學生，所以簡妮才沒簽出來。我們家的希望只能放在你一個人身上。你現在是個機會，將孩子生在美國，盯住魯．卡撒特，讓他和你共同撫養，不結婚也沒有關係，只要盡義務撫養孩子就行。這樣，你的身分就算一勞永逸了。然後，我就作爲你的直系親屬移民，然後，簡妮再作爲我的直系親屬移民。我算來算去，你那個孩子是條捷徑。等你慢慢讀書，找工作，換工作簽證，等到什麼時候！」

維尼叔叔說：「一個人帶孩子，開始大概會苦一點，但是，一級級上學，找工作，也照樣苦。你爸爸說的到底把握大一點。他也是爲了你好。」

「我當然是爲了你好。有了孩子，說不定你和魯．卡撒特的感情才能眞正成正果。」爸爸說。

范妮覺得自己決定回上海時，就預計到家裡人最後會提這樣的建議。她只給媽媽寫快信，也有怕家裡人群起阻止她回上海來的念頭。但范妮沒想到爸爸能這麼準確地估計了她的眞實情況，直截了當就說出這麼自私的話。她聽著爸爸話音裡那點點滴滴的西北口音，看著他，一時說不出話來。

「混血的孩子總歸好看的。像洋娃娃，穿天藍色的衣服，配金頭髮。」維尼叔叔對范妮說，好像哄三歲的孩子那樣。范妮猜到，他們是商量好了來找她的。爸爸怕被范妮彈回來，找了維尼叔叔來唱白臉。范妮看著維尼叔叔，她覺得他們經過早上的那次關於韋伯樂隊唱片的對話以後，早先那種溫柔的互相依傍已經瓦解了，她覺得維尼叔叔也應該明白這一點，她沒想到維尼叔叔照樣還來動員她。

「現在只有一條路了，沒辦法了。」爸爸說。

「你沒辦法了，關我什麼事？」范妮說。

「你不好這麼說話的，范妮。」維尼叔叔打斷她，「要是你也在美國站不住腳，王家徹底算完了。」

范妮恨恨地看著維尼叔叔，看他那又薄又長的眼皮吊著，皮膚薄得像一張紙，眼皮上的一根小血管都鼓在上面，他不停地眨眼睛，像兔子一樣。范妮回想起來，很早以前，貝貝出事的時候，維尼叔叔也是那樣跌坐在地上，慌得靈魂出竅。他的眼皮每當綳著臉的時候，就吊了起來，好像臉上的皮膚太緊的關係。他連夜將貝貝放在他房間裡的畫都從畫框上割下來，他不敢就這麼丟到垃圾筒裡去，就在浴缸裡用汽油先把它們洗糊了，再剪成小塊，丟到好幾個小菜場附近的大垃圾箱裡去。早先他和貝貝摸索抽象派畫法的熱情，已經蕩然無存。范妮刻毒地想，「他生就一副薄相。難怪命運不好。」范妮掉開自己的眼睛去看爸爸。他比維尼叔叔要壯實粗魯，他有一個寧波人挺拔秀氣的高鼻子，還有一個薄薄的尖下巴，但神情裡的防範和戒備破壞了他的斯文。范妮從前一直討厭他身上那種掙扎在虎狼之境似的樣子，現在更討厭他強求的樣子，她認爲那神情裡面是有種無賴相的。她不由自主地用魯來與他們相比，她認爲魯身上就沒有這些令她討厭的習氣。雖然他使得她陷入困境，但是范妮並不恨魯，而是恨維尼叔叔和爸爸。她不能相信自己心裡的感情，但它卻像雷電一樣在她心裡炸響，超過了其他所有的聲音。

范妮冷笑一聲，不理會維尼叔叔正說著，只接著自己的話往下說：「我爲什麼要用個孩子拉住人家，我爲什麼要做這種下三爛的事情，簡直莫名其妙。」

「我正是爲你想，才這樣勸你。」爸爸說。

「你是爲簡妮想，爲你自己想。你們自己沒本事到美國去，就這樣利用別人。」范妮不等爸爸說完，就打斷他的話，「你有什麼資格這麼自私。」范妮這時及時閉住嘴，將最後一句話關在自己嘴裡，那句話是：「你們不要臉，我還要臉。」她知道這話太過分了。但是，這眞的是她心裡想的。這話在心裡轉了個彎，還是忍不住說出來：「我還有自己的自尊心，你們想到過沒有。」

等范妮住了嘴，才發現爸爸和維尼叔叔都沒有說話，他們站在范妮的床邊，讓范妮想起上午他們站在伯公床頭的姿勢。范妮連忙一躍，從床上跳了起來。

爸爸卻以爲范妮要離開房間，他連忙上前一步，堵在門口。爸爸說：「你的自尊心總歸已經受傷了。要是你不從裡面得到點什麼，不是白白重傷一次嘛。我可以說，你那個男朋友現在就讓你打胎，將來就不可能跟你結婚。你們總是要分手的，所以不用太考慮他將你看成什麼人。你仔細想想，他考慮過你怎麼看他嗎？考慮過我們家裡怎麼看他嗎？我可以說沒有，人家不在乎你怎麼看他，你想那麼多，又有什麼用。」

「其實，就是看到你這樣的情況，我們才爲你這樣考慮。要說自尊心，你已經被摔成十八瓣了，就算再摔成二十四瓣，又怎麼樣。要是你考不上好學校，找不到好工作，不得不回上海來，那你的自尊心，眞的三十六瓣、四十八瓣都不止。除非你能像你奶奶一樣永遠也不回來。」維尼叔叔說。

范妮看著爸爸和維尼叔叔，他們擋在她面前，眞的急眼了。照準范妮最痛的地方一刀挑開。

「不要你們管！」范妮急叫。

范妮想起從婦科醫生的診所出來的那個下午，自己和咖啡店酒保說的那些話，想的那些事。想起魯瞪大的眼睛裡面，毫不掩飾的懷疑。范妮知道他懷疑兩件事，第一件，他懷疑范妮也是黃色計程車，第二件，他懷疑美國男人只是外國女孩的護照，綠卡的傳說在他身上會變成現實。他將冰涼的藍眼睛睜大，以至於高高挑起眉毛，將額頭皺起。他的樣子，像刀一樣飛來，深深扎進她的心裡。范妮還想起後來那朵將信將疑的玫瑰，在她的鉛筆刀下粉身碎骨。還有，紐約冬天那像刀鋒一樣藍的天空。

范妮的眼淚漸漸就下來了，一滴一滴的。「不要你們管。」她說。

維尼叔叔將自己的手絹遞過去，被范妮一把拍到地板上。

這時，范妮聽到二樓的腰門上有人在用鑰匙開門，索索地響。是鐘點工來上班了。但她好像打不開門，范妮想，一定是有人在裡面把鎖別上了。果然，她聽到了媽媽的動靜，媽媽壓低聲音說了些什麼，她沒讓鐘點工進門，直接將她引到樓下廚房裡去了。這是他們家一貫的風格，從范妮很小的時候，就知道家裡的事情是不能讓外人知道的，家裡人的感情也是不能讓外面人猜到的。甚至，是不能讓家裡人彼此討論的。范妮從小就學會了關緊自己的嘴巴。

媽媽和鐘點工相跟著下樓去了，整棟二樓靜了下來。范妮在這一團寂靜裡，聽到了其他房間的期待。她猜想，這一次，是全家商量好了的。家中的其他人，此刻都在自己的房間裡聽著結果。那寂靜漸漸地硬了起來，對她來說，就像銅牆鐵壁。

本來，范妮想從自己房間走出去，不跟他們說。可是，外面的寂靜制止了她，拒絕了她。她只能站在原處。這時，范妮才深深地感到了，早上和維尼叔叔說韋伯樂隊時自己心裡的疼痛。

「我的確是想幫簡妮一把，因爲是我們害了她。我和媽媽不想再忍受骨肉生分的苦，你小時候從來不肯叫我們，只叫『哎』。從來不肯我們到你學校去接你，因爲你怕同學們知道你的父母是新疆土包子。你看不起我們，我們心裡早就明白。這世界上的人，還不是都是喜歡錦上添花的。這世態炎涼我們懂。所以，我們將她留在新疆自己帶，害得她現在無路可走。我們命不好，連累了你們這些孩子。說起來，我們也害了你，害你不能相信自己的父母，不懂人倫親情。」爸爸放緩了聲音，又開口說話，這次他的聲音輕了。他說的話好像溫情沉痛，但范妮從他的聲音裡聽出了一千個苦肉計，一萬個巧言令色。她看了看維尼叔叔，心裡說：「這世態炎涼我也懂，不是只有你懂。」

「說起來，我們根本就不是不要你，你七歲的時候，我們就想把你接到新疆自己帶的，你要上學了。我們自己回不來，因爲我們已經結婚了，探親假是十年一次。我們想要託回上海的朋友把你帶回來的。但是，過了不久，我們就聽說了一件事，也是上海人，也是託朋友帶回自己寄養在上海的女兒。女兒是帶來了，但在路上被託帶的人強姦了。我們兵團的上海人再也不敢請人帶自己的女兒回新疆了。你說，我們還敢要你冒險嗎？一路上，要在兵站睡三四天，你一個在上海長大的小姑娘也受不了呀！」爸爸說。

「那你以爲，你要我回去，我就回去嗎？笑話。」范妮回嘴說。

「對啊，你是不應該回去的。你現在是我們家唯一的希望。」爸爸說，「你必須要在美國站住腳。」

「哈尼，總歸有希望的。」維尼叔叔說。但爸爸橫了維尼叔叔一眼，說：「你就不要自己騙自己了，你在家裡吃了一輩子老米飯，連個工作都沒有。有什麼希望？朗尼是個勞改犯，直到現在還當老光棍，有什麼希望？我這一輩子在新疆那種只有勞改犯才去的地方，按照爹爹的說法，我們連高等教育都沒有受過，根本就是渣滓。我們都是在中國最底層的，活得最慘的人。我們肯定不會有任何希望的。」

他們三個人都不說話了。在床邊站著，各自垂著頭，但也不肯就這麼散去。可是，他們也不知道在等什麼。整棟房子都是靜靜的，風搖動打開的窗子，生鐵的窗扣發出輕輕的響聲。他們三個人都在這樣的響聲裡，回想起記憶裡面自家窗扣被風搖動的聲音，在他們三個人的心裡，那都是惆悵的聲音。

那天，范妮賭氣留在房間裡不肯出去吃飯，實際上，她是不知道怎麼對付這一家子齊心協力不同意她去打胎的人。坐到一個桌子上吃飯，自己要看什麼地方，要說什麼，還是什麼都不說，范妮發現自己都不知道。她索性躺回自己床上，閉上眼睛。家裡叫吃飯的時候，她裝自己睡著了。媽媽進來看了一下，沒叫她，就出去了。她聽到維尼叔叔說，大概是因爲還有時差。「現在紐約正是早晨，賽過她已經一晚上沒睡了，當然睏了。」聽他的口氣，好像他也剛從紐約回來。「紐約回來的人比洛杉磯回來的人時差還要厲害，洛杉磯和紐約當中還有四個多小時的時差呢。」維尼叔叔說。「不幸的是，我就是沒時差！」范妮心裡抗拒地說。

她獨自躺在床上，聽著門外傳來家裡人吃飯的響動，漸漸地，空氣裡彌散著晚飯的香味。紅燒肉甜重的香味，青蒜炒蘿蔔微臭的香味，乾煎龍頭烤腥鮮的香味，飄蕩在雨中潮濕的空氣裡。范妮躺著，想起來小時候發燒了，不和家裡人一桌吃飯，也是這樣一個人躺著，看著漏雨的屋角，聞著家裡食物的香味。那時，雖然是生病，但心裡很是安穩，因爲可以依賴。現在，這種依賴不再有了。

時差終於還是來了，范妮在半夜清醒過來，她的肚子轟轟烈烈餓起來。有了孩子以後，范妮明顯地感到自己變得一點也餓不得，一餓就噁心要吐。因爲已經六月了，家裡人晚上睡覺都開著門透氣，范妮的房間也沒有關門。從床上欠起身來，她看到走廊裡暗暗的，弄堂裡路燈的光透到過道裡，樹葉的碎影撒了一地。外面雨停了，樹在深夜散發著清新的氣味。在上海，影影綽綽的，總是惆悵與懷舊，從來沒有變化過。而它總是能夠打動范妮。她想起自己少女時代的深夜，在樹葉的碎影裡嚮往遠走高飛。她知道別人把這種感情叫做洋奴，所以她將它放在心裡藏著。現在回過頭來想，她覺得和魯的故事，是注定要發生的。然後，她想起爸爸的要求，她想，這也是注定了的。雖然她不甘心，但這是注定的。這是她范妮的命運。她嘴裡不甘心，但心裡是認命的。

肚子很餓，她想到外面的碗櫥裡找點東西吃。走到走廊裡，她這才發現爺爺的房間裡亮著個小燈，燈光探到走廊裡，照亮門口放鞋的地方。爺爺還沒睡。他正在吃飯桌子前看書，穿了一件藍白條子的舊襯衣。范妮站在暗處，看著爺爺，這樣夜讀的情形，伴隨著范妮的少年時代。她從十幾歲以後，就常常在晚上起夜的時候看到爺爺在燈下讀書的樣子。他總是從廠裡借英文的船舶專業雜誌回家來看，即使不需要爲情報所翻譯的時候，他也這樣日日挑燈夜讀。范妮總是心裡可憐爺爺。這一次，范妮心裡想，他下午的時候，也聽到她房間的爭吵，他是屋外的寂靜裡面最堅硬的那一部分。范妮認爲，爸爸和維尼叔叔來找她以前，也許先和爺爺商量過了。剛回來的那個下午，她將魯的照片順著那張桌子向爺爺推過去的時候，她說的那些話，原來爺爺明白無誤地從裡面找到了眞相。所以維尼叔叔和爸爸才能直直地戳過來。范妮望著爺爺，心情眞是複雜，羞愧是有的，內疚也是有的，還有被迫將自己的窘境公開的老羞成怒。她沒想到，回到上海自己的家，面臨的是一次次重返自己的窘境，她的自尊心被擊得碎上加碎。魯傷害她，但他並不知道。而上海的家人，則可洞察秋毫，她連假裝的機會都沒有。

開始，她想退回自己房間裡去，迴避還要不得不面對心明眼亮的爺爺。但是，她又想到下午那全家銅牆鐵壁般的沉默。她知道，要是她還想和誰說話，那個人，一定是爺爺，不會是別人。

范妮看到爺爺翻過一頁書，那好像是格林教授的書，是范妮帶給爺爺的禮物，爲了讓爺爺知道，在美國的書裡，記錄了中國買辦除了幫英國人販賣鴉片之外，還辦了學校，開了銀行，造了船，建立了鐵路和工廠，還有他們的貢獻。范妮想，這樣的說法是可以安慰爺爺的。范妮想起來，自己的心裡，曾經是那麼想要讓爺爺感到安慰。

一直在掙扎的范妮，此刻將爺爺當成下飛行棋時用的骰子。范妮決定，爺爺說什麼，她就做什麼。爺爺當骰子，她當飛行棋子。

這時，爺爺抬起頭來，他看到了她。他放下書，向她走來。范妮心想，這眞的是注定了的。爺爺幫她把碗櫥裡的菜一一取出來，還有一小盤，是媽媽特地爲范妮留出來的火腿蒸扁魚。他們把菜搬到吃飯桌上，范妮用暖瓶裡的開水泡了冷飯。夏天吃冷菜冷飯，范妮最喜歡。爺爺看著她大口吃飯的樣子，微微一笑，說：「你還是老樣子。」

范妮聳了聳肩，怎麼可能還是老樣子呢。范妮想。

家裡的吃飯桌子上，殘留著淡淡的油鹽氣味和白貓牌洗潔精加了檸檬香精的氣味。中國的洗潔精和美國的洗潔精在氣味上都加了檸檬味道，但還是不同。范妮在裡面聞出來更多的熟油氣味。或許是因爲這個用了幾十年的老柚木方桌的關係。范妮在蘇活的舊家具店裡看到過這種粗腿的柚木桌子，是由三個方桌拼起來的大菜檯子。范妮當時對魯說，自己上海的家也有一個這樣的檯子，但魯不相信中國也有這樣的骨董，他說：「你能肯定嗎？這是殖民地時代的骨董，是英國貨。」范妮朝他輕輕一笑，告訴魯自己的家史。那時，魯問她，家裡的人是做 agency 的吧，范妮說，不是，是 comprador。魯「啊」了一聲，馬上相信了，但他說：「我在書上看到過，他們是很富有的人，但他們很壞，沒有自尊心。」范妮沒想到魯會這樣看買辦，將格林教授的書拿給魯看，可魯那天一把將范妮抱到自己的腿上，他並不真的要知道一個上海的買辦的眞相。他只是說：「那你怎麼就相信格林教授說的就一定是眞的呢？」

朗尼叔叔的呼嚕聲在走廊裡輕輕回響著。他一定已經把假牙取下來了，所以他的呼嚕聲裡還夾著吹氣的噗噗聲，那是他鬆弛的嘴唇發出來的聲音，完全是老人的聲音。其實，要是看到那時候的朗尼叔叔，他的嘴因爲沒有了牙齒而往裡面癟去，是一張比爺爺還要老的老人的臉。走廊裡還能聽到維尼叔叔磨牙的聲音，他不打呼，但一睡著了，就咯咯有聲地磨牙，好像在咬牛皮似的堅韌的聲音，像是一個怨懟的鬼魂。這些聲音，是家裡夜夜不休的聲音。范妮對爺爺說：「他們也還是老樣子。」

爺爺說：「他們不可能再變成別的樣子。」

范妮心裡動了一下，她想爺爺的意思是，她還可以變成另外一種樣子的。就像離開上海的時候爺爺希望的那樣，但是，現在她已經知道，爺爺所嚮往的脫胎換骨的艱難和痛苦，還有它的不可能。

「你那時候回上海來，是爲什麼？」范妮問。

「我想要做個新人。我的想法，和愛麗絲留在美國的想法差不多，想自己更新成一個新人。」爺爺說，他謹愼地看了看四周，防備有人聽到他的話，「我不是不知道格林教授寫的那些事，我爹爹從前過陰曆年的時候，家裡人都要穿中國禮服，祭祖宗。正月十五元宵節的時候，還要祭社神和關帝，這都是寧波人的傳統。美國人來給爺爺拜年，也要行中國大禮。這是我親眼看到的。所以，買辦的家庭裡不一定就全盤西化的。到我爹爹這一代，已經是在上海出生的第二代人了，但寧波人的傳統還在我家保留著，我家冰箱裡終年有臭冬瓜存著的。我爹爹雖然是留美學生，但他看不慣交際舞，自己一直穿長衫。但我家一直也是好幾家新式學堂的校董，這也是事實。但是，這些都不能抹殺我們家是靠害中國人發家的歷史。這永遠是王家不能原諒的污點。我不會因爲後來共產黨請我吃苦頭，就像維尼那樣瞎講。」

「但是後來不是王家的航運公司也將英國人的航運公司併吞了嗎？照共產黨的邏輯，我們還赤手空拳地打敗了洋人，爲國爭了光呢。」范妮依稀記起格林教授書上的一些段落，說。

「那也不能混爲一談。」爺爺堅持說，「我們的原始積累不好，就像一生下來就是怪胎一樣。」那麼，爺爺認爲到美國，就可以做到更新。他的失敗，只是因爲他選錯了地方。范妮想。儘管爺爺經歷過許多，可他還是天眞。而經歷過和魯在一起的日子，范妮感到自己一點也不天眞了。

一直到范妮吃完飯，她都沒再說什麼。爺爺也沒說什麼，他接著翻格林教授的書。范妮發現，他把奶奶的照片夾在裡面，當書籤用。范妮端詳著奶奶的臉，她發現奶奶的臉上有一股像被抱在手上的小孩才有的那種恬然的靜氣，活潑和時髦的神情像樹上的枝條和樹葉一樣搖曳閃爍。這是自己臉上不會有的。范妮認爲，自己臉上的靜氣裡面有怨恨，活潑裡面有算計，時髦裡面有勢利，更像她認識的席家有個老姨太太的臉相。范妮想，這就是兩個范妮的不同之處。

吃完飯，范妮對爺爺說，想要到街上去散散步。「回上海一次，總要看看上海的樣子吧，哪怕是半夜，也是好的。」范妮說。

爺爺突然敏銳地飛了她一眼，他接住了這個資訊。但他沒有說什麼，只是殷勤地合上書，收了碗筷，陪范妮一起去。

他們兩個人，像從前一樣。范妮突然想，奶奶要是回家來了，一定不認識這麼破舊的樓梯，樓梯上還用受潮變形了的纖維板草草做成的門。她以爲自己是在看《孤星血淚》。而自己要是回到奶奶在上海的時候，一定也不認識那個又新，又乾淨，又漂亮的 art deco 式的樓梯，維尼叔叔說甚至在樓梯的長窗上，他小時候的家都掛著白紗帘。自己會以爲在看《霧都孤兒》。爺爺總是對維尼叔叔不以爲然，對那個歷史研究所的人對維尼叔叔的回憶感興趣不以爲然。然後，范妮看到花園裡沒有水的石頭噴泉，那是爺爺對紐約的紀念。又看到弄堂口用原來的門房間改成的小裁縫店，那是范妮對上海的紀念。小裁縫店裡面，在式樣難看的錄音機裡，永遠播著鄧麗君的靡靡之音，那是維尼叔叔最輕蔑的音樂。

爺爺和范妮此刻來到了紅房子西餐館的門前。即使是午夜時分，餐館已經關門多時，他們還是走了過去。他們看到，紅房子西餐館糕點間的玻璃窗裡，所有裝蛋糕和麵包的白鋁盤子都騰空了，倒扣在櫃檯裡。紅房子西餐館總是生意很好，新鮮的蛋糕和麵包，總是當天就賣完了，有時去得遲了，還要買不到。范妮依稀記起來，那個賣蛋糕的女營業員是個少婦，她燙著上海年輕女人喜歡的長波浪頭髮，很正式，很隆重的長波浪，將白色的小帽子輕輕壓在頭髮上，生怕把長波浪壓癟了。她是一個矜持的人，在比較洋派的地方工作的人，總是比在飲食店裡賣生餛飩熱包子的人要矜持些。在經過紅房子西餐館的時候，范妮好像聞到了食物的氣味。從前，范妮第一個反應過來的，總是咖啡氣味，但這次卻不是。范妮第一個分辨出來的，是鄉下濃湯裡酸酸的番茄汁氣味。紅燴明蝦裡有番茄汁，紅燴牛肉裡也有番茄汁，難怪伯公說，這裡的菜越來越像羅宋大菜。范妮想起來，貝貝曾經說過，要是他有錢，一定到紅房子西餐館裡要一客鄉下濃湯吃，那是最便宜的菜。貝貝說，他最喜歡到最貴，最有情調的地方去，哪怕只能點得起最便宜的東西，也要享受做人上人的感覺。貝貝的理想是有一天可以像巴黎從前的畫家那樣，能整天混在紅房子裡畫畫，喝咖啡。「連頭髮裡都沾著西餐館的氣味，才叫高級。」貝貝那時說。到紅房子西餐館去，對大家來說，都不算件小事情。連那裡貼的毛主席語錄紙，都比一般店裡要好看些。更不用說在那裡看到的人。范妮想，在紐約，再也找不到一個像紅房子西餐館這樣的地方，看到你想看到的人，也將自己展示給別人看，彼此都是知音。紐約沒有這樣的地方。也許那裡有，但不是爲范妮這樣的人準備的。別人看不懂她，她也看不懂別人。那裡沒有她知根知柢的世界。

「那麼你自己呢？你想要做什麼？」范妮問。

爺爺說：「我一輩子其實都很喜歡吃麵。頭湯的陽春麵。以後我要是有一點錢，有機會的話，就要開一家麵館，不用大的麵館，但是麵燒得很地道。」

「這麵館開在中國還是美國呢？」范妮問。

「當然是中國。我也沒有資格到美國去。」爺爺說著，回過頭來，睁大他的眼睛，筆直地看著范妮。范妮發現，爺爺的眼睛像午夜的貓眼一樣，是雪亮的。

深夜的街道上到處倒映著水窪。長樂路就在前面，梧桐後面，就是黑黢黢的新式里弄。在夜色裡，她看到那裡的窗檯上放著花花草草，那裡的陽台裡，衣架上吊著衣裙，竹竿上晾著枕套和毛巾。打開的窗子都暗著，在路燈下能看到裡面窗帘的浮動。在那些失修多年，或者被國營的房管所越修越壞的老房子裡，在擁擠的房間中間，唯一一小塊空地上，點著暗綠色的三星牌蚊香，它們散發著灰白色的煙色，還有帶著煙火氣的除蟲菊香，從小聞它度過夏天的人，會習慣和喜歡這蚊香的氣味。在那樣的氣味裡感到安心。弄堂裡的人，守著他們的夢想、欲望，和失意，都睡著了。從新式里弄出來的人總是懂得實惠，也懂得分寸和自持。那樣的弄堂，雖然不如解放前那麼小康，但還是聚居著各種各樣的規矩人家，小心本分，機靈精明，過著實打實的日子。不過，范妮心裡並不眞正看得起住在那裡的人，她以爲自己比那裡的人優越。然而，就像她會偷偷通過澳大利亞廣播電台聽鄧麗君和劉文正的流行曲一樣，她對里弄裡的生活，蚊香的氣味，還有那裡的人世故的態度，抱著熨帖的感情。美國罐頭就是一個新式里弄裡出來的人，中學裡的班主任也是新式里弄裡出來的人，甚至家裡的鋼琴，也是捐給了一家開在新式里弄裡的幼稚園。和這樣的人相處，范妮才眞正得到過愛惜。要是沒有在新式里弄裡活生生影響著人們的價值觀，范妮認爲自己就不會有優越和清高。

「我對自己的兒子不抱希望。他們都沒能上大學，沒有受教育。這種懲罰的意思是，讓我們這樣的人家，永遠不再有出頭的那一天。」爺爺說，「不過我不怨他們不爭氣。是我們家的從前拖累了他們，就像你爸爸一直認爲是他拖累了你們姊妹。現在時代不同了，是擺脫的時候了。」

「你說的擺脫，就是不做王家人，連中國人也不要做，對吧？」范妮問。

「一張紙，寫了擦，擦了寫，就髒了。除了換一張新的紙，沒有別的辦法。」爺爺說。

「但是不管怎麼說，你還是個中國人的臉啊。」范妮說。

「你的孩子也可能是個金髮的孩子，我看魯．卡撒特是北歐的人種，不是拉丁血統的。也許從你的孩子開始，就不是純粹中國人的臉了。上海對他來說，就只是種傳說了。」爺爺說。

范妮和爺爺都沉默下來。他們在那一刻都明白，最重要的話已經說了出來，其他什麼都不用再說。范妮把手插到爺爺的臂彎裡，他們拐過長樂路，來到陝西路上，遠遠地，他們又看到紅房子西餐館了。然後，又看到貝貝家的尖頂房子了。深夜的馬路上，沒有行人。路燈迷離。夜色將許多細節掩蓋住了，街道變得像空中樓閣那樣。他們聽著自己的腳步在街上響著，好像是另外兩個人正在離開他們的腳步聲。

這個夏天的深夜，當爺爺和范妮在薄霧沉浮的街道上靜聽自己腳步的時候，王家還有一個人醒著，那就是簡妮。其實，范妮還沒起床的時候，簡妮就已經醒了。與就是醒來，也不會馬上睜開眼睛的范妮不同，簡妮總是先突然睜開眼睛，然後，意識才醒來。她先看到了窗外發紅的夜空中廣玉蘭闊大的葉子，那些葉子有著杏黃色的背面，看上去更像是枯葉。簡妮吃驚地看著窗外的樹葉，簡妮雖然已經回到上海兩年了，但在午夜夢迴的時候，還是為自己身處與阿克蘇的乾燥黑暗截然不同的地方而迷惑，在阿克蘇團部中學的教工宿舍，深夜的房間裡看不到一點點光亮，更看不到樹影婆娑。然後，意識回來了，她知道自己這不是在阿克蘇，而是在上海的老家。四周充滿了上海弄堂深處那種深夜的寂靜，空氣裡能聞到混雜在一起的樹的氣味，樓下天井裡升上來的潮濕水氣，陽台的竹竿上晾著過夜的衣物散發出來的洗衣粉芳香添加劑的氣味。此時，簡妮還在半睡半醒的時候，她覺得自己像一粒沙子被席捲而來的沙暴裹挾一般，被心裡滔滔而來的無助吞沒了。這種無助的感情，是簡妮到現在為止的生活中最熟悉的感情，從她懂事時起，她就在父母的身上學到了，體會到了，但她自己並沒有體會，她覺得自己是與其他孩子一樣快樂的小孩。等她按照知青子女滿十六歲可以回上海的政策，如願回到上海，在從新疆來的火車剛剛進站，她剛剛看到月台上洶湧的人流，這種無助就像花一樣，從她心裡盛開出來。一離開新疆，簡妮的心底裡就爬滿了無助，這是簡妮最真實的情況，也是最大的祕密，誰也不知道，即使是她自己，也不想正視。因為她覺得這是荒唐而古怪的感情。每一次，當它從心裡升起，像開水上的蒸氣，簡妮就會「噗」地一口將它吹開。這樣，簡妮就真的醒過來了。她不是真正地午夜夢迴，而是有事，她今天要給她的推薦教授，哥倫比亞大學的武教授打電話，告訴他自己的簽證情況。

簡妮靠在枕頭上，就著路燈射進房間來的光亮，看看手錶。她要等到美國時間的中午時分，這是合適打電話的時間。

將要過去的一天，對簡妮來說，漫長得不可置信。好不容易等到了經濟擔保，唯一的，但是被再次拒簽。當自己大聲爭辯的時候，她看到一同等待簽證的中國人眼睛裡的慌亂，那台灣人刻薄地微笑著注視著她，但旁邊的中國人卻被她的宣言嚇得直眨眼睛。然後，伯公去世了，看他的樣子，好像只是屏住呼吸而已。但是醫生卻說，這就是死。那時，她聽到醫生的聲音，想到的卻是自己，她感到自己也像醫生宣布的那樣，結束了，一片漆黑。其實，在對那該死的台灣人大聲吼叫的那一刹那，她的眼前也是一片漆黑。然後，爸爸媽媽默默坐在窗邊，什麼也沒有說。簡妮看著他們的背影，還有老房子前的樹，那是棵廣玉蘭，在初夏的時候開大朵的白花，將要謝的時候，那些花瓣變得焦黃，並且失水，就像慘痛的記憶那樣凋敗而哀傷。他們看著那些花，簡妮看著他們，突然猜想，當年他們被逼到新疆去的時候，是不是也曾站在這個窗前，默默望著那棵花樹不說話。這間屋，是二樓最好的一間，原先是爺爺和奶奶的臥室。簡妮又想起來，自己很小的時候，中美建立外交關係，建交公報在晚上八點的中央電台新聞節目裡廣播時，他們正在新疆，爸爸媽媽站在自家窗前，打開了窗，聽外面拉線廣播轉播的中央台八點重要新聞，他們也是這樣默默的，像昏了過去的魚。他們的背影上，總是密密麻麻寫滿了簡妮不忍心看的失望和希望。簡妮假裝睡午覺，其實是不想再看到他們，她緊緊閉著眼睛，看著眼皮上的那團紅色。然後，全家都聽到爸爸和范妮的爭吵，他們說的那些話，簡妮知道全家這時都開著各自的房門，都在聽。讓簡妮深以爲恥的是，爸爸已經不對簡妮的出國抱希望了，簡妮和范妮一樣，也在整個二樓的銅牆鐵壁般的寂靜裡，聽出了全家對自己的放棄，還有全家對范妮的希望。簡妮那時也躺在自己窗前的小床上，裝作繼續睡覺的樣子，她直挺挺地躺著，覺得自己就像是一隻死河蟹，縱是活著的時候身價再高，味道再美，不能爬了，也就被拋棄了。

簡妮的心裡，有著范妮萬萬體會不到的滄桑。

但簡妮到底是新疆回來的，她不光從小就體會過無助的感情，也從小就見識過即使是毫無希望，也要死命掙扎的奮爭。她見到過在來往於上海和新疆的長途火車上，媽媽是怎麼躺在行李架上，連滾帶爬，披頭散髮，爲了在爸爸沒把帶到新疆的包裹行李拿上車前，先搶好放行李的地盤。她見到過爸爸躺在硬座的椅子底下，臉枕在一堆垃圾旁邊打盹，她自己，就是爸爸媽媽和他們的新疆同事們從車窗上塞進車廂裡的，因爲整個過道上都擠滿了人，根本上不去了，當她被人七手八腳舉著塞進臭氣熏天的車廂裡時，她看到過一個年輕的阿姨被人從月台上擠了下去，掉到火車下面去了。在范妮的哭聲裡，簡妮決定，一定要給武教授打個電話，告訴他，獲得他的同情。

簡妮與武教授認識，是在人民公園的英語角。武教授來上海爲美國公司做市場評估，他聽說在英語角可以和普通的上海青年交流，就找了一個時間去看。那天，正好簡妮也去英語角。事情也是湊巧，當時和武教授一起去的，還有幾個白人，英語角的上海人一擁而上，搶著跟那些白人說話，將中國南方人長相的武教授漸漸擠到簡妮的身邊。簡妮聞到了他身上的香味，是伯公從香港帶回來的剃鬚水的香味，她看了他一眼，正好看到他被冷落以後臉上自嘲的微笑，於是，簡妮向他挑了挑眉毛，表示同感。於是，他們就開始交談起來。

「上海的小市民就是這樣的，我抱歉。」簡妮說。

「沒有，沒有，」武教授笑嘻嘻地搖頭，「全世界的小市民都是這樣的。看到上海的小市民和全世界的一樣，我才感到高興。要不然這裡反倒不像人間。」武教授說。

武教授長著一張鼓舞人心的熱情的臉，讓簡妮心裡感到溫暖和希望。當武教授告訴她，自己是商學院的教授時，簡妮馬上說：「對的，我就是準備去讀商科的。」當時，她只是想讓武教授感到志同道合的親切，能吸引他和自己多說幾句。後來，她馬上又想到自己也許眞的可以去讀商科，這樣，可以用武教授的名義來寫推薦信，這樣更有利，自己到底撈到了一封美國教授的推薦信。然後，簡妮發現自己放棄一直申請的電機專業竟然一點也不猶豫，她想起了范妮對自己考電機系的動機的懷疑，她想，也許范妮說的是對的，自己不過是想討好爺爺。

那個在人民公園陰沉寒冷的下午，對簡妮來說是非常重要的時刻，她和武教授離開了站在梧桐樹下，帶著有些不自在的微笑練習著英文，追逐著機會的人們，在公園裡散了步。她告訴了他自己的家史和抱負，與她要到美國學商科之間的必然聯繫。她一邊想，一邊說，但是卻好像它們已經經過深思熟慮，而且帶著屢戰屢敗後的堅忍與哀愁。那一字字，一句句，好像都是簡妮從來沒對人說過的心願，甚至是她以前自己也沒有意識到的心願。簡妮像踩在一塊西瓜皮上面那樣，危險又刺激地在她有限的家譜知識裡滑來滑去。心裡驚歎自己說謊的本事。

「哇，眞的像一個歷史小說一樣，眞的動人啊。」武教授說，「這麼說，經過一個大圈子，你的家族又將要在你的身上開始回到商界。」然後，武教授告訴她，到美國去讀現代商科，一定可以實現她的願望。

簡妮沉著地說：「我知道，我的伯公五十年以前在MIT學的就是MBA。他是我們王家的繼承人。」

在沒遇見武教授前，簡妮從來沒有想到過要繼承王家的祖先，再當一個買辦，這個行當眞的是他們全家避之不及的，是他們所有災難的根源，是他們洗刷不去的污痕，簡妮做夢都沒想到自己在這上頭得益。但她知道，任何東西，要是可用，哪怕吃相再難看，也要緊抓不放拉過來，也要逼尖腦袋鑽進去。

在武教授面前，簡妮不動聲色地隱藏著心裡的焦慮，彬彬有禮，又積極上進，充分表現出了自己從來是個聰明勤奮的好學生，也很恰當地告訴武教授，自己正在等待美國親戚的經濟擔保寄到，就到美國讀書。

當武教授知道簡妮也將要去紐約時，就給了她自己的名片，讓她到了紐約以後聯繫他，在專業上，他可以幫助她。簡妮這才知道，哥倫比亞大學的商學院是美國有名的商學院。「也許我將來會到你的商學院讀書的。」簡妮說，聲音裡帶著點做夢的不踏實，武教授卻肯定地說：「如果你想要，就會做得到。我們那裡有中國學生，他們都做得很好。有些人來的時候比你的英文差多了，現在都是系裡的好學生。你當然也能行。」然後，他點了點簡妮小心握在手心裡的自己的名片，「如果你需要，我也會幫助你的。」

武教授細長的，印著深藍色名字、地址和頭銜的名片，是簡妮一生中最重要的東西。

後來，果然在簡妮的要求下，武教授在她申請紐澤西州立大學經濟系的時候，爲她寫了推薦信，而且，他特地爲簡妮拷貝了一份寄給她看，他著重寫到，她家族背景的重要意義。這是她第一次看到家族歷史在她生活中活生生的益處。

在簡妮心裡，武教授就是她的漫漫寒夜裡最後一顆星星。

正等著紐約時間的下午一點，好給武教授辦公室打電話的時候，簡妮聽到范妮的聲音。應該說，像范妮討厭簡妮一樣，簡妮也討厭范妮；像范妮嫉妒簡妮一樣，簡妮也嫉妒范妮。仇恨的感情也總是彼此的。只是范妮仗著在上海長大，也因爲她性格裡的自暴自棄，而肆無忌憚些。簡妮因爲心裡另有偉大目標，她更維護在家裡已經受到歧視的父母，也在感情上得到父母更多的愛護和安慰，而乖巧些。她知道自己的乖巧能得到更多的同情，所以她就更加隱忍。她們彼此最直接的聯繫，就是妒忌和妒忌引起的仇恨。聽到范妮和爺爺在爺爺屋裡說話的聲音，簡妮的心往下一沉。這是她生平第一次打美國長途電話，她知道自己無論如何一定會說謊的，一定會打腫臉充胖子的，就像范妮一貫做的那樣，但她不想讓范妮聽到。不想讓范妮發現自己和她是一樣的。

其實，她也不願意爺爺聽到。她將自己的專業從電機改到經濟的時候，對爺爺解釋說，因爲有武教授的推薦信，容易申請到學校的獎學金，申請到學校的獎學金，簽證的把握就大一點，對經濟擔保的要求就可以低一點。簡妮強調，此刻做一切決定，一切都以能得到美國簽證爲主。爺爺沒說什麼，但簡妮能感到他的震驚。他問了一句：「在美國，學經濟就是學商的第一步，你一定是知道的吧。」簡妮再三強調，一切以能得到美國簽證爲主。這是個強有力的理由。但簡妮心裡，還是覺得自己這樣做，在某個地方，的確不妥。而且她能模糊感到，這不妥，像一個獵狐狸的陷阱，遠遠的，在地面上，能看出些異樣，但在深處，則是一個巨大的陷阱。遠比范妮說的要大，比簡妮自己能想像的，也要大得多。

簡妮也不知道自己應該怎樣才是好的。

終於，簡妮慶幸地聽到了爺爺和范妮相跟著下樓的腳步聲，他們把長久沒有打蠟的木頭樓梯踩得吱吱地響。等聽到樓下大門的斯別林鎖「喀嗟」一聲撞上，簡妮立刻就爬起來，走到爺爺房間裡，並掩上了門。她也不想讓爸爸媽媽聽到自己與武教授打電話的聲音，她有時覺得自己與這個武教授之間的聯繫，帶著某種灼人而模糊的，令人不安的祕密。眞的帶著范妮所指責的背叛的意思。

簡妮握著那張小心收藏起來的名片，上面有武教授辦公室的電話號碼。自從范妮去美國以後，家裡申請開通了國際長途，不用半夜到南京西路的電話局去打電話了。因爲國際長途太貴，范妮在美國時並不常眞正打電話，而是在每個星期規定好的時間，撥通家裡的電話，等鈴響滿三下以後，就掛斷。這樣，表示一切平安。要是電話響了四下、五下，范妮還沒有掛斷，就表示她要和家裡人通話，家裡人才拿起話筒來，接通電話。但范妮很少有想與家裡人通話的要求，總是響了三聲，就將電話掛斷了。所以，家裡的國際長途幾乎沒怎麼用過。簡妮更是第一次用國際長途。

電話的那一頭沉默著，只有沙沙的電流聲。簡妮幾乎覺得跳線了，終於響起了遙遠的鈴聲，那是哥倫比亞大學商學院的鈴聲。簡妮感到自己的手心突然變得又濕又涼。

「羅伯特．武。」武教授的聲音還是那樣鼓舞人心。

「我是簡妮王。」簡妮說，「你還記得我嗎？我是上海那個要到美國學商的學生。你那時給了我你的名片。」

「你到紐約了嗎？」武教授想起來了，他的聲音聽上去很高興，「歡迎你。」

「我還沒有。我還缺少一個文件，補齊了才能得到簽證。我特地打電話告訴你，等我的文件齊了，到紐約了，我還是要來讀你們學校的商科。」簡妮說。

武教授那邊停了停，問道：「你打長途來，就是爲了說這件事嗎？」

「是的。」簡妮說，「因爲請你寫推薦信的時候，我告訴過你，我將要在秋季開學以前到紐約，現在我還不行。還需要時間。」

「有什麼我可以幫到你的嗎？」武教授問。

「謝謝，現在沒有。」簡妮說，「要是我到了紐約，我的成績夠格，希望能跟你讀書。」

「可以，我會很高興。眞的。」武教授答應說，「需要我在系裡遊說，我也會盡力。」

「那眞的太謝謝了，你眞仁慈。」簡妮說。她幾乎就要忍不住求援了，但終於沒有開口，她知道分寸，還有欲速則不達的道理。

「那麼再見，很高興再次聽到你精緻的英文。不要放棄，你會成功的。」武教授鼓勵她說。

「我知道會的。」簡妮輕輕笑著說了再見。她放下電話，就勢坐了下來。她心裡有個聲音在高呼：「請幫幫我吧，幫幫我，給我新的入學通知，給我新的經濟擔保，幫我給領事館打電話，敦促他們給我簽證，就說我是美國的急需人才，立刻讓我到美國去吧。」也許是剛剛打電話時太緊張了，現在鬆下來，簡妮直覺得自己渾身抖作一團。她努力控制，但心裡的顫抖一陣陣地不停地釋放出來。她坐在爺爺常坐的舊籐椅上，籐條已經鬆了，身體在椅子上往下陷，好像被嵌入一個彈丸洞穴之中。簡妮緊握雙拳，抵抗渾身的顫抖，從那張舊籐椅上一躍而起。

此刻，爺爺和范妮正在經過王家的原來的老宅。從格林教授的書裡，范妮了解到，王家的老宅，並不是一九四九年被共產的，而是一九四八年，時局吃緊時，被曾爺爺賣掉的。現在，那棟連著一個大花園的洋房，是市政府的高級招待所。所以，它不像馬路上別處的洋房那樣凋敗沒落，那些洋房裡的新住戶並不愛惜房子，也通常不講究體面，他們在西班牙式帶著圓柱子的陽台上堆用不著也捨不得扔掉的雜物。在嵌著彩色玻璃的長窗上架窗式空調。聽說有的人剛住進去的時候，不會用浴缸，所以整個人蹲在浴缸裡洗衣服。因為原來住一家人的房子，後來都得住至少四家人，甚至每一間屋子都住一家人，住在樓上的人家常常用走廊當廚房，整棟房子長年被油煙熏著，燈泡玻璃上都結了一層黃褐色的油污。這都是上海通常老洋房的命運，而王家的老宅，則被好好地修繕了，只是換了新主人而已。深夜裡，門廊上明亮的燈光靜靜照亮了門上的一塊彩色玻璃，半圓的客廳落地窗上，透過窗幔能看到天花板上鎏了金的花葉裝飾。那是巴洛克風格的。當年的大買辦，都喜歡巴洛克風格，大概他們認爲那才是眞正符合他們風格的。伯公當年趕時髦，曾將自己家餐室裡的二十幾把皮面椅子全部改成塑膠面子的。范妮聽說，後來維尼叔叔請熟人帶他進去老宅看過，還找到幾把蒙著塑膠面子的椅子。范妮從來沒進去看過房子，那裡門口有解放軍站崗，不讓人隨便進去。范妮和爺爺路過王家老宅的門口，他們聞到深夜花園裡樹的清香，現在，那是市中心少有的沒有凋敗的大花園。范妮往洞開的大門裡望了望，伯婆說的玫瑰園，現在早已看不到蹤影。深夜的房子，在燈光和樹影裡，像一個繁華的夢境。它和范妮有關係，可是，她連它的門把手是什麼樣子的都不知道。它就是這麼似是而非的，讓人心裡掛牽。范妮看了一眼爺爺，他臉上什麼特別的樣子也沒有。

「我希望你以後不要像我，也不要像維尼。寧可你像你奶奶那樣，要是你做不到像伯婆那樣的話。」爺爺背著雙手，走在前面，他說。

「像奶奶那樣地消失嗎？」范妮問。

「不是，是像她那樣，永遠不回上海。」爺爺說。

「她不是拋棄你了嗎？」范妮說。

「她做得對。」爺爺說。

「你也不管奶奶在那裡過什麼日子嗎？」范妮問。

「不管。」爺爺搖搖頭。「不管。」

將你扔到外國大馬路上去

像一小塊秋天從小腿的皮膚上褪下來的皮屑，透明的，乾燥的，不可逆轉的，它脫離了小腿的皮膚，落到地板上，終於變成了白白的，令人生厭的一小片，范妮帶著一臉孕婦貧血的蒼白和茫然回到紐約，當然，帶著她肚子裡的胎兒一起。

她又回到了JFK那亮滿了白灼燈的行李大廳，又站在轉盤前，等待自己託運的行李。不少美國婦女乘等行李的空，到廁所裡去整理自己的頭髮，刷牙，往耳朵後面搽上香水。范妮也跟了進去。在鏡子裡看到自己，范妮發現自己的臉不光是蒼白，不光有蝴蝶斑，而且還像一隻放在冰箱裡多日的黃瓜那樣乾癟，她的臉上遍布著因爲缺少水分而浮起的細小皺紋，讓她想起廁所間用的紙。她眞被鏡子裡的那個女人嚇了一大跳，比起邊上刷牙洗臉，搽口紅的女人們，范妮看到自己和白種女人比就像黃臉婆，和棕色女人柔軟的皮膚相比又像是寧波老菜乾，簡直一無是處。范妮狼狽地從在鏡子前忙碌的女人們中間抽身出來，眼淚「嘩」地落了滿臉，止都止不住。她驚慌地四下看看，發現正有一個穿了一身洋紅裙子的黑女人從廁所門裡出來，於是她一步搶上前，走到廁所間裡，關上了門。窄小的空間裡，留著那個黑女人強烈的香水氣味，是檀香型的味道，黑人們好像都喜歡用這種味道的香水。

她靠在門上，聽到自己哭出了聲。范妮直覺得自己像一根鹽水冰棒在酷熱裡轟然烊掉一樣，心裡的什麼東西控制不住地倒塌著。她忽然有點害怕，感到有什麼比她預想的更可怕的災難在紐約等著她。

魯其實並沒有去西班牙。他正在格林威治村的公寓裡等著范妮回來，他到底吃不準范妮會和那些急於落地生根的窮國女孩子有什麼不同。魯平生第一次擔這麼大的心，怕這世界上會有一個自己的骨肉，這是魯的心負擔不起的重量。想到會有一個由於自己不小心造出來的人，在這世界上存在，提醒著他人生的責任與麻煩，他就起一身的雞皮疙瘩。這些天，他恨死了自己當時爲了貪那九十九分的便宜，竟買了特價的保險套。

范妮只以爲魯早就去了西班牙，打開門，見到魯金髮下的臉出現在走廊裡，把范妮嚇了一大跳。

「上海的手術順利嗎？」魯幫范妮把行李箱拖進屋，忍不住問，「你看上去不怎麼好。」

「會好的。」范妮努力鎮靜住自己。

公寓的走廊裡，奧地利咖啡的氣味撲面而來。她忍不住打了一個大噁心，她聽到自己乾嘔的聲音像摔碎的盤子一樣響亮。范妮回到上海以後，就沒怎麼犯過噁心，即使聞到臭豆腐的味道，和油漆的味道也沒問題。她以爲自己的妊娠反應已經過去了。但是，走廊裡咖啡和起司以及洋蔥混合在一起的氣味一來，那熟悉的暈眩和無力的感覺迅速回到她的身體裡。

在被噁心逼出來的一層薄淚裡，范妮看到魯的臉色刷地變白了。他立刻意識到，孩子還在范妮肚子裡，他擔心的事終於發生。其實，當范妮提出來要回家去做手術的時候，他就怕會有麻煩。

魯放下范妮的行李，慢慢站直身體，他不由自主地握住了拳，擺出準備開戰的架式。他兩眼逼視著范妮，因爲近視，所以他緊張而憤怒地眯著眼睛，只想讓自己看得清楚一點。

「你說謊了？」魯緊盯著范妮問。

「沒有。」范妮說。

「你在上海做了手術了？我的意思不是你拔了牙，或者開了一個脂肪瘤，而是你去做了流產手術，按照我們兩個人確認過的，用我提供的手術費用，你到上海去做手術，然後才回紐約來。」魯緩慢地，咬字清楚地說。他爲了要讓范妮聽明白，將說話的速度放慢，將每個詞都分開來，說清楚。他異樣的聲音像碎玻璃一樣冰涼、堅硬和尖利，讓范妮的心在那樣的聲音裡打了個哆嗦。他也看出來范妮的恍惚，也許是因爲她的英文不好，聽不懂，也許是因爲她剛坐了二十多個小時的飛機，太累了，也許她在想什麼詭計，魯不知道。但魯心裡那被欺騙的憤怒，讓他忍不住再次逼問范妮，他要她馬上就說清楚：「你做過手術了？」

「我很明確地知道，你出的錢只是爲了我墮胎用的，並不用作其他。所以，我拿了你的錢，都等於已經答應你的條件了。」范妮抬起頭，也用魯那種緩慢的，咬字清楚的方式對魯說。她盡量照顧到每一個複數，每一個詞，每一個時態，不讓它們出錯。這時候，她恨自己沉湎於情欲，沒有像倪鷹那樣刻苦學習，讓自己能說出更準確的，像刀鋒一樣分毫不差的英文。她在飛機下降的時候吃的暈機藥還沒有眞正過去，她的腦子還有點飄浮和遲鈍，只是覺得自己像是向一個無底深淵不可救藥地跌了下去，就像在夢裡的情形那樣。

「你做過手術了？還是沒有？我只想知道這個事實。我想我有權利知道眞相。」魯說。

「事情的眞相是，你不會被任何一個姓王的中國人因爲孩子的問題勒索，世界上也不會有一個你的歐亞混血兒。我也從來沒想到過要跟你結婚，或者要你和我結婚。我沒有這個意思。而且老實說，你很自私，你還沒有找到自己的生活目標，所以你根本不是一個合適的結婚對象，也許你根本就不是一個合適結婚的人。」范妮說，她恨自己不得不用 want 來代替她心裡說的那個「要挾」。她說著，心裡充滿了刺向自己痛處的快意。她想起一個電影裡，瘋狂的女人用切凍肉的刀在自己大腿上一刀刀劃著，一邊咬牙切齒地笑著，一邊在鮮血裡痛得直哆嗦。她想，這次算是理解那女人的心境了。當時以爲她瘋了，此刻才知道原來那是種巨大的快樂。范妮發現自己咧著嘴，上嘴唇乾在門牙上面。也許，自己也這樣咬牙切齒地笑著吧，范妮猜想，她的手指在自己腿上劃了劃。

「是啊，也許你是對的。」魯聳聳肩膀，「我們將看得到。」魯顯然被范妮的話觸動了，他突然就瀉了氣，臉上顯出苦惱和抱歉的樣子。他從來沒有想到，范妮其實看出來他內心的彷徨猶疑，並且帶著輕視。他一直都以爲范妮是像蝴蝶夫人那樣哭天搶地的東方娃娃，或者是窮地方來的那種感恩戴德生活的人。而范妮卻一舉將魯彷徨中對自己的不信任挑明了，讓魯不能迴避自己心裡的自卑。魯常常鼓勵自己，是因爲自己對生活認眞而且挑剔，才這樣猶豫，這樣容易厭倦。但心裡，魯能體會到那種游離於主流之外的被拋棄感，他並不想結婚，也不想興致勃勃地像一個亞洲新移民那樣勤勉地生活，他認爲那樣的人生很窮困，很愚蠢。但被范妮點穿以後，他卻不能避免地感到自卑。

范妮索性暢所欲言：「事情的眞相還是，我不是日本女孩，我們沒有爲白種男人當黃色計程車的愛好。我對你付出的是自己的愛情，因爲我愛你。我沒想到過，你們紐約人懂得用愛情做交換，所以你們也這樣猜想別人。我可以告訴你，我沒有在上海手術的理由，是因爲，我們中國人認爲一個女孩未婚先孕是傷風敗俗的，在上海做會傷害到我家人的面子。我不想讓我家裡的人爲我受累。」范妮爲自己找到了 immoral 這個詞有點豪氣起來，「就像我不會讓你爲我受累一樣。我的事情我自己會解決。」

「好吧，聖女貞德。」魯說，「我聽說過中國的歷史像歐洲中世紀的歷史，我不知道眞相是什麼。我願意相信你。但是，我的問題是，你剛從那裡出來半年，你早應該知道回去墮胎要遇到的問題，那你爲什麼還堅持要回去呢？我記得我勸說過你在紐約做手術。你並不是耶穌會教徒，不存在墮胎問題上的宗教障礙。」

「我本來希望在上海找到熟悉的醫生。我想我的家，在我困難的時候，我想要得到一點眞正的鼓勵。」范妮說。見魯只是逼視著她，那藍色的眼睛像兩道探照燈一樣找著她的蛛絲馬跡，范妮恨不得自己能即刻拿出墮胎證明來，「啪」地摔在廚房桌子上。那桌子上還留著斑斑發白的蠟團，那是他們從前一起在廚房吃晚餐，喝咖啡談天時，從魯點燃的蠟燭上留下來的。在燭光裡，范妮曾經因爲突然哭了，而和魯開始了某種親密的關係。范妮的心裡，一直認爲當時自己是用這種方法勾引了魯。范妮迎著魯的目光，說：「我從沒說過我要留下這個孩子。」

「那麼，你的意思是，你回到紐約來做墮胎手術？」魯問。

「是的。」范妮回答。

「你肯定嗎？」魯問，「你得自己在醫生面前簽字。」

「我肯定。」范妮說。

「那麼，我可以陪你去醫生那裡做墮胎手術。」魯說。

「不必。」范妮拒絕，「我第一不需要你照顧，第二不需要你監督。」

魯朝范妮點點頭，轉身回自己房間去了。

范妮獨自在廚房裡站了一會，她本想坐下，搞清楚到底自己幹了什麼。但她不願意讓魯看到自己范妮的樣子，所以她假裝喝水。她站在水池前，打開水龍頭接清水喝。看著清水從玻璃杯裡一股股地溢出來，在手背上流淌而下，像溫柔的撫摩。范妮覺得自己背脊上的汗毛一根根地豎了起來，她知道這是因爲皮膚對撫摩的飢渴。她拉起袖子來，把自己的手臂也放到水下沖著，接著，她感到自己兩肥上的汗毛也一一豎了起來。她想像著，魯會從房間裡出來，然後，從她的背後抱住她，他的呼吸吹拂著她脖頸上細細的碎髮。這是她在上海家裡的小床上，有時幻想的情形。然後，他說：「Sorry.」而她說：「Would not be sorry.」這是《愛情故事》裡面的一個情節。然後他們就接吻了。他細而軟的金髮像羽毛一樣地拂到她的臉上。范妮的臉上幾乎能夠感受到它們的輕柔，還有頭髮上檀香洗髮精爽朗的氣味。

范妮第二天就去醫生那裡預約墮胎。醫生雖然答應做，但護士卻是個不喜歡墮胎的天主教徒。她拉長了臉，將范妮當成不敬畏上帝，不尊重上帝給予的禮物，將來一定要下地獄的異教徒看待。

而范妮並不知道美國人中還有這樣的想法，她只認爲護士如此冷淡她，是欺負她未婚先孕，又沒自己的男人陪著來，還是個東方女人，是自己送上門去倒貼的計程車。但范妮不敢得罪護士，怕她給自己吃苦頭。她忍著不快，與護士商定好做手術的時間以後，就立刻逃出診所。

手術其實很利落。范妮沒看到多少護士鄙夷的臉，就被麻醉了。當時，她剛仰面躺到婦科手術床上，雙腿被大大地分開著，她看到屋頂的白灼燈晃了晃，就什麼也不知道了。

等她被醫生叫醒，整個手術已經結束。她從手術床上坐起來的時候，看到磨石地上有點血跡，她相信那是自己的血，或者是她孩子的血。護士幫助她從手術床睡到另一個活動床上去，然後將她推到觀察室裡。她在觀察室裡的床上躺了一小時，喝了一杯冰牛奶。等范妮小了便，證明麻醉以後的功能一切正常，范妮就拿著消炎藥回家了。

夏天的格林威治村很熱鬧，街邊的店鋪都將陽傘和桌椅擺到路邊，總是能看到賣唱的人在那裡彈吉他，打非洲鼓。夏天大減價的衣服花花綠綠地在衣架上飄蕩，舊書攤上的書也在微風裡掀動著書頁。年輕的學生們在街上閒逛著，女孩子露著她們的肩膀，男孩子露著他們的腳趾頭。格林威治村總是有一種讓范妮心動的氣氛，讓她感到自己屬於這個地方。畫廊裡的女孩靠在牆邊上抽菸，到處都能看到有點自命不凡的人，好像是還沒成功的藝術家，而沒有第五大道上的富貴氣。

范妮又經過早先去坐過的那家咖啡館。夏天的時候，店堂裡門窗洞開，飄散著咖啡的香氣，和咖啡館的音樂。一路上，范妮感到自己像是被透明的氣球裹著，不能很清晰地看和聽，也不能很清晰地想。甚至，她覺得自己都不能很準確地行動，她的手腳好像也被裹起來了，舉手投足，都軟綿綿的。她不知道這是不是麻藥還在靜脈裡的關係。雖然范妮這樣，可她還是聽出來咖啡館裡放的是方佗，是魯喜歡的那種。

范妮走過街口，去咖啡館找了個座位坐下。她感到有股熱熱的東西從體內沖了下來，她想，那是護士告訴過她的，流產以後的血下來了。它來得很猛，范妮用手去摸了摸，自己的裙子上沾了血，她想把弄髒的裙子移到前面來，用自己的書包擋著，像從前來了月經，不小心在外面弄髒了裙子時做的那樣，但是她覺得自己的身體是那麼軟，那麼飄，好像一塊包在太妃糖外面的糯米紙那樣，就要融化了。所以，范妮沒動，只是用自己的手掌在身體下面墊著。她將頭靠在後面的牆上。

方佗聽上去是那麼悲傷婉轉，那麼如泣如訴，范妮將頭靜靜靠在牆上，望著燦爛的夏日陽光下三三兩兩在街上閒逛的人，美國人喜歡戴墨鏡，墨鏡能給即使是平庸的臉也增添風流氣，范妮想，這才是美國人喜歡墨鏡的眞正原因。大多數客人都喜歡坐在露天，店堂裡的桌子和吧檯上基本是空的。范妮遙遙望著窗外的人們，有人在接吻，那麼響亮，有人在看書，用白色的食指繞著前額的金髮，范妮看著那些人，像看電影，和著方佗的吉他聲。突然，她心裡有種想要大聲叫喊的衝動，大家都將吃驚地回過頭來看她，不曉得她爲什麼這麼激動。這就是失態，范妮想，可是，失態又會導致什麼呢，大不了下次不來這家咖啡館。范妮爲自己想好了後路。可是，窗外的客人什麼動靜也沒有，也沒人回過頭來看她，那個在角落上的長桌上準備功課的學生將一條腿曲著，抱在胸前，跟著方佗的旋律搖晃，他那逍遙的樣子，也沒有被什麼聲音打攪。所以，范妮認定，大喊大叫只是她的幻想，事實上，她什麼也沒做。只是用一種不舒服的樣子坐在手上，默默守著杯咖啡坐著而已。

這一次，她沒有要求酒保給她少咖啡，多牛奶，沒有跟酒保搭話。她想起了婦科診所地上的血。她從來沒看到過這麼鮮紅的和濃稠的血，她想不通這樣濃的血怎麼能在細細的血管裡流動，看上去簡直就像芝麻糊一樣。她想到的是，好在魯當時不在場，他沒看到那麼可怕的東西，要不，他一定會嫌棄她的。范妮想，要是以後自己再生孩子，也不會讓自己的丈夫在邊上陪著的，那個樣子，像頭母豬多過像人。

等范妮回到家，如願地將自己的手術單放到廚房的桌子上，用一只馬克杯壓著，然後將自己安頓到床上，伸直兩條腿，她才意識到，原來自己從下飛機到現在，一個多星期了，竟然沒有眞正睡著過。紐約的黃昏是涼爽的，風裡加著一陣陣涼氣，但范妮還是像在上海一樣開著自己房間的窗。只要她躺在床上，就能聽到街角那噴泉的水聲，黃昏的維爾芬街上響徹著窸窣的水聲，范妮躺著，聽著，發現自己竟並沒有多少睡意，只是耳朵以上的頭部像被東西緊緊箍住了一樣，有點發懵。她以爲又是那該死的時差來了。她想，現在木已成舟，總可以好好睡上一覺。然而沒有。她恍惚間聽到魯回家來了，廚房裡的咖啡機噗嚕噗嚕地響，然後，公寓裡靜下來，她猜想，這時魯會在看她放在桌子上的手術單，他該不會認爲那單子是僞造出來的吧。范妮突然懷疑，那張紙上只有手術的專案，並沒有證明已經做完了手術。這一驚，范妮完全醒了過來。她在枕上一動不動地躺著，悲從中來，竟然自己不知道怎麼才能讓魯相信，自己已經去打了胎，他不用再擔心什麼了，自己沒有什麼可以麻煩到他的了。范妮悲傷的心裡，還有點解脫的意思，從此再也不用做選擇了。至於接下來的日子怎麼過，范妮小心地繞過了這個難題。

接著，她聽到魯從廚房裡走到她的門邊，她的門是虛掩著的，魯走到門邊，停下，然後輕輕扣門，他想和她說什麼？再盤問自己嗎？范妮驚慌地猜想，自己又有什麼可以證明的嗎？消炎藥，要不就是衛生棉墊，那上面有血，是流產以後子宮的出血。范妮想，但這樣的東西又怎麼能拿給魯去看！

魯用指甲輕輕在門上彈，他們相好的時候，總是在廚房裡談天，到魯的房間裡做愛，范妮的房間像是眞正的閨房一樣，魯不進來，范妮也不邀請他進來。所以，魯沒有進范妮房間的習慣，要是要說什麼事，總是靠在門框上，用指甲在門板上彈。范妮緊緊將自己的臉貼著枕頭，閉上眼睛，她心裡顯現出魯將自己的身體倚在白色的門框上的樣子，他穿翠綠色的汗衫和藍色的褲子，滿頭都是鬈曲的金髮。范妮想著魯的樣子，一陣陣的眼淚從緊閉著的眼睛裡滲出來，她悄悄張開嘴，怕自己會發出粗重的呼吸，被魯發現。

魯吱吱有聲地踩著地板，走開了。

魯其實想問問范妮感覺好不好，要不要喝點熱的巧克力，他想起來，當年自己的媽媽流產以後，爹地給她沖過一大杯熱巧克力，他們說女人在這時候總是情緒低落的，熱的巧克力可以補充她的能量，讓她覺得心理上變得舒服。但他看到范妮靜靜睡著，從她的背影上看，魯猜她並沒有睡著，但她不理他，說明她不想和自己說話。魯就回到自己房間裡去了。在他的房間裡，也能聽到街口石頭噴泉的水聲，魯的房間裡滿是夕陽金紅色的光線，他默默望著夕陽裡寂靜的街角，從噴泉上流下來的水，像緞子一樣閃閃發光。他覺得自己心裡靜極了，在那一派寧靜裡，還有點惆悵，這是因爲，他終於確定自己不會做父親了。還有，在他心裡閃過了范妮緊貼在枕頭上的身影。

范妮沒有把她的情況告訴家裡。在魯出去以後，范妮也起來喝點水，上廁所，只是她不想吃東西，也打不起精神來洗澡換衣服，因爲一直用的衛生棉條，所以她連內褲都不願意換，髒了的內褲，就和用髒的棉條一起扔掉了事。在寂靜的公寓裡，聞著魯的咖啡味道，范妮恍然想起自己已經有好幾天沒有吃熱的東西了，放在廚房的麵包已經開始發硬。她並不覺得餓，也打不起精神來燒速食麵吃。她在浴室裡刷牙的時候，把手臂放到清水下沖了沖，她能聞到自己身上散發出的異味，皮膚上滲出的油膩，血腥的臭氣，頭髮裡的陳宿氣，她能聞到，但是她就是不願意抬起腿，跨進浴缸裡去，洗一個澡。大多數時候，她就在自己床上躺著，閉著眼睛，但並不能睡著。

有時候，她也不得不和魯見面，她總是遠遠地站著，一有機會就趕快躲到自己房間裡去，因爲她怕魯聞到自己身上的味道，怕魯討厭她的髒，怕魯看到她臉上黃渣渣的皮膚和蝴蝶斑。她總是低垂著眼睛，不肯多看魯，怕自己看出來魯厭煩的眼色。

魯只以爲范妮心裡還是在賭氣，他怕尷尬，所以他也不和范妮說什麼。魯並不太明白范妮爲什麼要睡這麼長時間，好像她連路都不會走了，偶爾起床來上廁所，或者喝水，搖搖晃晃的，像個紙人在地板上飄。她也不怎麼理會魯，心不在焉地看著他，或者不看他，她好像不是賭氣，而是放棄了。魯記得小時候自己的媽媽也墮過胎，她從醫院回來的當天晚上就照顧全家吃飯，第二天就去花園裡工作了，什麼毛病也沒有。他不明白爲什麼輪到范妮，她就能變成了一隻抱窩的老母雞。一切活動都在床上，甚至不洗澡，也不刷牙。范妮的行爲讓魯想起太平洋群島上各民族的習俗，類似在吃飯以前，要往前面彈三滴酒，再往後面彈三滴酒，以祭鬼神祖宗。魯看不起范妮的不開化，他在心裡肯定，自己這輩子永遠不會娶一個東方人爲妻。她們太難讓人理解了。

發現范妮表現異常，是手術以後的一個星期。開始，范妮一直躺在床上，不停地睡。後來，她起床時，不管見到什麼東西，哪怕是魯的拖鞋，都遠遠地繞著走，好像生怕會撞上，讓自己受傷。走到跟前，她就停下來，看半天，然後自己告訴自己，那是只拖鞋，有紅色和藍色的條子，而且是Made in China。魯一點也見不得范妮那靈魂出竅的樣子，覺得她眞小題大作。他以爲范妮到底對自己的墮胎不能釋懷，所以用東方人曲裡拐彎的方式滋事。他有時看著她，又好笑，又心煩，范妮這種樣子太像是從老式電影裡學來的，像《茶花女》。他一向感受到范妮有許多心裡的事情瞞了他，她並不誠實。他聽說過東方人最會騙人，他在范妮身上隱約感受到了那種類似謊言的氣味。其實，這也是魯無法實實在在地愛上范妮的原因之一。如今，魯認爲范妮這樣子是做給他看的，想要從他這裡得到更多感情。所以他故意不去理會她，讓她自己明白，這一切並不奏效，他不會買她的帳。但是，到底，魯的心裡並不好過。范妮看上去對他沒有任何要求，心不在焉的，但她拒絕他一切幫助，連他煮的咖啡都不喝一口。她像清教徒一樣，只喝清水，吃冷麵包。她總是讓他感到一種被強迫的內疚感，也同時感到惱怒。在道理上，魯不認爲自己做錯了什麼。魯感到自己被迫不能理直氣壯地生活，自己的心上被別人放上陰影，他恨這種處境，他認爲這樣對他不公平。

於是，他決定要動手扭轉這局面。他出門的時候讓范妮知道，而回家的時候輕手輕腳進門，他希望看到，范妮獨自在家的時候，根本就是個正常人。那時候，他就突然出現在她面前，戳穿她的花樣。他就說：「遊戲結束了。」但是，他躡手躡腳發現的情形，卻是范妮的眼神都散了，你看著她，可是吃不準她到底在看什麼地方。魯嚇得伸手去范妮的眼前晃，想抓住她的注意力。果然，魯看到范妮的眼神又漸漸聚了起來。她將臉向魯湊過來，細細地看著他的臉，像看螞蟻那麼仔細。然後，她像耳語似地說：「你是魯．卡撒特啊，你的眼睛眞的太藍了，眞的太藍了。」

「是啊，我知道，你喜歡我眼睛的顏色。」魯說。他回想起范妮說過的話。她是他這一生中遇到過的最愛他外表的女人，這種他從來沒有期望過的帶著崇拜的愛，曾經讓他心裡得到過極大的滿足。魯心裡的怨氣悄悄被那種滿足帶來的幸福感所覆蓋，在范妮身邊，如果沒有猜疑的話，魯總是被范妮的崇拜所吸引，雖然有時也會覺得乏味。他輕輕捏了捏范妮的肩膀，問，「你今天感覺好嗎？」

范妮過了好一會，才說：「算是好吧。」接著，她臉上閃過魯熟悉的倔強，「我還不錯。」她強調說。

這時，魯發現范妮在屋角放了一個黑色的垃圾袋，裡面堆了不少東西。他定睛一看，發現那裡面都是用過的衛生棉，還有穿髒的內褲。內褲上的血已經乾了，微微發著烏。他裝作沒有看到，但心裡震了一下。要是范妮把它們丟到他們合用的垃圾箱裡，魯就會去倒乾淨，也會發現這些婦女用品。但是范妮將它們藏在自己房間裡。魯在那些已經乾了的血跡上，突然感受到范妮的痛楚和自尊，以及捉襟見肘的處境。

藉著心裡的憐憫，魯張開胳膊，想要擁抱范妮，但范妮閃開了。

范妮還是整夜整夜地睡不著，噴泉的水聲像雷聲一樣在她的枕上轟鳴。開始她以爲還是時差的問題，後來，范妮在一個夜裡突然意識到，可能自己的精神出了問題。她想起來貝貝當年在發病前，也對維尼叔叔抱怨過，自己整夜整夜不能睡，吃不下東西。那時，維尼叔叔還說，要到紅房子西餐館去弄一客紅湯來，爲貝貝開胃口。范妮突然就意識到，自己的樣子跟貝貝當年的情況一樣。一想到貝貝，范妮幾乎立刻就肯定，自己也出問題了。

恐懼像一陣風一樣掠過范妮的心，她起了一身雞皮疙瘩。可是，她馬上就感到緊繃的全身「呼」地一輕，她終於發現了自己的逃路。要是自己連神智都不清楚了，誰還能來要求自己怎樣怎樣，誰還能來追究自己怎樣怎樣。一切就都交給別人處理了。范妮想起了英國電影裡的奧菲利亞，王子的情人，她瘋了以後，每天只要拿著個花環走來走去，然後躺在漂滿了花瓣的溪流裡，順流而下。這是一個容易對付的結局。老實說，范妮沒覺得現在有什麼不好的，她不吃東西，可是也不餓，她睡不著，可是也不睏。頭是很痛，好像什麼東西要從裡面破牆而出，這讓她有點害怕，但是卻不驚慌。反而，在注意力完全不能集中的時候，人像雲一樣飄浮著，范妮終於體會到了放任自流的輕鬆。

魯本來認爲范妮會漸漸恢復原狀，在她被明確告知他不會買她的帳以後。魯有好幾次明確地表達過，在心裡，他都覺得自己太粗魯了，但是他認爲自己必須發出明白無誤的信號，所以還是這樣做了。但是效果幾乎沒有。范妮的動作卻越來越慢，好像夢遊一樣。她仍舊散著眼神，不停地自言自語，描述自己見到的每一件東西。直到有一天，范妮不停地說了幾個小時，說得嘴唇上乾起了一層皮，皺了起來，然後又裂開，出了血，可還不停嘴。魯耐著性子去聽范妮的悄悄話，這時他發現，她說的都是幻覺。她說噴泉上起火了，消防車來救火，但是沒有用，火越來越大。又說簡妮到飛機場幾個小時了，怎麼不到家，好像是迷路了，該去警察局報失。好像范妮討厭簡妮這個人，她也學著魯的口氣，再三抱怨說 always problems，就像魯有時抱怨范妮那樣。魯害怕地望著范妮流血的嘴唇，乾裂的傷口剛剛結上，又被拉裂開來，魯看著，都覺得痛，但范妮就是停不下嘴來。這時，魯終於想到電影裡見到過的那些女精神病患者，范妮的行爲和她們簡直太像了。魯這時才意識到，也許范妮的精神眞的出了問題。

魯陪范妮去看精神科醫生。對范妮的診斷花了很多時間，因爲精神科醫生讓范妮做一些判斷憂鬱症的測試表，但是范妮有不少英文詞都看不懂，得靠魯給她解釋。魯藉著這個特殊的時刻，眞正走進了范妮的心裡。他才知道，范妮認爲自己活在這世界上沒有意義，沒有價値，她原來是個自卑的人，所以做出自尊的樣子。而且，她是一個沒有歸宿感的人。魯的心痛了一下，那時，他體會到自己和范妮在精神上祕密的連接，這種精神上的連接在他們那種被身體欲望和猜忌的干擾的關係中若隱若現，但終於不曾消失過。因爲他自己也是一個沒有歸宿感的人。他憐惜地看著范妮的臉，她的嘴腫了，嘴唇裂得不成樣子，臉也因爲失去了神智而變得特別無辜和無恥。

但是醫生說，這些想法都是由於憂鬱症的病態心理造成的，與這個人的世界觀無關。依據范妮的測試表，和心理醫生的談話，醫生判斷范妮得了重度憂鬱症。

從診所出來，范妮被一輛黑人開的拆除了消音器的汽車呼嘯而過的聲音嚇得一抖，就往後面退。魯不得不用自己的胳膊環住范妮的身體，半推半抱地鼓勵她往前走。從知道范妮懷孕到現在，范妮的身體是第一次這樣正式落進魯的懷抱裡。魯這時才發現，范妮的身體變得像吸塵器的管子那樣細、空和僵硬。他抱著范妮，好像抱著一件空衣服。魯聞到她頭髮裡散發出來的油膩氣味，那是只有在無家可歸者身上才會有的氣味，照醫生的話說，那是典型的憂鬱症病人的氣味，他們對生活一點興趣也沒有的表現。魯忍不住將自己的臉側過去，讓開范妮身上的氣味。

魯眞不知道此刻他心裡的感受，是惱怒，還是同情，是憐憫和懊喪，還是恐懼和厭煩。第一，他不知道自己該怎麼辦，該負什麼責任，第二，他不知道范妮的將來會怎樣，她該怎麼辦。醫生叮囑過他，要趕快通知她的家人，范妮已經有很明顯的自殺傾向了，應該要送她去瘋人院，這樣可以保護她的安全。醫生的話顯然嚇壞了魯，他可不想范妮死在他的周圍，他受不了這樣的事，也處理不了這樣的事。

在魯成長的過程中，女孩懷孕不是新鮮事，但他沒見到有誰像范妮這樣，竟然眞的爲這麼個不快的插曲而瘋了的。他抱著范妮像紙板一樣薄的肩膀，感受著范妮對世界的驚恐。汽車喇叭，突然迎面而過的行人，都將她嚇得打哆嗦。魯不得不緊緊抱著她，使她不至於落荒而逃。魯這時突然想到，會不會是自己使范妮恐懼呢？自己是不是也對范妮做錯過什麼呢？儘管他想不出來自己有什麼不對的地方，但是總覺得是不乾不淨的。

路過他們的行人，大都看出了范妮的異常。敏感的人都遠遠給他們讓出路來。魯不得不在路過那些人的時候低聲道謝。他聽到幾個十幾歲的孩子路過他們身邊的時候，討厭地說了句「臭味」。他們臉上的表情是魯所熟悉的，十幾歲的人都討厭看到不幸的人和事，其實魯自己也是這樣的人。他覺得自己的臉「呼呼」地燙了起來。

魯看到自己莫名其妙被迫陷入這樣被人繞著經過的境地，不得不負起照顧范妮的責任，良心還在自己心裡不安而不解地嘀嘀咕咕，審判著自己的行爲。他討厭自己這個處境。Always problems，他憤怒地抱怨著，狠狠捏住范妮的細胳膊。Always problems。

魯不得不幫范妮打電話通知她上海的家裡。一個帶著老派紐約腔的男人向他仔細詢問了范妮的情況，非常冷靜。然後，他拒絕了將范妮送回上海的建議，也拒絕了魯通知在紐約的親屬的建議。他要魯用最快的速度將范妮的病歷和證明材料寄到上海，由他們家裡的人來紐約處理范妮的事。那個好像是從馬龍·白蘭度的嘴裡發出來的聲音，文質彬彬，字正腔圓，但強硬堅決，不容分辯。魯猜想，那個人就是范妮說的曾在紐約大學讀電機的祖父。但是，他聽上去更像一個黑社會的老大，像馬龍·白蘭度演的人。他想起好萊塢電影裡面對華人富豪和大班的描寫，他們與義大利黑手黨沒什麼本質的區別。又想起來白蘭度抱著一隻貓，扁著上嘴唇的樣子，他怕自己眞的惹出什麼殺身之禍來。魯這才認眞想起當時范妮對他說過的家史，那曾經和美國人一起販賣鴉片、勞工到美國，唐人街都和她家有關係，後來又幫杜邦公司把化學製品賣到中國的家族，那個世代 comprador 出身的家族，在魯的印象裡，有點像從非洲販運奴隸到美國的英國人，他們不是那麼好對付的吧。魯胡亂地擔著心。魯知道，自己得努力按照他說的去做，只有范妮家有人到紐約了，自己才能算得到解脫。

於是，魯放下自己手裡所有的事，爲上海能來人照顧范妮而奔波，甚至他以室友的名義寫了證明范妮因病無法自理的證明，而且還去敦請精神科的醫生爲范妮開了一張無法獨自旅行的證明，方便范妮家人的簽證。當然，魯也同時把范妮在紐約做墮胎手術的資料一起寄到了上海，那上面有范妮的親筆簽字，證明了她是自願去墮胎的。魯覺得自己這樣做很聰明，他在郵局的桌子上，將所有的資料都裝進防水的大信封裡，用手拍了拍它，說：「I did not make anything wrong.」

魯從紐約打來電話的時候，正是上海的深夜。上海正在秋老虎，熱得整夜都必須開著電風扇睡覺。所以，全家人的房間門都開著，於是，突然響起的電話鈴吵醒了全家人。然後，全家人都在各自的房間裡聽到了爺爺說的話，這是第一次，大家聽到爺爺說的英文。在其他人心情複雜地讚歎爺爺英文的地道時，簡妮第一個意識到，范妮出事了。她在GRE書裡見到過「產後抑鬱症」這個詞。

簡妮的心激蕩了一下，她馬上輕聲告訴在大床上的父母：「范妮發精神病了。」

「什麼？」媽媽從枕頭上抬起頭來，詫異地問，「什麼精神病？」

「她的孩子沒有了。」簡妮說，「她發產後抑鬱症。」

這時，她看到爸爸「騰」地一下，從床上坐了起來。

簡妮聽到爺爺對魯的吩咐，她的心突然劇烈地跳了起來，她馬上猜到爺爺的用意，美國是講究人道主義的國家，他們生癌的小孩，總統都會親自邀請他到白宮作客，實現他的最後願望。簡妮認定，他們一定會給這樣一種緊急情況的家庭馬上頒發簽證。這次，以范妮的名義，她是一定能夠得到簽證了！簡妮的心跳得是那樣急，幾乎要從嘴裡蹦出來。在拿到交通大學的入學通知書的時候，簡妮也曾經歷過這樣的心跳。

爸爸媽媽已經起了床，他們問簡妮到底怎麼回事，簡妮神情恍惚地敷衍說：「後面的沒聽清楚。」

范妮在美國經歷了什麼，為什麼會生這種病，爺爺幾乎就沒有問。

簡妮和爸爸媽媽等到爺爺掛斷電話，來到爺爺房間門口時，看到爺爺還站在放電話機的柚木花架前，一手扶著籐椅的靠背，將身體綳得像一張弓。

「范妮哪能？」爸爸一開口，聲音就是抖的，然後，就帶出了哭腔，「我們家怎麼這麼倒楣！什麼事倒楣，什麼事就肯定要輪到我們家的人，逃也逃不掉的。我們倒楣夠了，范妮和簡妮還要接著倒楣下去。就是逃出去的人，也逃不掉倒楣呀。真正叫一失足，成千古恨。」

爺爺看著爸爸媽媽不說話。

簡妮知道爺爺還有更重要的話說，但爸爸媽媽已經被范妮的事擊垮了，他們將范妮勉強送走以後，心裡不祥的預感，還有范妮一旦被送回中國，簡妮前途的黑暗，這家人已顯曙光的美國之路即將重新遁入無邊黑暗的事實，讓他們萬念俱灰，哈尼的眼淚像打破的水缸一樣噴射出來，他完全失去了平時的和氣和謙恭，以及走南闖北鍛鍊出來的硬朗和利索，抽泣得幾乎被嗆住了。簡妮不得不拉了拉突然崩潰了的爸爸，勸道：「你先聽爺爺把話說完呀。」

她心裡想：「事情不像你想像的那麼壞呀。」

簡妮知道，自己這麼想，未免太殘酷了些。「但是，范妮的確不是更合適到美國去奮鬥的人，這點已經被充分證明了。」她心裡忍不住盡量公平地想，「公平地說，就是這樣。」躍躍欲試的感覺又回到她的心裡，「既然能從阿克蘇那樣的地方回到上海交通大學讀書，到美國，才是眞正的海闊憑魚躍，天高任鳥飛。」

但爸爸還是像個孩子似地哭鬧。他的嗚咽在夜裡顯得那麼劇烈和響亮，毫無廉恥。爺爺的臉漸漸冷成了一塊鏽鐵。簡妮感到他像被觸動的烏龜那樣，正緩慢而堅決地向自己的殼裡縮進去。她認爲他就要向他們揮揮手，請他們回到自己房間去悲傷了。

「爸爸！」簡妮堅決地打斷了父親。

「爺爺，你接著說完。」簡妮對爺爺說。

「我要魯將范妮的病情材料弄好，寄過來，簡妮可以用接病人回家的理由再申請簽證。」爺爺說，「魯也怕他黏在這事情裡面，所以他答應全力幫忙，甚至自己提出可以當簡妮的邀請人。」

哈尼終於安靜下來。雖然不那麼戲劇化，但是簡妮是明顯地感到爸爸突然輕鬆了一下，就像哭鬧的孩子終於得到了他爲之奮鬥的東西。他就是這樣一個單純的人，即使是新疆，也沒有將他百鍊成鋼。然後，他們一家三口退出爺爺的房間，在走廊裡，他們看到了從朗尼和維尼黑暗的房間裡緩緩沉浮著的灰白色的蚊香煙，他們都躺在自己的床上，無聲無息，就像在夢中一樣。但朗尼沒有打呼，維尼沒有磨牙。

簡妮躺回到自己靠窗的小床上，那是個摺疊鋼絲床，已經舊了，人一睡上去，就軟軟地向下陷去。簡妮拂平草席，壓好枕頭，將自己的肩胛骨湊到枕頭下方最合適的位置，悄悄把睡裙撩到後背上，讓電風扇的風可以直接吹到皮膚。剛才又是一身大汗，因爲心裡緊張，居然自己都不知道。簡妮努力把自己在床上放舒服了，但是，她還是沒有睡著。她聽到樓下的人家的三五牌座鐘敲了兩點，兩點半，三點。聽到弄堂裡有野貓在翻動垃圾箱，嘩啦嘩啦地響。聽到玉蘭樹上有隻睡著的麻雀從枝上掉了下來，又慌忙撲打翅膀飛起來。聽到弄堂裡誰家的窗式空調機在啓動時發出的嗡嗡聲。但她沒有聽到家裡每天夜裡都會聽到的像被窒息了一般掙扎著的呼嚕聲，高亢而艱難，彷彿敲骨吸髓般的磨牙聲，爺爺在夏天的深夜裡常常會在夢中發出羊一般細長的哭叫聲，這都是除了夏天之外，被關在房門後面的祕密的聲音。但是，簡妮在這個夜裡什麼也沒有聽到。她知道，全家都像自己一樣，安靜地躺在床上，但沒有睡著。黑夜是他們大家的保護者，使得他們可以不必直面許多事情。

很明確地對魯說明了家裡對處理范妮事情的態度以後，爺爺就開始每天一早，到淮海中路口上的美國領事館門前去聽簽證的情況。那時，在淮海中路和烏魯木齊路交界的路口，總是擠滿了三五成堆的人，那裡面，有申請簽證的人，還有將要申請簽證的人，有爲申請者通宵排隊，並陪伴申請者一起來的親屬或者朋友，還有黃牛。在美國領事館前的黃牛，其實可以說是些收費的服務者。他們爲人塡寫申請表格，或者幫人排隊申請簽證。但他們最重要的作用，是發布與美國簽證有關的小道消息，他們大多是些中年男子，穿著平常，滿面煙色，態度有些狡猾和委瑣，但消息卻絕對靈通。在門口一堆堆的人在交頭接耳中，流傳著美國領事館簽證處裡的最新動態，美國移民政策的最新傾向，發放簽證的比例，在美國如何黑下去，等待大赦的方式，與簽證官說話，用美式英語，還是用英國式英語，對簽證官的態度，應該是據理力爭，積極進取，還是委曲求全，哀兵必勝，對簽證官最喜歡問的問題，「你怎麼證明你還會回中國?」怎樣的回答是最出色的，甚至當時上海人痛恨的台灣簽證官上班的時間表，都能在那裡了解到。所以，絕大多數準備去申請簽證的人，都先到美國領事館門口去領領世面。而這些消息最權威的發布者，就是長年累月在黑鐵門外工作的黃牛，他們的權威性是不容質疑的，因爲他們的面前經過成千上萬的美國簽證申請者，比任何一個在簽證處工作的美國簽證官都要資深得多。他們經過捕風捉影，道聽塗說，總結歸納，舉一反三，煽風點火，去僞存眞，再傳播出去的消息，就直接走進了上海諸多英文夜校的教室，特別是托福強化班的教室。在每年美國大學將要入學的時候，那個路口總是擠滿了人，連經過的公共汽車都常常要慢下來。路口對面的小街心花園的石凳上，更是坐滿了填表的人們。

爺爺在那裡走來走去，默默聽別人說話，他並不插話，要是有人問到他的情況，他只是說：「我隨便聽聽。」美國領事館門口的人，倒也不見怪，也不避開他，大家就讓他在旁邊聽。漸漸，爺爺發現，有好幾個像他一樣的老人，也像他一樣只聽不說，更不談自己的情況。他們彼此也不交談，像影子一樣。後來，天天碰見，見面也是點點頭而已。在美國領事館外面，自帶一個小板凳，一本中英對照詞典，爲人填表的黃牛，是那時懂得些英文的人，那些人要是遇到自己吃不準的英文詞，就悄悄走上去，觸觸那幾個沉默的老人，輕聲請教他們。爺爺看到過，那幾個老人，也都輕輕地告訴黃牛，或者在黃牛攤開的手掌心裡，寫下那個他推薦的詞。但要是有人直接找到他們，央他們幫自己填表，他們總是馬上就搖頭，並飛快地避開去。

從美國領事館的黑鐵門裡出來的人，總是被人群馬上圍住，同時有好幾個人問：「哪能？」「撞到誰的手裡？」不管是得到簽證的人，還是沒有得到簽證的人，他們在簽證處的經歷，總是被不厭其煩地再三詢問，他們在匆匆離開之前吐出的任何隻言片語，也都在人群中引起陣陣漣漪。但是從黑鐵門裡出來的人，卻大多仍舊沉浸在自己的世界裡，臉上多少都帶著不能置信的驚奇，沒有得到簽證的，不能相信自己居然在幾分鐘時間裡就被拒絕了，在他們看來，他們居然被美國拒絕了，走進黑色鐵門之前所有的努力與夢想，在這時已經化爲灰燼。得到簽證的，不能相信自己的生活中的重大變化居然眞的在這幾分鐘裡面發生了，美國人接受了自己的護照，接受了自己，夢寐以求的新生活接受了自己。「你是什麼專業？」「你是誰做的擔保？」「你是到哪裡？」「你是第幾次拒簽？」外面的人的問題漸漸將他們拉回來，「神學院。」「我表哥。」「到中西部。」「已經第四次了。」他們回答著門口陌生人們的問題。漸漸地，不同境遇的人開始有了不一樣的表情，往往那些被拒簽的人還比較鎭定，因爲他們早已在領事館門口接受了簽證困難的教育，有心理準備。而那些終於得到簽證許可，被留下了護照，並交納了簽證費，得到了領取簽證的預約單的人，常常會在外面突然哭起來。偶爾路過的人，以爲那是爲了沒有得到簽證而哭，而在門前聚集過幾天的人，都知道簽證成功的人才哭。

爺爺收到魯寄來的所有材料，一個很大的信封，信封上畫著一隻大鷹頭。全家人都知道，這裡面裝著的，是王家最後一次機會。爺爺將裡面的材料一一仔細看完以後，突然叫哈尼也去申請護照。「和簡妮比起來，也許你更合適。」爺爺說，「你是范妮的父親，去接生病女兒回家是情理之中的事。你年齡又大了，既沒什麼技術，也沒有學歷，不可能在美國留下去，他們會覺得你更沒有移民傾向。」

那正是全家人都在飯桌上坐定，準備開晚飯的時候。大家都吃驚地看著爺爺，因爲這些天來在街上風吹日曬，他的臉色有點黑，有種果斷的樣子。

哈尼好像不明白似地盯著爺爺，但是，他的臉漸漸紅了。在哈尼的記憶裡，這是從一九六三年自己被迫到新疆農場去以來，爺爺第一次這樣直接地表示出對他的輕蔑。雖然他早就體會到了爺爺對自己的失望和放棄，但這樣直接表露出的輕蔑，眞的還是第一次。哈尼簡直有點不相信自己的耳朵，他以爲自己聽錯了。

他高中畢業時，和朗尼一樣，都是家庭出身的關係，考不上大學。到了維尼，連初中升高中的時候，也不可能考進重點高中讀書了。但只有一年是例外，那是一九六四年。那一年高考時，將家庭出身的界限放寬，一大批因爲家庭出身問題在一九六二、一九六三年沒能考上大學的高中畢業生終於在一九六四年再參加高考時，得到了大學錄取通知書。但哈尼那時已經因爲黑燈舞會的事件，被送到新疆去了。他是王家唯一的一個可能在一九六四年擠進大學的人，但卻失之交臂。哈尼能感受到，爺爺對這件事，一直不能原諒，好像他要爲王家沒有一個大學生負責，這也是哈尼一直的心病。他做不到像朗尼和維尼一樣地理直氣壯，因爲是別人剝奪了他們的機會，而他，卻是不肖。他眞的也想把自己從一九四九年以後一直放在心裡，而且也像爺爺的抱怨一樣的抱怨，像爺爺一樣說出來。他要說：「要是你不是一定要留在上海，不是思想那麼進步，我們也就不是現在的樣子了，我們的苦也就都不用吃了。」在哈尼看來，這才是最基本的事實，是爺爺對兩代人的重大失誤。要是當時就留在美國不回來，他哈尼去朋友家跳舞，又算什麼呢？也許他們大家拿的，都是美國護照，根本沒有簽證問題。每當被爺爺的失望挫傷的時候，哈尼心裡都這麼想。但他從來不忍心說出來，他也從來沒想到，自己的父親會在這時，說這麼殘酷的話出來，而且是在范妮瘋在美國的時刻。

他心裡熊熊燃燒的，乍一看全都是屈辱和羞恥。但是，在某一個小小的，隱蔽的角落裡，他也體會到了一種極卑微的驚喜，那麼說，他也有機會逃到美國去了，這是做夢都不敢想的。但是其實，在父母當年準備送朗尼去香港的時候，他也暗暗盼望過媽媽有一天也將自己接到自由世界去。離開中國，也是他畢生深埋於心底的夢。在阿克蘇有時從短波裡聽到蘇聯台的廣播，他都會流下眼淚來的。哈尼怎麼也想不到，自己的這一天，是這樣到來，用這樣的面目到來的。

「如果遇到眞的想要網羅中國人才的簽證官，你和簡妮一起去，他們拒絕你，也會間接地給簡妮一個機會。要是遇到眞的想卡有移民傾向的簽證官，他卡住簡妮，就會放你去。那麼，我們家，總算也利用這最後一次機會，將范妮帶回來，還是在那裡給她治病，就看你的本事了。」爺爺繼續說。

簡妮也瞪著爺爺，說不出話來。她已經聽明白爺爺對自己是否能得到簽證，沒有信心。但要是爸爸更合適的話，他與自己一起去簽證，就不是當自己的陪襯，而是自己要當爸爸的陪襯了！這是簡妮萬萬想不到的，她也不相信自己的耳朵，以爲自己聽錯了。爸爸到美國能幹什麼，范妮再沒用，還可以嫁人，爸爸連嫁人做跳板的可能也沒有的。要是做牛郎，只怕中國男人還不如黑人性感。爸爸不是活活將范妮用命換來的大好機會浪費了嗎？簡妮心裡翻江倒海的，她看看爸爸，忍不住帶著點敵意，還有輕蔑，他怎麼能和自己爭這個機會！最應該去美國的，最可能在美國站住腳，得到發展的，是她！肯定不是他。簡妮僅僅一眼，就抓住了爸爸身體裡像火苗一樣明滅著的那一點複雜的驚喜，這一點驚喜，像火苗落在乾柴上，她心裡的憤怒「蓬」地一聲就燒了起來。簡妮簡直嚇了一跳，自己不是一直體貼父母的嗎？不是立志要讓父母在家裡人面前揚眉吐氣的嗎？

哈尼紫漲著臉，看著桌子中央的一碗蔥烤河鯽魚，什麼也說不出來。

簡妮也紫漲著臉，什麼也不說。她的眼睛裡漸漸被淚水擠滿了，她什麼也看不見，只是看著那層淚水。所以，她就瞪著那些淚水。

哈尼推開碗，站起來，對簡妮說：「簡妮，你放心，我爲了自己的孩子，叫我吃屎都行。」

全家人在沉默中吃完了飯，他們大家心裡都知道，爺爺的決定是最保險的，是對的。

果然，哈尼得到了到美國的旅行簽證，那簽證官連一句話都沒問，在哈尼的印象裡，他都沒有好好看自己一眼，整個過程，不過五分鐘。他心裡剛剛在盤算，這個人的頭髮是黃的，也許就是被上海人稱爲「黃毛」的簽證領事，他已經將塡寫好日期的領取簽證預約單推到他的面前。但一起去簽證的簡妮，則再次被拒簽。

「你太年輕了。」他對簡妮說。然後在她的護照的簽證頁上敲了一個「簽證申請已收到」的圖章，那便是再一次被拒簽的證明。

哈尼和簡妮，一時都愣在那個簽證的小窗口前。裡面的黃毛拿著一疊表格，站起來要走。這時，簡妮伸手抓住窗子，像要阻止黃毛的離開，但她什麼也沒有說，只是將臉漲得通紅，死死地看著裡面的人。

哈尼連忙扶著簡妮的肩膀，將她從窗前拉開。她的肩膀哆嗦著，像一隻發抖的小母雞。簡妮馬上搖搖肩膀，想擺脫他的手，但他仍舊死死抓住簡妮，一起離開那個窗口。一屋子等待簽證的人，都憐憫而厭惡地注視著他們，像注視醫院裡的晚期癌症病人那樣。他們都以爲他們被拒簽了。但等哈尼在一張椅子上安頓好簡妮，自己去交簽證費的小窗口交錢和護照，注視他的目光立刻變得灼人起來。簡妮瞪大眼睛，狠狠地盯著爸爸。看著爸爸將他的護照送到另一個窗口去，並交了簽證的錢，並領到一張小紙片，那上面寫著一個日期，到時候，憑這張小紙片，就可以來取簽證。那時，只要有了飛機票，一出領事館的大黑門，就可以直接去飛機場，一個小時以後，就可以離開中國。簡妮緊緊握著自己咖啡色的護照本，怕自己忍不住會將自己的護照也硬塞進去。

離開簽證處的房間，他們走到領事館的花園裡，夏天的樟樹長著明媚的綠葉，散發出植物的芳香，簡妮一時覺得奇怪，她沒想到還能看到這麼漂亮的夏天的大樹，而且，在樹枝的深處，還能聽到小鳥的聲音。

他們立刻被門外的人圍住。在簽證處門口圍觀的人與其他地方的不同，他們像流水一樣不停地在活動中，並不死死地將出來的人團團圍住，讓人動彈不得。他們鬆散地迫近從簽證處走出來的人，察言觀色，嘴裡問著：「簽出來沒有？簽出來沒有？」要是出來的人回答了，而且停下來說話了，大家才圍過去，將他團住。如果出來的人並不回答，或者明顯不想多說，他們就鬆開一條路，讓那人能迅速離開。

哈尼是今天上午第一個得到簽證的人，「開沖了！」簽證處外面的人用華亭路上小攤販做出第一單生意的行話，來形容美國領事館在今天發出的第一張簽證。外面等候的人群振奮地騷動了一下。

「你是什麼條件？」大家直接撇開簡妮，盯住哈尼問。但他逕直離開了。他手裡還抓著維尼叔叔寫生用的摺疊木條凳子，那是他在簽證處外面排隊時坐的，上次他幫簡妮來排隊的時候，就是用的這張椅子。簡妮這才發現，爸爸在簽證的過程中，一直抓著這張凳子。他在精心打扮過的簽證者中間，竟然是最奇特和真實的一個，他的身上流露著絕望之後的本分。現在，他像夢遊的人一樣，正默默穿過人群，正羨慕地望著他的人，自動爲他讓了路。一個女人看著他嘀咕了句：「這個人已經傻了，范進中舉就是這樣。」

爸爸和簡妮沉默地離開美國領事館所在的路口，經過一個街心花園。刷了白石灰的柵欄裡開著滿樹的白色夾竹桃花，當年拿破侖的士兵用夾竹桃的樹枝烤肉，吃了以後紛紛中毒，大家才知道那夾竹桃樹，原來是劇毒的。夾竹桃白花滿枝滿樹，散發出可疑的辛辣的氣味，這樣的花香喚醒了他，就像少年時代被通知去新疆出發的時間的感受一樣，腦子裡一片空白，他不相信似地摸摸放護照的口袋，那裡的確是空的。要是這張簽證早來三十年，那是個什麼情形！他緊握著半夜排簽證隊伍時坐的小帆布凳，無力地想。母親放在白色梳妝檯上的蜜絲佛陀，金色的銅唇膏盒子和小時候家裡的客廳門口，頂著一顆大星星的聖誕樹，遙遠地躍出他紛亂的回憶，那是他能有的僅僅一點點和美國有關的印象。哈尼想起了從前的小說裡常用到的一句話：「他的心，像打翻了油醬店的罎罎罐罐：五味雜陳。」他想，自己的心情，現在大概也用得上這句話了吧。

簡妮在旁邊走著，她的樣子，讓他想起一只被再三摁進水裡，但又再三浮起的皮球。皮球裡的氣使它不斷藉著水流，從壓力下逃脫並浮起，濕漉漉地在水中沉浮，但是它無法徹底逃脫水中的命運。在他看來，簡妮和范妮是長相很相似的姊妹，她們的臉上，都有怨懟和刻薄的神色。她們讓他害怕，讓他不敢想入非非。

哈尼轉過頭去，不看簡妮的臉。他不敢想，自己怎麼能把簡妮辦到美國去讀書，怎麼能把范妮的病在美國治好，自己怎麼能在美國住下去，他都不知道。他其實是個脆弱的人，也是一個單純的人，要不是在離開上海以前，他匆匆與跳舞時初戀的女朋友結婚，兩個人日夜在一起，一點點適應了新疆，他不知道自己會不會也像別的上海男孩那樣，光想家，就想瘋了。要不是他爲人善良，也知趣，總是夾緊尾巴做人，他不知道在新疆要受什麼樣子的苦。他現在不知道自己怎麼對付去美國的日子。他心裡真的害怕了。

他們沉默地進了弄堂。遠遠地，就看見媽媽守在能望見弄堂口的窗檯前，就像他們走的時候一樣。一看到他們的樣子，她的臉色就變了，她以爲又是拒簽，然後，她的眼淚就不停地在臉上流，她第一個想到的就是簡妮走不了，而范妮又回不來了，她心裡充滿了災難將要到來的陰影。

哈尼將美國領事館給他的護照收據和預約取簽證的通知放到吃飯桌子上，攤開來，這是美國的大門朝他敞開的證據，和當初范妮的一模一樣。

媽媽胡塗了，說：「這個意思是，哈尼你也要到美國去了？」她擦了擦被眼淚泡腫的眼睛，不知所措地問，「那簡妮怎麼辦？」

爺爺的身體漸漸地委頓下去，陷進本來就鬆垮下陷的舊籐椅裡，像一條嵌進牙縫裡的燒黃了的薺菜。

維尼和朗尼都說，美國人眞刻薄，曉得哈尼去了也白搭，只能帶范妮回來，就發簽證給他，說起來，也算盡到了人道主義義務。

這話應該是沒錯，但由平時基本不說話的朗尼和平時從來不說不中聽的話的維尼說出來，就太刺耳了。哈尼吃驚地看了他們一眼，這還是第一次，他看到自己兄弟異口同聲地說話。他能理解爲什麼他們這麼說，他看透他們心裡的那點不甘心。其實家裡所有人的反應，自己父親的，自己女兒的，他都能理解，也都讓他心酸極了。要說到美國去，他怎麼就變成一個沒有資格到美國去的人了呢？自己得到了簽證，沒有人祝賀，沒有人叫好，沒有人高興，倒好像自取其辱。什麼事，到了他的身上，就變味了。連大家夢寐以求的美國簽證，都不能沖沖喜。他以爲自己又會落淚的，但是眼睛裡卻一點都不濕。倒是媽媽漲紅了臉，忍不住反駁了一句：「我們哈尼未必就眞這麼窩囊。」

但他卻點頭，「他們說的沒錯。基本上是這樣。我這種學歷，這種年齡，到美國去也只能到唐人街當苦力，不會有出頭日子的。一旦我簽證到期以後，黑在美國，我家的孩子就永遠不要想進美國。美國人也是算好了我不會白白犧牲我孩子的前途，才給我去的。」然後他抬起眼睛，看定簡妮，一字一字地說，「簡妮你放心，我那天就說過了，我一定要爲我的孩子們負責的，我就是吃屎，也要幫你到美國去，也會將范妮安排好。我生的孩子，我就爲她們負責到底。」

哈尼的話，說到這個份上，媽媽和簡妮都已經聽出裡面的弦外之音，她們都不由得看了看爺爺，他仍舊端坐在那張舊籐椅上，像一塊鎭紙壓住在風中簌簌翻動的書本那樣，鎭定地看著哈尼。等哈尼說完，爺爺輕輕點了點頭，說了句：「好的。」

「你倒也不用說這麼難聽的話，老實說，你就是吃屎，也不一定管用。」朗尼說。

「但是不管怎麼樣，我能到美國去了。」哈尼在後面跟了一句。

哈尼到達紐約的當天，魯就搬離格林威治村的公寓。他解釋說，自己突然從旅行社得到了一張三千五百美金的環球旅行機票，他之所以等到現在，是希望看到范妮得到家裡人的照顧，一切都穩妥了。魯說，他又特地去諮詢了范妮的醫生，醫生認爲，范妮的病情在用藥以後，會有一個緩解的階段，這個階段大概有四個星期。然後，因爲流產婦女體內荷爾蒙浮動的關係，要是不接著治療，很可能會復發，要是復發了，就會很嚴重。魯認爲，一個多月對范妮和她的父親來說足夠了，他可以帶著范妮回上海。

「用不著這麼長時間的吧。」哈尼說。

「我也是這麼想的。儘快回到中國，繼續治療，一定是最好的選擇。」魯說。

魯認定哈尼不是那個電話裡說話口氣像馬龍·白蘭度的男人，心裡放鬆了一些。哈尼身上和老派的文雅混淆在一起的新疆火車上鍛鍊出來的野氣，在魯看來，簡直就是黑手黨的氣質。哈尼總是看著他，好像在審度，又好像在等待，魯不知道他到底在想什麼。作爲范妮的父親，他會不會像義大利人那樣，最後要爲自己女兒打一架。或者上海人也會像阿富汗人那樣，女孩子失貞會有私刑。魯的心裡其實一直有點七上八下的，被哈尼看得有點發毛。

哈尼的確心有不甘。他猜想，要不是這個金頭髮給范妮灌了什麼迷魂藥，范妮一定會努力將孩子留下來的。在上海，好容易說好了，一到美國，就全都變了，自然是這個男孩的主張。要是范妮留著那孩子，她也不會得什麼產後抑鬱症。對魯的怨恨，在哈尼心裡一直沒有眞正平息過，一方面出於父親的情感，另一方面是因爲計畫的落空，簡妮眼看就要被活生生憋死在中國。但王家已經利用魯，又申請了新的簽證，好像已經兩清了。但當他看到魯將自己的行李放在腳邊，一副交代好後事，拔腳就走的樣子，惱怒又蜿蜒爬上心頭。

「你都說完了?」哈尼問。

「是的。」魯說。他頓了頓，又說，「我為范妮的事情覺得遺憾。」

「你大概應該說抱歉，而不是遺憾。按照道理，你們有了孩子，你要是對她負責的，就應該要與她結婚。」哈尼說。

「我們，我和范妮，從來沒有結婚的計畫。」魯的臉漸漸白了，「我們只是彼此相愛過。」

「那你們有孩子幹什麼!你知道這對一個女孩子是多大的傷害，她來美國以前，還從來沒愛上過什麼人，是清清白白一個處女，是個處女，你知道嗎?」

「我很遺憾。」魯說，「我從來沒強迫范妮做任何事，你可以問她。我們是相愛，是自願的，我第一沒有勾引她，第二沒有強迫她，范妮懷孕，是我們雙方的意外。你可以去問她。」

「那你呢?你就沒有責任啦。」哈尼說。

「我不認為我還需要盡更多的責任。每個人為自己的行為負責。我已經負擔了自己的那部分。」魯堅決地說。

哈尼盯了一眼魯，魯的藍眼睛也筆直地看著他，又冰涼，又勇敢，緊緊綳著一張蒼白的臉，帶著一種被侮辱和無理糾纏的憤怒。哈尼掉開眼睛，他相信魯說的是眞的，在心裡罵了一聲范妮的賤。但是，他馬上就想到，要不是范妮出了這樣的事，簡妮已經山窮水盡，不像現在，他到美國了，到底還有一線希望。不管怎樣，將他弄到美國，對王家來說，也算是做了天大的好事。要是范妮做，還不一定能做得到。這也是事實。哈尼必須得承認的。哈尼此時也不得不承認，爺爺到底正確。再一次在爺爺的決定面前認輸，真令哈尼痛苦。

但哈尼還是不甘心。不甘心自己就這樣在爺爺的決定後毫無建樹，就將魯永遠放走。他知道，魯一旦離開這個門，就再也找不到了。他認定，魯要去環球旅行根本就是謊話。

魯直直地看著哈尼，就像看一杯被倒翻在白色地毯上的咖啡，既心煩，又厭惡，同時也不得不準備著手清理。

「你想要什麼？我覺得你想要什麼，想要錢嗎？」魯聲音冰冷地發問。

「我更想要責任，你負你那負不起的責任。」哈尼的臉漲紅了，他連忙申辯。

「如果是我的責任，我不會負不起的。但不是我的責任，我不會負。」魯說。從哈尼漲紅的臉色上，魯看出了他的心思。他將自己口袋裡的一串鑰匙，和一個信封拿了出來，放在桌上，說，「要是你需要幫助，我可以再盡力。我將我租的房間無償轉借給你，我付的租金，還有將近兩個月。信封裡的，是與房東的合同，我還有一個月的房租抵押在房東那裡。在將近兩個月的時間裡，你可以住在這個公寓裡，不需要付錢，等租約期滿以後，你還可以繼續住一個月，因爲我的押金也留給你了。」魯拿起自己的行李，「我能爲你做的，就是這麼多了，祝你好運。」

說完，魯繞過哈尼，逕自走了。

哈尼是想叫住魯，對魯說，把你的臭錢拿著，滾。或者說，你以爲你的那點錢就能買到我一個清清白白的女兒，你以爲她是什麼人！或者說，你想要打發叫花子啊。但他什麼也說不出來。他匆匆在記憶裡翻檢著可以罵人的英文單詞，bitch 是罵女人的，「母狗養的」怎麼說，不知道。Fucker 好像太輕了，也很文不對題。他發現自己當了這麼多年英文教師，還從來沒用英文罵人的需要。等魯的腳步聲消失了，他才意識到魯已經離開了，他才鬆了口氣。哈尼看著桌上的鑰匙和信封，心想，這兩樣東西，加起來三千美金，乘九，大概是兩萬七千人民幣，無論如何，這筆錢該算是自己的成果吧。「就像人家丟給喪家犬的兩條骨頭。」哈尼羞憤地掐著自己的腿，對自己說。

范妮坐在自己房間窗前的椅子上，默默看著哈尼。她的眼睛像中午的貓一樣瞇縫著，好像什麼都不知道，又好像什麼都知道。

看到她的樣子，哈尼心裡一震，那詭異的神情，讓他想起了新疆農場裡的「小白臉」。他是上海弄堂裡的孩子，沒考上高中，就報名到新疆去了。但到新疆不久，他就發了瘋。當時，他的臉也有這種詭異的神情，那神情讓連長和指導員都不相信他瘋了，他們也懷疑他裝瘋，想要被遣散回上海。他們拍著桌子對小白臉叫：「你生是新疆的人，死是新疆的鬼，永遠回不了家啦。你現在既然瘋了，就取消你的探親假。什麼時候你不瘋了，什麼時候再恢復。」對上海知青來說，回上海的探親假簡直比金子還要寶貴。他們想用這個撒手鐗嚇唬小白臉，但小白臉對他們的話一點反應也沒有。其實，小白臉是真的瘋了。當想到小白臉當年臉上的樣子，哈尼這才相信，范妮也瘋了。

「范妮，我是爸爸。」哈尼向她走去，她的房間零亂齷齪，他聞到一股骯髒頭髮散發出來的油脂氣味，還有女人身上的酸臊之氣，如同一個夏天裝滿穢物的陰溝洞裡散發出來的氣味。哈尼在新疆火車上的女旅客身上聞到過，當她們不得不去廁所，不得不光著腳，用手吊著行李架上的鐵條，從椅背上跨過，她們身上那暖烘烘的酸臊氣就不得不暴露出來。哈尼最討厭這種氣味，他認爲這種氣味是世界上最齷齪，最下賤，最霉的，他的妻子愛蓮也知道，所以去新疆的火車上，她只在萬不得已的時候才喝一口水，盡量減少去廁所的可能。而且，那時候，她很識趣地從不用手去碰哈尼的頭。這污穢的氣味，讓哈尼領悟到，范妮已經不再是幾個月前洋氣而驕傲的小姑娘，而是一個骯髒而潦倒的女人了。他想，要是自己是魯的話，自己也不肯要這樣的女人。哈尼站在房間中央遲疑了一下，他不想再往前走了。他簡直就想拔腳逃開。爲了鎮定自己，哈尼四下裡望了望，他又看到在衣櫥旁邊放著的那只黑色垃圾袋，看到了裡面血跡斑斑的衛生棉。裡面都裝滿了，可見那些東西在范妮房間裡已經放了多少天。

哈尼向前緊走幾步，爲了避開那個垃圾袋，可他突然逼近，卻將范妮嚇得往後面一閃，差點把自己從椅子上掀下去。

哈尼想起來，另一個瘋了的上海青年，是烏魯木齊路上綢布店的小開，也是被弄堂裡的勞動大姊逼著報名到新疆農場來的，也是這樣一副嚇破了膽的樣子，誰說話大點聲，他就嚇得哆嗦。有時大風突然將門推開，他這邊馬上就嚇出一褲子尿來，順著黃綠色的棉褲滴到地上。

哈尼上去穩住范妮身下搖晃的椅子，然後趕快退後去。果然，范妮等到他退後了，就安靜下來。

「你認識我嗎？我是爸爸。」

「是的，你是爸爸。魯告訴我，你要來了。」范妮說著湊過來仔細看了看哈尼，然後點點頭，「你的眼睛和我的一樣，其實並不是眞正黑色的，而是 brown 的，要是你把頭髮放在陽光裡看，也是這種 dark brown 。眞的是 brown 的，我們是因爲吃牛奶和咖啡太少了，要是我們現在開始多吃牛奶、咖啡、起司，還有洋蔥，少吃中國食物，眼睛和頭髮的顏色都會變的，變得越來越 brown 。要到那時候，大家才看不大出你到底是什麼地方來的。當然要像日爾曼人，不大可能的，但大概會像義大利人，或者土耳其人，不過，像土耳其人也沒什麼可取的。」

「我會保護你的。」他對女兒說。

「你來是爲了你自己，不是爲了保護我。還有，就是爲了簡妮，你們才是眞正的一家人。我和你們不一樣。」范妮突然說出一聲驚雷。哈尼驚得跳起來，他細細打量范妮，范妮的藥裡一定有激素類藥物，吃得整個人好像腫了一樣。

「范妮，你不是眞的錯亂了，對吧？」他問。

「我知道你是爲了你自己，人就是這樣的，我也是這樣，魯也是這樣。」范妮說。

「范妮，你沒病吧？」他不甘心地問。

「我當然沒病。」范妮突然生了氣，把哈尼一推，「我說了我沒病，但魯一定要我去看醫生，我曉得魯是怕我沒有眞的去流產，悄悄把孩子生下來，給他麻煩。我告訴他我已經打胎了，已經做過手術了，但他還是要我去醫院，他還要陪著我去。讓我吃藥，那種美國的打胎藥多厲害呀，你看我吃成了這樣胖，眞的不像人樣了！人都是有自尊心的，你懂得嗎？爲什麼我說了，還要我吃打胎藥。爲了怕我不吃，魯和醫生串通好了，說這是治憂鬱症的藥。我告訴你，再告訴你一次，我沒有病。」范妮嚴正地對哈尼說。

聽上去，是眞的有病了。精神病人總是說自己沒有病的。但哈尼還是忍不住懷疑范妮錯亂的眞實性。他悄悄觀察范妮，希望看見范妮私下裡行爲很正常。就像他和妻子猜的那樣，范妮只是因爲對付不了紐約的生活、學習、愛情，才裝瘋的。在心裡，他們都對范妮的瘋狂沒有什麼切膚之痛，他們也都不願意將這一點說出來，顯得太記仇。他就是抱著將信將疑的心思到美國來的。但他總是看到范妮像木頭人一樣坐在那裡，帶著貓一樣的神情。

范妮常常坐在廚房的桌子前，對著一把空椅子，默默的，甜蜜的。哈尼猜想，那張椅子原來大概是魯坐的。范妮到現在，心裡還放不下已經拋棄她的白人，縱使是已經被傷害成這樣，在她意識尚存的地方，還生長著她對他的依戀。這時，哈尼心裡總是湧出對自己女兒的輕蔑，那種帶著點恨鐵不成鋼，又帶著點報復的輕蔑是那樣強烈和眞實地湧上心頭，使他完全不能假裝看不到它，不理會它。那種感情，不是痛心，不是要爲女兒復仇，不是憐憫，眞的是輕視。她失敗了，所以他輕視她。

哈尼因此而體會到，從前范妮對自己新疆口音的輕蔑，對自己儀態甚至手型的挑剔，也是出自她內心的眞實感情。那時，他和范妮的媽媽互相安慰，將原因歸結爲孩子沒能跟他們長大，沒能得到父母的愛，在心裡責怪他們沒有盡到父母的責任，現在他們又和簡妮親熱，所以范妮的感情是扭曲的，才表達出故意的冷淡。但事實上，哈尼心裡隱隱知道，事情沒有他們粉飾的那麼動人和浪漫。他們家的人，就是這樣的勢利之徒。范妮是，哈尼自己也是。或者說，人都是這樣的勢利之徒。帶著點厭惡地看著范妮，哈尼決定不去找伯婆，他不想讓伯婆知道在范妮身上發生的事。甚至他也不想到唐人街去找奶奶，他也不想讓自己的母親知道范妮身上發生的事。他心裡清楚，在這種落難的時候，不會有人願意出來幫忙，他也不會去自取其辱。

無論怎樣，哈尼也算是安頓下來了。做飯的時候，他陸續翻出了范妮放在抽屜裡的存貨，這才發現，冬天從上海帶來的醬油、榨菜、眞空包裝的雪裡蕻，差不多都還在。甚至連當時他反覆裹好防漏的塑膠袋都沒有拆開。他將它們取出來的時候，范妮連忙對他搖手說：「不要用這些東西，味道太大了，魯聞到會不高興的。」哈尼還在范妮的床底下找到一個帆布小推車，他剛將它拉出來，范妮又羞又急，滿臉通紅地跟他搶，說：「那是唐人街的東西，so poor，魯看到要不高興的。」范妮只以爲魯又到奧地利去散心了，會隨時回來。哈尼告訴她，魯已經去做環球旅行了，幾年都回不來的。但是范妮不以爲然地笑了笑，說：「他多半是先出去避避風頭，等我好了，他就會回來。」范妮常常有這種驚人之語，慢慢的，哈尼也習慣了，不管范妮是眞瘋，還是裝瘋，他都認了。

廚房裡的冰箱很老了，帶著 art deco 式的曲線，哈尼看著它實在眼熟。他突然想起來，自己小時候，家裡的冰箱也是這樣的一個大傢伙，在轉角那裡也帶著一點點圓弧，像家裡的樓梯，媽媽的梳妝檯。維尼後來考證出來家裡的東西都是美國貨，哈尼一直將信將疑的，現在，居然得到了證實。哈尼忍不住走過去打開冰箱門，小時候，他總自己開冰箱的門拿冰鎮的西瓜吃，他甚至想起了夏天外面梧桐樹上響亮的蟬鳴，爸爸告訴他說那些蟬叫的聲音是「知啦知啦」，是個驕傲的動物，不停地說自己知道了知道了。哈尼還想起來，當時自己爲了討好爸爸，乖巧地說：「如果不用功，牠又能知道什麼呢？」爸爸大大地點頭說，「這就是所謂的不知爲知之，是最不好的品格。」那時，他是南洋小學公認的資優兒童，父親最偏愛的孩子。所以，哈尼因爲跳黑燈舞會，被迫報名到新疆去，永遠失去了受教育的機會，就成了父親最不能原諒的事。他不光自毀前程，而且也毀了父親。由寵愛變成的憎惡，哈尼體會得最深。有時，哈尼覺得父親暗暗將他自己無法原諒的失誤，也轉嫁到他頭上。此刻，哈尼在打開的冰箱裡，看到的是自己做的紅燒豬蹄和雞蛋，還有香蕉，美國最廉價的食物。冰箱裡的那盞小燈，照亮了截然不同的食物，也照亮了他的命運。

「我眞苦啊。」哈尼呻吟了一聲，蹲了下去。

他久久地開著冰箱的門，聽到放在門上，用金色錫紙包著的英國奶油，在溫度變化時，錫紙發出了微輕的抽動聲，那是他在超市裡偶爾看到的小時候吃過的奶油，他買下它來，到底忍不住重溫過去的癮頭。在超市的貨架上，他靠那咖啡色的包裝，認出了英國的克寧奶粉。當年他的母親在香港給他們寄包裹時，常常在衣服裡夾帶克寧奶粉和用金色錫紙包的奶油。哈尼過去拿了克寧奶粉看，它竟然一點也沒變。當時上海這種非國產的東西比金子還珍貴，吃光了奶粉，不捨得丟掉裝奶粉的洋鐵罐，就留著裝散裝的糖果餅乾，直到鐵罐的底都鏽了。他吃驚地握著它，不知如何是好。然後，將它放回到貨架上面。但後來，他又拿了一罐放到自己的推車裡面，他想要再嘗一嘗，「也許，」他想，「也可以寄回上海去。寄給爹爹。」接著他又看到當年媽媽寄來的瑞士糖、奶油，還有用彩色錫紙包著的巧克力，他雖然不知道巧克力的牌子，但卻從它們的形狀上一下子就認出了它們。他記得那巧克力特別地香，還放在郵局的櫃檯上，他的爸爸還在爲裡面的糖果付進口稅的時候，他就已經聞到了它的香氣。他從貨架上拿了一包瑞士糖、一包巧克力和一條奶油，但最後要付錢的時候，他只留下這條奶油。他對自己說，他得增強營養，準備開始打工。

哈尼曉得自己的當務之急，是要趕快爲簡妮找到出路。但他實在不知道怎麼做。簡妮已經有了錄取通知書，他不需要再爲她找學校。他需要找到一個夠硬的擔保人，或者將一大筆美金存進大學，讓學校爲簡妮出具一個名義上的獎學金通知，加強獲得簽證的可能性。但他做不到。在上海，他還能在簡妮那裡知道一點消息，甚至到美國領事館門口去打探一點竅門，到了紐約，他反而覺得自己像是被封死在琥珀裡的小蟲子一樣，與所有的東西都是隔開的。這種感覺，眞讓他害怕。在新疆，最艱苦的時候，他的心裡都沒有這樣慌亂，這樣沒著落，格林威治村風雅的街道和建築，簡直嚇住了他，讓他很快就累了。他感到，那些花花綠綠的人們，燈光明亮的店堂和動輒飄滿半條街的咖啡香，和自己一點關係也沒有。他在街上轉來轉去，像莎士比亞劇裡穿行在宮殿裡哀怨的鬼魂，在維爾芬街角上，他也看到了那個西班牙式的石頭噴泉。他對原先自家花園裡的那個石頭噴泉還有點印象，他也馬上意識到它們之間的淵源因果。他拎著塑膠袋，去噴泉那裡坐了一會。聽著嘩嘩的水聲，他想起來，小時候，父母去跳舞了，自己獨自在二樓的臥室裡睡覺，那個說無錫話的奶媽在照顧朗尼。自己總是聽到嘩嘩的水聲，以爲是下雨了。有時父母的黑色小別克車回家來了，壓在路面上那嘩嘩的響聲，也像是在下雨。那時他家沒有車庫，爹爹就將車停在花園的一塊水泥地上。童年時代的事情，哈尼很少想起來，一旦想起，也會馬上自覺停止回憶，這是他在新疆學會的保護自己的方法。媽媽從美國探親回國的時候，肚子裡已經懷上了他，他是長子。要是媽媽那時不急著要回上海坐月子，而留在爸爸那裡生他，然後再回國的話，他如今就是美國公民，出關時走的是公民通道，用的是深藍色的護照。他的生活道路就會完全不同，他孩子的道路也就完全不同了。他丈量自己生活中那些可怕的失誤，計算那些無法控制的失誤是怎麼毀掉他的一生。那個石頭噴泉裡的水，像銀色的綢緞一樣柔軟地從石盤的邊緣掛下來，在陽光裡閃爍。它照亮了他的回憶，他家的小噴泉也是這樣的。那時，他是一個多愁善感的孩子，媽媽說過，不能再讓他學鋼琴了，音樂會加重他的娘娘腔，他應該學工科，做一個精準均衡的紳士。但他的一生，與母親的理想，風馬牛不相及。與這四周，風馬牛不相及，與他想要的生活，也風馬牛不相及。甚至，哈尼也不怎麼知道自己想要怎樣的生活，他還來不及考慮，就被命運沖進了湍急的生活，他要拚命才能活下來。

哈尼心裡知道，像普希金那樣垂頭坐在小花園的椅子上追憶，是沒有意義的。那種漫天而來的多愁善感也沒有意義。要是讓它氾濫，只能給自己增加麻煩。他不是詩人，也不是那個留美工程師的小孩，而是王家在美國唯一的健康人，重任在肩。他決定趕快找一份工作，馬上開始掙錢，有點東西抓到手，心裡才感到實在。

哈尼的理想，是到說英文的地方打工，他不想去唐人街。買菜時，他去了唐人街，和范妮一樣，他也討厭那裡的人，那裡的商店，那裡的氣氛，他覺得那裡面有種鬼鬼祟祟的東西，將他心裡努力藏著的卑微感一下子點破。

他不捨得花錢買報紙，看求職的版面，就到地鐵出口的廢物箱裡去拿別人扔掉的報紙。每天早晨，在華爾街附近地鐵站裡的廢紙箱上，都堆著別人在地鐵上匆匆看完扔掉的英文報紙。第一次，他琢磨了好久，才找到求職的內容，那原因簡單而實在，因爲他不知道有人說 want，有人說 hire，其實都是想要用人的意思。他按照上面的電話打電話過去，但他說不好英文，更糟糕的是，他聽不懂對方在電話裡說了什麼，各種腔調的英文通過電話傳過來，就如天書一般。他只有諾諾的份，白白浪費了電話費。這時，他才體會到魯的英文那麼清楚，那麼慢，怕是特別為了讓他聽懂。

懂了 want 和 hire，哈尼決定自己出去一家家找，他覺得自己面對面跟人家說，大概能懂得多一點。

哈尼想要去咖啡館和酒館工作，他當不成那些坐著喝咖啡曬太陽的人，能聞到咖啡的香味，能在一個風雅的地方幹活也是好的。那些咖啡館的夥計們，穿著白襯衫，戴著黑領結，腰上圍著長長的黑色圍裙，屁股翹翹的，邊走邊結實地扭著，圍裙的前面有個大貼袋，放點菜的小本子。他們有股子精明利落又殷勤的勁頭，帶著哈尼喜歡的老派的紳士氣息，比餐館的夥計風雅。特別是他們大都將頭髮整齊地梳過，用了髮蠟，頭髮上留著一縷縷梳子的齒印。那樣整齊的頭髮，讓哈尼想起自己在上海的少年時代，家裡的一瓶胖胖的凡士林髮蠟。哈尼希望也能當上這樣一個快步來往的，梳著一個歐洲電影裡面看到過的整齊頭髮的酒保，在音樂聲中穿梭，有時還可以看到美麗的女人。

但一天下來，在格林威治村的咖啡館竟然沒有一家要他，老闆們大都是在櫃檯後面忙著的，都對他搖頭，客氣地說：「抱歉，我們店裡現在不需要人。」明明在玻璃門上貼了 hire，但是也不要他。哈尼這才意識到，原來自己在外表上已經完全不是梳著飛機頭的翩翩少年，甚至也不是團部中學裡那個洋氣的高中英文老師，女生多少另眼相看的上海人，而是一個連街邊咖啡館都不肯雇用的老土。哈尼後悔自己沒有認眞打扮自己，他笑自己在新疆久了，以爲幹活，只要把袖子捲起來，一不怕苦，二不怕死就行了。其實，來格林威治村的咖啡館找工作，不光要看上去肯吃苦，也要賣相好。「賣相」的實在含義，比「漂亮」要大大多出一個「賣」字的逢迎。也許賣相，比肯吃苦更重要，咖啡館裡，其實也不需要吃什麼苦。開始的時候，哈尼不肯承認自己居然變成一個對咖啡館來說，情調不夠，賣相不好的人，他想，只是自己在中國太守拙了，現在可以恢復原來的本性。他甚至想，按照自己的本性，怕是風流太過了呢。在新疆，稍稍放縱一下，就已經成了全校最洋氣的老師，不得不夾緊尾巴做人。

第二天，哈尼用魯留下來的洗髮精細細地洗了頭，燙好了白襯衣穿上，在走廊的鏡子前整理了自己，再進咖啡館的時候，他將自己蠢笨的大手背在身後。店老闆多問了幾句，會不會燒咖啡，會不會用機器，會不會調雞尾酒，懂不懂得調 Irish Cream，有沒有工作經驗，會不會講英文，會不會端托盤，最後，有沒有在美國的工作許可，哈尼就這樣再次敗下陣來。哈尼也是傷心的，但不像范妮那麼傷心，他到底在新疆的農場裡當過十年農工，他只是在廚房裡做了一杯魯剩下的咖啡，喝了，笑了笑自己的妄想，就過去了。

退而求其次，他去了酒館，然後他知道，對於格林威治村的酒館來說，他太老了，也太鄉氣。格林威治村的文化傳統，酒館比咖啡館更加時髦，更有特點，在那裡當酒保，得有尚未成名的先鋒藝術家的那種頹廢和憤怒，以及對風雅不屑一顧的狂放之氣，要懂得很有型地弄亂頭髮，但不能真的骯髒，要懂得用冷酷和迷茫的眼神，但不能讓客人覺得不安全。他要懂得製造一種藝術的氣氛，那是來格林威治村酒館的客人們追求的情調。這次，哈尼知道自己離一個格林威治村酒保的條件相差太遠，他試了幾家，就退出了。

再退而求其次，他去了餐館，然後他知道，對於格林威治村的餐館來說，他對西餐太不熟悉了，連布置桌子的知識都沒有，要從客人的哪一邊倒酒，更是無知。

哈尼還是想在附近找工作，這樣可以照顧到范妮，也能省下交通費。

有個好心的店主，對一臉沮喪的哈尼說：「你是中國人，又什麼不會，還沒有工作許可，何不去唐人街試試運氣，」那個人握了握哈尼的胳膊，「去唐人街，他們什麼人都敢用，什麼不會的人，也能在那裡找到事。」

哈尼不得不去唐人街。沿著百老匯大道一直往下，漸漸地，聞到了空氣裡的鹹味，那是唐人街上百家廣東館子和上百家鮮魚店養活海魚和龍蝦的大桶散發出來的氣味。在擁擠雜亂的街道兩面，有一家一家密密相連的餐館、雜貨店、金店、服裝店、食品店、電器店，哈尼看到許多中國男人穿著愛迪達的白色運動鞋，鬆垮的牛仔褲，頭上戴著棒球帽，勞碌而疲憊地在街上經過。他想，自己將要成爲他們中的一個。他心裡有點失望，那種失望像胃潰瘍一樣，是橫在胸前後背悶悶的隱痛，但不過分。他很熟悉這種感覺，所以像那些老胃病懂得忍受悶痛那樣，懷著失望的心情，小心尋找著wanted。

哈尼在一些餐館的玻璃上發現了直接用中國繁體字寫的用人告示。可事情並不順利，他沒有廚師經驗，也沒有跑堂的經驗，聽不懂廣東話。而且，對於中國餐館的跑堂，他的動作不夠利落，他的腿腳太蠢。而領位的，都是精明的女人，也不是哈尼能夠勝任的。唐人街上的餐館老闆不像格林威治村的老闆那麼客氣，他們喜歡什麼也不說，只向外揮揮手，讓人出去了事。

這時，哈尼心裡的隱痛漸漸消失了。他覺得自己又像一隻被逼到牆邊上的雞一樣，渾身的雞毛，不論長短，都炸了起來，雖然難看也無用，但表現出了拚死的決心。

哈尼終於在唐人街找到了一個洗碗的工作，從下午六點到凌晨兩點，因爲他沒有打工許可，所以餐館付他現鈔，一小時三·五美金，唐人街最低的工資。他和店老闆都可以因此而逃稅。哈尼二話不說，就點了頭。那個廣東餐館的工頭用夾生的普通話說了句：「你一定是從大陸來的表叔吧，就是你們這些人把唐人街的工資拉下來的。」

哈尼只是看了看那張表達著鄙夷的廣東人寬大的臉。他想起了在新疆農場裡的指導員、隊長、主任、連長，他們被從沙漠來的熱風吹得紫紅的臉上，都有著相似的鄙夷，以及在那鄙夷後面隱隱欲現的不得不另眼相看的惱怒。那並不是那種純粹的鄙夷，那裡面的幸災樂禍帶著掩蓋的潛在的慌張。哈尼一輩子都在別人這樣的神情裡生活，那鄙夷後面的東西，就是支撐他的力量。就像他的爹爹在失望後面的東西，也是哈尼肯定自己的力量一樣。哈尼早就在生活中學會了順從，他接受侮辱，沒有太大的困難。他心裡知道自己得到了想要得到的工作，將別的忽略不計。

在他得到了晚上就可以來上班的許諾，離開那家廣東餐館的時候，甚至感到了自己心裡的安慰，無論如何，他這個蘿蔔，總算找到了容納自己的那個土坑。他在帶著鹹味的街道上走過，經過金晃晃的金店的櫥窗，流著洗魚水的魚生店，從上到下，鋪天蓋地掛滿廉價衣物和書包的鋪子，還有街邊裊裊冒著油氣的油餅攤，哈尼體會到唐人街對他這樣飄泊的人的實惠和般配。一半感傷，一半安慰的心情，在他心裡輕輕地沉浮。

按照從唐人街找到的免費小報上的廣告，哈尼在法拉盛七號地鐵終點站的地方，找到一家學費最便宜的語言學校。他去報了名，當上了語言學校的老童生。靠了這個語言學校出具的註冊證明，他又到下城的移民局將自己的訪問簽證轉換成了學生簽證。這樣，他就能合法地在美國等待機會。然後，他又在法拉盛找到了一份白天的工，從學校出來，可以直接去打工，不浪費路上的時間。

哈尼爲了省錢，找的是那種野雞語言學校，在一棟舊大廈中的一層樓，大多數學生都是混一張合法簽證的人，上課的時候，常常睡得東倒西歪，補打工欠下的覺。剛開始去的時候，哈尼也是累的，但他在課堂裡睡不著。無論如何，坐在美國電影裡看到過的那種帶一面小桌子的靠椅上，面對一個白人教師，還是讓他心動，讓他想到那些早已分崩離析的舊事。他曾是王家最能讀書的孩子，他並不用功，但學什麼都快。一直讓爹爹不滿意的，就是他不思進取的性格，他眞正喜歡的，是跳舞，聽唱片，爲女朋友照相，騎英國自行車兜風，與甄展年輕時代十分相似。朗尼出事以後，爹爹就希望他能上大學。但他沒有做到。他覺得，爹爹一直將王家的墮落歸罪於自己，好像要是當年他上了大學，王家的情況就會完全不同。哈尼覺得，從自己到新疆以後，王家的恥辱，就從爹爹當年的錯誤決定轉向了自己無法在一九六四年考大學的事情上。哈尼用盡自己的全部力量，幫簡妮出人頭地，也有某種雪恥的願望。

在課堂上，哈尼算得上是用功的學生，英文的底子不錯，功課也認眞完成。知識面比一班學生都要寬。做小組作業時，大家都喜歡和他一個小組，因爲能得好分數。老師也常常讓他朗讀自己寫的短文作業，並鼓勵他參加下午的寫作班，多學一點。那個老師，大胖子，紅臉膛，是熱心而自豪的美國老太太，「這是美國！你有夢想，就去實現它，不分年齡，不分種族，把眼淚擦乾了吧。」她用肥大的胸脯熱呼呼地貼著哈尼的胳膊，煽動他說。她覺得他應該將自己的經歷寫出來，在美國出版。他臉上似笑非笑，四十歲學吹打之勇曾在哈尼心裡一晃而過，他幻想過，也許自己眞的可以在美國學出什麼名堂，然後衣錦還鄉。但當他偶爾在四十二街汽車總站對面，看到一家匹薩店要送外賣的人，他去問了問，得到了那個下午送外賣的工作，就打消了再加一節課的念頭。那個在匹薩店送外賣的工，正好利用上了去唐人街餐館之前的那段下午的空餘時間，在曼哈頓中心區的工資和小費都高一點，對哈尼來說，又沒有額外的交通費支出，是很合算的。

老師的藍眼睛像熄滅的燈泡那樣黯淡下來。「好吧，這是你的選擇。」老太太難過地說。

「我很抱歉，」他說，「我需要錢，我的孩子──」

「不要對我說抱歉，這是你的事。」老師打斷他說。

「是的。」他說。

從此，他和老太太就互相躲著，老師甚至不那麼喜歡叫他起來爲大家朗讀短文了。哈尼覺得自己傷了那老太太的心，他突然在一個美國老太太身上再一次體會到爹爹的那種惱怒，這讓他也惱怒起來。

哈尼的生活很緊張，他很快就將老師和寫作班的事情忘記了。他一早就起床，將范妮的飯準備好，放到桌子上。然後，他坐地鐵到學校上課，其實是應個卯，等老師點了名，統計了出勤率，他就離開學校，開始打工。他的同學介紹他去皇后中心裡的超級市場，那裡需要一個上貨的工，因爲那是早晨的力氣活，工錢高一點。班上的許多同學都是在班上點了名以後，就出去打工。他決定要這份工的時候，心裡帶著對老太太的報復，他就是想傷她的心，她那一無所知的，美國人愛管閒事的心。

要忙完整整一天，午夜以後，他才放工。分好了小費，哈尼帶著滿身廚房裡的油煙，滿手的洗精帶著檸檬香精氣味，走著回家。他的雙手脹脹的，因爲太多時間泡在熱水裡。他也戴了一頂棒球帽，此刻，他體會到了戴棒球帽的好處，它雖然不倫不類，但看上去比不戴帽子要精幹多了，讓自己多少有點運動著的勇氣。他也買了雙唐人街鞋店便宜的愛迪達運動鞋穿，那是因爲方便，在水淋淋的廚房間工作，這樣的鞋子防水，耐髒，長時間地站著，也不會讓腳很痛。在堅尼街上走著，能看到夜色裡三三兩兩地走著些收工的男人們，都是差不多的打扮，哈尼想，那都是和自己一樣，從中國餐館裡放工回家的人。他們走路的樣子都不好，都是中國男人慣常的姿勢，塌著肩膀和胸脯，膝蓋也不直，動作很慢，像生病的魚一樣。哈尼想，自己也一定是這樣的。年輕的時候，哈尼和一起跳舞的朋友曾互相提醒，走路的時候，一定要盡量將身體挺直，像洋人一樣筆挺。那時，半條淮海路上的人都會多看他一眼。而現在，在不夜的春街上走過，連警察都不多看他一眼。但哈尼的心情並沒有太壞。

在這時，他常常用手摸摸裝在口袋裡的現錢，那都是些小票面的錢，皺巴巴的，但它們是實實在在的錢。至少簡妮可以用這些錢多申請幾個大學，到美國來的時候，可以晚一天去打工。哈尼相信，和自己一樣深夜放工，軟塌塌地走在唐人街上的男人們，心裡的想法和自己差不多。他知道這樣走路，身體才最省力，雖然不那麼精神好看，但是很實惠。

哈尼工作的餐館老闆，是個台灣人，他恨死了大陸，所以也恨從大陸來的人。常常一口一個你們大陸人，你們共產黨，對哈尼說個不停。好像哈尼就是大陸，就是共產黨。哈尼終於有一天被說毛了。他突然說，看到香港報紙上說，大陸馬上就要進攻台灣了，解放軍和導彈都已經在福建海邊顯形，照片都登在報紙上。這才一舉將老闆那張嘴堵住。但是，那天的小費因爲老闆心情大壞，而少分了幾十元。哈尼慪了一肚子的氣。通常，哈尼總是默默幹活，像塊海綿。洗碗的人問他從那裡來的，他只說是從新疆來的，家裡是農場職工，準備掙下些錢來，回去好給兒子討媳婦用。披薩餅店的義大利人奇怪他的英文怎麼有這麼標準的發音，他誠懇地解釋說，是小時候，跟住在鎮上的美國傳教士學的，他家窮，只能去教堂的救濟學校上學。哈尼漸漸將自己的心龜縮起來，盡量放在不容易遇到的地方，就像他剛到新疆去的時候一樣。他在紐約就這樣生活著，等待著把簡妮從上海辦出來的機會。

但范妮卻不是一只箱子，只等哈尼回家的時候才用，她是一個精神病患者。剛開始的時候，范妮的情況比魯說得要好多了。藥將她緊緊按在椅子上，像抱枕一樣安靜和消極。要是你不招呼她，她就整天在張椅子上坐著，不再自言自語。開始哈尼還按時帶范妮去看醫生，去配藥吃。後來，醫生說范妮的病情已經得到了暫時的控制，應該可以旅行回家。這下，嚇得哈尼再也不去醫生那裡了。爲了防止萬一，他甚至在護士那裡說了謊，改了一個假的聯繫電話給診所。

無法去診所調整藥物，哈尼只能接著給范妮吃從前的藥，爲了保持她的鎮定和緩慢，保證她不會在他外出的時候發生意外。他知道那些藥對范妮來說已經太重了，醫生不讓范妮再吃了，但他每次還是將那些藍色的小藥丸放到范妮手裡，看著她吃下去。他心裡說，等簡妮到美國了，他會犧牲自己留在美國的機會，帶范妮回上海去好好治病。不一會，范妮的舌頭就大了，嘴也有點歪。藥還沒有完全發揮作用的時候，范妮就盯住他，不停地問：「我的嘴是不是歪了，是不是歪了，是不是歪了。」一直問到她被藥物的力量完全控制住。哈尼不知道，她的嘴是不是因爲吃了醫生不讓繼續吃的藥才歪的，也不知道這樣下去，對范妮身體和頭腦的傷害會有多大，范妮現在變得又髒又軟，面色浮白，要是你不給她吃喝，她就不吃不喝，她的樣子，常讓哈尼想起用舊了的拖把。

哈尼心驚肉跳，他沒想到自己能對范妮做出這樣的事來，沒想到自己竟然這麼狠心。他幾次想開誠布公，求范妮的原諒，但最後都忍住了沒說，他怕一旦范妮不肯吃藥，反而將事情弄僵。他說服自己要學習爺爺的冷靜，范妮已經病了，總是病了，要是不找到將簡妮從中國大陸救出來的方法，就傷了兩個孩子，范妮更是百無一用。有時哈尼捫心自問，要是將范妮換成簡妮，他是不是還有那樣的硬心腸，能將簡妮的病像范妮一樣地拖著，讓她爲姊妹犧牲。哈尼想，大概自己不如現在這樣容易硬起來。這時，他才理解了自己連隊裡那對上海夫婦。他們七歲的女孩在回新疆的路上被朋友誘姦，回到新疆的家裡以後，他們夫婦就開始虐待這個女孩，讓她睡在弟弟床邊的地上，爲了讓她明白這是新疆，不是上海，不給她吃飯，爲了治治上海小姑娘的嬌氣，打她，爲了讓她「皮實」一點，最後，他們將親生的孩子打死了。當時，連裡的上海人都猜想，他們討厭那女孩子，是因爲她失了身。現在，哈尼又想到那件事，他在裡面發現了那對父母心裡對失身了的女孩子身上殘留著的嬌氣的恨，那種恨，很複雜，讓哈尼想起爹爹對自己的感情，也想到自己對范妮的感情。與范妮相處，哈尼覺得自己受到了太大的煎熬，他受不了，所以不想在家裡，周末的時候，他又在曼哈頓島上的那家匹薩店增加了工作時間，像苦力一樣忙碌，對哈尼來說，成了最好的藉口，自己也竭盡全力了，爲了就是在自己手裡實現爹爹的理想，也是王家的理想，將孩子送到美國。

日子一天天地過去，范妮已經把藥都吃光了。因爲沒有醫生的處方，到處都買不到藥。剛一停藥，范妮又開始自言自語了，那是病情出現反覆最明顯的徵兆。這一次，哈尼親眼看到范妮對著魯的椅子，一直說到嘴唇流血，仍舊停不下來的可怕情形。他知道，自己必須要帶范妮回上海去了。范妮在美國的醫療保險已經過期，他沒錢讓范妮在美國治病。但是，他更清楚，一旦他和范妮離開美國，王家的人就再也不可能回到美國。他們倆，是唯一通向美國的橋梁。哈尼在一家家藥店碰壁，到處都不賣給他處方藥的時候，在上海時的那種莫名恐懼逐漸在他心裡清晰起來，從得到美國簽證的時候，他就在心裡隱隱覺得自己踏上了絕路，現在，他知道，自己走到了絕路的盡頭。

這時，他想到了自己得以進入美國的原因，因爲他必須得將不能自己照顧自己的范妮接回上海。於是，他想到，如果他自己也需要有人幫助，才能回上海。簡妮作爲家裡唯一有能力照顧他們兩個人回上海的成員，美國領事館無法拒絕發給她簽證。在他得到了美國簽證以後，才知道美國給的簽證最少也有三個月，不是像德國簽證那樣寫好日子，多一天也不給的。即使簡妮只申請一個星期的簽證，他們也會給她至少三個月。

哈尼覺得自己眞是絕路逢生。

第二天一早，他連學校都沒有去，直奔唐人街運河街上的保險公司，那裡的保險代理可以用中文解釋保險條例。哈尼將人身保險的情況仔仔細細問了一遍。他從來不懂保險的事，開始一點也聽不懂，更不懂怎麼選擇。保險代理於是問哈尼，投保的目的，一種是給自己留更多享受的保障，另一種，是更多照顧法定受益人。哈尼馬上說：「當然是更多照顧受益人，我的孩子。要是我出了意外，我的孩子能夠在這裡活下去，她不至於沒有錢接著讀書。」說完以後，哈尼馬上後悔了，怕保險公司看出來自己的目的，但那個代理人好像司空見慣，他什麼也沒說。

哈尼很小心。他找了個藉口，沒有買那家的保險。而是轉到布魯克林橋下的另一個保險代理行，去買了十份大都會保險公司的學生健康險。他只說，自己所在的學校要求學生都買保險，自己就來買了。他十分聰明地買了學生的健康保險，和意外傷害險，而沒有像一般準備敲詐保險公司的無賴那樣去買高額人壽險。不是他不想要那一大筆保險費，而是他怕被識破以後，會影響簡妮出國的簽證。他在保險賠償受益人那一欄裡面，寫了簡妮的英文名字，好像簡妮已經在美國了一樣。

然後，他把第五大道和第六大道仔仔細細走了好幾遍，專門研究有哪些汽車，可能屬於那些全紐約最豪華的老公寓的主人的，他們什麼時候會開車進出。那都是些沉穩氣派的好車，寬大富貴的美國車，很少有輕便的日本車。它們飛速駛來，無聲地停在金碧輝煌的公寓玻璃大門前，戴雪白手套的黑人門衛，大多是頭髮花白，舉止莊重的男人，而不是青年，從門廳裡快步出來，打開金色把手的大門，像企鵝那樣高高地挺著胸。那些訓練有素的門僕，不像中國人那樣點頭哈腰，但一點也沒有失去他們的恭敬和本分。專職的司機穿著筆挺的灰色雙排扣制服，領口露出一小條雪白硬挺的襯衫領子，有著儀仗隊式的威風和講究，漂亮得像南北戰爭時代的將軍。他們的專注而果斷的臉，讓哈尼看不夠。哈尼對紐約的富人並沒有多少想像，也並不那麼喜歡他們的樣子，有的人看上去普通得要讓人妒忌他的運氣。但是，他卻眞的喜歡上了那些司機和門僕。他最認同的，是他們的態度，甚至是欽佩。他小時候見到過他爺爺家的中國僕人，他從一個小孩子的判斷力，覺得他們在點頭哈腰的背後，藏著許多冷酷和怨恨。後來，他經歷的事情果然爲他證實了這一點。他也漸漸習慣了對人點頭哈腰，但那時，他知道自己在心裡也充滿了敵視。而第五大道上的僕人們卻讓他心悅誠服。

哈尼站在馬路邊上，欣賞著他們的一舉一動，然後，他決定，自己應該被那些穿制服的司機中的一個撞到。他覺得那些司機一定都是技術高強的人，不至於將他一舉撞死，他們一定會將損失減少到最小。

他站在街邊，手裡拿了張地圖，裝作旅遊者的樣子東張西望。他瞪大眼睛，看著過往的汽車，計算著怎麼能讓人不會懷疑自己是惡意騙保的無賴。他知道這是狗急跳牆的無賴才做得出的事，他認爲，就算自己是那命不值錢的無賴，而他家的簡妮不是。

一向自以爲脆弱的哈尼，此刻並不感傷，也沒有自憐，反而感到很興奮。他覺得勝利也許就在眼前，他終於找到了解決問題的方法，終於在自己的生活中找到了意義，終於有了機會向爹爹證明自己是怎樣的人，自己能做得出怎樣的大事。這件事，哈尼認爲是給爹爹「一記響亮的耳光」，讓爹爹應該無地自容。終於有一天，鹹魚翻生了。

那幾個晚上，他躺在床上，兩眼大睜著，直到天亮。他能感覺到，自己的心在肋骨後面勃勃地跳動，設想一個一個地從腦海裡跳出來。這是哈尼一生中最振奮的幾個夜晚，他第一次如此肯定自己要做的事，肯定它的重要性，肯定它帶給自己的成就感。他從來沒體會過這種成就感，原來，它就是讓自己欽佩自己，讓自己贊許自己，就是帶著點甜蜜的自戀的感情。格林威治村的深夜是安靜的，凌晨時分常有夜風掃過街道，它在經過牆上的常春藤時，發出潮濕樹葉的窸窣聲。街口的噴泉，在深夜裡發出索索的水聲，哈尼在咚咚的心跳聲裡，想到了在新疆時的凌晨，要是醒來，聽到的就是豬在豬圈裡的呼嚕聲，馬在吃完夜草以後的噴鼻聲，還有，就是長風從戈壁吹來，夾著風沙直撲窗門的撲打聲。哈尼想起了在那些聲音裡自己的絕望，其實，在身上還穿著兵團發的新軍裝，戴著大紅花，當在蘭州換上了去新疆的火車，眼看著越走越荒涼了，人少了，房子少了，最後連樹少了，就像從這個世界上離開一樣，那時，他心裡就絕望了。他的心，一直就是絕望的，但還有什麼東西，還一直在絕望裡掙扎，像已經被開腸破肚，挖鰓去鰭的黑魚，仍舊不停地，有力地，無意義地蹦跳著，像一條偶爾離開水的魚。哈尼帶著那樣的心情生活了幾十年，終於在這幾個失眠的靜夜裡，聽到自己絕望中的那條黑魚再一次躍起，帶著一種妖魔般的力量。

哈尼覺得，自己身上終於也爆發出了那種妖魔般的力量。即使整晚都不睡，白天還能渾身是勁，不停盤算著怎麼才能做得更完美一點，更合算一點。想到自己在剛到紐約的時候，就在這家第五大道和第六大道中間的披薩餅店裡找到了工作，而且正好又是送外賣的工作，猶如神助。

他特地找了個藉口，和晚上送外賣的那個波多黎各人換了時間，晚上由他去送披薩餅，這是完美的被撞的理由。

一切都準備好了。

哈尼從唐人街收工回家，按照計畫，這應該是最後一天在這裡工作了，所以，這天他偷偷將客人給自己的小費留下，沒有全都交到帳檯上去。他離開餐館的時候，心裡一陣輕鬆，這時，他才知道自己其實很恨這個地方。

路過華盛頓廣場的時候，發現街邊的小酒館貼出了一張告示，說今夜有南方來的爵士樂隊駐唱經典爵士曲，那個 classical 撞進了他的眼睛。他已經走過去了，可突然想起，這家店他曾來找過工，那裡的小舞台上放著架子鼓和黑色的舊鋼琴，當時他多看了一眼鋼琴，因爲他小時候曾彈過琴，後來幾十年裡，再也沒碰過琴。但他還是記得，將琴蓋打開時，鋼琴散發出的那種乾燥的木片與油漆的氣味。哈尼一轉身，走回到那家小酒館門前，他聽到像紅房子西餐館一樣的對開玻璃門裡，絲絲縷縷地傳來小號的聲音，嗚嗚咽咽的。他推門進去，頹廢的南方爵士鋪天蓋地而來，那個唱歌的，是個看上去滿腹心事的中年男人，他的聲音像洪水一樣，淹沒了他。

他要了一小瓶德國啤酒，酒保端了一小碟鹹花生過來當小食。他在搖曳的燭光裡望見那酒保彷彿是個亞洲人，也是個中年男人。他把短短的頭髮向上膠了起來，像短促的火焰。他一定練過身體，肩膀和手臂的線條完美無缺。他向哈尼親熱地笑了笑。哈尼對一切精緻東西的刺激仍舊敏感，他仍舊喜歡看到好看的景象，他的眼光追隨著那個用了香水的精緻的酒保，看他像水草裡的大尾巴金魚那樣擺動著亞洲人長長的腰身，在燭光迷離的店堂招呼客人，在店堂的暗處養著大把的白色百合花，它們很妖嬈。酒保像是沙龍殷勤的主人，他身上那種亞洲人華美而頹廢的魅力，迷住了哈尼。對帶著點虛榮的美的渴望從他的心裡漸漸蠕動著蘇醒過來，哈尼的眼睛追隨著那個酒保。哈尼突然想，自己想在這裡工作，大概心裡也希望自己能變成這樣的人吧，他想，在自己的本性裡，自己可以比這個人更妖的吧。

哈尼看到樂隊裡有個人在玩沙錘。他已經有三十多年沒見過這東西了，當年的黑燈舞會裡，也有一個自己組織的小樂隊，樂隊裡面也有一個人專司沙錘。當時，帶著警察來衝舞會的，是居委會主任，是個小業主的太太，眉毛細得像一條蝦鬚，一臉的舊相，但滿嘴都是革命口號。警察衝進屋以後，她負責在走廊裡堵住大門，防止有人乘亂逃脫。結果，所有去跳舞的人都被堵在了屋子裡。她告訴他們兩條路走，一條是被強迫去勞動教養，到江蘇的大豐農場，另一條，是自己報名到新疆農場當農工，有大紅花戴，算革命青年。

命運從此就改變了。

回想起來，哈尼覺得自己當時也真的不想再留在上海了，那黑燈舞會裡面的被拋棄感，無所事事的空虛感，蹩腳貨的屈辱感，它們是和蝦鬚眉毛的居委會主任一樣有力的理由，推動哈尼去新疆，無論如何，他的生命可以動起來了，那時候，他才二十歲。他也能得到一朵大紅花，那是王家的唯一一朵由政府發給的大紅花，用紅色的縐紙和一根細鉛絲做成的。這點要強的想法，他從來沒對任何人提起過，他爲自己曾經有那樣的想法感到羞恥。

哈尼將眼睛掉開去，他不想看到那個沙錘，今天晚上，他需要的是享受，他有資格好好享受。他像其他男人那樣喝了口啤酒，其實他不怎麼喜歡喝啤酒，因爲它還是有點苦，他不喜歡那點留在嘴裡的苦意，他還是喜歡老式的山東紅葡萄酒，甜甜的，黏乎乎的。他有點後悔爲便宜而叫了啤酒，省錢成了他的本能，超過了他的心意，他想，當時，他眞的應該好好叫一杯紅酒喝的。

打斷哈尼思緒的，是歌聲。他聽到了熟悉的歌聲，眞正的 Classical 的。

I'd love to get you on a slow boat to China,
All to myself alone,
There is no verse to the song,
Cause I don't want to wait a moment too long.

哈尼側著頭，把手罩在耳朵上，細細分辨著歌聲，那是 Sunny Rollins 唱的，〈在一條開往中國的慢船上〉。在上海的時候他聽過，他並不喜歡這個曲調，更喜歡〈你的眼睛裡起了迷霧〉，〈星塵〉。但他還是記得它，有時上海的電台裡能聽到，聽說是世界大戰時美軍電台留下的唱片，他最喜歡的是〈莉莉・瑪琳〉。

I'd love to get you on a slow boat to China,
All to myself alone,
Get you and keep you in my arms ever more,
Leave all your loves weeping on the far away shore.

在格林威治村的小酒館裡聽到 Rollins 的歌，哈尼第一次從裡面聽出了爵士裡面那如煙而逝的情調，那是黑奴們的感情，那麼軟弱，那麼無助，那麼傷懷，那麼無奈，那麼糾纏，那麼苦。在他看來，在上海無所事事的那些日子裡，他的感情也是一樣的。

哈尼看了看四周，還有幾個像他一樣沉默的單身男人，默默地聽著。那些男人，大多穿著精緻，表情撩人，將他們修長白皙的手指靜靜交疊在圓桌上。他們讓哈尼想起朗生打火機的上乘質地。哈尼將自己的棒球帽握在手心裡，放到小圓桌下。這是個爲男人開的酒館，哈尼坐在裡面，聞著空氣裡淡淡的香水氣味和菸草氣味，小號和薩克斯風、鋼琴和架子鼓，都在炫技，像這裡雖然沉默，但可以看出內心洋洋得意的男人們，他們的驕傲，還有挑剔。他看到了一個男人獨自聽爵士樂時的舒服和尊嚴，男人們的口味是尊貴的，當他有獨處的要求時，他們看上去像一頭悠然自得的獅子，皮毛金燦燦的，不可一世。即使是這樣動人的歌聲，對他們來說，也像微風吹過厚厚的皮毛，只是舒服吧。他看到他們手裡大多數是威士忌，或者是葡萄酒。他突然想，要是司機不敏捷的話，也許會撞死自己吧，或者司機太專業了，在自己面前及時剎了車。

像金魚一樣撩人地搖擺著的酒保輕輕路過哈尼的身旁，他的托盤上放著一瓶漂亮的紅酒，還有兩個亮晶晶的高腳酒杯。看到哈尼默默盯著他看，酒保向他微笑了一下，輕柔地問：「想要什麼嗎，先生？」

「想要一杯這樣的紅酒。」哈尼說。

他說了個牌子，但哈尼聽不懂，聽發音，像是法國酒。哈尼點點頭，巴爾扎克的小說裡，寫過多少貴族喝的法國紅酒呀！在最風雅的格林威治村的酒館裡，喝過風雅的法國紅酒了！哈尼對自己說。他準備把自己今晚偷來的小費都用在這杯紅酒上。

紅酒來了，放在玻璃酒杯裡。

但那漂亮的紅酒沒有一點點甜味，滿口都是澀的。他心頭一驚，不相信似地再喝一口，仍舊是澀的，那酒像輕薄的小刀子，將所到之處都細細的、貼著每個毛孔刮過去，微微皺起來似的，沒有一點甜的味道，一點也不甜。哈尼當時的感覺，是自己陽痿不舉時的那種深深的沮喪。

「味道好嗎？」酒保風一樣擦過他的身邊，妖嬈地問。

「Super.」他不得不說。

漸漸地，他的頭有點飄了起來，他問酒保要了一張紙，還有筆，他得留下點什麼，萬一司機不夠敏捷的話。但是，他知道不能留下太明顯的痕跡，這關係到那筆賠償金的問題。「這就是遺書呀。」他握筆的手在紙上比畫著，不知如何下手。「爸爸：」他寫道，「要是你認爲一九六四年上了大學的人就能如何，那就錯了。那些出身不好的，就算進了大學，後來一到文化大革命，也都成了反動學生，我聽到分到我們團部的大學生說起過。我從來不願意你傷心，但是，你的確是錯了，錯了。而且，要是你不錯第一次，也不會錯第二次。」哈尼小心地停下筆，將自己的右手吊起來，他心裡有許多話奔突洶湧，但他知道不能再寫下去了。

第二天，上帝來成全哈尼了，天下了雨。深夜，他騎在披薩餅店送外賣的腳踏車上，街燈照亮了那些汽車前排司機的臉，他能看到他們的制服。他看到了一張黑人誠實認真的臉，穩穩地注視著前方，雨刷嘩嘩地刮著他面前的玻璃。哈尼腳下一用力，自行車便在雨水中向它衝去。柏油地上眞的很滑，他小心控制著自己不要用剎車。他特地戴了頭盔，因爲不想把自己撞成傻子。說起來，他眞的沒有過一點猶豫和後退。

在那個下雨的深夜，哈尼終於如願地被撞到了。那個過程很快，什麼都還來不及想。而且，一切就像他希望的那樣，沒有被撞癱，沒有被撞死，沒有被撞傻，但撞得很嚴重，股骨碎了，肋骨骨裂，連累了肺部，手肘也有粉碎性的骨折。撞他的車是個富翁家的，除了保險外，他還得到一大筆錢作爲賠償。他沒有想到，自己在格林威治村的地址讓那家的律師減輕了對他成心敲詐的懷疑，他看到那張僵硬的臉在聽到他的地址後，雖然沒有笑容，但柔和下來了，浮現出一點點大水沖了龍王廟的遺憾。因爲紐約人認爲，肯去撞汽車的無賴不會住在格林威治村。

他也沒想到，撞碎了骨盆並沒有想像中的痛苦。在醫院裡，護士給了他一個可以自己控制的注射推進器，一頭連著他的靜脈輸液管，一頭是麻藥，要是他感到眞正痛了，可以自己多推一點麻藥進去，就不那麼痛了。他懷著塵埃終於落定的安心，靜靜躺在醫院的病床上，皮膚能感受到燙過的被單的平滑與舒適。雖然和別人合用一個病房，但是他的床邊上，有簾子將別人與自己隔了開來。機器在發出微輕的電流聲，有人輕聲說著英文。哈尼想到，這是他一生中住過的最爲舒適和安寧的地方。然後，他肯定這裡的確是他一生中最安寧的住所。他不記得自己在生病的時候，曾經睡在燙過的被單裡，那燙得平平整整的白色被單光滑、微涼，讓人覺得自己的肉體得到了愛惜。這時，他才感到了後怕，要是眞的被雨夜裡打滑的汽車一下子撞死了，怎麼辦？他想，「要是眞的被車子撞死了，還錯過了這個機會呢。」他心裡不是沒有對這個念頭的批評的，這是個奴性的，心酸的念頭，但是，哈尼可以肯定，這也是一句對自己生活眞實的評價。

手術以後，醫生告訴他在他的骨頭裡打了一些固定用的螺絲和支撐用的板條，但是那些螺絲和板條在他的骨頭開始癒合後，會融化在身體裡，不用再開刀取出來。醫生還告訴他，要是他仍舊疼得睡不著，可以給他加一點幾乎對肝臟無害的鎮靜藥。哈尼等著自己的身體轟轟烈烈痛起來，感受著那種火辣辣的痛，存心不加麻藥。在新疆時他摔斷過鎖骨，他知道剛剛斷骨的那種巨痛。他等到自己身上的冷汗一陣陣地上來了，再加手裡的麻藥。塑膠的推進器小巧玲瓏的，但是十分靈活。他能感到血管裡涼涼的，然後，巨痛就消失了，他不必再像從前那樣苦掙苦熬。巨痛消失以後，身體像雲那樣浮起來，喉嚨裡帶有一點乾渴。哈尼在床上玩著它，疼痛來了，又消失了，在他的控制下，這讓他感到自己的尊嚴。

這個舒服的病房，還有終於無憂了的將來，讓哈尼睡不著。他仰面躺在床上，自豪地想，自己就是王家的季辛吉。

當簡妮將自己的行李搬到樓上，她看到爸爸撐在拐杖上，靠在大門上，哭得說不出話來，見到簡妮，他搖著頭說：「不要怕，簡妮，我是高興，是高興。」

「我知道，你一高興就要哭的。」簡妮朗朗地回答。

爸爸哭著，就笑了。他退到門廳裡，讓簡妮將自己的行李搬進去，他能看出來那行李一定是妻子的手筆，他覺得親切極了。簡妮並沒有去拉箱子的把手，而是用手帕包住箱子上的細麻繩，伸手抓住，將整個人往後一倒，拉動了那只沉重的大箱子。她的樣子，讓爸爸想起當年妻子在吐魯番火車站滿是黃土的月台上，拉動她的草紙箱的情形。

「你怎麼搬得動啊！」爸爸的聲音又哆嗦了。

「我是誰！」簡妮回答。

簡妮的箱子裡裝著她的書，她的衣服，她從新疆帶回上海的紀念品，她的食物，她的照片，是一個年輕女孩的全部家當，她很明確，自己再也不會回中國去了。她連滾帶爬地將行李拖進走廊裡，就勢坐在走廊的地板上，「咚」的一聲，她對自己說，聽，一個新生兒落地了。

這時，她看到了范妮，范妮像一棵阿克蘇戈壁上死了的胡楊樹一樣，又乾又熱又硬，她的嘴唇乾得裂開了。她穿著一件粉紅色的細布長睡裙，披著頭髮，可她的裙子又皺又髒，頭髮黏在一起，一點也不像莎士比亞的奧菲利亞，雖然她像奧菲利亞一樣定定地向簡妮走來。

「你終於來了。」范妮輕輕說，「我看到救火車來過，他們爲什麼用救火車送你來，我眞不懂你怎麼有這樣的本事。」

「沒有救火車。」簡妮說。

「我都看見了，還賴。」范妮生氣地說，「你這個人怎麼什麼事都說謊。」

爸爸過來碰碰簡妮，范妮狠狠看了一眼爸爸，說：「碰她幹什麼，有什麼話當面說呀。我最不喜歡你們這樣鬼鬼祟祟的樣子。」

「我讓簡妮幫你洗個澡。」爸爸說，「你好幾天沒洗澡了，身上都有味道了。」

「我洗不動，我不舒服。」范妮說著，退回到自己房間裡，爬到床上躺下。

「所以我讓簡妮幫你洗。」爸爸對她的背影說。

簡妮從貼身的小包裡拿出從上海帶過來的藥，那是維尼叔叔按照爸爸傳眞上抄的藥名，到精神病醫院去開了後門，才請醫生開出來的藥。「醫生說，這種藥不能多吃的。」簡妮輕聲說。但爸爸還是馬上制止她，他用更輕的聲音說：「你看到情況了呀。」

爸爸撕開包裝紙，從錫紙包裡按出一粒來，看到那的確是藍色的小藥片，他鬆了口氣：「救命的來了。」說著，他將簡妮帶到廚房裡，拉開一個抽屜，從裡面拿出一個小瓶子，在小瓶子裡取出兩個空的膠囊，打開一個，將藥片裝進去，封好。輕聲對簡妮解釋說，「范妮疑心大，以為我要害她。」

爸爸倒了杯水，讓簡妮拿著，他們一起到范妮的房間裡，讓她吃藥。

「什麼藥？」范妮支起身體問。

「維生素A，你看你的嘴唇都裂了，不接著吃維生素怎麼行。」爸爸說著，將膠囊遞給她，然後，將手掌伸給范妮，讓她看到自己手裡的膠囊，「我也吃一粒。」

范妮將藥吃了，又躺回到枕上。簡妮聞到她身上酸腐和油膩的氣味，她知道，酸腐是從骯髒的下體發出來的，油膩是從頭髮裡發出來的。她也想到了新疆的火車，她想起來她第一次見到范妮的時候，正站在從新疆帶回來的一大堆行李邊上，范妮說：「房間裡什麼味道，這麼臭。」爸爸說的沒錯，范妮是應該洗澡去。

「我陪你洗澡吧。」簡妮看著范妮說。

「簡妮，等明天吧，」爸爸阻止道，「你坐了這麼長時間飛機，累了。」

「我不累。」簡妮說。

「明天再說。」爸爸說，「你先休息，我給你下麵吃。」

范妮從床上翻身坐起來，「好呀，我去洗澡。」她手指尖尖地戳了簡妮的胳膊一下，「你來幫我吧。」

於是，她們一起走進浴室。簡妮在范妮背後端詳著她，她發現姊姊的後背看上去突然變了，她身上原來女孩子帶著潔癖的緊張和拘束消失了，鬆軟的背影看上去，就像個潦草的女人。范妮站在黑白相間的地磚上，將身上皺皺巴巴，帶著一股油耗氣的睡衣脫下來，將顯然已經有好幾天沒換的短褲從身上揭下來，隨手摺在地上。然後彎下身體，用手扶住浴缸邊緣，要跨進浴缸裡去。但她的腿腳眞的不靈活了，她跨不上去。

簡妮猶豫了一下，伸手扶住了范妮的胳膊。這一刹那，簡妮想起在伯公臨終的時候，范妮在病房裡大吐，她去扶住范妮的時候，范妮即使在嘔吐中，也飛快地閃開簡妮的手。她用力扶住范妮的身體，幫范妮在老式的長浴缸中間站穩。它的邊緣是圓圓的，很容易滑倒。這是第一次簡妮和范妮眞正的肌膚接觸。「對不起啊。」簡妮想起在伯公病房裡范妮說的話，她心裡說：「用不著對不起。」

簡妮叫范妮讓到一邊，她一手擋著蓮蓬頭裡的水流，一手幫范妮調好水的溫度。然後，將范妮引到水流下。

「你冷麼?」簡妮問，她看到范妮的肩膀上密密地起了一層雞皮疙瘩。

范妮搖搖頭，但簡妮還是爲她調高了水溫。

蓮蓬頭裡的水柱撞在范妮的背上，四散，簡妮看到她細膩皮膚上點點突起的粉刺，她認爲這些小疙瘩一定是因爲姊姊生病才長出來的。從前，范妮的皮膚上什麼東西都沒有，像最新鮮的白蘿蔔。簡妮回想著范妮從前的樣子，她的臉，則像一塊白色的冰。她在范妮的背上輕輕一搓，就搓出了滿掌的老垢，水柱將那些灰白色的小東西沖下去時，簡妮突然想起一個電影裡，集中營裡的女納粹用力捏著皮管子，讓皮管子裡射出的水更有力，她將皮管子對準擠在淋浴室裡的猶太女人們浮白的身體直沖過去，一邊用低沉有力的德文切齒地罵道：「你們這些骯髒的豬。」

范妮現在溫順了，像條昏迷的魚一樣無聲無息。

簡妮想，在最開始的時候，自己總是將范妮看得高高在上的，就像她展現出來的那樣。簡妮所做的所有努力，學英文，學上海話，與爺爺學一樣的專業，其實不像范妮想像的那樣是要和她競爭，要超過她，而只是想要和她一樣，可以被姊姊引爲同道。在簡妮心裡，好像范妮接受她了，才是這個上海的家接受了她，上海接受了她，她才眞正有所歸宿。最開始的時候，她是這樣的。范妮好像以爲，新疆人的心都是用牛皮做的，可以縫起來當鞋穿。

簡妮爲范妮沖洗著，借勢輕輕地撫摩范妮的後背。她被油垢封起來的皮膚，此刻漸漸柔軟起來，潔白的皮膚上出現了一塊塊擦洗出來的紅條條，像桃花的顏色。范妮在水柱下跟著簡妮的手轉動身體，微微瞇著眼睛，她的身體，春意盎然。簡妮想到魯。她想，范妮身體上的春意一定是那個金髮的白人造就的。簡妮由此想到了一些外國電影裡男女親熱的鏡頭，她的心怦怦地跳著，禁不住按照電影裡的樣子，想像著范妮和魯在一起的情形。那在水流下粉紅色細嫩的皮膚，淡紅色的乳暈，都是在一個金髮男子的手下盛開的。簡妮想，范妮和魯，他們一定也有過美好的時光，讓范妮心醉神迷的時光。在她的身體上，簡妮認爲自己仍舊看到了幸福的痕跡。「你的身體眞漂亮。」簡妮說。

范妮看了看她，笑了：「魯有時也這麼說，他喜歡東方人的身體。」

「你這裡好大。」簡妮伸出手掌，輕輕按了按范妮的乳房，她想，那個魯一定喜歡范妮的乳房。那兩個沾滿水滴的乳房涼涼的，非常柔軟，能看到皮膚下的靜脈彎曲著向腋窩爬去。

范妮說：「等你有了男朋友，它們就開始長了。」

簡妮問：「眞的？但是，爲什麼？」

范妮的臉紅了，她喜盈盈地垂下眼簾，說，「是他的手讓它們長大的。」

簡妮對自己心裡轟然作響的羨慕非常吃驚。她根本就沒有想到過，自己竟然還會羨慕范妮。她一路上都在設想自己與范妮終於見面的情形，她們之間，終於分出了勝負。只是，她贏得太多，而范妮輸得太慘。她提不起幸災樂禍的精神來。簡妮知道自己不是個寬容的人，她只是太驕傲，不肯與敗將計較。她是真沒想到。

「我幫你洗頭。」簡妮說著，把洗髮液塗到范妮的長髮上，揉搓著，看著灰色的髒水，合著少許泡沫落在浴缸裡。簡妮一邊洗著，一邊說：「你知道嗎？魯．卡撒特走了。」

「我知道，他喜歡去奧地利，常去的。」范妮說。

「他走了，去環球旅行了，不回來了。」簡妮說。

「他是美國人，怎麼會不回美國。他當然會回來的。等我這裡事情差不多了，就回來的。」范妮說。

「你要回上海去治病，下個星期就走，我把你的飛機票都帶來了，你不會再回美國來了。」簡妮輕輕說。

「他會來的，他不是在做環球旅行嗎？他會到中國來的，我可以在中國等他。這樣更浪漫，像《紅帆船》裡演的那樣，王子開了一條張著紅帆的船，從海上來了。」范妮閉著眼睛聞，「你給我用的是魯的洗髮水，你拿錯了。他喜歡檀香味道，他身上老是有這種味道。」說著，范妮突然睜開眼睛，狡猾地看著簡妮說，「我知道你想挑撥我和魯的關係，你嫉妒，但是，沒有用。魯是我的，永遠是我的。我告訴你，我沒有那麼好騙。」

「是嗎？」簡妮看著范妮說，「那要謝謝你這麼高的演技，要不然我也到不了美國。」說著，簡妮拍拍范妮的身體，關了水，說，「出來吧，洗好了。」

爸爸和范妮臨行前的晚上，走廊裡因爲堆放著兩個人的行李而變得狹小了。維爾芬街上涼爽的夜晚，充滿著噴泉清涼的聲音。簡妮等范妮吃了藥，睡熟了以後，穿過走廊，來到爸爸的房間裡。爸爸開著房間的門，簡妮知道他在等她。爸爸的房間裡灑滿著明亮的月光，能看到他臉上閃閃發光的，大睜著的眼睛。簡妮走過去，爬上爸爸的床，將頭靠在爸爸肚子上，她聽到自己的頭將爸爸的腸子壓得響成一片。她微笑了一下，這是他們之間的老遊戲了，爸爸的腸子每次都會這樣叫，那裡面好像總是充滿了水分。

爸爸的身上還留著一股消毒藥水的氣味，是手術後留下來的。她小心翼翼地避開爸爸的胸部，那裡有車禍中折斷和裂開的肋骨。她想起來，小時候在新疆，自己也曾這樣小心過，也曾在爸爸身上聞到濃重的藥水氣味，那是爸爸在大田裡摔斷了鎖骨的時候。簡妮在那時，對爸爸的傷只有個朦朦朧朧的印象。這時，她回想起來，發現爸爸的身上，從鎖骨，到股骨，都斷過了。聽到爸爸車禍的消息，爺爺的臉，像被人踩了一腳一樣，頓時塌了下去。簡妮覺得，比聽到范妮生病的消息還要厲害。

然後，爺爺看了自己一眼，很重的一眼，鐵餅似的，「砰」地砸過來。簡妮覺得爺爺慌了神，他看她，承受不了似的，轉嫁似的，這一眼，將簡妮看得極不舒服，她幾乎想跳起來罵，「看什麼看，我爸是讓你逼的。」但是，她罵不出口，因爲她的心裡，在爺爺看過來的同時，像有了一道八月的閃電那樣，被照得通體光明。她知道自己的簽證來了。爺爺這一眼，也並沒有看錯。

「那時候，爺爺聽到電話，人都僵了。」簡妮說。

「總是高興的囉，他的目標終於實現了，我們家前仆後繼。」爸爸說。他動了動身體，忍不住又說，「他不是最看不起我們的嗎？可就是我們做到了這樣的事，而他，做不到，奶奶，也做不到。我可以肯定，奶奶活得不好，就是因爲這個原因，她沒有面子見我們。我可以肯定。就像我不去見家裡的親戚一樣。」

「那麼，爸爸，你是爲了我，還是爲了爺爺？」簡妮終於問了出口。

「我倒沒想過。」爸爸說，「沒想過。可以說，爲了爺爺，爲了你，也都是爲了我自己。爲了我自己要爭口氣。」

在床上躺得久了，爸爸的身體變得又軟又胖，用了魯剩下來的洗髮精，簡妮聞到自己頭髮上散發出清新的香味。爸爸和簡妮此刻都回想起，當年簡妮滿十六歲以後，按照對新疆知青子女的回滬政策，回上海讀高中時，最後一個晚上，他們倆也是這樣躺著，這樣說話的。那次，爸爸叫簡妮一定要給家裡爭口氣，簡妮知道，爸爸是要自己爲他爭氣。爸爸沒當成大學生，但爸爸的女兒當上了，而且學的是電機，總可以交代了吧。

「哦。」簡妮說。

「說起來，是爲了我自己。」爸爸肯定地說。

「我知道了。」簡妮說。

「你準備好了哇？」爸爸拉了一下簡妮的耳朵。

「好了。」簡妮說。

「與武教授聯繫上了？」爸爸問。

「聯繫上了，等你們走了，我就去看他，他會幫助我的。」簡妮肯定地說，「他是商學院裡有名的教授，他給我寫的推薦信最重要，要不然我也不能這麼順利地插班。我是有福氣的人，算命的人說我命中有貴人相助。」簡妮拍拍爸爸的頭，讓他放心。

「等你安頓下來，開學了，再去見伯婆。」爸爸說，「你不用說我的事，我有沒有到過紐約一點也不重要，你只說你如期到了美國就行了，也不要多說范妮的事，只說她學習壓力太大，生了病，休學回上海治病就行了。其實，范妮也眞的是休學回上海的。」

簡妮在爸爸肚子上點了點頭：「范妮自己也這樣認爲，她還在等魯．卡撒特來看她呢。」

「你也要門檻精點，」爸爸吩咐說，「你前途無量。」

「我知道。」簡妮拉長了聲音說。她想起來，在新疆上初中的時候，曾經有一個男孩子喜歡她，爸爸媽媽曾經緊張極了，怕簡妮會愛上新疆，最終陷在新疆。那時，簡妮就告訴過他們，她前途無量，不可能「陷」在什麼地方。她和爸爸都避免和范妮比較，但他們心裡都知道，簡妮也不會「陷」在范妮的遭遇裡。

「我們走了以後，你也馬上會離開嗎？」爸爸問。

「學校的宿舍已經申請好了，系裡說我是遲到者，得參加考試。這對我沒有什麼問題。」簡妮說，向空中彈了一下手指。每當她有把握考滿分的時候，她就這樣向空中彈一下手指，那是個豪邁的動作。然後，她特地加了一句，「我沒有用這裡的地址，這裡和我沒什麼關係。」

「是的。你要開始你的新生活。」爸爸說。

「我一向知道你用功，可還是沒想到你的英文這麼好。」爸爸說，「我聽到你打電話到商學院去，很標準的美國音。就像你在上海也能說一口上海話一樣。你知道有一次，下大雪，你去上學，我和你媽媽在窗上看你，你那麼小，背著個大書包，在大雪裡走。我們都哭了。那時候，我們就想，一定要送你到你應該去的地方去，你的學習那麼好，年年有獎狀，可是一看到你的獎狀，我和你媽媽就講，一定要送你走，不能讓你埋沒了。」

「你已經完美無缺地做到了。」簡妮說。

「是的。」爸爸說。

「你就等著我發達的那一天吧。」簡妮笑著說。

「是啊，我等著。你小時候，生病了，我背你去醫院，你說，你好好背我，我將來要報答你的。我給你買上海的奶油花生吃。」爸爸說著也笑了，但笑著，聲音就有點抖。

「那是小時候，許的諾太小了，現在你要什麼呢，我把你和媽媽也辦到美國來吧，讓你們拿到美國綠卡，像美國老人一樣生活。」簡妮說。

「好呀。」爸爸答應，「那我們就不用在乎新疆那六十四元工資了。」

「還要什麼?」簡妮說，「總不見得要一房子的上海奶油花生吧。」

「我要一輛八個缸的德國寶馬車。」爸爸抖著聲音說。

簡妮心頭一驚，她立刻意識到，那輛撞傷爸爸的，就是這種德國汽車。她的心怦怦跳著，幾乎要從嗓子裡面撞出來，她說：「好吧，我給你買。我們定下了。」

范妮突然驚叫一聲，在枕上醒來。她眼前的廚房消失了，葛雷哥萊．畢克的金髮也消失了，出現的是天花板上的燈影。淡黃色的明亮燈光正從天花板上緩緩地劃過，那是樓下經過的汽車燈光。它緩緩移動，從左到右，將范妮的房間一一照亮。它讓范妮一時不知道這是在夢裡，還是在現實中。她的身邊沒有人。然後，她開始肯定，自己剛剛是做了一個可怕的夢。在夢裡，她和葛雷哥萊．畢克都在廚房裡，很平常，就像過去和魯一樣。葛雷哥萊．畢克在夢裡請她幫他剪短頭髮。葛雷哥萊．畢克的鬈髮那柔軟的感受還留在范妮的手指裡，因爲要剪短那樣可愛的金髮而浮起的遺憾，也還眞切地留在范妮心裡。在剛剛的夢裡，范妮一邊剪短他的頭髮，一邊將剪刀戳向他潔白的太陽穴。剪刀是那種平頭的，平時范妮用來剪開信封，根本不能戳破葛雷哥萊．畢克的太陽穴。但范妮還是用力戳著，她的心思很分裂，一方面吃驚地想，爲什麼自己要殺他呢？另一方面在想，用這麼把平頭剪刀，怎麼能殺得死他呢？這時候，葛雷哥萊．畢克回過頭來，望著她手裡的剪刀，安靜地問：「你在幹什麼？」范妮就是在這時候醒來的。

窗外的車開走以後，房間再次沉入夜色。范妮不明白自己怎麼會做出殺人的噩夢。葛雷哥萊．畢克在夢裡，完全就是魯，只不過長了一張葛雷哥萊．畢克的臉。范妮想起佛洛依德關於夢的書，她相信夢裡的葛雷哥萊．畢克就是魯的象徵。自己很恨魯嗎？范妮捫心自問，恨，還是不恨？但不能肯定。那麼，愛，還是不愛？也不能肯定。也許，那就是愛恨交織的心情，所以要用一把平頭剪刀去戳他的太陽穴。范妮猜想。她的腦子有點木，不像以前轉得那麼好。她慢慢地想，也許自己此刻也是一個夢呢，等再次醒來的時候，只是躺在上海自己房間的小床上，在紐約發生的一切，都只是自己夢裡的故事。

她回想起夢中那眞的像金子般閃閃發光的頭髮，才發現，原來自己的夢是有顏色的，就象現實生活一樣的顏色。

她聽到爸爸房間裡有人說話的聲音，是爸爸和簡妮。他們在話別。他們是一對好父女。范妮能依稀想起來，簡妮幫自己洗過澡，她告訴自己，魯不會回來了，魯不要自己了。其實，范妮早就知道了。吃藥以後，范妮的腦子裡不再有人跟她不停地說話，安靜多了，也遲鈍多了，她不知道簡妮怎麼會知道魯不想跟自己好了，簡妮爲什麼要來告訴自己：「眞是多嘴啊，新疆人就是這樣。」范妮說，「Put her nose into my life.」

爸爸帶著范妮從紐澤西的紐瓦克國際機場回上海。出境時，他們沒有把入境填寫並蓋了章的 I-94 入境表交還給移民局的官員，他們不在乎美國政府是否認爲他們沒有按時離境，因爲他們不會再回到紐約來了。爸爸想要留著那張表格做紀念。

從紐澤西的機場回紐約的路上，簡妮默默看著沿路向紐約飛奔著的高速公路上的汽車，車流在飛奔。遠遠地，看到藍色的哈德遜河了。更遠的地方，在閃閃發光的水面上，她看到那個小小的淡綠色的自由女神像，她高高舉著自由的火炬，在入海口迎接來投奔她的人。車流正向她飛奔而去，她也在向她飛奔而去。簡妮在前進夜校讀托福強化班的時候，讀過關於愛麗絲島和自由女神像的文章，是在閱讀的單元裡，她那時，爲了學習英文寫作，曾經背誦過許多文章，包括這一篇，她記得在自由女神像的底座上，刻著令人激動的話，語氣好像聖經。一個女人溫厚而清晰的聲音浮上她的心：In this section of the test, you will have an opportunity to demonstrate your ability to understand spoken English. There are three parts to this section, with special directions for each part. 然後，簡妮意識到，那是托福考試開始時的考試解釋，不是自由女神基座上的話。

文學叢書

29.	台灣原住民族漢語文學選集——散文卷(上)	孫大川主編	200元
30.	台灣原住民族漢語文學選集——散文卷(下)	孫大川主編	200元
31.	台灣原住民族漢語文學選集——小說卷(上)	孫大川主編	300元
32.	台灣原住民族漢語文學選集——小說卷(下)	孫大川主編	300元
33.	台灣原住民族漢語文學選集——評論卷(上)	孫大川主編	300元
34.	台灣原住民族漢語文學選集——評論卷(下)	孫大川主編	300元
35.	長袍春秋——李敖的文字世界	曾遊娜、吳創合著	280元
36.	天機	履　彊著	220元
37.	究極無賴	成英姝著	200元
38.	遠方	駱以軍著	290元
39.	學飛的盟盟	朱天心著	240元
40.	加羅林魚木花開	沈花末著	200元
41.	最後文告	郭　箏著	180元
42.	好個翹課天	郭　箏著	200元
43.	空望	劉大任著	260元
44.	醜行或浪漫	張　煒著	300元
45.	出走	施逢雨著	400元
46.	夜夜夜麻一二	紀蔚然著	180元
47.	桃之夭夭	王安憶著	200元
48.	蒙面叢林	吳音寧、馬訶士著	280元
49.	甕中人	伊格言著	230元
50.	橋上的孩子	陳　雪著	200元
51.	獵人們	朱天心著	即將出版
52.	異議分子	龔鵬程著	380元
53.	布衣生活	劉靜娟著	230元
54.	玫瑰阿修羅	林俊穎著	200元
55.	一人漂流	阮慶岳著	220元
56.	彼岸	王孝廉著	230元
57.	一個青年小說家的誕生	藍博洲著	200元
58.	浮生閒情	韓良露著	即將出版
59.	可臨視堡的風鈴	夏　菁著	即將出版
60.	比我老的老頭	黃永玉著	280元
61.	海風野火花	楊佳嫻著	230元
62.	家住聖・安哈塔村	丘彥明著	240元
63.	海神家族	陳玉慧著	即將出版
64.	慢船去中國——范妮	陳丹燕著	300元
65.	慢船去中國——簡妮	陳丹燕著	240元

INK PUBLISHING 文學叢書 064

慢船去中國——范妮

作　　者　陳丹燕
總 編 輯　初安民
責任編輯　高慧瑩
美術編輯　許秋山
校　　對　吳美滿　高慧瑩

發 行 人　張書銘
出　　版　INK 印刻出版有限公司
台北縣中和市中正路 800 號 13 樓之 3
電話：02-22281626
傳真：02-22281598
e-mail:ink.book@msa.hinet.net
法律顧問　漢全國際法律事務所
林春金律師

總 經 銷　成陽出版股份有限公司
訂購電話：03-3589000
訂購傳真：03-3581688
http://www.sudu.cc
郵政劃撥　19000691 成陽出版股份有限公司
印　　刷　海王印刷事業股份有限公司

出版日期　2004 年 8 月 初版
ISBN 986-7420-08-X
定價　300 元

國家圖書館出版品預行編目資料

慢船去中國：范妮／陳丹燕 著.
--初版，--臺北縣中和市：INK 印刻，
2004〔民 93〕面；　公分（文學叢書；64）

ISBN 986-7420-08-X（平裝）

857.7　　93011936

INK